AF286113

Lotte Minck
Sonne, Mord und Sterne

Lotte Minck (*1960) ist von Geburt halb Ruhrpottgöre, halb Nordseekrabbe. Nach 50 Jahren im Ruhrgebiet und etlichen Jobs in der Veranstaltungs- und Medienbranche entschied sie sich, an die Nordseeküste zu ziehen. Erst kürzlich überkam sie dort heftiges Heimweh, als sie nach Jahren auf dem Land zum ersten Mal in einen echten Stau geriet, der aus mehr als sieben Autos vor einer Ampel bestand und sich diese Bezeichnung dank einer halben Stunde totalen Stillstands redlich verdient hatte. Mit ihrer Krimödien-Reihe um Astrologin Stella Albrecht beweist Lotte Minck abermals, dass sie ein echtes Ruhrpottkind ist.

Besuchen Sie Lotte Minck im Internet:
www.lovelybooks.de/autor/Lotte-Minck/
www.roman-manufaktur.de
www.lotteminck.de

Ruhrpott-Krimödien mit Stella Albrecht bei Droste:
Planetenpolka
Venuswalzer

Ruhrpott-Krimödien mit Loretta Luchs bei Droste:
Radieschen von unten
Einer gibt den Löffel ab
An der Mordseeküste
Wenn der Postmann nicht mal klingelt
Tote Hippe an der Strippe
Cool im Pool
Die Jutta saugt nicht mehr
Voll von der Rolle
Mausetot im Mausoleum
3 Zimmer, Küche, Mord
Darf's ein bisschen Mord sein?

Lotte Minck

Sonne, Mord und Sterne

Eine Ruhrpott-Krimödie mit Stella Albrecht

Droste Verlag

Figuren und Handlung dieses Romans sind frei erfunden.
Ähnlichkeiten mit lebenden Personen sind rein zufällig und
nicht beabsichtigt.

Bibliografische Informationen der Deutschen Nationalbibliothek
Die Deutsche Nationalbibliothek verzeichnet diese Publikation in der
Deutschen Nationalbibliografie; detaillierte bibliografische Daten sind
im Internet über http://dnb.d-nb.de abrufbar.

© 2020 Droste Verlag GmbH, Düsseldorf
Umschlaggestaltung: Droste Verlag unter Verwendung
einer Illustration von Ommo Wille, Berlin
Druck und Bindung: CPI – books GmbH, Leck
ISBN 978-3-7700-2126-0

www.drosteverlag.de

Prolog

Marlene Silberstein stand im Bad ihrer Hotelsuite und betrachtete sich im Spiegel.

Wie immer war sie überaus zufrieden mit dem, was sie sah: eine schöne Frau. Geschicktes Make-up, eine Top-Figur und der kesse leuchtend rote Bubikopf ließen sie aussehen wie ein Stummfilmstar.

Sie wirkte deutlich jünger, als sie in Wirklichkeit war. Obwohl … Sie beugte sich vor, bis ihre Nase fast die Glasfläche berührte. Da – Fältchen. Um die Augen herum sowieso, und neuerdings auch, wenn sie die Lippen zum Kussmund spitzte. Es war wieder einmal höchste Zeit, sich unters Messer zu legen. Sie stand in der Öffentlichkeit, und es galt, ewig jung und schön zu bleiben, auch wenn das eine Menge Geld kostete. Mittlerweile war sie Profi darin, die Bühnenscheinwerfer perfekt einstellen zu lassen, wenn sie einen Auftritt hatte, das hatte sie sich bei Marlene Dietrich abgeguckt. Andere konnten sich von ihr aus jede Pore einzeln ausleuchten lassen.

Andere wie ihre Kolleginnen aus der Branche zum Beispiel. Die meisten gaben sich ›natürlich‹, wie sie es nannten, in Gewändern aus Bio-Baumwolle und mit Frisuren, die jeder Beschreibung spotteten. Natürlich? Von wegen. Marlene schnaubte leise. ›Ungepflegt‹, das traf es wohl besser. Nicht ohne Grund war sie der Star der Astrologieszene; immerhin war wissenschaftlich erwiesen, dass attraktive Menschen schneller Karriere machten als andere.

Aber: Jeder, wie er wollte. Und sie *wollte* es glamourös. Ihre Karriere hatte begonnen, als ein damals noch relativ junger Privatsender eine hübsche Vorleserin fürs Tageshoroskop benötigt hatte. Nicht mehr und nicht weniger. Sie – Gudrun Jablonski aus Wanne-Eickel – hatte sich beworben, und bereits vier Wochen später hatte sie zum ersten Mal vor der Kamera gestanden.

Zwei wesentliche Dinge hatten sich während dieser vier Wochen geändert: ihr Name und ihr Aussehen – vorher hübsch und durchaus sexy, danach aufgedonnert wie eine Zirkusprinzessin. Mit einem Foto des Stummfilmstars Louise Brooks war sie zum Friseur gegangen und hatte um genau diesen Pagenschnitt gebeten. Der Friseur war entsetzt gewesen, dass sie ihre langen blonden Locken abschneiden wollte, aber sie war standhaft geblieben. Sie wollte nicht nur eine neue Frisur haben – sie wollte eine andere Frau werden.

Sie hatte Ehrgeiz, und sie wollte Karriere machen, das stand für sie von Anfang an fest. Sie hatte immer ins Fernsehen gewollt, egal wie und egal als was.

Dass man als Gudrun Jablonski nichts werden konnte, war ihr gleich klar gewesen, also hatte sie sich umgehend ein Pseudonym zugelegt: Marlene Silberstein. Den Vornamen hatte sie sich von ihrem Idol Marlene Dietrich ausgeborgt; am Nachnamen hatte sie einige Tage herumgedoktert. Rhythmus sollte der Name haben, mystisch und zugleich edel klingen, und dann hatte sie in einer Zeitungsannonce ›Silberstein‹ gefunden. Marlene Silberstein. Perfekt. Erst später entdeckte sie, dass Silber in der Astrologie das Metall des Mondes und der Mond der Planet der Frauen war.

Kurz hatte sie darüber nachgedacht, noch ein ›von‹ dazwischenzusetzen, aber das war ihr letztendlich doch zu pompös erschienen.

Marlene Silberstein war beim Publikum eingeschlagen wie eine Bombe; ihre Fanpost hatte Säcke gefüllt. Und sofort hatte der Doktor-Brinkmann-Effekt eingesetzt: So, wie man den Darsteller dieser Rolle seinerzeit um medizinische Ratschläge gebeten hatte, ersuchten ihre Fans sie um Horoskope und astrologische Beratung.

Selbstverständlich hatte sie von Astrologie nicht mehr Ahnung gehabt als ein Deichschaf vom Tangotanzen; schließlich las sie lediglich vor, was jemand anderes formuliert hatte. Vermutlich wurden diese Tageshoroskope ohnehin ausgewürfelt oder entstanden per Zufallsgenerator – sie hatte sich anfangs nie gefragt, aus wessen Feder dieser Unsinn stammte.

Allerdings hatte sie mit der ersten Fanpost sofort begriffen, dass sie auf eine Goldader gestoßen war, sie war ja nicht blöd. Umgehend hatte sie den Plan fallen gelassen, diese Tageshoroskop-Sache nur als erste Stufe zur großen Samstagabend-Show zu benutzen, und sich auf die Astrologie konzentriert.

Es war die beste Entscheidung ihres Lebens gewesen.

Kometengleich war ihr Aufstieg zum strahlenden Stern am Firmament der Branche gewesen, und folgerichtig hatte man ihr gestern Abend den ›Saturn‹ verliehen, eine pampelmusengroße gläserne Skulptur des Planeten auf einem quadratischen Marmorsockel. Nun ja. Das Ding war grottenhässlich und kitschig, und Saturn war außerdem kein sympathischer Planet – aber wozu gab es schließlich Gästeklos?

Mit strahlendem Lächeln – ihre Zähne hatten ein Vermögen gekostet – hatte sie den Preis entgegengenommen. Noch besser als die Auszeichnung selbst waren die missgünstigen und neidischen Gesichter einiger Kollegen gewesen – herrlich. Vor allem einige der Herrschaften, die täglich bei Zodiac TV über die Mattscheibe flimmerten, hatten sich nur unter größten Mühen zu Applaus hinreißen lassen. Diesen Neid hatte sie sich hart verdient, das wusste Marlene Silberstein. Denn den Neid spüren nur diejenigen, die von Venus besonders begünstigt sind.

Die kleine, niedliche Gudrun Jablonski hatte ihr altes Leben damals ohne Bedauern hinter sich gelassen, es war rasch nur noch ein schwaches Echo aus der Vergangenheit gewesen. Kontaktversuche ehemaliger Schulkameraden hatte sie rigoros abgeblockt oder gleich ignoriert.

Und doch war ihre Vergangenheit heute aufgetaucht: Bei ihrer Signierstunde hatte er plötzlich vor ihr gestanden – ein ehemaliger Schulkamerad, dem sie das Abitur versaut hatte, um sich selbst zu retten. Sie hatte mit ihm geschlafen, um an die Prüfungsaufgaben zu kommen, und tatsächlich hatte er die Aufgaben für sie gestohlen. Sie hatte ihn noch einige Male in ihr Bett gelassen und dann abgesägt. Die Prüfungen waren erledigt gewesen, und sie hatte ihn nicht mehr gebraucht. Er flehte und bettelte, aber sie blieb hart. Daraufhin hatte er gedroht, sie auffliegen zu lassen, falls sie das Verhältnis mit ihm nicht fortsetzen wolle. Sie hatte um Bedenkzeit gebeten und sich damit einen entscheidenden zeitlichen Vorteil verschafft, denn gleich am nächsten Tag hatte sie gehandelt.

Oder anders formuliert: Hätten gewisse zwei Lehrer nicht einen starken Hang zu jungen Mädchen gehabt ... nun ja. Wie auch immer, sie hatte ihren Körper schon damals zielgerichtet einzusetzen gewusst. Sie hatte behauptet, er habe Sex dafür verlangt, ihr die Aufgaben zu geben, und die allgemeine Empörung war riesig gewesen. Tatsache war ja, dass er die Aufgaben tatsächlich gestohlen hatte.

Unter großem Tamtam war ihm das hervorragende Abitur aberkannt worden – und heute, mehr als fünfundzwanzig Jahre später, stand er plötzlich vor ihr und klagte sie an, sie habe sein Leben zerstört. Er wolle eine finanzielle Entschädigung von ihr, hatte er gesagt. Was für ein Spinner.

Zugegeben, sie war zuerst sehr erschrocken gewesen, aber mittlerweile hatte sie sich längst wieder beruhigt. Er wollte ihr Angst einjagen? Nun, dafür musste er schon etwas früher aufstehen. Zwar hatte sie ihm – wie verlangt – ihre Handynummer gegeben, aber sie hatte mehrere davon, und diese eine würde es ab morgen nicht mehr geben. Morgen in aller Frühe ging ihr Flug zurück nach Mallorca, wo sie auf einer luxuriösen, aber versteckt liegenden Finca lebte, deren Adresse nur sehr wenige Menschen kannten. Dort war sie vor ihm sicher.

Sie ging hinüber ins Schlafzimmer der Suite, um sich für ihren späteren Gast umzukleiden. Auf Reisen hatte sie stets eine kleine Auswahl verführerischer Dessous dabei, man wusste ja nie. Böse Zungen bezeichneten sie als nymphoman, das wusste sie genau. Aber was schert es eine Eiche, wenn sich eine Sau an ihr scheuert? Eben. Sie war Venus in ihrer höchsten Perfektion und hatte gern Sex; schließlich war sie eine alleinstehende, selbstbewusste Frau. Sie nahm sich, wonach ihr gerade der Sinn stand. Oft war es ein Mann, zuweilen eine Frau – je nachdem, worauf sie Lust hatte.

Und heute war es ein Mann.

Auch gestern Nacht war es ein Mann gewesen; allerdings hatte sie einer Frau dafür eine herbe Abfuhr erteilen müssen. Die Dame hatte nicht sehr souverän reagiert, das war etwas unangenehm gewesen. Marlene zuckte innerlich mit den Schultern. Manchmal wählte sie rein nach dem Lustprinzip, manchmal kam ein wenig Kalkül dazu.

Schließlich musste sie sehen, wo sie blieb.

Der Herr von gestern Nacht war für sein Alter ganz erstaunlich fit gewesen, und er war ein absoluter Alpha-Mann, auch wenn er rein äußerlich nicht so erschien. Er wirkte etwas versponnen, aber unter dieser Fassade war er ein knallharter Geschäftsmann, das wusste sie. Natürlich bedeutete eine gemeinsam verbrachte Nacht nicht automatisch, dass der beteiligte Herr sich damit einen exklusiven Anspruch auf sie erwarb, und das hatte sie ihm deutlich klargemacht. Er hatte wie ein vollendeter Gentleman reagiert, das musste sie ihm wirklich lassen. Immerhin hatte sie angedeutet, dass sie sich letztlich für ihn entscheiden würde …

Auch heute Nacht war es nicht irgendein Mann, sondern Holger van Aalen, der dieses Branchenevent auf die Beine gestellt hatte. Auf draculahafte Art attraktiv, war auch er international als Astrologe tätig. Er hatte einen Ruf wie Donnerhall, und Verehrerinnen lagen ihm scharenweise zu Füßen, das hatte sie während der letzten zwei Tage beobachten können. Irgendwo hatte sie mal aufgeschnappt, er solle ein sensationeller Liebhaber sein. Nun, das konnte er ihr heute Nacht beweisen. Die perfekte Paarung: König und Königin der Branche.

Heute, beim Abschlussdinner, hatte sie auf Teufel komm raus mit ihm geflirtet, wobei ihr die Tatsache, dass sie seine Tischdame gewesen war, durchaus in die Karten gespielt hatte. Und sie hatte sich nicht einmal davon abhalten lassen, dass sein Mitbewerber mit ihnen am Tisch saß. Manche würden das vielleicht grausam nennen, aber sie spielte stets mit offenen Karten.

Nun ja, van Aalen wusste bisher noch nichts von der Konkurrenzsituation, aber sie würde ihm – später – reinen Wein einschenken. Beide fanden sie nicht nur als Frau attraktiv, sondern auch als potenzielle Geschäftspartnerin. Wenn das mal keine Win-win-Situation war! Für van Aalen sprach allerdings, dass er deutlich jünger und dynamischer als sein Mitbewerber war.

Das gesamte Programm hatte sie durchgezogen: kleine Berührungen, kokette Augenaufschläge, perlendes Lachen bei jeder seiner auch nur halbwegs geistreichen Bemerkungen, Spielen mit ihren Haaren – und schließlich hatte sie ihm unter dem Tisch die Hand auf den Oberschenkel gelegt, nur für den Fall, dass er bis dahin noch nicht kapiert haben sollte. Man wusste ja nie.

Aber er hatte kapiert – oh ja, das hatte er. Er hatte sofort zugesagt, als sie ihm gegen Ende des Abends diskret die Einladung zu einem Glas Champagner in ihrer Suite ins Ohr gehaucht hatte. Wie zufällig hatte sie ihren Zimmerschlüssel auf den Tisch gelegt.

Herrje, Männer waren so leicht zu manipulieren.

Marlene Silberstein wählte ein halbtransparentes schwarzes Negligé, dazu einen winzigen Seidentanga und halterlose

Strümpfe. Zarte Pantöffelchen aus Satin mit Pfennigabsatz vervollständigten perfekt das raffinierte Outfit, das ihm garantiert gefallen würde, dessen war sie sicher. Sie sah erotisch, aber nicht billig aus.

Sie schlenderte summend durch den Raum und zündete einige strategisch platzierte Duftkerzen an, dann löschte sie alle Lampen. Perfekt. Sie kehrte ins Bad zurück, um sich noch einmal im Spiegel zu mustern. Bei schummriger Beleuchtung ging sie locker für Ende zwanzig durch – und sie würde dafür sorgen, dass van Aalen die helle Deckenbeleuchtung nicht einschaltete.

Sie tupfte sich einige Tropfen Chanel in die Kniekehlen.

Natürlich benutzte sie nicht die Plörre, die sie für viel Geld an ihre Fans verhökerte. Angeblich hatte sie höchstselbst die Parfüms für die einzelnen Sternzeichen komponiert. Eine orientalische Note mit Jasmin und einem Hauch Moschus für die sinnliche Stier-Frau, Zitrusfrüchte plus Zimt und Lavendel für die selbstbewusste Löwin, Rose mit Honig und Vanille für die harmoniebedürftige Waage-Lady oder die holzigen Töne von Sandelholz, Zypresse und Zeder für die sachliche Steinböckin. Zugegeben, die recht teure Duft-Linie könnte sich besser verkaufen, aber zur Lösung dieses Problems lag ihr bereits ein Angebot auf dem Tisch.

Marlene Silberstein griff gerade zur Haarbürste, als es an der Tür der Suite klopfte. Sie streckte den Kopf aus der Badezimmertür und rief: »Nur herein, Liebling, es ist offen! Ich brauche noch eine Sekunde!«

Sie kehrte zum Spiegel zurück und kämmte sich. Mit einem Lächeln registrierte sie, dass jemand die Suite betrat.

»Vielleicht öffnest du schon mal den Champagner?«, rief sie hinüber. »Er steht neben dem Bett!«

Sie erhielt keine Antwort, aber leise Schritte näherten sich dem Bad.

»Du kannst es wohl kaum erwarten. Man sollte eine Dame aber nicht stören, wenn sie sich für den Herrn hübsch macht«, sagte sie, während sie sich zum Spiegel beugte und konzentriert die Lippen nachzog.

Dann richtete sie sich auf und löschte das Licht.

Deshalb sah sie auch nicht, dass es der gerade erhaltene ›Saturn‹ war, der auf ihren Hinterkopf krachte und sie in Sekundenschnelle vom Leben in den Tod beförderte.

Beziehungsweise sein scharfkantiger Marmorsockel.

Aber das war dann auch schon egal.

Kapitel 1

Stella Albrecht war zufrieden: Die sonntägliche Kaffeetafel war ihr gelungen. Für sich selbst hätte sie nicht einen derartigen Aufwand betrieben, aber ausnahmsweise hatte ihre Mutter zugesagt, Maria und ihr Gesellschaft zu leisten. Dass sie zu dritt zusammensaßen, kam selten genug vor, obwohl sie die Familienvilla gemeinsam bewohnten. Na ja, nicht gerade als Wohngemeinschaft, aber sie lebten unter einem Dach: Oma Maria im Erdgeschoss, Felicitas in der Mitte und Stella unterm Dach. Dafür sahen sie sich bemerkenswert selten.

Umso schöner, sich mal wieder zu treffen.

Stella hatte kleine Obsttörtchen gemacht, den Tisch mit Blumen aus dem Garten geschmückt und mit schönem Geschirr eingedeckt. Es war ein sonniger Spätsommernachmittag, und sie hatte für das Treffen die gepflasterte Fläche am Gartenteich ausgewählt. Blieb noch zu hoffen, dass es friedlich verlaufen würde.

Das allerdings war zweifelhaft, stellte sie fest, als sie ihre Großmutter herankommen sah: Maria trug eine staubig wirkende Latzhose mit einem T-Shirt darunter, und ihr Haar war unter einem karierten Tuch verborgen.

»Eine Tischdecke?« Maria stemmte die Hände in die Seiten und musterte die Kaffeetafel. »Kommt die Königin von England zum Kaffee?«

»Dann hätte ich statt Kaffee vermutlich Tee gekocht, denkst du nicht auch? Nein, Mama leistet uns Gesellschaft.«

Maria hob die Brauen. »Das ist nur ein unwesentlicher Unterschied, meine Liebe.«

»Da magst du recht haben«, murmelte Stella und fügte hinzu: »Du würdest dich nicht zufällig umziehen …?«

»Vergiss es. Ich habe bis gerade eben meinen Wagen von außen geputzt; gleich ist der Innenraum dran. Ich habe nur deshalb unterbrochen, weil du gesagt hast, um vier gäbe es Kaffee und Kuchen. Nachher geht es weiter. Ich werde mich jetzt bestimmt nicht aufdonnern, nur weil mein Outfit das ästhetische Empfinden meiner piekfeinen Tochter beleidigen könnte.« Maria setzte sich an den Tisch und griff zur Warmhaltekanne. »Ich brauche jetzt dringend einen Kaffee.«

Felicitas Albrecht kam in diesem Moment über den Weg, der um die Orangerie herumführte, in den Garten. Wie immer war sie tadellos gekleidet. Sie sah stets so aus wie … nun, wie die Oberstudienrätin, die sie war. Egal, ob bei der Arbeit oder in ihrer Freizeit. Stella hatte sie noch niemals in einer Jeans gesehen, fiel ihr ein, als sie ihrer Mutter entgegenlächelte.

»Mama«, sagte sie herzlich, »wie schön, dass du Zeit hast. Setz dich doch.«

Felicitas erwiderte das Lächeln, das allerdings bei Marias Anblick verschwand, als würde Kreideschrift mit einem nassen Schwamm von einer Tafel gewischt. »Du arbeitest neuerdings beim Straßenbau, Mutter?«, fragte sie spitz.

Maria zuckte mit den Schultern. »Irgendwie muss der Mensch ja überleben. Zur Not im Straßenbau.« Sie nahm sich ein Blaubeertörtchen von der Kuchenplatte und verbarg es unter einem Berg Sahne.

»Oma ist gerade damit beschäftigt, ihren Wagen zu putzen«, sagte Stella.

»Heute? An einem *Sonntag?*« Felicitas konnte es offenkundig nicht fassen.

Maria ließ die Kuchengabel sinken. »Ja, an einem Sonntag. Wen belästige ich damit, wenn ich fragen darf, wenn ich den Wagen putze, der in einer Remise steht? Nicht, dass ich mich vor dir zu rechtfertigen hätte, aber es ist noch einiges zu tun, bevor mein schöner Wagen und ich am nächsten Wochenende unseren großen Auftritt haben.«

»Großer Auftritt?« Felicitas war sichtlich alarmiert. »Wie darf ich das denn verstehen?«

Oha – das Gespräch schlug gerade eine Richtung ein, die Stella ganz und gar nicht behagte. Sie betraten gefährliches Terrain, denn Felicitas' großer Kummer war die Tatsache, dass Stella als Astrologin und Maria als Kartenlegerin und Wahrsagerin arbeitete. Wann immer das Thema darauf kam, wurde es kritisch. Aber nun war es zu spät.

»Mama, du hast doch sicherlich im *Ruhrgebiets-Anzeiger* von dem Astrologie-Kongress gelesen, der am Wochenende in Bochum stattfindet«, sagte Stella.

»Mein Wagen und ich werden die Attraktion sein«, fügte Maria hinzu.

»Dass ihr an diesem Mummenschanz teilnehmt, habe ich schon befürchtet«, gab Felicitas zurück.

»Wieso befürchtet?«, fragte Maria. »Hast du mal wieder Angst, man könnte herausfinden, dass du mit derart peinlichen Verwandten wie Stella und mir gestraft bist? Hm, dann hätte ich die Aufschrift am Wagen wohl nicht ändern sollen ...« Sie grinste und fuhr fort: »Dort steht nämlich jetzt *Madame Pythia – durchgeknallte Mutter der seriösen Felicitas Albrecht.*«

Felicitas Albrecht schnappte nach Luft und machte Anstalten, aufzustehen, aber Stella legte ihr die Hand auf den Arm. »Lass dich nicht ärgern, Mama. Natürlich nehmen Oma und ich daran teil. Am ersten Tag bleibt die Branche unter sich, und ich werde vor Kollegen einen Vortrag halten. Am nächsten Tag ist allerdings fürs Publikum geöffnet. Vielleicht hättest du ja Lust, zu kommen? Ich führe dich gerne herum.«

»Um mir Geistheiler anzugucken?«, fragte Felicitas. »Und zu sehen, wie meine Mutter sich mit ihrem Zirkuswagen zum Narren macht? Ich glaube kaum.«

»Wie schade«, erwiderte Maria mit einem Achselzucken, »ich hatte nämlich vor, das eingenommene Geld deinem kleinen Damenkränzchen zukommen zu lassen. Aber du legst anscheinend großen Wert darauf, dass die Spenden für eure Arbeit aus seriösen Quellen stammen.«

Stella grinste innerlich – bei dem ›kleinen Damenkränzchen‹, das Maria erwähnt hatte, handelte es sich um eine Gruppe gut situierter Damen der Gesellschaft, die Geld für wechselnde wohltätige Organisationen sammelte.

»Natürlich kann ich kein Geld annehmen, das mit Scharlatanerie verdient wurde«, sagte Felicitas.

»Mama, das ist nicht fair!« Stella schüttelte den Kopf. »Oma ist keine Betrügerin.«

Maria winkte ab. »Du musst mich nicht verteidigen, Kind. Aber ich erkläre es dir gerne genauer, Felicitas: Jeder Kunde darf für meinen Service geben, was er für angemessen hält. Jeder wird wissen, wohin ich das Geld spende. Du weißt genau, dass ich mich bei solchen Veranstaltungen immer mit einem kleinen Augenzwinkern präsentiere. Was nicht bedeutet, dass ich mir irgendwelchen Blödsinn ausdenke, wenn ich jemandem die Karten lege. Das nehme ich stets ernst. Stella hat recht: Sieh es dir doch einfach mal an.« Sie grinste spitzbübisch und fügte hinzu: »Schon allein, um zu sehen, dass ich bei Weitem nicht die Verrückteste der Branche bin. Immerhin behaupte ich nicht, regelmäßig mit Erzengeln zu reden.«

Stella dankte im Stillen dafür, dass ihre Großmutter versöhnliche Töne anschlug, anstatt die Auseinandersetzung mit Felicitas auf die Spitze zu treiben und eskalieren zu lassen – wie es oft genug passierte.

Insgeheim hatte sie die Hoffnung noch nicht aufgegeben, ihre Mutter irgendwann einmal von ihrer Tätigkeit zu überzeugen, die von Scharlatanerie weit entfernt war. Psychologische Lebensberatung – das traf es weitaus besser; immerhin hatte sie Psychologie studiert. Oft hatte sie Sätze gehört wie: »Ich lasse mein Horoskop nicht machen, denn ich will meine Zukunft nicht wissen.«

Dass seriös betriebene Astrologie niemals die Zukunft vorhersagte, schienen die meisten Menschen nicht zu wissen. Das war auch kein Wunder, denn beim Fernsehsender Zodiac TV präsentierten sich Kartenleger und vermeintliche Astrologen, die sehr konkrete Vorhersagen dazu machten, wann der ersehnte Traumpartner käme oder wann ein Lotteriegewinn zu erwarten sei. Und das innerhalb von Sekunden, ohne den Anrufer beziehungsweise die Anruferin zu kennen.

»Mit Erzengeln reden – das wäre ja wohl noch schöner«, sagte Felicitas mit gerümpfter Nase. »Das kann doch kein Mensch glauben!«

»Offenbar kennst du Zodiac TV nicht, mein Kind«, erwiderte Maria. »Dort rufen die Menschen im Minutentakt an, um Botschaften von Engeln zu bekommen oder mit lieben Verstorbenen im Jenseits Kontakt aufzunehmen. Das ist ein Riesengeschäft. Im Gegensatz dazu bin ich so seriös wie ein Finanzdienstleister.«

»Also, dass *die* als seriös gelten, wäre mir neu«, murmelte Felicitas in ihre Kaffeetasse.

Dem musste Stella insgeheim zustimmen, aber sie hütete sich, es laut auszusprechen.

Später ging Stella in die Remise, wo Maria gerade dabei war, ihrem Zirkuswagen – dem geliebten Erinnerungsstück an ihre Vergangenheit auf dem Jahrmarkt – den letzten Schliff zu verpassen. Mittlerweile diente der hölzerne Wagen ihr als Rückzugsort oder manchmal auch für Treffen mit ihrem alten Weggefährten und engen Freund Otto Korittke, wenn den beiden mal wieder danach war, in Erinnerungen zu schwelgen. Daraus, dass sie auch ein Liebespaar waren, machten die beiden längst kein Geheimnis mehr.

Die Tür des Wagens stand offen. Stella stieg die paar Stufen hinauf und spähte hinein: Maria war damit beschäftigt, abzustauben. Stella klopfte an den Türrahmen. »Störe ich dich gerade?«

»Du störst nie, mein Schatz«, erwiderte Maria und stellte den Staubwedel beiseite.

Stella ließ sich auf das gemütliche Sofa fallen. »Danke, dass du den Streit vorhin nicht auf die Spitze getrieben hast.«

»Ach, das wird doch auf Dauer langweilig.« Maria winkte ab. »Wir zicken uns an, und dann rauscht Felicitas beleidigt ab. Schnarch. Öfter mal was Neues.«

»Denkst du, sie kann sich überwinden und kommt zum Publikumstag?«

»Ich weiß nicht, ob du dir das wünschen solltest, Kind. Und wenn, dann müsstest du sie gezielt zum Beispiel an den Knallchargen von Zodiac TV vorbeilotsen. Stell dir nur mal vor, sie sieht diesen Erzengel-Flüsterer in Aktion! Du wirst Jahre brauchen, um sie davon zu überzeugen, dass wir mit denen nichts zu tun haben.«

»Van Aalen war nicht davon abzubringen, ihn zum Kongress einzuladen. Außerdem ist er ja auch der Chef des Senders«, sagte Stella. »Da war van Aalen beratungsresistent.«

»Na und?« Maria zuckte mit den Schultern. »Ist ja schließlich seine Veranstaltung. Mich stören diese Typen nicht; ich finde sie lustig. Außerdem braucht er diese Trash-Stars, um Publikum anzulocken, das ihm ordentlich Eintrittsgeld in die Kasse spült. Und ihr Unterhaltungswert ist unbestritten, das musst du zugeben.« Sie schloss die Augen, legte theatralisch die Hand an die Stirn, stieß ein Stöhnen aus und hauchte dann: »*Ich konzentriere mich ... Engel Galgaliel spricht zu mir ... ich habe Kontakt zu höheren Geisteswesen ...*«

Stella musste lachen – ihre Großmutter parodierte den betreffenden Herrn wirklich perfekt.

Mit normaler Stimme sprach Maria weiter. »Überhaupt sollten wir uns mal wieder einen Fernsehabend mit Zodiac TV gönnen, finde ich. Schon allein, um auf dem Laufenden zu bleiben, wer oder was der aktuelle heiße Scheiß ist. Du weißt, ich halte eine Menge von Marktbeobachtung.«

»Wer dabei ist, werden wir spätestens beim Kongress sehen. Die werden ihre Paradepferdchen durchs Dorf treiben, dessen bin ich sicher. Bestimmt lassen sie sich die Gelegenheit nicht entgehen, im seriösen Segment unserer Branche endlich Anerkennung zu finden.«

»Pfff.« Maria schnaubte. »Da können die aber lange warten. Das, was die am Telefon bieten, ist wirklich reine Abzockerei. Aber noch gespannter bin ich auf Marlene Silberstein. Wenn jemand der unbestrittene Star der Veranstaltung ist, dann doch wohl sie.«

»Dass ausgerechnet sie für die Auszeichnung nominiert ist, hat schon im Vorfeld für böses Blut gesorgt, soweit ich weiß«, erwiderte Stella. »Dennoch hat van Aalen eine kluge Wahl getroffen: Sie ist bekannt genug, um eine Menge Leute anzuziehen. Aber etlichen Kollegen passt das natürlich nicht. Die Silberstein ist ihnen viel zu glamourös. Hinter ihrem Rücken wird viel getratscht. Sie habe sich hochgeschlafen, blablabla. Und das ist genau der Fehler, den ihre Kritiker machen: Sie kritisieren die Frau auf einer sehr persönlichen Ebene. Für ihre fachliche Kompetenz spielt es keine Rolle, ob sie herumschläft.«

»Ich freue mich jedenfalls schon auf die Preisverleihung«, sagte Maria. »Schließlich bin ich ebenfalls nominiert, wenn auch nur als Alibi-Nominierte. Du hast ja leider abgelehnt.«

»Selbstverständlich habe ich das. Ich lasse mich von van Aalen nicht vor den Karren seiner getürkten Wahl spannen. Jeder ahnt, dass Marlene als Gewinnerin längst feststeht.«

Maria zuckte mit den Schultern. »Egal, ich mache den Spaß mit. Immerhin sitzen wir dadurch in der ersten Reihe und sehen die Gesichter derjenigen, die neidisch auf Marlene Silbersteins Auszeichnung sind, aus nächster Nähe. Ist sie eigentlich fachlich kompetent?«

»Das kann ich schlecht beurteilen. Will ich auch gar nicht. Weißt du, beruflich findet sie eher am Rand meines Gesichtsfelds statt. Wir kommen uns nicht in die Quere, da gibt es keine Überschneidungen. Zugegeben, sie inszeniert sich gerne als große Diva, aber ...« Stella grinste und fuhr fort: »Aber das tust du ja auch.«

»Allerdings tue ich das. Die Welt braucht große Diven; wir sind das Salz in der Einheitssuppe. Wie sähe es denn bitte aus, wenn ich in Jeans und T-Shirt die Karten legen würde? Meine Klienten wären enttäuscht. Ein bisschen Magie muss schon sein.«

Stella liebte das Madame-Pythia-Styling ihrer Großmutter, das die ganz große Show bot: schimmernder Kaftan aus kostbarem Stoff, Turban aus Samt – wahlweise mit Schmuckstein über der Stirn oder mit wippender Pfauenfeder –, auffälliger Schmuck. Wie man sich eine Wahrsagerin halt vorstellte – und Maria bediente dieses Klischee leidenschaftlich gern. Unnötig, zu erwähnen, dass Felicitas beinahe Schreikrämpfe bekam, wenn sie ihre Mutter in dieser Kostümierung sah.

»Du wirst alle überstrahlen«, sagte Stella. »Selbst Marlene Silberstein.«

Maria nickte lächelnd. »Das hat Otto auch gesagt. Übrigens wird er sich in eine alte Zirkusuniform werfen und vor meinem Wagen Leute anlocken.«

»Großartige Idee; das werde ich mir ansehen. Ich habe am Publikumstag ja weiter nichts zu tun, als abends zum Dinner zu gehen. Das fehlte noch, dass ich in der Halle einen Stand aufbaue und Werbung für mich mache ... nie im Leben. Van Aalen hat es mir zwar angeboten, aber ich habe dankend abgelehnt.«

»Natürlich hast du das. Aber er wird es sich wohl kaum entgehen lassen, für seine Horoskop-Fabrik die Werbetrommel zu rühren, oder?«

»Vermutlich nicht. Er hat ja genug Angestellte, die das für ihn machen können. Außerdem investiert er eine Menge Geld in die Veranstaltung. Das Hotel, die Halle ... und Marlene Silberstein hat er bestimmt auch nicht umsonst gekriegt. Wie ich mitbekommen habe, ist eine ordentliche Gage fällig, wenn sie als Stargast gebucht wird.«

Maria seufzte theatralisch. »Die Dame weiß, wie's gemacht wird. Vielleicht sollte ich mich mal mit ihr unterhalten und ein paar Tipps holen?«

»Als hättest du zusätzliche Einnahmen nötig. Oder Werbung. Ben sagt, er will dich für die Berichterstattung über die Veranstaltung interviewen?«

»Ja, wir haben morgen einen Termin. Und Holger van Aalen schafft es endlich ganz groß in den *Ruhrgebiets-Anzeiger;* damit geht für ihn doch ein großer Traum in Erfüllung, oder? Allerdings widerstrebt es Ben, van Aalen in den Mittelpunkt zu stellen – und da komme ich ins Spiel.«

Stella grinste innerlich – natürlich wusste sie von den meist fruchtlosen Bemühungen ihres Astrologen-Kollegen, sich an prominenter Stelle in der größten Tageszeitung des Ruhrgebiets zu präsentieren. Ben – Benjamin Glaeser – war Lokalreporter und gleichzeitig ein alter Schulfreund von Stella; deshalb erfuhr sie einiges von dem, was hinter den Kulissen der örtlichen Tagespresse vor sich ging. Und dass Ben sich standhaft weigerte, van Aalen ein kostenloses Forum für dessen kommerzielle Vorträge und Seminare zu bieten, mit denen der Astrologe eine Menge Geld verdiente.

»Was will er dich denn fragen, das er nicht ohnehin schon über dich weiß?«

Maria zuckte mit den Schultern. »Keinen Schimmer. Auf jeden Fall will er ein paar Fotos schießen. Ich soll mich schick machen, hat er gesagt. Mit allem Zipp und Zapp. Eine super Gelegenheit, für meine Spenden-Aktion zu werben. Nachdem deine Mutter ja nun doch zugestimmt hat, das Geld gnädigerweise anzunehmen. Eigentlich gehört sie mit aufs Foto, finde ich.«

»Eher zündet sie sich die Haare an«, erwiderte Stella.

Kapitel 2

»Maria – ich bin geblendet. Du strahlst heller als die Sonne!«
Ben stöhnte theatralisch und bedeckte die Augen mit den
Händen.

Maria war sichtlich geschmeichelt. »Ich habe also nicht zu
dick aufgetragen?« Sie drehte sich kichernd um sich selbst.
»Sei ehrlich, Junge.«

»Zu dick auftragen? Du? Niemals.«

»Sie sieht aus, als hätte man sie unbeaufsichtigt den Kos-
tümfundus für Bollywood-Filme plündern lassen«, sagte Stella
grinsend. »Wie ein durchgeknallter Maharadscha.«

»Nur kein Neid. Außerdem: wenn schon, dann *Maharani,*
meine Liebe.« Maria wedelte mit den Armen und machte dann
eine schwungvolle, klimpernde Verbeugung. Als Madame Pythia war sie ein schillerndes Gesamtkunstwerk.

»Zuerst die Fotos oder erst das Interview?«, fragte Ben.

»Die Fotos«, erwiderte Maria. »Dann kann ich mich für
unser Gespräch wieder in meine Alltagskluft werfen.«

Ben nickte und schulterte seine Kameratasche. »Vielleicht
sollte ich auch ein paar Bilder von dir in Jeans knipsen. Ich
fände es überaus spannend, den Lesern beide Facetten zu zeigen. Was meint ihr?«

»Ich weiß nicht recht.« Maria sah Stella fragend an, aber
die zuckte nur mit den Schultern. »Eigentlich ist mir die Trennung der beiden Personen wichtig, Ben. Als Madame Pythia
bin ich halt immer in vollem Ornat. Das gehört zu meiner
Rolle, das *ist* Madame Pythia. In Alltagskleidung bin ich Maria
Schmidt. Aber mal sehen.«

Sie verließen die Orangerie, in der Stella und Maria ihre
Arbeitsbereiche hatten, und machten sich auf den Weg zur
Remise, die sich längs der Auffahrt zur Villa erstreckte. Dort

stand Marias geliebter Zirkuswagen, mit dem sie früher von Jahrmarkt zu Jahrmarkt gereist war.

Als sie gerade die Villa passierten, kam der Postbote die Auffahrt heraufgeradelt. Bei Marias Anblick verriss er den Lenker und wäre beinahe in die Büsche am Rand der Pflasterung gefahren, aber in letzter Sekunde brachte er sein schwer beladenes Gefährt zum Stehen.

»Sie können mir die Post geben«, sagte Stella.

»Ich ... äh ... ja.« Fahrig wühlte der Mann in seiner Umhängetasche herum, wobei sein Blick immer wieder zu Maria irrte. Schließlich zog er einige Briefe heraus und überreichte sie Stella. »Hier, für Sie und für ... äh ... Frau Schmidt ...?«

Tatsächlich schien er nicht sicher zu sein, ob es sich bei der – für ihn sicherlich – bizarren Gestalt um die ihm bekannte Frau Schmidt handelte.

»Die bin ich, mein Lieber.« Maria nickte huldvoll und ließ die lange Feder am Turban munter wippen. »Sie haben mich wohl nicht erkannt?«

»Ich ... äh ... nein. Sonst sehen Sie anders aus.«

»Na, Sie tragen Ihre Uniform doch bestimmt auch nicht vierundzwanzig Stunden lang, mein Guter. Ich bin in Arbeitskleidung, das ist alles.«

»Arbeitskleidung?« Der Postbote war sichtlich verwirrt.

»Aber ja.« Klimpernd trat Maria auf ihn zu und streckte die Rechte aus. »Geben Sie mir Ihre Hand. Ich werde Ihnen etwas über Sie erzählen.« Der überrumpelte Mann tat, worum sie ihn gebeten hatte, und Maria studierte ausgiebig die Innenfläche seiner Rechten. »Hm ... ich sehe hier, dass Sie viel an der frischen Luft sind. Sie begegnen sehr vielen Menschen. Sie haben eine wichtige Aufgabe ... da ... ich sehe Merkur ... Sie überbringen den Menschen Botschaften, manchmal gute, manchmal schlechte. Sie sind Teil einer riesengroßen Gemeinschaft von tapferen Frauen und Männern, die den Menschen Botschaften ...«

Mit einem Ruck zog der Mann seine Hand zurück. »Sie wollen mich wohl verkackeiern!«

Maria lächelte strahlend. »Nur ein kleiner Scherz, nicht böse sein. Ich schätze Ihre Arbeit und die Ihrer Kollegen sehr hoch ein, das sei Ihnen versichert. Bei Wind und Wetter sind Sie unterwegs ... schließlich ist es nicht immer so schön wie heute.«

»Danke«, sagte der Postbote. »Das höre ich viel zu selten, wissen Sie?«

Er nickte zum Abschied, schwang sich auf sein Fahrrad und fuhr die Auffahrt hinunter.

»Diese fantastische Szene würde ich echt zu gern als Aufhänger für meinen Artikel benutzen.« Ben grinste über das ganze Gesicht. »*Eine Begegnung zwischen Wahn und Wirklichkeit.* Oder so ähnlich.«

»Nicht frech werden, Bengel«, erwiderte Maria lachend. »Das mit dem Wahn will ich nicht gehört haben. Komm, lass uns die Fotos machen, damit ich schnell wieder aus dem Fummel rauskomme.«

Amüsiert sah Stella dabei zu, wie viel Spaß ihre Oma damit hatte, für Ben zu posieren: vor dem Wagen mit seiner Aufschrift *Madame Pythia* und natürlich im Inneren zwischen dem esoterischen Firlefanz, mit dem Maria ihren mobilen Arbeitsplatz ausgestattet hatte. Selbst Stella musste zugeben, dass es ein beeindruckender Anblick war, wenn Maria konzentriert in ihre große Glaskugel blickte.

Als er fertig war, sahen sie sich die Fotos auf dem Display seiner Kamera an, und Maria nickte zufrieden. »Sehr schön. Ich ziehe mich um. Wir treffen uns in einer Viertelstunde am Teich.«

Die Sitzgruppe aus verwitterten Korbsesseln, die auf der gepflasterten Fläche am Teich standen, war Stellas Lieblingsort in ihrem Teil des Gartens. Es war ein Bereich hinter der Orangerie, den sie Felicitas abgetrotzt hatte, die am liebsten das gesamte Areal um die Villa herum in einen pflegeleichten englischen Landschaftspark verwandelt hätte. Hier herrschte eine bunte Vielfalt an blühenden Pflanzen, und auf dem Teich schwammen Seerosen, auf deren Blättern kleine Frösche Sonnenbäder nahmen.

Sie liebte es, hier zu sitzen und nachzudenken, dabei die Libellen und Vögel zu beobachten, die durch das kleine Paradies schwirrten und flatterten. Vereinzelte Essigbäume mit ihrem Laub aus gefiederten Blättern spendeten Schatten, auch über den Korbsesseln, denn Stella saß nicht gerne in der prallen Sonne. Im Herbst verfärbte das Laub sich über Gelb und Orange zu einem intensiv leuchtenden Karmesinrot – ein traumhaft schöner Anblick, wie sie fand. Dafür nahm sie gern in Kauf, ständig die zahllosen Ableger der Essigbäume bekämpfen zu müssen, die überall sprossen. Am liebsten hätte sie die kleinen Bäumchen wachsen lassen, aber dann hätte ihr Garten sich rasch in einen dichten Wald verwandelt, und so weit ging ihre Liebe zu den hübschen Ziergehölzen nun doch nicht.

Ben setzte sich und streckte die Beine aus. »Hier könnte ich bis an mein Lebensende sitzen und nur auf den Teich glotzen«, sagte er mit einem Seufzen.

»Und dich von mir bedienen lassen, nehme ich mal an«, erwiderte Stella.

»Dagegen wehren würde ich mich ganz sicher nicht. Aber das müsste nicht unbedingt sein. Einfach nur hier sitzen, den Tag verträumen, den Fröschen zuhören …« Wieder seufzte er. »Aber was muss ich stattdessen machen? Über den Kongress der Geistheiler, Astrologen und Alchemisten berichten. So viel Wahnsinn auf einem Haufen …«

»Du beleidigst mich. Ich nehme schließlich auch daran teil, vergiss das nicht.«

»Du bist aber nicht halb so wahnsinnig wie diese Clowns von Zodiac TV.«

Stella lachte. »Ich vermute, das sollte ein Kompliment sein. *Nicht halb so wahnsinnig ...* wie schmeichelhaft.«

»Ach, du weißt doch genau, wie ich das meine. Hier ...«, er wühlte in seiner Umhängetasche und zog eine schwarz glänzende Mappe hervor, auf der in schwungvollen goldenen Lettern van Aalens Name prangte. »Das hat der große Guru mir als Informationsmaterial geschickt. Es sollte mich wohl beeindrucken, aber es hat mich nur zum Lachen gebracht.«

»Ich fürchte, du überschätzt dich, mein lieber Ben. Kaum vorstellbar, dass er die Mappe speziell für dich so aufwendig produziert hat.«

»Auch wieder wahr. Trotzdem ... da stehen Typen drin, unglaublich. Du musst mir ein paar zusätzliche Infos zu denen geben.«

»Ich glaube, da solltest du besser Oma fragen, die war auf einer Vorbesprechung. Willst du was trinken?«

»Ein Mineralwasser wäre schön. Für ein zischendes Pils ist es ja leider noch viel zu früh.«

»Das entscheidest allein du.« Stella zuckte mit den Schultern. »Wenn du dir vormittags Alkohol in die Birne knallen willst – bitte. Ich bin nicht deine Mami.«

Lachend winkte Ben ab. »Lass mal besser. Mein Chef ist bestimmt nicht begeistert, wenn ich später mit einer Bierfahne in die Redaktion getaumelt komme.«

Stella ging zurück zur Orangerie, um Mineralwasser und Gläser zu holen. Als sie wieder herauskam, gesellte sich Maria zu ihr, die nun verwaschene Jeans, Sneakers und Strickpullover trug.

»Ich sehe, du hast Holgers Mappe bekommen«, sagte Maria zu Ben und setzte sich.

»Kommt mir wie ein schräges Märchenbuch vor«, erwiderte Ben mit einem Nicken. »Ich habe gelesen, dass du für diesen Preis nominiert bist.«

»Schon, aber das ist nur ein Fake. Das muss unter uns bleiben, hörst du? Die anderen Nominierten wissen selbstverständlich nicht, dass längst beschlossene Sache ist, wer den ›Saturn‹ bekommt.«

»Nämlich?«

»Marlene Silberstein natürlich«, warf Stella ein, die die Gläser gefüllt hatte und sich nun ebenfalls setzte.

»Ah …«, Ben schlug die Mappe auf und deutete auf das Foto einer schönen Frau. »Das ist diese aufgedonnerte Tussi, wie ich sehe, die zufällig gleichzeitig der Stargast der Messe ist. Autogrammstunden, soso … Ist die denn so bekannt, dass sie Autogramme geben muss?«

Maria nickte. »Das ist sie. Sie ist seit zwei Jahrzehnten in den Medien und *das* Gesicht der Astrologie. Sie hat etliche Bücher geschrieben und hat vor Kurzem zwölf Parfüms auf den Markt gebracht.«

Ben hob die Brauen. »Gleich zwölf? Ist das nicht ein klitzekleines bisschen übertrieben?«

»Für jedes Sternzeichen eins«, erklärte Stella.

»Und wer sind die beiden anderen?« Er blätterte weiter und las vor: »Filibert Fröhlich und … Moment, wie heißt die? … *Sixta Sensualia?* Gütiger Himmel. Das sind doch keine echten Namen, oder? So wie *Madame Pythia?*«

»Also: Filibert Fröhlich heißt wirklich so«, erwiderte Maria grinsend. »Kaum zu glauben, aber wahr. Er ist der Gründer und Chef von Zodiac TV. Stinkreich. Aber nicht allein durch den Sender, sondern durch die Beratungsplattform, die er parallel betreibt. Das ist so etwas wie eine Astro-Hotline, bei der Hunderte von Beratern arbeiten. Nur die Superstars der Hotline sind im TV zu sehen. Zu denen übrigens auch Filibert selbst gehört. Angeblich wird er ständig von Engeln begleitet. Die Leute vergöttern ihn.«

Stella hob die Hand. »Moment – *Astro-Hotline* trifft es nicht ganz, denn die *Beratungen*«, sie malte mit den Fingern Anführungszeichen in die Luft, »gehen weit über Astrologie hinaus. Beziehungsweise haben mit der Astrologie, wie zum Beispiel ich sie betreibe, rein gar nichts zu tun. Dort wird Wahrsagerei angeboten, außerdem Jenseitskontakte, schamanisches Hellsehen, Engelkontakte, Aurasehen und dergleichen mehr.«

Ben starrte sie ungläubig an. »Du machst Witze. Wie kann ich denn die Aura von jemandem sehen, mit dem ich lediglich telefoniere?«

»Das frage ich mich auch«, sagte Maria mit einem Achselzucken. »Aber einige der Berater behaupten, dass sie es können. Sie nehmen dann Kontakt mit einem Astralwesen auf, das ihnen alles über den jeweiligen Anrufer mitteilt. Oder so ähnlich.«

»Das muss ich erst einmal verdauen«, murmelte Ben. Dann sah er von Maria zu Stella. »Und mit dieser Masche verdient dieser Dagobert …«

»Filibert«, korrigierte Maria.

Ungeduldig wedelte Ben mit der Hand und fuhr fort: »Damit verdient er sein Geld? Mit den Leuten, die auf diesen Blödsinn hereinfallen? Klingt für mich nach Abzocke. Da gibt es doch bestimmt verzweifelte Menschen, die Rat suchen, immer wieder dort anrufen und Unsummen verplempern.«

»Bestimmt gibt es die«, sagte Stella. »Aber alle sind erwachsen und können mit ihrem Geld machen, was sie wollen. Es ist ja nicht gerade so, dass Fröhlich bei denen an der Haustür klingelt, ihnen eine Knarre an den Kopf hält und sie zwingt, dort anzurufen.«

»Und diese Sixta Sowieso gehört auch zu dieser sauberen Bande?«, fragte Ben.

»Sie ist eine der absoluten Topstars des Senders, ergo auch der Plattform. Sie ist Auraleserin, außerdem ist sie natürlich hellsichtig und kann Gedanken lesen. Nicht nur das: Sie kann angeblich auch die Gedanken des *Partners* lesen.« Maria kicherte. »Ganz schön ausgeschlafen, wenn ihr mich fragt. Die Gedanken des Partners … darauf muss man erst mal kommen.

Deshalb ist sie vermutlich auch so beliebt. Bei ihr rufen wahrscheinlich scharenweise Frauen an, die wissen wollen, was ihr Kerl denkt.«

»Immerhin eins der großen Mysterien der Menschheit: Was denkt mein Mann?«, sagte Stella lachend. »Ist doch super, wenn es jemanden gibt, der diese Frage beantworten kann.«

Ben schüttelte den Kopf. »Ich bin fassungslos, wie dumm Menschen sein können. Aber eines kapiere ich nicht: Van Aalen ist doch ein … hm … seriöser Astrologe, richtig?« Die beiden Frauen nickten, und er fuhr fort: »Warum bietet er diesen Leuten dann ein derart großes Forum auf seiner Veranstaltung? Er schießt sich doch selbst ins Knie, wenn er sich mit denen in ein Boot setzt.«

»Du musst seine Persönlichkeit verstehen«, sagte Stella. »Er ist ein Machtmensch, ein Alpha. Er ist erfolgreich, wohlhabend und durchaus angesehen. Mittlerweile hat er etliche Angestellte, die für ihn die einfachen Horoskope erstellen und verschicken. Das ist das Kleinvieh, das aber eine Menge Mist macht. Bei allem Erfolg ist er aber mit der Astrologie nach wie vor nicht in der breiten Öffentlichkeit angekommen. Er will *noch mehr* Geld verdienen. Und er will, dass möglichst viele Leute auf seine Messe kommen.«

»Und da kommt Dagobert ins Spiel«, murmelte Ben.

»Exakt.« Stella nickte mit einem Lächeln. »Noch ein Alphamännchen, aber deutlich erfolgreicher als van Aalen. Fröhlich hat die breite Öffentlichkeit einkassiert, zumindest die Menschen, die für Dinge wie Engel, Tarot, Hellsehen und auch Astrologie empfänglich sind. Das ist immer noch lediglich ein relativ kleiner Prozentsatz der gesamten Bevölkerung, aber denen bietet er die Möglichkeit, binnen Minuten einen Berater zu erreichen und persönlich zu sprechen. Auf der Plattform ist jeder Berater mit einem Kurzporträt zu finden. Du klickst beispielsweise die Kategorie Jenseitskontakte an, und schon werden dir alle aufgelistet, die das anbieten. Du suchst dir einen oder eine aus und wählst eine Telefonnummer – fertig.« Sie griff nach ihrem Glas und trank.

»Ich kapiere immer noch nicht ganz …«, sagte Ben.

Maria grinste und tätschelte seinen Arm. »Du bist doch sonst nicht so schwer von Kapee, Junge. Beinahe alle Menschen im Umkreis von Bochum oder im gesamten Ruhrpott, die zur eben von Stella beschriebenen Kategorie gehören, kennen vermutlich Zodiac TV und die Stars des Senders. Im Ruhrpott leben fünf Millionen Menschen, und wenn nur ein Prozent davon sich für diese Form der Grenzwissenschaften interessiert, sind das 50.000 Leute, die Zodiac TV kennen. Van Aalen macht wie verrückt Werbung für die Messe: Radio, Lokalfernsehen, Presse, Internet. Und jetzt lass nur zehn Prozent der Interessierten zur Messe kommen – das sind 5000 Leute, die 20 Euro Eintritt zahlen, weil sie dort Sixta und Filibert persönlich treffen können. Natürlich wird Holger sich und sein Unternehmen prominent auf der Messe präsentieren und auf Kundenfang gehen. *Deshalb* hat er sich Zodiac TV ins Boot geholt. Diese Messe ist ein erster Testlauf. Er will in diesem Bereich ganz groß werden. Größer als Filibert.«

»Dafür wird er sich aber ins Zeug legen müssen«, sagte Ben, »bei dem Vorsprung, den Dagobert hat.«

»Na und?« Maria zuckte mit den Schultern. »Holger van Aalen ist verdammt ehrgeizig. Er hat sich ein Ziel gesetzt und wird mit aller Macht versuchen, es zu erreichen – nicht ohne Grund ist Mars-Pluto seine Lieblingskonstellation. Er hat angedeutet, dass eine Zusammenarbeit mit Marlene Silberstein im Raum steht. Sie an seiner Seite …«, sie schnalzte mit der Zunge, »das ist wie Cäsar und Kleopatra.«

»Nun, Cäsar ist in dieser Verbindung ja bekanntlich nicht sehr alt geworden.« Ben grinste.

»Dann eben Sisi und Kaiser Franz Joseph«, erwiderte Maria. »Alphafrau plus Alphamann, und die bilden dann die strahlende Speerspitze der Astrologiebranche.«

Ben wandte sich an Stella. »Und was sagst du dazu?«

»Ich? Gar nichts. Das alles spielt sich ohnehin lediglich am Rande meiner Wahrnehmung ab. Ich werde auf dem Kongress einen Vortrag halten, weil van Aalen mich wochenlang bekniet und mir letztlich ein finanzielles Angebot gemacht hat, das ich nur ausschlagen könnte, wenn ich vollkommen bescheuert wäre.«

»Was wird dein Thema sein, Liebes?«, fragte Maria.

»*Sonne und die Heldenreise im Horoskop*«, erwiderte Stella.

»Wirst du zu den Vorträgen kommen, Ben?«

»So gern ich dir zuhöre ...«, Ben zuckte in gespieltem Bedauern mit den Schultern, »aber *leider* habe ich Samstag bereits einen anderen Auftrag. Mir reicht gerade, dass ich über die Messe am Publikumstag berichten muss. Außerdem würde ich vermutlich sowieso höchstens die Hälfte verstehen, wenn ihr über Konstellationen, rückläufige Umlaufbahnen und Aszendenten redet. Alles nur böhmische Dörfer für mich. Und wenn dann erst so ein Engelsflüsterer loslegt ... herrje. Wie soll ich mich da *nicht* kaputtlachen?«

»Immerhin scheinst du mittlerweile schon einige Fachbegriffe aufgeschnappt zu haben. *Rückläufige Umlaufbahn* – ich bin beeindruckt«, sagte Stella.

»Schon, aber ich habe keinen Schimmer, was das bedeutet«, gab Ben zurück. »Planeten, die rückwärtslaufen? Reichlich merkwürdig.«

»Ich könnte es dir erklären, wenn du willst«, sagte Maria.

Ben winkte ab. »Nettes Angebot, aber ich verzichte. Ich muss nicht alles auf der Welt verstehen. Lass uns lieber über dich reden, Maria.«

Zwei Tage später erschien Bens Text im *Ruhrgebiets-Anzeiger*. Er bestand aus einem ausführlichen Bericht über Madame Pythia und ihre Teilnahme an der Messe. Das Foto dazu war großartig, und Ben ging auch auf die Tatsache ein, dass Maria dort für ihre Beratungen kein klassisches Honorar verlangte, sondern Spenden für einen guten Zweck sammelte. Das Vortragsprogramm – das ja intern war – wurde nur am Rande erwähnt, während Ben der öffentlichen Messe am Sonntag tatsächlich mehr Zeilen zugestanden hatte, als Stella erwartet hatte.

»Ich glaube ja, Holger hätte auch die Vorträge für Publikum öffnen sollen«, sagte Maria.

»Warum hat er es nicht getan?«, fragte Stella.

»Er sagte, das Hotel sei nicht geeignet dafür. Die Leute müssen ja auch verpflegt werden und wohin zwischendurch mit denen, die nur einzelne Vorträge aus dem Programm hören wollen? Außerdem sei der administrative Aufwand noch zu groß.«

»Noch?«

Maria nickte. »Noch. Die nächste Veranstaltung soll schon deutlich größer werden; er will sich Zodiac TV als Partner ins Boot holen. Van Aalen hat bislang einen Zehnjahresplan, und jedes Jahr kriegt ein eigenes Thema. Diesmal ist es die Sonne, wie du weißt, dann will er alle Planeten durchgehen. Dann die Tierkreiszeichen …«

Und dann das ganze Universum, dachte Stella amüsiert, das passt zu ihm.

Kapitel 3

An der im Programm angebotenen, gemeinschaftlichen Meditation um neun Uhr hatten weder Stella noch Maria teilgenommen, denn sie waren sich einig gewesen, dass sie noch genug Zeit auf der Veranstaltung verbringen würden.

Als sie um kurz vor zehn im Hotel eintrafen, kam van Aalen ihnen im bereits gut gefüllten Vortragssaal entgegen und rief: »Da sind Sie ja! Ich dachte schon …« Er brach ab und wischte sich sichtlich nervös die feuchte Stirn mit einem Tuch ab, das er aus der Tasche seines schicken Jacketts gezogen hatte.

»Dass wir Sie hängen lassen?«, fragte Stella. »Herr van Aalen, das würden wir doch niemals tun.«

»Hm. Hm.« Stirnrunzelnd musterte er Maria. »Sie sind in … wie soll ich sagen … *Räuberzivil*, meine Gute? Ich dachte, wir hätten besprochen, dass Sie …«

»Mein Kostüm habe ich dabei«, fiel Maria ihm ins Wort und klopfte auf ihre voluminöse Umhängetasche. »Keine Sorge, Holger, zur Podiumsdiskussion der Nominierten erscheine ich als *Madame Pythia*. Mit allem Protz und Prunk. Schließlich ist ja sie und nicht Maria Schmidt nominiert.«

Sie schenkte ihm ein schelmisches Zwinkern, das ihn leicht zusammenzucken und dezent erröten ließ. Stella wusste auch, warum: Maria und sie waren schließlich Mitwisserinnen seines Betrugs an den anderen beiden Nominierten …

»Wunderbar.« Er blickte hektisch auf seine Armbanduhr. »Ich muss aufs Podium, meine Damen. Ich freue mich auf Ihren Vortrag, Stella. Bis später.«

Eilig hastete er in Richtung Bühne. Stella und ihre Großmutter hatten kaum auf den für sie reservierten Stühlen in der ersten Reihe Platz genommen, als van Aalen ans Mikrofon trat.

Entgegen Stellas Erwartung verzichtete er gänzlich auf die sonst übliche pompöse Lightshow und die für ihn typischen dramatischen Gesten, als er das Wort ergriff.

»Liebe Kolleginnen und Kollegen, viele von Ihnen und euch kennen mich natürlich, aber ich möchte mich Ihnen dennoch zunächst vorstellen: Mein Name ist Holger van Aalen, und ich bin Astrologe von Beruf. Diese Veranstaltung habe ich ins Leben gerufen, um unserer gemeinsamen Leidenschaft ein Podium zu schaffen.« Applaus brandete auf, den er sichtlich genoss. Als es wieder still war, fuhr er fort: »Mein langfristiges Ziel ist es, die Branche in die Mitte der Gesellschaft zu führen und eine größere Akzeptanz für sogenannte Grenzwissenschaften zu erreichen. Für mein Vortragsprogramm habe ich die interessantesten Vertreter dieser Branche eingeladen, wie Sie dem Programmheft bereits entnommen haben. Ich bin sicher, dass Sie viel Wissenswertes erfahren …«

»Ich … ich … ich … *mein* Ziel, *meine* Veranstaltung, *mein* Vortragsprogramm …«, flüsterte Stella ihrer Großmutter zu, »das ist so typisch für ihn.«

»Und so überaus passend zum Thema der Veranstaltung«, wisperte Maria zurück. »Irgendwie lustig – der selbst ernannte Sonnenkönig hat sich selbst zum Thema gemacht. Keine Ahnung, wie er der Versuchung widerstehen konnte, selbst einen Vortrag zu halten.«

»Bestimmt muss er als Veranstalter ständig erreichbar sein, sonst wäre sein Vortragsprogramm vermutlich eine One-Man-Show.«

»… und deshalb übergebe ich das Mikrofon nun an Marlene Silberstein, die ich Ihnen und euch ganz sicher nicht vorstellen muss!«, verkündete van Aalen nun.

Unter dem Applaus des Publikums erhob sich Marlene Silberstein von ihrem Platz und schritt mit wiegenden Hüften die kleine Bühnentreppe hinauf. Van Aalen begrüßte sie mit einem Handkuss, geleitete sie galant zum Rednerpult und zog sich dann zurück.

Marlene Silberstein verstand sich auf einen eindrucksvollen Auftritt, stellte Stella fest. Die Star-Astrologin stand ganz still und blickte mit einem gelassenen Lächeln ins klatschende Publikum. Sie trug ein fließendes Ensemble aus weiter Hose und gepunktetem Oberteil in matten Gelb- und Orangetönen; ihr akkurat geschnittener roter Pagenkopf schimmerte metallisch. Klotziger Goldschmuck in modernem Design rundete ihr Outfit ab. Sie sah aus, als wäre sie auf dem Weg zu einem Fotoshooting für ein Hochglanz-Modemagazin.

»Die Sonne geht auf«, murmelte Maria, »was für eine Inszenierung. Hut ab.«

Stella nickte nur, weil der Applaus inzwischen verklungen war und der Vortrag beginnen konnte.

»Liebe Gäste dieser wunderbaren Veranstaltung«, sagte Marlene Silberstein mit rauchiger Stimme, »wir dürften uns einig darüber sein, dass die Sonnenstellung in unserem Horoskop von besonderer Bedeutung ist. Das Zeichen, in dem die Sonne im Moment unserer Geburt steht, sagt etwas darüber aus, was ich in meinem Leben werden möchte und wie sich meine Verwirklichung vollzieht. Aber nicht die Zeichenstellung allein ist wichtig – auch das Haus bestimmt, in welchem Bereich des Lebens ich mich verwirklichen und *glänzen* möchte. Wo möchte ich auffallen? Wo möchte ich Einfluss nehmen? Wo möchte ich meinen schöpferischen Beitrag zum großen Ganzen leisten? Dafür möchte ich Ihnen zwei Beispiele nennen. Die Sonne im zweiten Haus steht für ein gesundes und starkes Selbstwertgefühl – und das ist ein Geschenk, denn das macht erfolgreich. Sie sind großzügig und anspruchsvoll, aber auch wunderbar extravagant. Aber warum auch nicht? Sie können es sich leisten. Ganz anders ist es bei der Sonne im fünften Haus: Hier sorgt sie dafür, dass Sie sich über *kreative* Selbstdarstellung verwirklichen wollen. Vielleicht schreiben Sie Gedichte, malen wunderschöne Bilder oder haben Freude an Schauspielerei.« Sie hielt inne, lächelte und fuhr fort: »Keine Sorge, ich werde jetzt nicht sämtliche Zeichen und Häuser durchdeklinieren, schließlich spreche ich vor Experten. Falls

Sie trotzdem etwas mehr über dieses Thema erfahren wollen, empfehle ich Ihnen mein Buch mit dem Titel ...«

»Super«, flüsterte Maria, »warum nicht zwischendurch einfach mal Reklame für meine doofen, banalen Bücher machen? Ausgerechnet hier – das ist beleidigend.«

Genau das hatte Stella in diesem Moment auch gedacht. Auch sie selbst hatte diese platte Werbung unangenehm berührt, schließlich handelte es sich bei Marlene Silbersteins Büchern nicht etwa um Fachliteratur für Berufskollegen. Es waren ja gerade Bücher für eine Leserschaft, die *keine* Ahnung von Astrologie hatte.

Während Marlene Silberstein noch Erbauliches zur Sonne im Partnerschaftshoroskop zum Besten gab, hörte Stella kaum noch zu und hatte stattdessen ihre Aufmerksamkeit der Person zugewandt, die dort oben auf der Bühne stand.

Sie musste zugeben, dass die Star-Astrologin eine faszinierende Erscheinung war, die eher auf einen roten Teppich zu gehören schien als auf diese wenig glamouröse Veranstaltung. Beinahe wirkte sie wie ein Fremdkörper, so als hätte sie sich aus Versehen auf diese Bühne verirrt. Aber es musste einen triftigen Grund geben, weshalb sie van Aalens Einladung gefolgt war; irgendetwas musste sie sich davon versprechen. War eine eventuelle Partnerschaft mit van Aalen wirklich so verlockend für sie? Umgekehrt auf jeden Fall – dass der Astrologe vom Glanz der berühmten Star-Astrologin zu profitieren hoffte, leuchtete Stella sofort ein.

Marlene Silberstein hatte ihren Vortrag beendet und nahm huldvoll den Applaus entgegen, der durchaus freundlich, aber nicht gerade enthusiastisch war. Van Aalen bedankte sich überschwänglich für den ›wunderbaren Beitrag‹ und kündigte Stella, die er eine ›liebe Freundin und bewunderte Kollegin‹ nannte, als nächste Rednerin an.

»Zeig's ihnen«, sagte Maria, als Stella sich erhob und die Bühne erklomm.

Auch ihr gab van Aalen einen Handkuss, und Stella musste sich schwer beherrschen, ihre Hand nicht sofort an der Jeans abzuwischen.

»Ich möchte über einen anderen Aspekt der Sonne sprechen«, begann sie, »und den Pfad der rein astrologischen Deutung verlassen. *Sonne und die Heldenreise* lautet der Titel meines Vortrags.« Sie wartete ab, bis der Applaus verklungen war, und fuhr fort: »Bevor es monotheistische Religionen gab, wurden überall auf der Welt Naturgötter verehrt. In wirklich jeder alten Kultur gab es einen Sonnengott, den Erschaffer allen Lebens. Sie wussten: Ohne Sonnenlicht gäbe es kein Leben auf der Welt, und die Tatsache, dass die funkelnde Sonnenscheibe jeden Tag aufs Neue über dem Horizont erschien und die Nacht mit ihrer furchteinflößenden Dunkelheit verjagte, faszinierte die Menschen und garantierte gleichzeitig ihren Fortbestand. Uralte Kultstätten wie der griechische Apollo-Tempel, Stonehenge oder die ägyptische Sonnenstadt Heliopolis legten und legen Zeugnis darüber ab, welchen Rang der Sonnengott innehatte, den wir unter vielen verschiedenen Namen kennen: Krishna, Ra, Helios oder Apollo sind nur einige davon. Auch in vielen Mythen finden wir das Sonnenthema, wie zum Beispiel in Heldensagen von Achill oder Herakles oder auch in der Suche nach dem Heiligen Gral. Der amerikanische Psychologe Joseph Campbell hat die Mythen und Sagen vieler Völker erforscht und ein verbindendes Muster entdeckt: Alle Geschichten erzählen in bildhafter Form vom Abenteuer des Lebens – von ihm *Heldenreise* genannt. Aus astrologischer Sicht ist die Heldenreise eng mit dem Erfahren und Erleben der Sonne im Horoskop verknüpft: Wer die Sonne in sich weckt, wird zum Helden, denn sie lässt uns den Mut aufbringen, unser eigenes Leben aktiv zu gestalten. Natürlich geht dabei nicht immer alles glatt – es gibt Hindernisse zu beseitigen, Hürden zu überwinden, vielleicht auch einen Schatz zu suchen und Feinde zu bekämpfen. In alten Mythen sind es Drachen oder andere Ungeheuer, mit denen der Held sich messen muss, in neueren sind es die Nazis, mit denen es Indiana Jones zu tun bekommt, oder ist es ein überaus dämonischer Lord Voldemort, der vermeintlich vielfach überlegene Erzfeind von Harry Potter, den der Junge aber doch am Ende überwindet.« Sie hielt inne und fügte hinzu: »Und das war jetzt hoffentlich kein Spoiler für diejenigen, die diese wunderbare Buchreihe noch nicht kennen oder gerade erst bei Band 3 sind.«

Das Publikum lachte und spendete Szenenapplaus, und Stella sah, dass ihre Großmutter den Daumen hochreckte.

»Tatsächlich finden Sie dieses Muster in vielen Filmen und Büchern, wenn Sie genau hinsehen: Die vermeintliche Sicherheit eines Helden oder einer Heldin wird erschüttert, sie werden mit einer Aufgabe konfrontiert und gehen auf eine abenteuerliche Reise, an deren Ende im Optimalfall alle Prüfungen bestanden sind und ein wohlverdientes Happy End steht. Trennung – Initiation – Rückkehr … so lautet die Kurzformel. Machen wir uns nichts vor: Wie sehr würde uns ein Buch langweilen, in dem für die Hauptfigur ständig alles glattläuft? Denken wir an *Herr der Ringe*: Keiner dreht durch, der Ring gelangt ohne Umwege dorthin, wo er hingehört – Buch zu Ende. Und höchstens hundert Seiten lang. Hundert *stinklangweilige* Seiten lang, versteht sich.«

Wieder erhielt Stella Applaus und Gelächter, was sie sehr freute – offenbar machte sie alles richtig.

»Wir alle sind Heldinnen und Helden«, redete sie weiter. »Aus der Perspektive der psychologischen Astrologie ist unser Leben von der Geburt bis zum Tod eine einzige große Abenteuerreise, in deren Verlauf wir immer wieder unterschiedliche Prüfungen bestehen – oder auch nicht. Und hier kommt wieder die Sonne ins Spiel. Nur, wenn wir sie in uns wecken, bringen wir den Mut auf, das eigene Leben zu gestalten und unsere ureigenen Aufgaben zu erkennen. Unsere Sonne hilft uns auf unserem Weg der Bewusstwerdung, auf dem wir auch mit den

Nachtseiten des Lebens, nämlich unseren Zweifeln und Ängsten, unseren inneren Dämonen und mit den Feinden in der Außenwelt kämpfen müssen. Mithilfe der Sonne können neue Kräfte wachsen, mit denen wir die Krisen und Prüfungen unseres Lebens meistern können.« Stella machte eine kurze Pause und fügte mit einem Lächeln hinzu: »Ganz genau wie Harry Potter. Vielen Dank für Ihre Aufmerksamkeit.«

»Na, die haben dich aber gefeiert«, sagte Maria, als sie später beim Mittagessen saßen. »Ich bin unglaublich stolz auf dich. Du hast die Glitzerschnepfe ganz schön blöd aussehen lassen. Mal ganz abgesehen von den beiden, die nach dir dran waren. Bestimmt hätten die meisten stattdessen lieber deinen Vortrag noch zweimal gehört.«

»Das ist lieb, aber Quatsch. Außerdem ging es mir nicht darum, andere auszustechen«, erwiderte Stella.

»Weiß ich doch. Aber dein Vortrag war witzig. Das ist eine Kunst. Die Leute zum Lachen zu bringen, ohne sich dafür über etwas lustig zu machen – das kann nicht jeder.«

Sie saßen im Garten des Hotels, der – mit einem Springbrunnen als Mittelpunkt – wie ein kleiner Park angelegt war. Auf einer der zahlreichen Bänke hatten sie ein kleines Picknick angerichtet, das sie dem fantasielosen Menü des Hotelrestaurants vorzogen. Um der Hotelküche die Arbeit zu erleichtern, hatten die Teilnehmer sich bereits im Voraus unter drei Vorschlägen entscheiden müssen, und Stella wollte weder das *Putenfilet Bombay* noch das *Zürcher Geschnetzelte* oder die vegetarische Variante, einen nicht näher definierten *Auflauf aus Gemüsen der Saison* probieren.

»Super«, hatte Maria gesagt, »Resteessen, das uns als tolles Menü verkauft wird. Und dafür auch noch 16 Euro berappen? Die spinnen doch. Obwohl – vermutlich hat van Aalen 7 Euro pro Portion ausgehandelt und steckt sich die Differenz in die eigene Tasche. Oder bezahlt davon das Dinner, zu dem er uns am nächsten Abend eingeladen hat. Aber nicht mit mir. Wir packen uns einen schönen Picknickkorb und hoffen auf gutes Wetter.«

Nun genossen sie also die Mittagspause an der frischen Luft, während die meisten anderen im Hotel waren. Nach zwei weiteren Rednern hatte Stella im Vortragssaal zu ersticken geglaubt. Ein seriös wirkender Herr hatte staubtrocken über Börsenastrologie referiert: Er hatte verschiedene DAX-Horoskope gedeutet sowie spektakuläre Kurseinbrüche astrologisch untersucht, und er empfahl, in Gold und Diamanten zu investieren. Sein Vortrag hatte sich für Stella als exakt so langweilig entpuppt, wie der Titel es bereits befürchten ließ. Astrologische Finanzberatung – das war wirklich nicht ihr Ding. Danach hatte Sixta Sensualia über Auralesen und den sechsten Sinn – also im Wesentlichen über sich und ihre unglaublichen Fähigkeiten – gesprochen, was bei Stellas Großmutter einen beinahe ununterbrochenen Strom an empörten Schnaubgeräuschen und gemurmelten Protesten ausgelöst hatte.

Nach und nach kamen auch andere aus dem Hotel, um sich noch ein wenig die Füße zu vertreten, bevor das Programm fortgesetzt wurde. Immer mal wieder blieben Kolleginnen und Kollegen bei Stella stehen, um ihr Komplimente für den Vortrag zu machen. Die einstimmige Meinung war, dass ihr Beitrag bisher der mit Abstand unterhaltsamste und interessanteste gewesen sei. Neben Stella strahlte Maria vor Freude über den Erfolg ihrer Enkelin.

»Puh«, sagte Stella, als sie die Reste ihres Picknicks zusammenpackten, »die übertreiben aber ganz schön.«

»Unsinn. Du bist viel zu bescheiden; du hast jedes einzelne Lob mehr als verdient. Welchen Grund sollten die haben, dir Honig ums Maul zu schmieren? Wenn sie Marlene Komplimente für ihren Vortrag machen würden … ja, *das* wäre allerdings die reine Speichelleckerei. Aber bei dir?« Maria schüttelte streng den Kopf. »Sie meinen es ehrlich. Und du solltest lernen, es anzunehmen.«

Natürlich freute Stella sich darüber, dass sie das Publikum offenbar nicht gelangweilt hatte, aber sie stand ungern derart im Mittelpunkt der Aufmerksamkeit. Etliche hatten sogar gefragt, ob sie auch schon Bücher geschrieben habe – dazu passte, dass ein Mann sich als Verlagsinhaber vorstellte und sagte, er sei an einer Zusammenarbeit mit ihr interessiert, das Thema könne sie sich aussuchen. Völlig überrumpelt lehnte Stella das Angebot freundlich ab, aber der Verleger gab ihr seine Visitenkarte mit den Worten, sie könne ihn jederzeit anrufen, falls sie es sich noch überlegen sollte.

Stella und Maria gingen wieder hinein und begaben sich in den Bereich hinter der Bühne, denn es wurde Zeit für Maria, sich für die Podiumsdiskussion vorzubereiten.

»Jetzt wirst du auch noch Schriftstellerin – gleich platze ich vor Stolz«, sagte Maria verträumt, während sie vor einem Spiegel ihrem Turban den perfekten Sitz verpasste.

»Ach ja?«, erwiderte Stella grinsend. »Da weißt du aber mehr als ich. Glaub mir, ich werde blitzartig Schnee von gestern sein, wenn sie *dich* auf der Bühne erlebt haben. Wenn ich überhaupt etwas schreiben wollen würde, dann deine Biografie. Das wäre interessant – und nicht das dreitausendste Buch über Astrologie.«

Maria schüttelte den Kopf und ließ die lange Pfauenfeder an ihrem Turban anmutig schwingen. »Nicht auf das *Was* kommt es an, sondern auf das *Wie*. Was dich von allen unterscheidet, ist deine spezielle, sehr sympathische Herangehensweise an das Thema – nicht bierernst und dröge, sondern unkonventionell und für jeden verständlich. *Herr der Ringe* mit nur hundert Seiten – herrlich!«

»Auf die Bühne, bitte!«, rief van Aalen in diesem Moment von der Seite, und Stella umarmte ihre Großmutter.

»Viel Spaß. Zeig ihnen, wo der Frosch die Locken hat.«

»Das werde ich«, erwiderte Maria strahlend.

Kapitel 4

Auf der Bühne standen im Halbkreis fünf Stühle, auf denen nun die vier Nominierten für den ›Saturn‹ sowie Holger van Aalen – in der Mitte, verstand sich – Platz nahmen. Eingerahmt wurde er von Maria auf der linken und Marlene Silberstein auf der rechten Seite; neben Maria saß Sixta Sensualia, rechts außen Filibert Fröhlich. Maria und Marlene schillerten wie zwei exotische Paradiesvögel zwischen drei Raben, denn die anderen waren ganz in Schwarz.

Alle bekamen ein Handmikrofon, und nachdem van Aalen alle in der Runde noch einmal kurz vorgestellt hatte, ging es los.

»Wie Sie wissen, liebe Freundinnen und Freunde, geht es bei dieser Veranstaltung thematisch um die Sonne«, sagte van Aalen, »und vor der Mittagspause haben wir bereits viel Interessantes gehört. Jetzt freue ich mich auf einen lockeren Austausch und eine lebhafte Diskussion. Zunächst möchte ich Marlene Silberstein das Wort erteilen.«

Stella war so, als würde die Astrologin lediglich ihren Vortrag vom Vormittag – gekürzt – wiederholen. Marlene Silberstein gab wieder nur einige Plattitüden über die segensreiche Kraft der Sonne zum Besten, die aus einem der obligatorischen Jahreshoroskope, die üblicherweise im November oder Dezember den einschlägigen Magazinen für Frauen beilagen, hätten stammen können.

Allerdings musste Stella zugeben, dass die Star-Astrologin es verstand, sich und ihre Botschaft hervorragend zu verkaufen. Genau wie van Aalen beherrschte auch sie die Kunst, ihren vermeintlichen Weisheiten nur über ihre Stimme eine Tiefe zu verleihen, die astrologische Laien ganz sicher zu beeindrucken vermochte. Stella fragte sich, ob Marlene Silberstein wohl

Schauspielunterricht genommen hatte, um ihre Auftritte professionell zu optimieren.

Schön und gut – aber in diesem Forum? Vor Fachpublikum? Oder ließen sich auch hier die Zuhörer von ihrer Erscheinung und ihrem Ruhm blenden?

Bei van Aalen klappte es jedenfalls, denn er dankte ihr überschwänglich für ihren Beitrag, bevor er sich an Sixta Sensualia wandte. »Liebe Sixta, Ihr Fachgebiet sind die Auren der Menschen. Sie können sie sehen – *erspüren* – und interpretieren. Wie macht sich die Sonne in der Aura bemerkbar?«

»Diese Frage ist ganz einfach zu beantworten«, erwiderte Sixta Sensualia lächelnd, »in den Farben Orange, Gelb und Gold, natürlich. Menschen, deren Aura in diesen Farben schillert, haben bereits ein gutes Stück auf dem Weg in die Spiritualität zurückgelegt. Sie widmen ihr Leben dem Guten, besitzen vielleicht sogar heilende Kräfte. Ein strahlendes Gold zeigt die Läuterung des Denkens durch geistige Kräfte, es symbolisiert die Schwingung der reinen Liebe und der …«

Es lohnt wirklich nicht, weiter zuzuhören, dachte Stella und klinkte sich aus.

Beinahe wunderte sie sich, dass ihre Oma so ruhig zuhörte, ohne das Wort zu ergreifen, denn bereits bei Sixtas Vortrag am Vormittag hatte Maria sich über deren undifferenzierte Darstellung empört. Auch Maria beherrschte das Auralesen – praktizierte es allerdings nicht.

»Die Menschen haben eine ganz falsche Vorstellung davon«, hatte sie Stella mal erklärt. »Die Aura eines Menschen hat nicht *eine* bestimmte Farbe, sie verändert sich ununterbrochen. Sie hängt von Stimmungen ab, von äußeren Einflüssen und vielem mehr. Vielleicht hast du jetzt gerade eine smaragdgrüne Aura, die aber nichts über dein eigentliches Wesen aussagt. Eine *einigermaßen* aussagefähige Analyse der Aura benötigt also mehrere Sitzungen, die sogar zu unterschiedlichen

Tageszeiten stattfinden sollten. Das sag mal einem Kunden, der etwas über seine Aura erfahren möchte!«

»Verstehe. Derjenige würde natürlich denken, du willst ihn abzocken.«

»Exakt. Ist das nicht ironisch? Ich will ehrlich mit dem Thema umgehen und den Kunden nicht mit einer halbgaren Aussage abspeisen, und ausgerechnet das lässt mich betrügerisch erscheinen.«

»Und was ist mit Aurafotografie?«, hatte Stella gefragt. »Die ist doch sehr beliebt. Bei einer Messe habe ich mal eine riesige Warteschlange vor einem Stand gesehen.«

»Die ist erst recht völliger Mumpitz.« Maria winkte ab und schnaubte verächtlich. »Die Leute zahlen 20 oder 30 Euro für ein Abbild ihrer Aura und ziehen dann glücklich damit von dannen, hängen es sich vielleicht gerahmt an die heimische Wohnzimmerwand und denken: Das ist meine Aura. Das ist, als würdest du für ein Foto ganz spontan eine rote Clownsnase aufsetzen, und dieses eine Bild stünde dann dafür, wer du bist. Aha, das ist also Stella Albrecht – sie rennt ständig mit einer roten Clownsnase durch die Gegend. Dabei ist es lediglich eine Momentaufnahme, die rein gar nichts über dich aussagt – höchstens etwas über die ausgelassene Stimmung, in der du in diesem speziellen Augenblick warst. Nicht mehr und nicht weniger.«

Da applaudiert wurde, hatte Sixta Sensualia ihren Beitrag offenbar beendet. Van Aalen hatte eingangs etwas von Austausch und Diskussion gesagt, aber davon konnte nicht die Rede sein, fand Stella. Bisher hatten sowohl Marlene als auch Sixta lediglich das wiederholt, was alle Anwesenden heute bereits von ihnen gehört hatten.

Wie viel Geld hatte van Aalen eigentlich von den Besuchern fürs Vortragsprogramm verlangt? Stella wusste es nicht, da sie selbst eine der Referentinnen war. Selbst 10 Euro wären ihrer

Meinung nach zu viel gewesen, aber sie war sich beinahe sicher, dass van Aalen noch eine Null drangehängt hatte. Und zu allem Überfluss war das *Putenfilet Bombay* noch nicht einmal inbegriffen gewesen.

Nun war Filibert Fröhlich an der Reihe. »Engel begleiten mich seit meiner Kindheit«, verkündete er so salbungsvoll, als sei er selbst einer von ihnen. Nach einer dramatischen Kunstpause fuhr er fort: »Sie beschützen mich und führen mich durchs Leben. Zu ihnen gehört Galgaliel, der Prinzengel der Sonne. Er ist der Hauptengel des Sonnenrades. Galgaliel hat eine Botschaft, die er durch mich der Menschheit verkündet: *Wenn wir Liebe aussenden, werden wir Liebe empfangen!* Er hat mich zu dem mitfühlenden Menschen gemacht, der ich heute bin, und dafür bin ich zutiefst dankbar. Kosmische Liebe und kosmische Schwingungen, das sind die Eckpfeiler meiner Tätigkeit als Berater ...«

Gütiger Himmel, dachte Stella, geht es vielleicht noch platter? Das ist ja kaum zu ertragen.

Bisher hatte Maria sich zurückgehalten, aber Stella sah, wie es in ihrem Gesicht arbeitete. Die Pfauenfeder am Turban zitterte leicht vor unterdrückter Empörung.

»Madame Pythia war bisher so still«, sagte van Aalen in diesem Moment, da Fröhlich offenbar fertig war. »Wie ist denn Ihre Meinung zu unserer wundervollen goldenen Sonne? Bitte – ich bin sehr neugierig.«

Alle Mann in Deckung, dachte Stella, denn sie war sich sicher, dass ihre Großmutter nichts vom bisher Gesagten unkommentiert lassen würde.

Maria hob das Mikrofon zum Mund. »Ich war *still?* Nun ja. Ich nenne es *höflich.* Ich hätte gerne schon längst etwas gesagt, aber man hat mir beigebracht, nicht dazwischenzureden.« Sie wandte sich ans Publikum und fuhr fort: »Ich will euch allen ja nicht die gute Laune verderben, Herrschaften, aber das ist mir hier eindeutig zu viel Zuckerwatte. Wir sollten eines nicht vergessen: Wo viel Licht ist, ist auch viel Schatten. Die Sonne spendet nicht nur Leben – sie kann es auch *verbrennen*. Sie kann uns blenden und so in die Irre schicken. Ja – sie ist die Kraft, die grenzenlos gibt, aber sie kann uns auch zu Selbstgefälligkeit und Größenwahn führen. Sie, Marlene, sprachen von der Sonne in den Häusern und brachten zwei Beispiele, auf die ich kurz eingehen möchte: Ja, die Sonne im zweiten Haus kann für Großzügigkeit und positives Selbstwertgefühl stehen. Aber sie steht auch für das Verlangen nach Macht, für Habgier und für die Tendenz, sich als Herr über andere Menschen aufzuspielen. Und haben wir nicht alle bei Ihrer Beschreibung der Sonne im fünften Haus sofort an versponnene, sensible Künstlerseelen gedacht? Aber Vorsicht – auch hier fördert sie arrogantes, herrisches Gebaren und die Tendenz, sich anderen überlegen zu fühlen, weil man ja ach so kreativ ist und dadurch in wesentlich höheren Sphären weilt als der profane Rest der Menschheit.«

»Warum sehen Sie denn alles so negativ?«, fragte Marlene Silberstein spitz. Sie war sichtlich angefressen. »Die Menschen kommen doch nicht zu uns, um sich von uns demoralisieren zu lassen.«

Maria schüttelte amüsiert den Kopf. »Da haben Sie mich vollkommen falsch verstanden, meine Liebe. Mir geht es nicht darum, die Menschen zu demoralisieren. Aber sie haben die Wahrheit verdient! Ich weise nur darauf hin, dass die Sonne eine starke Kraft ist, der man manchmal etwas entgegensetzen muss. Etwas im Leben erreicht zu haben, heißt nicht automatisch, dass man auch überheblich und eitel werden muss. Zu strahlen muss nicht bedeuten, dass man andere ohne Rücksicht auf Verluste *über*strahlt. Da ist ständige Selbstreflexion gefragt, Demut, Bescheidenheit – und das kostet Kraft, weil es doch so viel einfacher ist, voller Stolz über das Erreichte durch die Weltgeschichte zu stolzieren und sich wie ein eitler Pfau bewundern zu lassen. Und dann – wenn man völlig verkorkst ist – diese Bewunderung vielleicht auch noch auszunutzen und sich teuer bezahlen zu lassen.«

»Was wollen Sie denn bitte schön *damit* sagen?«, zischte Filibert Fröhlich.

»Sehr interessant, dass gerade Sie sich durch meine letzten Worte angesprochen fühlen«, erwiderte Maria mit sanftem Lächeln. »Ich will damit sagen, dass gerade wir, bei denen Menschen um Rat und Beistand bitten, eine besondere Verpflichtung haben. Es kann nicht unsere Aufgabe sein, eine tolle Zukunft und die Erfüllung aller Sehnsüchte vorherzusagen – damit nutzen wir unseren vermeintlichen Wissensvorsprung aus, finde ich.«

»Moment mal«, sagte Sixta Sensualia, »ich würde gerne wissen, warum Sie uns hier vor allen Leuten angreifen.«

»Angreifen? Aber nicht doch.« Maria schüttelte den Kopf. »Das hier soll doch ein Austausch sein, oder? Was ich meine, ist Folgendes: Wer wollte Ihnen das Gegenteil beweisen, Filibert, wenn Sie die Botschaft eines Engels überbringen? Niemand. Oder bei Ihnen, Sixta: Was hat man als Laie Ihrer Interpretation der Aura entgegenzusetzen? Gar nichts. Und deshalb ist es so ungemein wichtig, dass wir uns unserer enormen Verantwortung bewusst sind – bei allem, was wir den Ratsuchenden mit auf den Weg geben. Und genau das meinte ich vorhin, Marlene, als ich Sie zitierte: Es ist *auch* unsere Aufgabe, auf die potenziellen Schattenseiten hinzuweisen. Du bist wahnsinnig erfolgreich? Super, aber pass doch bitte auf, dass du nicht großkotzig wirst und andere niedertrampelst. Du strahlst so hell wie die Sonne? Großartig, aber lass die anderen an deiner *Wärme* teilhaben, anstatt ignorant zu sein und sie in den Schatten zu stellen. Die Botschaft Ihres Engels ist wirklich wundervoll, Filibert, aber so einfach ist es leider nicht. Ich muss nur Liebe geben, um Liebe zurückzubekommen? Schön wär's. Das wahre Leben läuft leider nicht immer so einfach. Unsere Kunden haben es verdient, dass wir ihr Vertrauen belohnen, und zwar mit ehrlicher, zugewandter und liebevoller Beratung, die auch beinhalten kann, dass wir Dinge ansprechen, die vielleicht unbequem sind.« Maria blickte ins Publikum und fügte hinzu: »*Das* ist unsere Aufgabe, liebe Freundinnen und Freunde, und ich wünsche mir, dass alle, die in dieser Branche arbeiten, danach handeln. Denn sonst haben wir unseren Beruf verfehlt. Machen wir uns nichts vor: Es ist nicht zu leugnen, dass es unter uns auch schwarze Schafe gibt, deren zweifelhaftes Ethos dazu beiträgt, die gesamte Branche in Verruf zu bringen. Und dabei haben wir einen Beruf, der wundervoll ist, denn wir haben viel zu geben. Aber es sollte das Richtige sein.«

Van Aalen wollte etwas sagen, aber er wurde vom tosenden Applaus des Publikums gestoppt. Maria stand grinsend auf, machte einen kleinen Knicks und setzte sich wieder.

»Nun, äh, das war ja höchst interessant«, sagte van Aalen, als der Applaus abgeebbt war, »Ihre Meinung dürfte nun jedem klar sein, liebe Madame Pythia. Vielen lieben Dank für Ihre klaren Worte.«

»Wenn das lediglich *meine* Meinung ist, lieber Holger«, gab Maria lächelnd zurück, »dann hat unsere Branche ein echtes Problem.«

Diesmal mischten sich sogar Bravo-Rufe in den frenetischen Applaus, und van Aalen rang sich ein zustimmendes Nicken ab, was ihm sichtlich schwerfiel.

Tja, da wolltest du als Farbklecks eine schrullige, liebe Omi mit Glaskugel, dachte Stella, und hast stattdessen einen bissigen, alten Haudegen gekriegt, van Aalen – Überraschung!

Als sich bei der anschließenden Fragestunde fürs Publikum rasch abzeichnete, dass die Anwesenden lediglich an Madame Pythia interessiert waren, blickte van Aalen irgendwann demonstrativ auf seine Armbanduhr und verkündete: »Da läuft uns gerade leider die Zeit davon, liebe Freundinnen und Freunde. Sie haben ja noch die Gelegenheit, das Gespräch mit unseren Gästen der Podiumsdiskussion zu suchen; vielleicht später bei unserem geselligen Abend. Außerdem nehmen alle vier morgen an der Messe teil. Jeder ist dann herzlich eingeladen, Madame Pythia in ihrem Wagen zu besuchen und sich von ihrer Art der Beratung selbst zu überzeugen. Gleiches gilt für Filibert Fröhlich und Sixta Sensualia – sie freuen sich am Stand von Zodiac TV auf Ihren Besuch. Ich entlasse Sie nun in eine kurze Pause, und dann geht es gleich weiter mit dem Programm.« Er fing einen flammenden Blick von Marlene Silberstein auf und fügte hastig hinzu: »Und unser Stargast Marlene Silberstein wird an ihrem Stand Bücher signieren. Sicherlich beantwortet sie auch sehr gern Ihre Fragen.«

Stella grinste innerlich, denn Marlene Silbersteins Miene sprach Bände: Fragen zu beantworten war das Letzte, was sie *sicherlich gern* tun würde.

Hinter der Bühne half Stella ihrer Großmutter, das prunkvolle Gewand auszuziehen und sich wieder in Maria Schmidt zu verwandeln.

»Vermutlich wirst du ab sofort keine ruhige Minute mehr haben«, sagte sie. »Du wirst ständig von Bewunderern umringt sein.«

»Ach, Quatsch.« Maria fuhr sich mit den Fingern durchs Haar, das vom Turban platt gedrückt war. »Die ganze Aufregung um mich wird sich bis heute Abend längst gelegt haben, glaub mir. Später bekommt Marlene den ›Saturn‹ und steht damit im Mittelpunkt der allgemeinen Aufmerksamkeit.« Maria faltete den Kaftan zusammen, verstaute ihn in der Tasche und drehte sich zu Stella um. »Glaubst du, Holger ärgert sich darüber, mich auf die Bühne gelassen zu haben?«

»Dann wäre er ganz schön dumm«, erwiderte Stella, »denn nach den stinklangweiligen Wiederholungen deiner Kollegen hast du ordentlich Stimmung in die Runde gebracht.«

»Ach, darum ging es«, sagte Filibert Fröhlich, der unbemerkt herangekommen war. »Für ein bisschen Stimmung werden also Kollegen diskreditiert und als Scharlatane hingestellt. Bravo, meine Gute.«

Er stolzierte von dannen und hörte nicht mehr, wie Maria sagte:»Dafür werde ich nicht gebraucht. Das schaffst du schon ganz alleine.«

Kapitel 5

Das Licht war gedimmt, die Vorhänge geschlossen. Ein einzelner Spot beleuchtete das kleine Rednerpult auf der Bühne, und auf eine Leinwand im Hintergrund wurde das Bild des ›Saturn‹ geworfen – eine Glaskugel von der Größe einer Pampelmuse mit gläsernem Ring, die auf einem quadratischen Marmorsockel befestigt war. Das schimmernde Original stand neben dem Pult auf einer Art Säule, die wie ein ausrangierter Blumenständer aussah. Die Bestuhlung im kleinen Vortragssaal war unverändert, aber die tagsüber gut gefüllten Stuhlreihen wiesen nun unübersehbare Lücken auf. Es waren offenbar schon mehr Gäste des Vortragsprogramms abgereist, als van Aalen erhofft hatte.

Die vier Nominierten hatten Plätze in der ersten Reihe, die mittels einer geprägten Namenskarte auf dem Sitz gekennzeichnet waren. Während der Raum sich langsam füllte – die meisten hatten wie Stella und Maria die Pause genutzt, um rasch etwas zu essen und sich die Füße zu vertreten –, flitzte van Aalen emsig herum. Freundlich, aber unnachgiebig eskortierte er die Gäste zu den vorderen Stuhlreihen.

Es gab etliche, die eindeutig lieber hinten gesessen hätten, aber das ließ er nicht zu. Zwei junge Männer, die er vermutlich aus dem Aufbauteam der Messehalle abgezogen hatte, machten sich gleichzeitig daran, die letzten Stuhlreihen abzubauen.

»Wie sähe es denn aus, wenn die vorderen Reihen nicht besetzt wären?«, hörte Stella ihn zu einer widerstrebenden Frau sagen. Mit einem gekünstelten Lachen fügte er hinzu: »Keine Angst, man wird Sie nicht gegen Ihren Willen auf die Bühne nötigen, nur weil Sie vorne sitzen. Wir sind hier ja nicht in einem Kabarett oder dergleichen.«

Maria, die mit Stella bereits in der ersten Reihe Platz genommen hatte, beugte sich zu ihrer Enkelin und raunte: »Nun, es ließe sich trefflich darüber streiten, ob wir gleich einer Kabarett-Vorstellung beiwohnen werden oder nicht. Aber für eine getürkte Preisverleihung gibt es bestimmt noch andere schöne Begriffe. Volksverarschung, zum Beispiel.«

»Psst«, machte Stella leise und unterdrückte ein Kichern. »Deine Mitbewerber sind im Anmarsch.«

»Wird auch allmählich Zeit, immerhin soll es in ein paar Minuten losgehen«, gab Maria zurück. Sie wandte sich zu ihrer Rechten, wo Filibert Fröhlich und Sixta Sensualia Platz genommen hatten. »Sind Sie auch so aufgeregt wie ich? Ich bin so unglaublich gespannt. Wer wohl die Auszeichnung bekommen wird?«

»Jeder von uns hätte es verdient, nicht wahr?«, erwiderte Fröhlich leutselig über Sixta Sensualia hinweg, die zu seinen Worten lächelnd nickte. »Aber natürlich wäre es für meinen Sender eine große Ehre, wenn Sixta oder ich …«

Er brach ab, da Marlene Silberstein sich in diesem Moment auf den Platz neben ihm gleiten ließ. Sofort drehte er sich herum zu ihr und gab ihr einen Handkuss.

»Bei so viel Pracht können wir natürlich nicht mithalten«, flüsterte Maria der amüsierten Stella ins Ohr, »oben auf der Bühne wird sie mit ihren Pailletten funkeln wie eine Discokugel.«

»Das passt doch super zum Abendprogramm«, wisperte Stella zurück, »da kann van Aalen sich die Beleuchtung zum *Tanz unter den Sternen* glatt sparen. Einfach Marlene unter einen Spot stellen, um ihre Achse kreiseln lassen – schon ist die Lightshow fertig.«

In diesem Moment wurde das Licht im Raum noch etwas dunkler, und Holger van Aalen betrat von der Seite die Bühne. Die Kristallknöpfe an seinem Anzug glitzerten, als er die Arme ausbreitete und erwartungsvoll ins Publikum blickte. Lähmende Stille herrschte, bis Maria zu klatschen begann. Stella folgte, dann applaudierten alle.

»Nicht doch, nicht doch!«, wehrte van Aalen in gespielter Bescheidenheit ab und fügte hinzu: »Liebe Freundinnen und Freunde, wir haben uns heute aus einem ganz besonderen Anlass versammelt: der ersten Verleihung des von mir geschaffenen ›Saturn‹!«

Mit dramatischer Geste deutete er auf die Auszeichnung, und wieder war es Maria, die das Publikum mit lautem Applaudieren zum Mitmachen animierte.

»Ein Preis, der verdiente Kollegen auszeichnet, war in unserer Branche längst überfällig«, fuhr van Aalen fort, »und ich denke, dass die heutigen Nominierten respektierte Vertreter unserer Zunft sind. Denn dafür steht Planet Saturn, wie wir alle wissen: für den Respekt, den man sich mit harter Arbeit erworben hat. Drei Damen und ein Mann warten sicherlich bereits ungeduldig darauf, dass ich einen bestimmten Namen nenne und diejenige oder denjenigen zu mir auf die Bühne bitte. Aber zunächst möchte ich die Nominierten kurz vorstellen.«

Das Bild auf der Leinwand wechselte: Nun wurde ein Foto von Maria gezeigt – als Madame Pythia in ihrer ganzen farbenfrohen Pracht samt Glaskugel und Turban mit Pfauenfeder.

»Diese temperamentvolle Dame haben Sie ja bereits bei der Podiumsdiskussion kennengelernt«, verkündete van Aalen pompös. »Das ist die wunderbare Madame Pythia, liebe Freundinnen und Freunde. Vorhin erlebten wir sie in ihrer Arbeitskleidung, während sie nun in Zivil unter uns weilt. Bereits seit unglaublichen fünfzig Jahren ist Maria Schmidt als Madame Pythia in unserer Branche tätig, liebe Freundinnen und Freunde. Das Besondere an ihr ist, dass sie den größten Teil dieser Zeit in einem Zirkuswagen von Jahrmarkt zu Jahrmarkt gezogen ist und die ganz klassische Form der Wahrsagerei ausgeübt hat, wie sie seit Urzeiten üblich war – nur wurden früher Tierknochen oder Runensteine geworfen, während heutzutage Tarotkarten benutzt werden. Noch heute nimmt sie mit ihrem Wagen an Benefiz-Veranstaltungen teil, wo sie ihre Begabung dazu nutzt, um Spenden für Bedürftige zu sammeln – wie übrigens auch morgen auf meiner Messe. Ich schätze mich glücklich, sie eine gute Freundin nennen zu dürfen, der meine ganze Bewunderung gilt. Für mich ist sie ein ganz großes Vorbild.« Er nickte Maria zu. »Maria, wollen Sie bitte kurz aufstehen und sich zeigen?«

»Auch das noch, muss das unbedingt sein?«, murmelte Maria, erhob sich aber von ihrem Platz, drehte sich zum Publikum und deutete eine kleine Verbeugung an.

»Na, hätten Sie sie wiedererkannt?«, fragte van Aalen augenzwinkernd ins applaudierende Publikum. »Maria hat ihr großes Talent übrigens an ihre Enkelin Stella Albrecht weitergegeben, die Sie heute Vormittag im Vortragsprogramm erleben konnten.«

Wehe, du forderst mich auf, mich vor dem Publikum zu verbeugen, dachte Stella.

Aber zu ihrer Erleichterung tat van Aalen nichts dergleichen, so wichtig war sie offensichtlich dann doch nicht.

»Kommen wir zum nächsten Kandidaten: Filibert Fröhlich.« Erneut wechselte das Bild auf der Leinwand. »Liebe Freundinnen und Freunde – was muss ich Ihnen noch über meinen geschätzten Kollegen Filibert erzählen? Nichts. Sie kennen ihn als den Gründer von Zodiac TV, und wie ich zufällig weiß, arbeiten einige unter Ihnen für ihn als Berater an seiner Hotline. Filibert hat unserer Branche einen unschätzbaren Dienst erwiesen, indem er seine Berater für Verzweifelte und Ratsuchende *sofort erreichbar* gemacht hat. Seine Kunden müssen nicht mehr die Hemmschwelle überwinden, zunächst einen Termin zu machen und dann vielleicht einige Zeit auf ihr Beratungsgespräch zu warten. Nein, man sucht sich seinen Berater aus, ruft ihn an und bekommt umgehend Hilfe. Filibert Fröhlich hat unsere Branche für die breite Öffentlichkeit zugänglich gemacht, und dafür können wir ihm gar nicht genug danken. Filibert?«

Während Fröhlich sich vor dem applaudierenden Publikum verbeugte, flüsterte Stella ihrer Großmutter zu: »Wenn van Aalen für seine heuchlerischen Lügen nicht gleich eine Nase wächst, die von hier bis zu seinem geliebten Saturn reicht, dann weiß ich auch nicht …«

»Und nun präsentiere ich Ihnen eine hochgeschätzte Kollegin, die unsere Branche bereits seit etlichen Jahren in der Öffentlichkeit vertritt«, verkündete Holger van Aalen nun und hob die Stimme. »Kein Stern am Firmament strahlt heller als sie: Marlene Silberstein!«

Auf der Leinwand erschien ein Foto der Astrologin, das aus einem Hochglanz-Modemagazin hätte stammen können. Sie erhob sich kurz und winkte hoheitsvoll ins Publikum, das mit eher zurückhaltendem Applaus reagierte.

Sie wirkt, als würde sie uns allen mit ihrer Anwesenheit einen riesigen Gefallen tun, dachte Stella, kein Wunder, dass sie nicht gerade gefeiert wird – Überheblichkeit gewinnt selten die Herzen der Menschen.

Während van Aalen sich enthusiastisch dem Lebensweg der Star-Astrologin widmete, blendete Stella sich aus. Am liebsten wäre sie direkt nach der Preisverleihung nach Hause gefahren, aber ihre Großmutter hatte sie gebeten, sie noch zur abendlichen Disco zu begleiten und ein bisschen zu feiern. Für die Musik war laut Programm ein junger Kollege zuständig, der sich ›Teiaiel‹ nannte. Stella hatte sich überreden lassen, denn schließlich konnte sie sich immer noch verdrücken, wenn sie sich langweilte.

Ihre Aufmerksamkeit kehrte zu van Aalens Rede zurück, als das Bild auf der Leinwand wieder wechselte: Nun zeigte es die letzte Nominierte, Sixta Sensualia, eine voluminöse, attraktive Frau in den Fünfzigern.

»Mit Sixta haben wir einen weiteren Star der Szene bei uns

zu Gast, liebe Freundinnen und Freunde«, sagte van Aalen, »sie ist – neben Filibert Fröhlich – die mit Abstand beliebteste Beraterin bei Zodiac TV beziehungsweise bei der Hotline. Der Strom der Ratsuchenden, die sich vertrauensvoll an sie wenden, reißt nicht ab. Übereinstimmend wird sie für ihr besonderes Einfühlungsvermögen gerühmt, von ihrer Treffsicherheit will ich gar nicht erst anfangen. Die Aura eines Menschen zu sehen und zu interpretieren, ist eine ganz besondere Gabe, wie ich finde …«

Und ich frage mich immer noch, wie das *am Telefon* funktionieren soll, dachte Stella amüsiert.

Bestimmt war diese Frau ganz hervorragend darin, Stimmungen zu erspüren und Probleme zu erahnen, wenn sie mit einem Anrufer sprach. Die meisten Berater verstanden sich darauf, ihren Kunden geschickt Informationen zu entlocken, die sie ihnen dann als auf spirituellem Weg empfangene Erkenntnisse verkauften. Ganz offenkundig funktionierte dieses System wunderbar. Auch bei ihren eigenen Beratungsgesprächen mit Kunden war es schon vorgekommen, dass diese sich dessen nicht bewusst waren, was sie preisgegeben hatten.

Aber es gab einen Unterschied zu den Beratern an der Hotline: Stella ließ sich nicht dafür feiern, sondern wies ihre Kunden dann darauf hin, dass sie ihr selbst dieses oder jenes erzählt hatten. Sie hatte sich oft gefragt, wieso es dieses Phänomen gab. Schließlich war sie zu dem Schluss gekommen, dass ein Besuch bei einer Astrologin für viele ein so aufregendes Ereignis war, dass die Selbstwahrnehmung in den Hintergrund trat. Die jeweiligen Kunden waren derart auf das fokussiert, was sie ihnen zu sagen hatte, dass sie beinahe in eine Art Trance fielen, die ihren eigenen Beitrag schlicht wegblendete. Und genau das nutzten Leute wie Sixta und ihre Kollegen zu ihrem Vorteil schamlos aus.

Stella schreckte aus ihren Gedanken hoch, als van Aalen dröhnte: »Jetzt will ich Sie aber nicht länger auf die Folter spannen, liebe Freundinnen und Freunde: Die diesjährige Preisträgerin ist … *Marlene Silberstein!*«

Stella beugte sich vor und blickte an ihrer applaudierenden Großmutter vorbei nach rechts. Die sichtlich enttäuschten Fröhlich und Sixta starrten geradeaus, die Gesichter zu grinsenden Grimassen verzerrt. Sie bewegten ihre Hände beim Klatschen so zögernd aufeinander zu, als würde ihnen der Applaus unsägliche Schmerzen bereiten. Marlene Silberstein hatte geziert die Hand vor den Mund geschlagen, kiekste: »Oh mein Gott – wirklich?«, und trippelte dann zu der kleinen Treppe, die hoch auf die Bühne führte.

Der Rock ihres Cocktailkleides war derart eng, dass sie es kaum schaffte, auch nur die erste der vier Stufen zu erklimmen. Fürsorglich sprang van Aalen hinzu, ergriff ihre hilfesuchend ausgestreckte Hand und half ihr Stufe um Stufe herauf.

»Ich fresse einen Besen samt Stiel, wenn die einen Schlüppi trägt«, flüsterte Maria, die fasziniert Marlene Silbersteins Hinterteil betrachtete. »Oder siehst du vielleicht irgendwelche Abdrücke?«

»Nein«, wisperte Stella zurück, »allerdings suche ich auch nicht danach. Es ist mir nämlich echt schnurzpiepegal, musst du wissen.«

»Hm. Oder sie trägt so ein Dingsbums … wie heißt das noch gleich … wir nannten das früher Miederhose … das bügelt auf jeden Fall die Beulen weg. Und du kannst mir nicht erzählen, dass die Silberstein *keine* Beulen hat. Egal, was sie behauptet: Sie ist mindestens Mitte vierzig, wenn nicht noch älter. Jede Frau in dem Alter hat irgendwelche Beulen. Oder sie hat sie sich wegsaugen lassen, das kann natürlich auch sein.«

»*Oma!*«, zischte Stella, die verzweifelt um Fassung rang. »Hör auf damit, sonst kriege ich gleich einen Lachanfall. Lass uns lieber zuhören, was unsere *total* überraschte Preisträgerin zu sagen hat.«

Maria sah sie an. »Du denkst, sie wusste Bescheid?«

Aber Stella antwortete nicht, sondern hob nur vielsagend die Brauen. Wenn sie jemals übertrieben gespielte Überraschung gesehen hatte, dann bei Marlene Silberstein.

Auf der Bühne bekam die Astrologin gerade die Auszeichnung überreicht, und sie ging theatralisch ein Stückchen in die Knie. Dann trat sie ans Rednerpult und stellte den ›Saturn‹ dort ab. Das mit goldenen Pailletten bestickte Oberteil ihres engen Kleides gleißte im Licht des Spots und verschleuderte bei jeder Bewegung zahllose kleine Lichtblitze. Ihr rotes Haar, so akkurat geschnitten, dass es beinahe wie ein Helm wirkte, glänzte wie Kupfer.

Marlene Silberstein blickte ins Publikum und lächelte. »Der ist aber *groß*«, sagte sie dann mit rauchiger Stimme und zwinkerte ins Publikum, was ihre Bemerkung sofort anzüglich klingen ließ. »Lieber Holger, ich fühle mich mehr als gesegnet, als erste Empfängerin der Auszeichnung hier stehen zu dürfen. Damit hatte ich niemals gerechnet. Allein, dafür nominiert zu sein, war bereits eine große Ehre, und bei meinen hochkarätigen Mitbewerbern ...«, sie lächelte strahlend in Richtung der leer ausgegangenen Nominierten, »... hätte ich niemals im Leben gedacht, auch nur die geringste Chance zu haben. Umso größer ist meine Freude, wie ich euch versichern kann. Ich kann mich bei Holger van Aalen nur bedanken. Und jetzt wollen wir alle seine wunderbare Veranstaltung noch ein wenig zusammen feiern, nicht wahr?«

Holger van Aalen trat zu ihr und übernahm das Mikrofon. »Liebe Freundinnen und Freunde, lasst uns den Rest der Nacht genießen und unter den Sternen tanzen! Die Disco findet in der Hotelbar statt, die heute Nacht nur uns gehört. Für alle steht ein Glas Sekt zur Begrüßung bereit!«

Das Publikum erhob sich, man redete miteinander, Kleidung raschelte, und Stuhlbeine scharrten über den Boden. Eilig strebten die Gäste der Preisverleihung dem Ausgang zu, um sich ihr Glas Sekt zu sichern. Den meisten war anzusehen, dass sie froh waren, sich endlich wieder bewegen zu können; immerhin hatten sie schon das Vortragsprogramm auf diesen nicht gerade bequemen Stühlen verbracht.

Stella und Maria gingen Arm in Arm und ließen sich mit der Menge in Richtung Bar treiben.

»Champagner war dem ollen Geizkragen wohl zu teuer«, hörte Stella eine Frau sagen, und eine andere erwiderte: »Ich wette, die Silberstein hat sich ihren Auftritt hier buchstäblich vergolden lassen. Kosmetische Operationen sind nicht gerade billig, habe ich mir sagen lassen.« »Du denkst, sie hat was machen lassen?« »Also *bitte*. Das sieht doch ein Blinder mit 'nem Krückstock. Vielleicht haben wir ja Glück, und sie platzt im Laufe des Abends noch aus ihrem Kleid. Dann hätten wir heute wenigstens noch was zu lachen.«

Die Bar war schummrig beleuchtet, und Projektoren ließen Hunderte verschiedenfarbige Sterne über Wände, die Decke und die anwesenden Menschen tanzen.

»Hoppla. Ganz schön bunt. Ein bisschen wie Kindergeburtstag, aber hübsch«, kommentierte Maria den Versuch, dem Motto des Abends gerecht zu werden. »Hauptsache, hier wird gleich nicht auch noch Sackhüpfen oder Eierlaufen veranstaltet. Dann streike ich.«

Stella blickte sich um. »Ich denke, es läuft eher auf ein mehr oder weniger gepflegtes Besäufnis hinaus. Und wenn der DJ gut ist …«

Am Ende der Theke, in einer Ecke des Raums, saß dieser Teiaiel, ein junger Mann mit halblangen Haaren und modischem Spitzbärtchen, der ihr auch schon beim Vortragsprogramm aufgefallen war, weil er rein optisch von den anderen abstach. Er sah eher so aus, als wäre er ein Skateboarder oder Surfer. Vor ihm stand ein aufgeklappter Laptop. Momentan ließ er rhythmische House-Musik laufen, deren Lautstärke er dezent steigerte, je mehr Menschen den Raum bevölkerten.

Noch war sie zu leise, um danach zu tanzen, aber wenn er ein guter DJ war, würde er sofort erspüren, wann die Leute sich genug unterhalten hatten und sich bewegen wollten.

Marlene Silberstein war der strahlende Mittelpunkt der Gesellschaft, umringt von Gratulanten und Bewunderern. Der Alkohol floss reichlich, und Stella bemerkte, dass Marlene die Nähe zu Filibert Fröhlich suchte, der offenkundig nichts dagegen hatte.

Die Stimmung war heiter, und schon bald wippten die Anwesenden rhythmisch zur Musik – das Signal für den DJ, ordentlich aufzudrehen. Eine Zeit lang stand Stella am Rand, nuckelte an ihrem Mineralwasser und sah den Tanzenden zu, unter ihnen ihre Großmutter, die sich sichtlich amüsierte.

Am liebsten wäre Stella gegangen, so sehr sehnte sie sich nach ihrem Bett, aber sie wollte ihrer Oma den Spaß nicht verderben. Sie drängte sich zur Theke durch und fand eine freie Stelle fast am Ende, ganz in der Nähe des DJs. Dort hockte Sixta Sensualia mit dem Rücken zur tanzenden Meute am Tresen und starrte trübsinnig in ihren Longdrink. Stella fragte sich, ob die Enttäuschung, die Auszeichnung nicht bekommen zu haben, die Frau derart niedergeschmettert hatte. Kurz war sie versucht, sie anzusprechen, entschied sich dann aber dagegen – ein ernsthaftes, tiefgehendes Gespräch wäre bei dieser Lautstärke ohnehin nicht möglich gewesen.

Stella wartete, bis der Barkeeper in ihre Richtung blickte, dann winkte sie ihn zu sich und bestellte ein weiteres Mineralwasser. Der Mann hatte alle Hände voll zu tun, also drehte sie sich zum Raum um. Marlene Silberstein und Filibert Fröhlich zappelten so nah vor ihrer Nase herum, dass Stella unwillkürlich zurückzuckte. Nun ja, Filibert zappelte, während Marlene sich wie eine Schlange wand und ihm lockende Blicke zuwarf. Sie beugte sich zu ihm und flüsterte ihm etwas ins Ohr, dann ging sie die zwei Schritte zum DJ und sprach mit ihm. Er hörte zu, schüttelte dann aber bedauernd den Kopf – sie schien sich einen Song gewünscht zu haben, der in seinem Repertoire nicht vorkam. Marlene zuckte mit den Schultern, wandte sich wieder um – und blickte direkt in Sixtas zornfunkelnde Augen.

Eigentlich wollte Marlene weitergehen, aber Sixta hielt sie am Handgelenk fest und kreischte: »Na, du kleine Nutte? Haste schön die Beine breit gemacht für den Scheißpokal?«

Marlene antwortete nicht, sondern versuchte nur vergeblich, sich zu befreien.

»Wat is los?«, blökte Sixta weiter. »Haste deine Stimme verlorn? Du reißt doch sonz deine Fresse immer kilometerweit auf. Also, sach schon! Wie oft haste ihn rangelassen, du dreckiget Flittchen?«

Stella wollte ihren Ohren kaum trauen. Sixta hatte sich bisher stets sehr gewählt ausgedrückt, aber jetzt klang sie wie der letzte Prolet. Offenbar spülte das Zuviel an Alkohol den tiefen Ruhrpott in ihr an die Oberfläche, dessen Slang sie sonst – aus welchen Gründen auch immer – geschickt zu verbergen wusste. Stella wünschte sich spontan, sie hätte nichts mitbekommen, aber ihre unmittelbare Nähe zu den beiden Frauen und Sixtas metallisch keifende Stimme ließen sie mithören, ob sie wollte oder nicht.

»Halt gefälligst dein dreckiges Maul, verstanden?«, schrie Marlene schrill. »Und hör besser auf zu saufen, du blödes, fettes Marktweib!«

Unglücklicherweise gab es in diesem Moment eine sekundenlange Pause in der Musik, und Marlenes letzte Worte gellten durch den Raum. Alles fuhr herum und starrte sie entgeistert an.

»Am besten ab jetzt nur noch alkoholfreie Getränke, was, Leute?«, brüllte der DJ mit breitem Grinsen in die lähmende Stille, dann setzte die Musik wieder ein.

Sixta sah höchst zufrieden aus. Mit einem Ruck riss Marlene sich von ihr los und warf sich dem fassungslosen Filibert Fröhlich an die Brust.

»Bitte, bring mich hier weg!«, hörte Stella sie rufen.

Sofort legte Fröhlich den Arm um sie und führte sie aus der Bar.

Stella begegnete dem Blick des DJs, der beredt die Augenbrauen hob. Sie grinste und prostete ihm mit ihrem Mineralwasser zu, dann ging sie zurück dorthin, wo sie zuvor gestanden hatte, und sah weiter den Tanzenden zu.

»Warum hat Marlene denn vorhin Sixta so derbe angepöbelt?«, fragte Maria, als sie später auf dem Weg zur Villa waren.

»Ich dachte ja, mich trifft der Schlag. Ich konnte erst gar nicht glauben, dass derart unflätige Worte aus dem Mund unserer Sonnenkönigin kommen!«

»Glaub mir – das war noch gar nichts im Vergleich zu dem, was Sixta vorher zu Marlene gesagt hat.«

»Ach, tatsächlich? Erzähl mal.«

Stella seufzte ergeben. »Nutte, Flittchen, und wie oft sie die Beine breit gemacht hätte um an – ich zitiere: den *Scheißpokal* zu kommen … so was in der Art.«

»Du machst Witze!«

Stella hielt vor einer roten Ampel, wandte sich ihrer Großmutter zu und schüttelte den Kopf. »Leider nein. Und wer hätte gedacht, dass van Aalen mit seiner gläsernen Kugel derartige Kriegsschauplätze schafft? Gute Verlierer sehen anders aus, finde ich. Selbst, wenn man enttäuscht ist – man muss doch nicht persönlich beleidigend werden! Ich war ziemlich schockiert, um ehrlich zu sein.«

Hinter ihr wurde gehupt, und sie gab Gas.

Kapitel 6

Marlene Silberstein unterdrückte ein Gähnen.

Der Abend war noch verdammt lang gewesen und die Nacht entsprechend viel zu kurz. Die Nacht, die sie natürlich nicht allein verbracht hatte. Filibert Fröhlich hatte sich als durchaus talentierter Liebhaber erwiesen – manchmal machte die Erfahrung das Alter wett, wie sie nicht zum ersten Mal in ihrem Leben festgestellt hatte. Eigentlich hatte sie van Aalen auf dem Kieker gehabt, aber seine Pflichten als Veranstalter hatten es ihm leider unmöglich gemacht, allzu viel Zeit in der Bar zu verbringen. Während dort gefeiert und getanzt wurde, war in der Halle bereits aufgebaut und der heutige Messetag vorbereitet worden. Van Aalen würde sie sich beim abendlichen Dinner schnappen. Aufgeschoben war nicht aufgehoben.

Mit Fröhlich hatte sie leichtes Spiel gehabt, denn genau wie van Aalen buhlte auch er um eine längerfristige Zusammenarbeit mit ihr. Natürlich hatte sie sich gehütet, ihm irgendetwas zuzusichern, und wenn er ihr körperliches Entgegenkommen als verbindliches Versprechen werten wollte, war das allein sein Problem.

In die Hände gespielt hatte ihr diese kleine Szene mit Sixta, die sie unvermittelt angepöbelt hatte. Verdammt, gewisse Leute sollten einfach keinen Alkohol trinken. Allerdings hätte niemand etwas von der Auseinandersetzung bemerkt, wenn dieser stümperhafte DJ nicht gerade in diesem Augenblick gepatzt hätte.

Ausgerechnet sie war es gewesen, die man gehört hatte – was für eine Blamage! Vor Scham wäre sie am liebsten im Boden versunken. Aber stattdessen hatte sie sich an Filiberts ritterliche Schulter geschmiegt, der sie souverän aus dem Mittelpunkt des skandalösen Geschehens manövriert hatte.

Auf ihre Bitte hin hatte er sie auf ihr Zimmer gebracht. »Geh nicht weg. Halt mich fest, ich will jetzt nicht allein sein«, hatte sie mit wohldosierter Zaghaftigkeit in der Stimme geflüstert, und Ritter Filibert hatte sie nur zu gern getröstet. Zuerst hatte er sie beruhigend gewiegt, dann waren ihre Hände dezent auf Wanderschaft gegangen, und nach dem ersten Kuss hatte es kein Halten mehr gegeben. Und die kleine Störung an ihrer Zimmertür mitten in der Nacht hatte ihr Liebesspiel nicht mehr ernsthaft stören können …

Erneut unterdrückte sie ein Gähnen. Um ihren verkrampften Kiefer zu verbergen, bückte sie sich hinunter zu ihrer Tasche, kramte darin herum und tauchte mit einem Kugelschreiber wieder auf.

»Der Stift ist viel besser«, sagte sie mit strahlendem Lächeln zu der Frau, die sie erwartungsvoll ansah. »Wie heißen Sie, meine Liebe?«

Sie saß ein wenig erhöht innerhalb ihres großzügigen Verkaufsstandes an einem Tisch, auf dem sie den gestern erhaltenen ›Saturn‹ präsentierte, der in der Hallenbeleuchtung prächtig funkelte. Gerade war ihr neuestes Buch erschienen, und sämtliche Wartenden hielten mindestens ein Exemplar in der Hand, um es sich von ihr signieren zu lassen. Wenn sie es nicht bereits besessen hatten, konnten sie es natürlich an ihrem Stand erwerben.

Marlene Silberstein hatte keinen Zweifel daran, dass auch *Mein Leben im Gleichklang mit meinem Sonnenzeichen* ein Erfolg werden würde. Im Buch wurden immerhin essenzielle Fragen beantwortet, zum Beispiel, welchen Edelstein eine Jungfrau tragen sollte, in welchen Farben sich ein Fisch am wohlsten fühlt oder welche Urlaubsziele perfekt für einen Schützen waren. Und nicht zuletzt: Welches Sternzeichen sollte welchen Duft auflegen? Dazu passte, dass sie zufällig vor einigen Monaten zwölf Düfte auf den Markt gebracht hatte, die bisher nicht besonders gut liefen – und die am Stand hinter ihr verkauft wurden.

Natürlich war der Inhalt ihres Buches trivial – und das Meiste davon konnte jeder mit ein paar Mausklicks auf Dutzenden einschlägigen Websites im Internet finden –, aber sie wusste gefällig und unterhaltsam zu schreiben, und ihre Bücher waren beliebt.

»Ich heiße Melanie«, erwiderte die Frau vor ihr, »und ich bin Krebs.«

»Das sehe ich schon an Ihrer Kleidung«, erwiderte Marlene Silberstein, »sehr krebstypisch. Ein wundervolles, fahles Grün, Ton in Ton kombiniert – starke Kontraste stören Ihren Sinn für Harmonie, richtig?«

Die Frau, die stark errötet war, nickte erfreut.

»In meinem Buch werden Sie noch viele nützliche Tipps finden, die Ihr Leben als Krebs perfektionieren werden. Darf ich fragen, welchen Duft Sie tragen?«

»Ich suche schon seit Jahren«, sagte die Frau, »aber …« Sie zuckte mit den Schultern.

»Das ist auch nicht einfach. Versuchen Sie es mit Rose oder Vergissmeinnicht, Sie brauchen einen schmeichelnden, lieblichen Duft. Probieren Sie doch hier am Stand ganz unverbindlich das Parfüm aus meiner Sternzeichen-Kollektion aus, das ich speziell für Krebse kreiert habe.« Marlene Silberstein lächelte die Frau an, beugte sich dann über das Buch und schrieb: *Für Melanie, den überaus charmanten Krebs … Herzlichst, Marlene Silberstein.*

Die Frau nahm das Buch entgegen und bedankte sich überschwänglich, aber Marlene schüttelte den Kopf. »*Ich* habe zu danken, Melanie. Menschen wie Sie machen mir klar, warum meine Arbeit so wichtig ist. Vielen Dank dafür.«

Glücklich ging die Frau ein paar Schritte weiter zu den Parfüms, und Marlene war sich sicher, dass der Krebs-Duft so gut wie verkauft war. Ka-tsching … wieder klingelten 49 Euro in der Kasse.

Die Warteschlange an ihrem Büchertisch war endlos lang,

aber Marlene Silberstein funktionierte wie ein gut programmierter Roboter. Geschickt verstand sie es, Informationen aus ihrem Gegenüber herauszulocken und so zu drehen, als hätte sie diese Dinge intuitiv erspürt. Zu Dutzenden zogen die Fans – bisher ausschließlich Frauen – an ihr vorbei. *Für Simone, den charmanten Wassermann … für Angelika, die charmante Waage … für Bettina, die charmante Löwin …* Widmung folgte auf Widmung – und jede bedeutete ein verkauftes Buch. Die Nächste, bitte.

»Guten Morgen, Marlene«, sagte ein Mann. »So sieht man sich wieder.«

Irritiert blickte sie vom Buch auf, das sie gerade aufgeschlagen hatte, um die nächste Widmung hineinzuschreiben. Der Mann kam ihr irgendwie bekannt vor, aber sie konnte ihn nirgends einordnen. Dieser Schnäuzer … irritierend. Er wirkte unecht. Und dennoch … sie hatten schon miteinander zu tun gehabt. Aber sie begegnete so vielen Menschen, da konnte sie sich unmöglich jedes Gesicht merken.

Der Mann lächelte und fügte hinzu: »Du erinnerst dich nicht an mich, richtig? Ich sollte besser sagen: Guten Morgen, *Gudrun*. Na, klingelt es jetzt?«

Fassungslos starrte sie ihn an, während sie hektisch in ihrem Gedächtnis kramte, wer um Himmels willen dieser Typ sein könnte. Er hatte sie bei ihrem echten Vornamen genannt, war also vermutlich jemand aus ihrer Jugend.

Der Mann beugte sich herunter zu ihr und sagte leise: »Du bist schuld daran, dass mein Leben verkorkst ist, Gudrun. Deine Lügen haben dafür gesorgt, dass mir mein Abitur aberkannt wurde und ich meinen Studienplatz für Medizin verloren habe. Das mag fünfundzwanzig Jahre her sein, aber ich habe es nie vergessen. Und jetzt tauchst du hier auf und sonnst dich in deinem Glanz. Ich hasse dich, Gudrun. Und ich würde dir am liebsten den Hals umdrehen.«

Marlene Silberstein rang um Fassung. Natürlich wusste sie

jetzt, wer er war. Aber vielleicht kam sie damit durch, wenn sie sich dumm stellte? Also wisperte sie: »Wer sind Sie? Was wollen Sie von mir?«

»Wer ich bin?«, raunte der Mann ihr zu und grinste. »Ich bin der Dummkopf, der dir beim Abitur geholfen und dafür teuer bezahlt hat. Und ich will eine großzügige Entschädigung dafür, dass ich seit damals nie wieder auf die Füße gekommen bin. Mach mir ein finanzielles Angebot, das mich versöhnlich stimmt.«

Beinahe wäre sie ohnmächtig geworden. An seinen richtigen Namen konnte sie sich noch immer nicht erinnern … oder doch, er hieß Kowalski oder so ähnlich. Aber seinen Spitznamen wusste sie noch: *Einstein.* Ja, genau, alle hatten ihn so genannt, weil er so gute Noten hatte.

Sie versuchte ein Lächeln, um ihn zu beschwichtigen. »Du bist *Einstein* … Ich verstehe, dass du wütend auf mich bist, aber lass uns ganz in Ruhe reden, in Ordnung? Aber … nicht jetzt. Und nicht hier. Wir treffen uns nach der Veranstaltung, okay?«

»Schreib deine Handynummer ins Buch, verstanden? Ich melde mich bei dir. Und versuch nicht, mich mit einer falschen Nummer abzuspeisen, meine Liebe.«

Marlene beugte sich über das Buch und schrieb mit zitternder Hand auf, was er verlangt hatte.

»Hast du das da gerade mitgekriegt?«, fragte Stella und drehte sich zu Ben um, aber der war abgelenkt. Fasziniert beobachtete er die Show eines jungen Mannes, den Stella als den DJ des Vorabends erkannte. Nun trug er ein orangefarbenes Gewand und bot am gegenüberliegenden Stand Engelkontakte und Wahrsagerei an.

»Hm? Beobachtet? Was denn?«, fragte er zerstreut.

»Am Büchertisch von der Silberstein«, murmelte Stella. »Ein Mann hat mit ihr gesprochen, und sie wurde kreidebleich. Sie sah richtig erschrocken aus. Das war seltsam …«

»Schon die Tatsache, dass ein Mann sich bei ihr anstellt, finde ich seltsam. Ich komme mir bereits vor wie ein Exot. Allein unter Frauen.«

Stella musste unwillkürlich grinsen. Ben hatte nicht Unrecht, denn Männer waren dramatisch in der Unterzahl. Seit einer Stunde waren die Türen fürs Publikum geöffnet, und es herrschte enormer Andrang. Auf hundert Frauen kamen vielleicht vier oder fünf Männer, schätzte sie.

Die Frauen umlagerten Stände, an denen Sternzeichenschmuck, Amulette, Traumfänger und weiterer Krimskrams aus der Esoterik-Ecke angeboten wurden, und das zu durchaus saftigen Preisen. Außerdem gab es gebatikte Seidentücher, Klangschalen, Windspiele, Räucherwerk oder Tarotkarten, angeblich magische Öle und sogenannte Lichtwesen-Essenzen, woanders konnte man seine Aura fotografieren lassen oder Feng-Shui-Produkte erwerben.

Man sollte Tierkreissymbole mal auf Werkzeugkästen oder Reifenfelgen gravieren, dachte sie, vielleicht kommen dann mehr Männer …

Der größte Andrang herrschte am riesigen Stand von Zodiac TV, wo Live-Beratung angeboten wurde. Etliche aus dem Fernsehen bekannte Berater – wie große Werbetafeln verkündeten – waren vor Ort und sagten ihren Kunden im Minutentakt die Zukunft voraus, zum sensationellen Messepreis für nur 50 Euro. Vielleicht teurer als das sonst übliche Telefonat, aber hier konnte man seinen Idolen schließlich persönlich begegnen.

Zu gern hätte Stella sich den Spaß gegönnt, sich als Kundin auszugeben, aber sie befürchtete, erkannt zu werden – immerhin hatte sie am Tag zuvor einen Vortrag gehalten. Sie hatte Ben zu überreden versucht, aber der hatte sich störrisch gezeigt und sich strikt geweigert.

Allerdings hatte sie im Cafébereich der Messe zufällig das Gespräch zweier Freundinnen belauschen können, die sich am Nebentisch über die frohen Botschaften austauschten, die sie bekommen hatten.

»Sie hat gesagt, ich treffe bald meinen Seelenpartner«, erzählte die eine. »In spätestens sieben Wochen, auf jeden Fall aber an einem Donnerstagnachmittag. Ich bin so aufgeregt! Er hat braune Haare, braune Augen – und sein Name fängt mit einem A an, hat sie gesagt.«

Klar, A wie angeschmiert und abgezockt, hatte Stella amüsiert gedacht und nur noch mit halbem Ohr zugehört, welche unhaltbaren Versprechungen der anderen Frau gemacht worden waren.

Noch immer stand Ben neben ihr und musterte Marlene Silberstein. »Bist du sicher, dass sie erschrocken ausgesehen hat?«, fragte er. »Diese Frau ist doch derart geliftet, dass sie keinen Muskel mehr rühren kann.«

Stella wollte es eigentlich nicht, aber sie musste grinsen. »Spaß beiseite – es waren ihre Augen, um exakt zu sein. Voller Panik. Ich frage mich, was der Mann zu ihr gesagt hat.«

Ben zuckte mit den Achseln. »Wer weiß schon, welche Leichen sie im Keller hat. Sie sieht zwar aus wie ein prachtvoller Rauschgoldengel auf der Weihnachtsbaumspitze, aber ich wette, sie ist mit allen Wassern gewaschen.« Er beugte sich zu ihr und flüsterte mit Grabesstimme: »Mein himmlischer Engelbegleiter hat mir verraten, dass sie vor Jahren ihre Seele dem Satan verkauft hat. Für ihre Karriere.«

Stella hätte ihm durchaus einige Gerüchte über Marlene Silberstein erzählen können, die dazu gepasst hätten, aber sie hielt sich zurück. Sie durfte keinesfalls vergessen, dass Ben heute nicht als ihr Kumpel, sondern als Reporter des *Ruhrgebiets-Anzeigers* auf der Messe war – so gerne sie auch mit ihm gemeinsam ein wenig über die Abseitigkeiten der Branche gelästert hätte. Aber die Vorstellung, dass irgendetwas durch eine unbedachte Indiskretion ihrerseits in der Zeitung landen könnte ... indiskutabel.

»Was steht denn da auf ihrem Tisch?«, fragte Ben und reckte den Hals.

»Das ist der *Saturn*«, erwiderte Stella. »Der Preis, der gestern Abend an sie verliehen wurde.«

»Der sieht aus wie eine zu groß geratene Christbaumkugel. Ganz schön hässlich.« Er kniff die Augen zusammen. »Ich frage mich, was die holde Maid dafür zu tun bereit war, das protzige Teil zu ergattern. Wie haben die anderen Nominierten darauf reagiert? Außer Maria, natürlich. Die wusste ja Bescheid.«

»Du hast im Fernsehen doch bestimmt schon mal die Oscar-Verleihung gesehen. Da sind doch immer alle Nominierten eingeblendet, und die Verlierer freuen sich dann ganz doll für den Gewinner und applaudieren wie verrückt.«

»Wie – so ist das abgelaufen?«

Stella grinste. »Eben nicht. Die bei den Oscars wissen ja, dass Kameras auf sie gerichtet sind, also beherrschen sie sich und tun so, als seien sie nicht sauer oder enttäuscht. Gestern Abend war es ein wenig anders.«

»Du machst mich neugierig. Ich will alles wissen.«

»Oh nein, mein Lieber. Du bist die *Presse,* und das gestern Abend war eine geschlossene Gesellschaft.«

Sie würde sich hüten, ihm von Filiberts sichtlicher Enttäuschung oder gar vom Streit zwischen Marlene und Sixta zu erzählen, den sie später mitbekommen hatte. Das ging ihn nichts an – das ging niemanden etwas an.

»Ich werde mal ein paar Fotos von ihr machen. Bisher habe ich nur die Warteschlange geknipst«, sagte Ben. »Ich brauche eins von ihr mit dem hässlichen Pokal. Das bin ich meinen Lesern schuldig, denke ich.«

Auch während ihres Rundgangs durch die Halle hatte Ben etliche Stände und Personen fotografiert, um seine Nachberichterstattung mit den Bildern zu illustrieren.

»Ich warte hier auf dich«, erwiderte Stella und sah zu, wie

Ben zu Marlene Silberstein hinüberging, sie ansprach und auf seine Kamera deutete.

Sofort sprang die Astrologin auf, raffte am Stand ein paar Parfümflakons zusammen und baute diese um die Auszeichnung herum auf. Sie setzte sich wieder und hielt eines ihrer Bücher hoch, dann aber schüttelte sie den Kopf, legte es wieder weg und kramte in ihrer Tasche herum. In einem verschnörkelten goldenen Handspiegel kontrollierte sie ihr Aussehen, bevor sie sorgfältig ihre Lippen nachzog. Ein weiterer Blick in den Spiegel schien sie zufriedenzustellen, denn sie packte ihn weg und nahm das Buch wieder zur Hand – achtete aber darauf, ihr Dekolleté nicht zu sehr zu verdecken. Schließlich knipste sie ihr strahlendes Lächeln an, und Ben durfte endlich fotografieren.

Routiniert nahm sie verschiedene Posen ein, und Stella wollte ihren Augen kaum trauen, als Marlene Silberstein zu guter Letzt die Auszeichnung hochnahm und den gläsernen Planeten küsste.

Ben wechselte einige Worte mit der Astrologin, dann ging er ein paar Schritte weg und schoss noch ein paar Fotos an der Warteschlange entlang, wie sie Bücher signierte und mit den Fans sprach.

Er kam zurück zu Stella und begutachtete seine Ausbeute auf dem Display seiner Kamera, wobei er sie so hielt, dass Stella die Bilder ebenfalls sehen konnte.

»Wenn ich es jemals mit einem Vollprofi zu tun hatte, dann jetzt«, sagte er. »Jeder Schuss ein Treffer. Die Dame weiß sich in Szene zu setzen.«

»Und ihre Produkte.«

»Allerdings. Aber sie wäre ja auch blöd, wenn sie es nicht täte. Ich habe aber immer noch nicht kapiert, wofür genau sie das Ding bekommen hat.«

»Ich auch nicht!« Stella lachte. »Am besten, du rufst morgen früh van Aalen an und fragst ihn danach. Ich bin sicher, er wird dir mit Freuden ausführlich davon erzählen.«

Ben verzog das Gesicht. »Es wird sich wohl nicht vermeiden lassen, dass ich mit ihm spreche. Für die Nachberichterstattung brauche ich noch ein paar Informationen.« Er reckte den Hals und blickte sich um. »Oder denkst du, dass ich ihn hier irgendwo erwische? Ist er wohl an seinem Stand?«

»Damit würde ich nicht rechnen – es sei denn, dir reichen überlebensgroße Porträts von ihm.«

Mit einem Seufzen schüttelte Ben den Kopf. »Ich hab's befürchtet. Ich muss ihn morgen anrufen und stundenlang seiner Selbstbeweihräucherung zuhören.«

»Du schaffst das schon.« Stella tätschelte seinen Arm. »Komm, wir schauen mal bei Oma vorbei«, fügte sie hinzu. »Otto ist für dich auf jeden Fall ein lohnendes Motiv, das kann ich dir versprechen.«

Kapitel 7

Am Zirkuswagen mit der *Madame-Pythia*-Aufschrift herrschte reges Treiben. Otto Korittke, in die farbenfrohe Fantasie-Uniform eines Zirkusdirektors gekleidet, stand neben der Treppe und machte Werbung für die Dienste seiner Liebsten.

»Besuchen Sie die einzigartige Madame Pythia!«, deklamierte er theatralisch. »Sie zahlen kein Honorar, sondern spenden eine Summe, die Ihnen angemessen erscheint, für einen guten Zweck! Madame Pythia sieht alles und weiß alles! Über fünfzig Jahre Erfahrungen mit Glaskugel und Tarot!

Als er Stella und Ben entdeckte, winkte er sie heran. »Dat läuft astrein hier«, raunte er ihnen zu. »Die Knete rauscht rein wie geschmiert, kann ich euch sagen. Deine Mutti wird Freudensprünge machen, Stella.«

»Das wird sie«, erwiderte Stella erfreut. »Sie und ihr Damenkränzchen können jeden Cent gebrauchen. Für welches Projekt sammelt ihr noch mal ...?«

»Spielzeuch fürn Waisenhaus.«

»Das hat den Lesern schon bei meiner Vorberichterstattung super gefallen«, sagte Ben. »Wir haben eine Menge positiver Leserbriefe bekommen. Viele haben gefragt, wo und wie sie spenden können.«

»Dann schreib mal über meine Mutter und ihr wohltätiges Damenkränzchen.« Stella stupste ihn in die Seite. »Damit unterstützt du eine gute Sache.«

»Alleine hab ich Angst. Versprich mir, dass du mitkommst, wenn ich sie interviewe.«

»Unsinn. Mach lieber einen Termin zusammen mit noch ein paar anderen Damen des Clubs. So, wie ich meine Mutter kenne, würde sie sich nicht gerne als Gesicht ihrer wohltätigen Aktionen präsentieren.«

Ganz im Gegensatz zu Marlene Silberstein – die hat kein Problem damit, sich als Gesicht der Astrologie zu inszenieren, dachte Stella, der plötzlich wieder die Szene mit dem Mann einfiel, die sie zuvor beobachtet hatte. Ganz offenkundig hatte es auch diverse Nachteile, derart in der Öffentlichkeit zu stehen.

Niemand kann dich vor unliebsamen Begegnungen bewahren, wenn du bei so einer Veranstaltung deine Bücher für deine Fans signierst, dachte sie.

Und wenn man besonderes Pech hatte, tauchten Leichen auf, die man sicher im Keller verscharrt geglaubt hatte – denn genau diesen Eindruck hatte der Wortwechsel zwischen der bekannten Astrologin und dem Mann auf sie gemacht.

Ob er jemand war, den Marlene Silberstein mal astrologisch beraten hatte? Vielleicht hatte sie ihm etwas gesagt, das sich als komplett falsch herausgestellt hatte ...

Viele der Kunden wollten etwas über ihre Beziehungen wissen, das kannte Stella aus ihrer eigenen Praxis. Liebt er mich noch? Soll ich mich trennen? Betrügt er mich? Diese und andere Fragen über den Partner pflegte Stella nicht zu beantworten – wie sollte sie auch, ohne denjenigen zu kennen?

Sie konnte nur etwas über die Person sagen, die ihr gegenübersaß.

Aber einigen Kunden reichte das nicht – und manche Kollegen hielten sich nicht so zurück wie Stella. Da wurde durchaus empfohlen, jemanden zu verlassen. Oder an einer Beziehung festzuhalten, die vielleicht längst zerrüttet war. Man müsse sich nur ein wenig gedulden, in den Sternen sei eindeutig eine harmonische, glückliche Partnerschaft zu erkennen, alles werde sich wieder einrenken, wurde dann versprochen – und das nur, um den Kunden ein gutes Gefühl zu vermitteln.

Oder die Sterne standen angeblich gut für finanzielle Transaktionen, und der Kunde investierte prompt einen Haufen Geld in dubiose Aktiengeschäfte ...

Dann konnte es natürlich passieren, dass derjenige von seinem Partner verlassen wurde oder dass Aktien abstürzten und alles Geld weg war, und in einer klassischen Übertragungsreaktion wurde der Astrologe dafür verantwortlich gemacht.

Und schon hatte man einen hasserfüllten Feind, wenn man nicht aufpasste.

»Was denkst du – wird heute noch etwas Aufregendes passieren?«, fragte Ben und gähnte.

Stella schüttelte den Kopf. »Kann ich mir nicht vorstellen. Die Messe schließt um fünf, soweit ich weiß. Danach findet noch ein Dinner statt, das van Aalen gibt. Geschlossene Gesellschaft.«

»Zu der du eingeladen bist?«

Stella verzog das Gesicht. »Ja, leider. Große Lust dazu habe ich nicht. Aber ich hab ja Oma an meiner Seite, sonst würde ich mir irgendeine Ausrede einfallen lassen.«

»Dann wird es sicher lustig. Ihr könnt über die Leute lästern, die hier auf der Messe sind.«

»Das wird schwierig, wenn du mit ihnen zusammen an einem Tisch sitzt«, erwiderte Stella kichernd.

»Aber vielleicht geschehen irgendwelche skandalösen Dinge, über die du morgen mit mir tratschen kannst. Bevor ich meinen Artikel schreibe, versteht sich. Saftige, kleine Geheimnisse, die niemand kennt. Schmutzige Wäsche aus Marlene Silbersteins Vergangenheit …« Er hielt inne und fuhr fort: »Ich könnte Ruby mal auf sie ansetzen. Ich will einfach wissen, was sich hinter der glatten Fassade unserer strahlenden Gewinnerin verbirgt. Nur aus journalistischer Neugier.«

»Selbstverständlich. Und nicht etwa, weil du darüber einen Artikel voller spektakulärer Enthüllungen schreiben willst, vermute ich mal. Die *Entzauberung der Marlene Silberstein* oder so ähnlich.«

Lachend schüttelte Ben den Kopf. »Nee, dafür spielt sie in der Welt dann doch eine zu kleine Rolle. Ja, wenn ich für ein

Boulevardmagazin eines Privatsenders arbeiten würde ... aber ich bin nur der kleine Schreiberling eines lokalen Blättchens. Trotzdem macht sie mich neugierig. Erst recht, wenn so ein zwielichtiger Typ hier auftaucht, der sie anscheinend bedroht, wie du sagst. So etwas passiert nicht grundlos.«

Eines wusste Stella: Wenn er tatsächlich Andrea »Ruby« Rubikon von der Leine ließ, würde sie alles über Marlene ausgraben, was es auszugraben gab. Die junge Frau mit dem knallblauen Irokesenschnitt war ein höchst talentiertes Computergenie und hackte sich in jede Datenbank, die es auf Erden gab. Manchmal ›half‹ sie Ben bei Recherchen, wobei sie keineswegs immer legale Wege beschritt.

Stella hatte sie erst vor einigen Monaten kennengelernt, als Ruby in einen fragwürdigen Todesfall verwickelt worden war und Stella ihr herausgeholfen hatte.

Aber vielleicht reichte es ja auch, Marlene Silberstein nach dem Mann an ihrem Stand zu fragen. Stella nahm sich vor, es wenigstens zu versuchen, wenn die Gelegenheit sich anbieten sollte.

Am anderen Ende der Halle saß ein Mann mit unecht wirkendem Schnäuzer im Café-Bereich und schlürfte entspannt einen Cappuccino.

Dem Trubel um sich herum – den eine Vielzahl aufgeregter Frauen verursachte, die einander ihre gerade erworbenen Schätze präsentierten oder mit geröteten Wangen von Minuten zuvor erhaltenen Prophezeiungen berichteten – schenkte er keine Beachtung.

Ruhig stellte er seine Tasse ab. Dann zog er ein Handy hervor und schlug Marlene Silbersteins Buch auf, das vor ihm auf dem Tischchen lag. Höchst zufrieden las er, was sie hineingeschrieben hatte: nicht nur ihre Telefonnummer, sondern auch die Versicherung, dass sie auf seine Forderungen eingehen werde.

Er tippte die Nummer ein und lauschte gespannt. Seine Miene verzog sich zu einem triumphierenden Grinsen, als er hörte: »Sie haben den Anschluss Silberstein erreicht. Bitte nennen Sie Ihr Anliegen und hinterlassen Sie Ihre Nummer, ich rufe so schnell wie möglich zurück.«

Seine Nummer hinterlassen? Den Teufel würde er tun.

Aber die kleine Schnepfe hatte es nicht gewagt, ihm eine falsche Telefonnummer zu geben, das erfüllte ihn mit tiefer Befriedigung. Also hatte er ihr – wie erhofft – offensichtlich Angst eingejagt. Gut so.

Er steckte das Handy wieder ein, lehnte sich zurück und schlug die Beine übereinander.

Er würde mit Gudrun noch sehr viel Spaß haben. Schon lange hatte er sich nicht mehr derartig auf etwas gefreut. Die Zeit seiner Rache war endlich gekommen.

Und er würde seine Überlegenheit auskosten. Immer wieder hatte er in den vergangenen Jahren nach ihr gesucht, und jetzt hatte ein Zufall sie in seinem Leben auftauchen lassen. Noch immer konnte er sein Glück kaum fassen.

Er hatte sie in der Hand, und das war ein Gefühl, nach dem er sich lange Zeit gesehnt hatte. Vermutlich war sie steinreich, und er würde sich seinen Anteil von ihrem Vermögen holen, das diese kleine Schlampe auf seine Kosten angehäuft hatte. Beinahe konnte er schon die Geldbündel in seinen Händen spüren …

Er steckte das Handy ein, klappte das Buch zu und stand auf. Müßig schlenderte er durch die Messehalle und blieb dann in der Nähe ihres Büchertisches stehen. Er lehnte sich an eine Säule, um sie in Ruhe zu beobachten. Noch immer wartete dort geduldig eine lange Schlange von Bewunderern, um sich von ihr ein Buch signieren zu lassen.

Beinahe war er enttäuscht, dass ihr äußerlich nichts von dem Schock, den er ihr versetzt hatte, anzumerken war. Sie strahlte und lächelte, redete mit ihren Fans und signierte ein

Buch nach dem anderen. Viele der Frauen gingen danach an Gudruns Stand und kauften zusätzlich noch ein Parfüm, das – laut Plakat – knapp 50 Euro kostete. 50 Euro, das musste man sich mal vorstellen! Wenn sie nur 200 Stück davon verhökerte, hatte sie 10.000 Euro im Sack! Unfassbar.

Und so, wie sie hier gefeiert wurde, war ihre Gage für diese lächerliche Veranstaltung vermutlich so hoch wie sein komplettes Jahresgehalt.

Was wäre gewesen, wenn man damals nicht ihr, sondern ihm geglaubt hätte? Dann wäre sie als die abgefeimte Betrügerin aufgeflogen, die sie war. Dann hätte man mit dem Finger auf sie gezeigt und nicht auf ihn. Und er wäre jetzt ein erfolgreicher Chirurg und würde in einem schönen Haus wohnen und ein dickes Auto fahren. Stattdessen hauste er in einer billigen Zweizimmerwohnung und tuckerte mit einem rostigen Kleinwagen durch die Gegend, der die nächste TÜV-Prüfung nicht mehr überstehen würde.

Aber das war ja jetzt vorbei.

Er starrte sie in Gedanken versunken an, und in diesem Moment hob sie den Blick, als hätte sie es bemerkt. Für einen kurzen Moment lang sah sie erschrocken aus, aber dann nickte sie ihm mit einem Lächeln zu und machte mit der Hand die Geste des Telefonierens.

Braves Mädchen, dachte er.

Morgen würde er sich mit ihr treffen. Und vielleicht würde er sie sogar vögeln, um ihr zu demonstrieren, wer jetzt der Chef im Ring war. Genau: erst vögeln und dann die halbe Million kassieren, die er von ihr zu fordern gedachte.

»Da! Da ist der Kerl wieder!«, rief Stella. »Mach ein Foto von ihm, schnell!«

»Was? Wer?« Ben hatte gerade einen Stand mit fragwürdigen, aber angeblich segensreichen Elixieren begutachtet und drehte sich jetzt zu Stella um.

Sie deutete aufgeregt in eine Richtung, ließ den Arm aber wieder sinken. »Er ist weg«, murmelte sie enttäuscht. »An der Säule dort hat er gerade noch gestanden und Marlene Silberstein beobachtet.«

»Wer? Der Typ von vorhin?«

»Ja.« Sie reckte den Hals und spähte in die wogende Menschenmenge, die sich durch die Gänge zwischen den Ständen schob. »Er muss weitergegangen sein. So ein verdammter Mist.«

»Ich glaube, du verrennst dich da in etwas«, sagte Ben. »Bestimmt ist er nur ein Fan, der ihr ein bisschen zu nah auf die Pelle rückt. Sie ist ein scharfes Hühnchen, und ein Kerl könnte durchaus Appetit auf sie bekommen.« Auf Stellas empörten Blick hin fügte er hinzu: »Nicht ich, versteht sich. Aber es soll ja Männer geben, die auf diesen gewissen Typ Frau fliegen. Vielleicht hat er es ja am Büchertisch bei ihr versucht und sie damit einen Moment lang schockiert. Ich finde, sie ist ganz entspannt.«

Ja, für den flüchtigen Beobachter wirkte sie tatsächlich entspannt. Aber Stella bemerkte sehr wohl Marlene Silbersteins Blicke, mit denen sie immer wieder zwischendurch die Menschen in der Halle scannte.

»Du kannst ja für den Rest der Veranstaltung ein bisschen auf sie aufpassen«, sagte Ben. »Ich wette mit dir, dass der Typ nicht noch einmal auftauchen wird. Wie auch?« Er warf einen Blick auf die Armbanduhr und fuhr fort: »In einer halben Stunde schließt die Messe – endlich, wie ich bemerken möchte –, und das Publikum wird aus der Halle gescheucht. Unser hübsches Paradiesvögelchen verschwindet hinter den Kulissen und ist damit für Normalsterbliche nicht mehr erreichbar.« Mit einem Grinsen fügte er hinzu: »Aber vielleicht solltest du später beim Dinner die Kellner genau im Auge behalten. Falls einer von ihnen einen Schnäuzer wie ein Pornodarsteller aus den Siebzigern hat ...«

Stella lachte und knuffte ihn in die Seite. »Na gut, bestimmt hast du recht. Und jetzt hau schon ab. Ich wette, irgendwo im Bermudadreieck warten ein saftiger Burger und ein kühles Bier auf dich.«

»Du denkst, ich stürze mich jetzt ins Vergnügen? Mitnichten, meine Liebe, auf mich wartet viel Arbeit. Ich fahre jetzt nach Hause, sichte die Fotos, schreibe einen kurzen Artikel für die morgige Ausgabe und entwerfe einen ausführlichen für Dienstag …« Er grinste und fügte hinzu: »Aber vielleicht mache ich vorher tatsächlich einen kurzen Abstecher und gönne mir einen Burger. Danke für die Anregung, mein Schatz.«

Er küsste sie auf die Wange, drehte sich um und war schon eine Sekunde später in der Menge verschwunden.

Genau wie der seltsame Mann zuvor.

Kapitel 8

Nachdem eine Durchsage das Ende des Messetages verkündet hatte, leerte die Halle sich nur zögernd. Letzte Käufe wurden getätigt, Gespräche geführt oder Beratungen beendet. Da die Tür geschlossen war, hatte offenbar auch Madame Pythia noch einen Kunden, als Stella zu ihrem Zirkuswagen kam. Otto saß auf einem Stuhl neben dem Wagen und hatte die Beine lang ausgestreckt. Seine bunte Zirkusdirektorjacke war geöffnet und gab den Blick auf graues Brusthaar frei, das nur notdürftig von einem weißen Rippenstrick-Unterhemd bedeckt wurde.

»Sexy«, sagte Stella grinsend, nahm sich einen Klappstuhl und setzte sich zu ihm. »Schade, dass Ben nicht mehr hier ist. *Dieses* Motiv hätte er geliebt.«

Otto lachte und winkte ab. »Danke für die Blumen. Ich bin total kaputt, da sind mir modische Fisimatenten ziemlich schnurz.«

»Willst du den Wagen gleich noch zur Villa bringen?«

»Nee.« Otto schüttelte den Kopf. »Keine Zeit, ich bin mit ein paar alten Kumpels verabredet. Kegelabend. Ihr ruft mich einfach an, wenn ich euch zwei Schönheiten und den Wagen abholen soll. Haste Spaß gehabt heute?«

Stella zuckte mit den Schultern. »Na ja – zumindest habe ich die Zeit genutzt, um mir alles anzusehen. Mir war überhaupt nicht klar, wie viel Unsinn es in dieser Branche gibt. *Lichtwesen-Essenzen?* Ich bitte dich. Und dann diese Herrschaften von Zodiac TV. Werden von Engeln begleitet, haben Kontakte zum Jenseits und machen knallharte Vorhersagen – kein Wunder, dass jeder halbwegs vernunftbegabte Mensch die Flucht ergreift, wenn er hört, dass ich Astrologin bin.«

»Versteh ich nich. Wat hast du denn bitte schön mit diesem Mumpitz zu tun? Gannix!«

»Du weißt das, ich weiß das …« Stella seufzte und fügte hinzu: »Aber die breite Öffentlichkeit kann das nicht automatisch unterscheiden. Da wird alles in einen Topf geworfen. Ich bin heilfroh, dass ich hier keinen Stand hatte, um Werbung für mich zu machen. Hinterher hätten Kunden noch von mir erwartet, dass ich ihnen exakt vorhersage, wann ihr Traumprinz um die nächste Ecke gebogen kommt. Und das ist nun wirklich nicht mein Ding.«

Sie berichtete ihm von dem Gespräch der beiden Frauen, das sie im Messecafé gehört hatte. Otto wollte sich ausschütten vor Lachen, aber Stella runzelte die Stirn. »Ich bezweifle wirklich, dass van Aalen dem seriösen Zweig der Branche mit dieser Messe einen Gefallen getan hat. Bei Anbietern, die ganz eindeutig nur die Gutgläubigkeit und die Verzweiflung der Kunden ausnutzen, um damit Geld zu machen, hört mein Humor auf.«

»Wenn man vom Teufel spricht …«, murmelte Otto grinsend und deutete mit dem Kopf auf van Aalen, der in einigen Metern Entfernung durch die Halle hastete und hektisch gestikulierend in ein Funkgerät sprach. »Hatte nich den Eindruck, als hätte er Gewissensbisse deswegen.«

»Natürlich nicht, weil es ihm um noch mehr Kunden und demzufolge letztendlich auch nur um den schnöden Mammon geht.«

»Und trotzdem gehste gleich zum Dinner von dem Kerl.«

»Ich gehe auf ihre Bitte zusammen mit meiner Großmutter hin, das ist ein kleiner Unterschied, mein Lieber. Wäre Oma nicht, hätte ich seine Einladung dankend ausgeschlagen.«

Die Tür des Wagens öffnete sich, und Maria begleitete ihre glücklich strahlende Kundin die Treppe hinunter. Sie schüttelte der Frau die Hand und sagte: »Vielen Dank für Ihre Großzügigkeit.«

»Ich habe zu danken«, erwiderte die Frau, »Sie sind wundervoll. Ich melde mich bei Ihnen.«

Sie drehte sich um und eilte durch die Halle zum Ausgang, und Maria kam zu Stella und Otto. »Das war ein verdammt langer Tag. Aber die Spendenbox ist voll, ich bin sehr zufrieden. Und jetzt: raus aus den Klamotten – endlich!«

Otto ergriff Marias Hand. »Und dabei siehste wie 'n wunderschöner Paradiesvogel aus.«

»Sehr charmant, aber der Turban macht auf Dauer leider höllische Kopfschmerzen.« Mit Schwung zog Maria sich die Kopfbedeckung herunter und wuselte durch ihre weißen Locken. »So ist es besser. Wieso bist du überhaupt noch hier, mein Bester?«

»Ich geh doch nich, ohne Tüss zu sagen!« Otto war sichtlich empört. »Ich warte dann auf euren Anruf. Bis später.«

Der liebevolle Blick, mit dem ihre Oma dem davoneilenden Otto hinterhersah, rührte Stella tief. Beide waren jenseits der siebzig, aber seit Jahren rettungslos und aufrichtig verliebt ineinander. Besonders freute Stella, dass Maria in ihm einen Gefährten hatte, den sie bereits aus ihrer Zeit auf dem Jahrmarkt kannte – niemand hätte sie und ihr Leben so verstehen können wie er.

»Komm mit rein, ich will mich umziehen und abschminken«, sagte Maria und winkte Stella. »Ich komme mir vor wie eine Dragqueen.«

Kichernd klappte Stella die beiden Stühle zusammen und folgte ihrer Großmutter damit in den Wagen.

Drinnen stand Maria bereits vor einem verschnörkelten Wandspiegel und wischte sich mit Abschminktüchern das dicke Make-up herunter. Im Anschluss cremte sie sich das Gesicht ein und zog dann den Kaftan über den Kopf, den sie Stella reichte, die schon mit einem Kleiderbügel bereitstand.

»Ganz schön schwer, das Ding«, sagte Stella und hängte das kostbare Kleidungsstück an einen Haken.

»Ist ja auch nicht irgendein billiges Fähnchen. Den habe ich mir in Indien aus kostbaren Sari-Stoffen nähen lassen. In der bestickten Borte sind echte Goldfäden verarbeitet. War nicht ganz billig, wenn ich mich recht erinnere.«

Maria stieg in eine dunkelblaue, enge Jeans und kombinierte dazu eine maigrüne Seidenbluse, die sie in den Hosenbund steckte. Eine leichte Strickjacke in der Farbe der Bluse und elegante Stiefeletten machten ihr Outfit komplett.

»Wie sehe ich aus?«, fragte sie und drehte sich einmal um sich selbst.

»Großartig.«

»Nicht zu salopp für das Dinner?«

Stella prustete. »Wir sind ja nicht gerade zur Privataudienz beim Papst eingeladen. Obwohl – das trifft bestimmt ziemlich genau, wie der hochwohlgeborene Herr van Aalen dieses Dinner sieht.« Sie deutete auf sich selbst. »Guck mich an: Jeans, Pulli, Wildlederjacke. Ich kann mich nicht erinnern, dass irgendwo von einer Kleiderordnung die Rede gewesen wäre.«

Vor dem Spiegel trug Maria dezenten Lippenstift auf. »Ich wette, Marlene Silberstein donnert sich auf wie ein Showgirl in Las Vegas.«

»Und *ich* wette, sie geht nicht einmal zum Brötchenholen, ohne sich so aufzubrezeln. So gesehen ist also selbst das glamouröseste Outfit bei ihr nichts anderes als Alltagskleidung. Und *ihre* Alltagskleidung sieht halt etwas anders aus als *unsere*. Also, ich sehe kein Problem. Solange wir nicht die Füße auf den Tisch legen oder unserem Gegenüber ins Gesicht rülpsen, sollte auch van Aalen nichts zu meckern haben. Ich finde, er darf sich glücklich schätzen, dass wir sein Dinner mit unserer Anwesenheit beehren.«

»Dann los. Ich habe Hunger.«

Sie gingen durch die Halle, in der hektischer Betrieb herrschte, denn alle Aussteller packten ihre Waren und Stände zusammen. Unzählige Kisten und Standwände sowie Mobiliar wurden in Autos und Transporter geladen, die mittlerweile in der Halle standen.

Durch eine unauffällige Zwischentür, die der Hallenchef ihnen gezeigt hatte, erreichten sie den Gang, der sie in den Hotelbereich führte. Während Stella im Foyer wartete, ging Maria zum Portier, um den Weg zum Restaurant zu erfragen.

»Ach, ich habe dir noch gar nicht erzählt, dass Filibert Fröhlich mich für seinen Sender anwerben wollte«, sagte Maria, während sie das Foyer durchquerten. »Nach dir hat er übrigens auch gefragt.«

»Ist nicht dein Ernst. Er hat deine Meinung bei der Podiumsdiskussion doch gehört! Und hat er danach nicht sogar noch so eine blöde Bemerkung gemacht? Dass es dir nur darum gegangen sei, ihn blöde dastehen zu lassen? Du hast ihn hoffentlich schallend ausgelacht.«

»Tss, tss«, machte Maria und schüttelte den Kopf. »Derart unhöflich war ich selbstverständlich nicht, mein Kind, obwohl ich am liebsten exakt so reagiert hätte. Er tauchte tatsächlich heute in meinem Wagen auf und schien zu erwarten, dass ich ihm vor Glück um den Hals falle, als er mir das Angebot machte. Absurd.«

»Allerdings ist es das. Die Vorstellung, in dieser bizarren Zwischenwelt mein Geld mit Beratungen im Minutentakt zu verdienen ... nie im Leben.«

»Natürlich nicht. Aber wundere dich nicht, wenn Filibert dich heute Abend darauf anspricht.«

Hoffentlich kann ich mich dann beherrschen und lache ihm nicht ins Gesicht, dachte Stella.

In einem Nebenraum des Hotelrestaurants war eine prunkvolle Tafel gedeckt, an der circa zwölf Personen Platz fanden. Der Blumenschmuck aus orangefarbenen und roten Lilien in länglichen Schalen, von denen mehrere die Mitte des Tisches entlang platziert waren, kontrastierte stark mit dem goldgel-

ben Tischtuch und den gelben Kerzen, die in goldenen vier-
armigen Leuchtern flackerten. Das kostbar aussehende Geschirr war rot-gold gemustert. Van Aalen hatte das Kongressmotto der Sonne wirklich bis ins letzte Detail inszeniert. Stella
fragte sich, wie wohl die Deko bei einem Pluto-Kongress aussehen würde. Immerhin war der römische Gott Pluto der
Herrscher der Unterwelt und der Toten – das versprach, spannend zu werden.

Noch gruppierten die bereits eingetroffenen Gäste sich locker um einige Stehtische, die im Eingangsbereich des Raums
aufgestellt waren. Zwischen ihnen ging ein Kellner mit einem
Tablett umher, das mit gefüllten Champagnergläsern bestückt
war.

Keiner von ihnen hatte einen Schnäuzer.

Aus dem Augenwinkel bemerkte Stella die schwarz gewan-
dete Sixta Sensualia, die sich zwei Gläser schnappte. Gleich
zwei?, dachte Stella, aber dann sah sie, was Sixta damit vorhatte:
Sie ging damit zu Marlene Silberstein und wollte der spektakulär herausgeputzten Astrologin eins geben.

Die allerdings ignorierte das Angebot und wandte sich Filibert Fröhlich zu, der die kleine Szene mit sichtlichem Amü-
sement beobachtet hatte und Marlene nun etwas ins Ohr flüsterte, das sie glockenhell kichern ließ. Die abgewiesene Sixta
war sichtlich brüskiert und starrte Marlene wütend an, dann
leerte sie beide Gläser in Blitzgeschwindigkeit, ging hinüber
zur Tafel und setzte sich, nahm aber auf dem Weg dorthin
noch ein Glas Champagner vom Tablett des Kellners.

Von der Seite schlich van Aalen sich an Marlene heran, sagte etwas zu Fröhlich, der süffisant die Lippen kräuselte, und
zog die Astrologin dann beiseite, um mit ihr zu tuscheln. Dabei
lag seine Hand auf ihrer Hüfte, was sehr vertraut wirkte. Mit
einer routinierten Kopfbewegung ließ Marlene sich ein paar
rote Strähnen ins Gesicht fallen und himmelte ihn durch den
schimmernden Vorhang an.

Und da sagt man immer, nur langes Haar wirkte sexy, dachte Stella.

Marlenes geometrisch geschnittener Bob reichte kaum über die Ohrläppchen, aber sie spielte damit, als sei es die lange Mähne der Lorelei. Dieses Styling hatte sie sich unter Garantie bei den Stummfilmgöttinnen der Zwanzigerjahre abgeguckt – Louise Brooks, diese atemberaubend schöne Schauspielerin, hatte exakt diese Frisur getragen.

Stella wurde abgelenkt, weil Maria sie am Ärmel zupfte und wisperte: »Hast du dir diesen unglaublich affigen Tisch mal angeguckt?«

»Feuerfarben«, murmelte Stella ihrer Großmutter zu, »da brennt jemand lichterloh.«

»Wie passend, dass Sarggestecke auf dem Tisch stehen«, raunte Maria zurück. »Das verleiht dem Ganzen einen dezenten Hauch von Krematorium.«

»Sarggestecke?«

»Guck dir die Ungetüme doch mal an. Die kannst du problemlos morgen bei 'ner Beerdigung einsetzen. Genau so sehen die Gestecke aus, die immer auf Särgen stehen. Und dann auch noch Lilien!«

Von sich aus wäre Stella nicht auf diesen Vergleich gekommen, aber jetzt, da ihre Oma es so deutlich aussprach … »Meinst du, die Deko ist auf van Aalens Mist gewachsen?«

»Na klar, das sind doch die passenden Farben für den selbst ernannten Sonnenkönig. Er ist nicht gerade für schlichte Zurückhaltung bekannt.«

Wie immer, wenn ihre Großmutter eine Bemerkung zur optischen Extravaganz anderer Leute machte, musste Stella innerlich grinsen. Andererseits wäre Maria niemals auf die Idee gekommen, zu diesem Dinner in ihrer Madame-Pythia-Kluft zu erscheinen, wohingegen van Aalen stets und überall Anzüge aus schimmernden Stoffen trug, deren Knöpfe aus aufdringlich funkelnden Kristallen bestanden.

Offenbar hatte er sich zu diesem Dinner noch einmal getunt, denn das Outfit, in dem er während des Tages geglänzt hatte, war zumindest dunkel gewesen. Nun rauschte er mit ausgebreiteten Armen auf sie zu – in einem Anzug aus terrakottafarbenem, changierendem Material mit farblich passend glitzernden Knöpfen.

Maria griff nach Stellas Hand. »Ich werde blind …«

»Immerhin passt er perfekt zum Tisch«, flüsterte Stella und unterdrückte ein Grinsen. »Und zu Marlene. Jetzt habe ich es verstanden! Alles hier ist auf Marlene zugeschnitten: die Deko, der Tisch, die Blumen, van Aalen … das muss echte Liebe sein.«

»Da sind Sie ja!«, dröhnte van Aalen jovial. »Ich freue mich. Herzlich willkommen zu einem wundervollen Abend, meine Damen.«

»Der Tisch sieht sehr … hm … extravagant aus, Holger«, flötete Maria. »Aber von Ihnen habe ich natürlich nichts anderes erwartet.«

»Vielen Dank.« Van Aalen war sichtlich geschmeichelt und verbeugte sich leicht. »Ich habe die Dekoration selbst entworfen.«

Stella nickte. »Nichts anderes hätte ich von Ihnen gedacht. Aber ich bin erstaunt, dass unsere Runde so klein ist. Ich hatte mit mehr Leuten gerechnet.«

Van Aalen bot Maria den Arm an. »Heute Abend trifft sich hier nur der allerengste, exklusive Kreis. Und ich hoffe, Sie werden das Dinner genießen. Wir wollen es uns mal richtig gut gehen lassen, nicht wahr? Flambierter Hummer als Vorspeise, danach Lammkarree mit handverlesenen Böhnchen und zum krönenden Abschluss ein köstliches Sorbet mit Früchten der Saison. Das haben wir uns nach den zwei Tagen redlich verdient, finde ich. Wer hart arbeitet, soll auch gut essen. Dazu ein gepflegtes Gespräch in angenehmer Gesellschaft … meiner Meinung nach ist das ein perfekter Abschluss für mein Event. Darf ich Sie zu Ihren Plätzen geleiten?«

Exklusiver Kreis – klar, dachte Stella amüsiert, während sie den beiden durch den Raum folgte, so kann man es natürlich auch nennen …

Holger van Aalen war niemand, der unnötig Geld verplemperte. Ganz sicher war er mit der Veranstaltung ein nicht unbeträchtliches finanzielles Risiko eingegangen, aber die Standflächen in der Halle waren ausgebucht gewesen. Da van Aalen ihr eine davon angeboten hatte, kannte sie die saftigen Quadratmeterpreise – der riesige Stand von Zodiac TV musste den Sender ein kleines Vermögen gekostet haben. Dazu kamen die Eintrittsgelder der Besucher, immerhin 20 Euro pro Kopf. Sie hatte keine Vorstellung davon, wie viele Menschen die Halle im Laufe des Tages bevölkert hatten, aber zwischendurch war immer wieder wegen kurzfristiger Überfüllung geschlossen gewesen.

Wenn es 3000 Messebesucher gewesen waren – vermutlich mehr –, hatten sie 60.000 Euro in die Kasse gespült. Auf der Gegenseite standen die Hallen- und Personalkosten, die sicherlich happige Gage für Marlene Silberstein, Honorare und Hotelzimmer für die Referenten sowie die Kosten für Anzeigen in den Printmedien, die aufwendige Infomappe, flächendeckende Plakatierung im Ruhrgebiet und dergleichen mehr. Vermutlich konnte van Aalen sich glücklich schätzen, wenn seine Bilanz eine schwarze Null zeigte.

Kein Wunder, dass die Gästeliste für das Abschlussdinner so *exklusiv* war … bestimmt war er heilfroh gewesen, dass die meisten Referenten bereits am Sonntagmorgen und beinahe alle Aussteller direkt nach der Messe abgereist waren. Vielleicht hatte ihre Oma sogar recht mit ihrer Vermutung gehabt, dass er dieses Dinner mit seiner Gewinnspanne aus dem überteuerten Essen für die Teilnehmer des Vortags zwischenfinanzierte.

Flambierter Hummer, Lammkarree und Früchte der Saison – ich habe schon schlechter gegessen, dachte Stella.

Und dazu all die kleinen Szenen, die sie beobachtet hatte …, dieser Abend versprach, höchst interessant zu werden.

Kapitel 9

Natürlich stand Holger van Aalens Stuhl am Kopf der Tafel – schließlich war er der Gastgeber. An seiner linken Seite hatte Marlene Silberstein Platz genommen – sie trug ein goldenes Kleid mit einer kleinen blau-silbernen Mondsichel auf der Höhe ihres Herzchakras –, dann folgten Stella und ihre Großmutter. Marlene gegenüber saß Filibert Fröhlich, neben ihm thronte Sixta Sensualia, und rechts von ihr lümmelte sich der Mann, der sich Teiaiel nannte, am Tisch. Er hatte seine Messe-Kostümierung als Bollywood-Guru abgelegt und trug jetzt wieder einen schlichten Kapuzenpulli. Außerdem saßen noch zwei weitere Astrologinnen am Tisch, deren Namen Stella partout nicht einfallen wollten, sowie weitere Publikumslieblinge von Zodiac TV, deren Gesichter ihr vage bekannt vorkamen.

Zwei Servicekräfte huschten um den Tisch und füllten die Gläser mit teurem Champagner. Sixta hob die Hand, um den Kellner aufzuhalten, leerte ihr Glas mit einem langen Zug und bat direkt um Nachschub.

Van Aalen erhob sich mit seinem Glas in der Hand. »Liebe Freundinnen und Freunde, es ist mir eine besondere Ehre, den Abschluss meiner erfolgreichen Veranstaltung in Ihrer und eurer Gesellschaft zu feiern. Mit meiner charmanten, wunderschönen Tischdame, die wieder heller strahlt als die Sonne selbst«, er verbeugte sich leicht in Marlenes Richtung, die ihn mit einem schmelzenden Lächeln belohnte, »haben wir eine mehr als würdige erste Preisträgerin für den *Saturn* gefunden, den ich ins Leben gerufen habe. Marlenes Sonne, die, wie wir alle wissen, im Saturn-Zeichen Steinbock steht, hat ihn mehr als verdient. Denn seit mehr als einer halben Saturn-Runde, erlauben Sie mir diesen kleinen astrologischen Scherz, prägt sie in der Öffentlichkeit das Bild der seriösen Astrologie. Von nun an soll die Auszeichnung jedes Jahr an jemanden gehen, der oder die sich in besonderer Weise um unsere Branche verdient gemacht hat und sie ganz besonders würdig in der Öffentlichkeit repräsentiert.«

Stella hörte ein leises Schnauben und sah hinüber zu Sixta, aus deren Richtung das Geräusch gekommen war. Deren Blick war auf Marlene Silberstein gerichtet – und er war nicht besonders freundlich. Stella konnte Verachtung in ihrer Miene sehen, aber auch ... was war es? Schmerz? Aber es war nicht Schmerz darüber, die Auszeichnung nicht selbst erhalten zu haben, nein, es war etwas Persönliches.

Van Aalen schwadronierte weiter über den Erfolg seiner Veranstaltung und seine hochfliegenden Zukunftspläne, während Stella sich ausklinkte, um unauffällig ihre Hälfte des Tisches unter die Lupe zu nehmen.

Filibert Fröhlich versuchte sich in der Darstellung eines aufmerksamen Zuhörers: Hin und wieder nickte er zu van Aalens Worten oder lächelte über einen Scherz, wobei sich allerdings nur ein Mundwinkel hob. Zudem lagen seine Hände gefaltet auf dem Tisch – er fühlte sich van Aalen eindeutig überlegen. Unwillkürlich fragte Stella sich, ob das lediglich die Pose eines erfolgreichen Senderchefs war oder ob mehr dahintersteckte.

Unübersehbar war, dass Sixta nicht nur etwas gegen Marlene hatte, sondern gleichzeitig versuchte, möglichst weit von ihrem Tischnachbarn Filibert Fröhlich abzurücken. Die Sitzordnung war durch Platzkarten vorgegeben, andernfalls hätte sie vermutlich einen Stuhl gewählt, der möglichst weit von dem ihres Chefs entfernt gewesen wäre. Sixtas Körperhaltung war unnatürlich und verkrampft; ihre rechte Schulter nach vorn gezogen, um eine Barriere zwischen sich und Fröhlich zu bauen. Neben ihm fühlte sie sich sichtlich unbehaglich, und sie vermied jeglichen Blick- und Körperkontakt.

Ihm gegenüber ist ihr irgendetwas fürchterlich peinlich,

dachte Stella, als hätte er sie bei etwas erwischt, das sie am liebsten ungeschehen machen würde.

Ganz im Gegensatz dazu sah sie immer wieder hinüber zu Marlene. Es wirkte beinahe wie ein Zwang, der sie dazu trieb, als hätte sie keine Kontrolle darüber. Für Bruchteile von Sekunden wurde ihr Gesicht manchmal ganz weich, dann wandte sie den Blick hastig ab.

Der junge Mann namens Teiaiel starrte auf den Tisch und schien sich bei van Aalens weitschweifiger Rede halb zu Tode zu langweilen. Plötzlich sah er hoch, begegnete Stellas Blick und rollte dezent mit den Augen, wobei er eine kaum merkliche Kopfbewegung in van Aalens Richtung machte. Unwillkürlich musste Stella grinsen, und der junge Mann lächelte zurück. Wortloses Verstehen konnte so einfach sein.

Ihre Aufmerksamkeit kehrte zu van Aalen zurück, als er den Namen ihrer Großmutter nannte. Aha, er redete über die weiteren Nominierten für den ›Saturn‹, über die er wahre Hymnen vom Stapel ließ.

Maria hob ihr Glas und zwitscherte: »Es war bereits eine große Ehre, nominiert zu sein! Marlene hat den Preis verdient.«

Filibert Fröhlich quittierte ihre Bemerkung mit einem kalten Lächeln, aber Sixta sah aus, als müsse sie sich übergeben – was allerdings vielleicht an der nicht unbeträchtlichen Menge Alkohol lag, die sie mittlerweile konsumiert hatte.

Stella verkniff sich ein Grinsen, aber dann wandte van Aalen sich ihr zu und sagte: »Besonders freut mich, dass mit Stella Albrecht heute wirklich talentierter Nachwuchs an dieser Tafel sitzt. Sie hat eine große Zukunft vor sich, und ich bin ganz sicher: Wenn Stella sich an den richtigen Vorbildern orientiert, wird sie ihren Weg machen. Und jetzt: guten Appetit.« Er prostete ihr zu.

Stella musste sich zwingen, ihr Glas zu heben und gute Miene zum bösen Spiel zu machen. *Talentierter Nachwuchs?* Was faselte van Aalen da? Seit vielen Jahren genoss sie sowohl in der Branche als auch bei ihren Kunden einen exzellenten Ruf – und dieser unverschämte Kerl wagte es, von ihr zu reden, als betreibe sie die Astrologie nur als Hobby oder sei gerade mal ein Lehrling. Und mit den *richtigen Vorbildern* meinte er vermutlich sich selbst. Seine Überheblichkeit und Selbstherrlichkeit nahmen manchmal wirklich erschreckende Formen an; das ließ sich auch nicht mit seinen drei persönlichen Planeten im Löwen und dem Schütze-Aszendenten entschuldigen.

Während am Tisch – von einigen sichtlich halbherzig – applaudiert wurde, spürte sie die Hand ihrer Großmutter am Arm. »Ruhig bleiben, Liebes«, flüsterte Maria. »Ich weiß, für diese Frechheit hätte er eigentlich Prügel verdient.«

Mittlerweile war die Vorspeise serviert worden, und Stella genoss jeden Bissen in dem Gefühl, dass van Aalen dafür blechen musste.

Am liebsten wäre sie empört aus dem Raum gerauscht und hätte das dämliche Dinner boykottiert. Aber sie wusste, dass van Aalen sie überhaupt nicht hatte beleidigen wollen – im Gegenteil. Er war derart von sich und seinem Erfolg überzeugt, dass er sich im Traum nicht vorzustellen vermochte, sie könne ihm *nicht* nacheifern wollen. Und aus seiner Sicht stand sie mit ihrem kleinen Einzelunternehmen – im Vergleich zu seiner Horoskop-Fabrik mit mehreren Angestellten – noch an den Startblöcken, während er mindestens die Hälfte der Aschebahn schon geschafft hatte. Sicherlich lag sein Jahreseinkommen beim mindestens Zehnfachen von dem, was sie verdiente. Aber sie legte es ja weder auf Ruhm noch auf Reichtum an, was für ihn völlig unverständlich war.

Diese Sicht der Dinge bewies ihr mal wieder, dass er kein besonders empathischer Mensch war, da er stets von sich selbst ausging. Er brauchte den äußerlich sichtbaren Erfolg für sein Selbstwertgefühl und war außerstande, ihre Zurückhaltung auch nur im Ansatz zu verstehen. Für ihn war ihr Berufsethos keine Entscheidung, sondern lediglich ein Indiz dafür, dass sie es noch nicht ›geschafft‹ hatte.

Aus dem Augenwinkel bemerkte sie, dass van Aalen massiv mit Marlene Silberstein flirtete. Sie unterhielten sich angeregt, wobei er seine Tischnachbarin mit Blicken verschlang. Van Aalen schien sich geradezu zwingen zu müssen, das Wort zwischendurch auch mal an seine anderen Gäste zu richten. Stella konzentrierte sich stumm aufs Essen, das vorzüglich war, während ihre Großmutter angeregt mit ihrer Nachbarin zur Rechten plauderte, die bei Zodiac TV arbeitete.

Als alle ihre Vorspeise gegessen hatten, ergriff van Aalen wieder das Wort. »Liebe Freundinnen und Freunde, ich bin im Vorfeld gebeten worden, zwischen den Gängen für die Raucher unter uns Pausen einzulegen. Dieser Bitte komme ich gerne nach. Hier geht es zur Terrasse.«

Er deutete auf eine große Glastür, die nun von einem Kellner geöffnet wurde.

Sofort sprang Stella auf. »Ich muss mal an die frische Luft«, sagte sie zu ihrer Großmutter. »Bleibst du hier?«

»Ich unterhalte mich gerade so gut«, erwiderte Maria, also ging Stella alleine hinaus.

Auf der Terrasse beleuchteten einige Solarlaternen eine Sitzgruppe aus Rattanmöbeln mit angenehm schummrigem Licht. Mit einem Seufzen ließ Stella sich in einen Sessel fallen und schloss die Augen.

Wie viel lieber hätte sie jetzt zu Hause an ihrem Gartenteich gesessen … oder mit Ben in einer Kneipe, um mit ihm zusammen über die Messe zu tratschen.

Stattdessen war sie mit Menschen, deren Gesellschaft sie sich niemals freiwillig ausgesucht hätte – ihre Großmutter natürlich ausgenommen –, in einen Raum gepfercht und musste sich zusammenreißen. Sie hätte sich diese Farce auf van Aalens Kosten schöntrinken können, aber das wollte sie ihrer Großmutter ersparen, denn sie fürchtete, die Contenance zu verlieren.

Jemand setzte sich in den Sessel neben ihr, und eine Männerstimme sagte: »Du rauchst ja gar nicht.«

Sie öffnete die Augen – es war Teiaiel, der sich eine Zigarette mit Tabak aus einer Metalldose drehte.

»Nee«, erwiderte sie. »Aber die Luft da drin war mir entschieden zu stickig.«

Der junge Mann grinste und zündete seine Zigarette an. Nach einem tiefen Zug, den er sichtlich genoss, blies er den Rauch aus, der verdächtig würzig duftete.

Unwillkürlich hob Stella die Brauen, und sein Grinsen wurde breiter. Er hielt ihr die Zigarette hin, die sie mit einem Kopfschütteln ablehnte.

»Na ja, ich muss mir dieses Panoptikum ein wenig schönrauchen.« Er zog wieder und musterte sie. »*Hoffnungsvoller Nachwuchs,* hm? Ich dachte vorhin, ich höre nicht richtig. Der Kerl traut sich was. Frech.«

»Vielleicht hat er ja recht.«

»Rede keinen Unsinn. Ich habe deinen Vortrag gehört und war schwer beeindruckt. Wirklich klasse. Und deine crazy Großmutter …« Genießerisch schnalzte er mit der Zunge. »Ein Teufelsweib. Ihr seid beide sehr besonders. Ein Lichtblick in diesem Aufgalopp der Mittelmäßigkeit.«

»Oh, vielen Dank. Darf ich dich mal was fragen?« Auf sein Nicken hin fuhr sie fort: »Was hat dich in diese Runde verschlagen, Tal… Teil… entschuldige, dein Name ist etwas kompliziert.«

»Tei-a-i-el.« Er kicherte. »Eigentlich heiße ich Hartmut, was ich übrigens nicht jedem verrate. Keine Ahnung, was meine Eltern geritten hat, mir diesen schrecklichen Namen zu geben. Beruflich ist er eine Katastrophe. Ein erleuchteter Auraleser namens Hartmut? Wohl kaum. Einem Hartmut glaubt man nicht, dass er mit Engeln spricht – einem *Teiaiel* schon eher.« Er inhalierte tief und stieß eine riesige Rauchwolke aus. »Aber wem sage ich das – deine Oma ist ja auch in dem Gewerbe. Frau Schmidt oder *Madame Pythia* ... wessen Blick in die Glaskugel ist wohl glaubwürdiger? Und ihr genialer Zirkuswagen! Ich bin so was von schockverliebt. Also, wenn sie den jemals verkaufen will – ich nehme ihn sofort. Ich lebe ja auch in meinem Wohnmobil, aber Marias Wagen, das ist die Königsklasse. Fehlen nur noch zwei Pferde davor, und dann durch die Lande zockeln ... das wäre schön. Hm, ich schweife ab, oder? Du musst entschuldigen – wenn ich kiffe, verliere ich leicht den Faden und gerate ins Schwafeln. Du hattest mich was gefragt ... ach ja: Warum ich zu diesem bizarren Dinner eingeladen wurde, wolltest du wissen. Kann ich dir sagen: Die beiden größenwahnsinnigen Obergurus sind hinter mir her. Van Aalen und dieser komische Filibert. Man stelle sich vor: Beide wollen mich anwerben.«

»Gratuliere. Ganz schön begehrt.«

Teiaiel/Hartmut zuckte mit den Schultern. »Ja, ich soll junge Leute begeistern. Ich zitiere Mister Zodiac TV: *Wir wollen nicht mehr nur diese frustrierten Singlefrauen Mitte fünfzig, die bloß ihre Katzen als Gesprächspartner haben. Die wollen immer nur wissen, wann ein Kerl auftaucht, der sie aus ihrem Elend erlöst. Ich will ein jüngeres, moderneres Image.* Und der große, glitzernde Zampano am Kopf der Tafel hat sich fast wortgleich geäußert. Was ich übrigens in beiden Fällen reichlich überheblich finde. Diese beiden Klapskallis sollten sich den Beitrag, den deine Oma zur Podiumsdiskussion rausgehauen hat, zu Herzen nehmen. Aber die sind derart von sich überzeugt ...« Er schnaubte und schüttelte den Kopf. »Was für Trottel. Allerdings wedeln sie mit Geldbündeln. Dabei haben sie das wahre Wesen der Astrologie gar nicht verstanden: den uranischen Geist, durch den sie erst lebendig wird und zum Segen der Menschheit das Heilige auf die Erde holen kann. Wer sich unter die Knute des Kapitals begibt, verliert in meinen Augen seine Glaubwürdigkeit und gerät in die Fänge des Stier-Prinzips.«

Eigentlich hatte Stella fragen wollen, ob er dennoch eines

der Angebote annehmen wolle, aber Sixta, ein Longdrink-Glas in der Hand, kam in diesem Moment aus dem Restaurant, gefolgt von Filibert Fröhlich.

»Margot, reiß dich bitte zusammen«, zischte Fröhlich, als die beiden am Ende der Terrasse angekommen waren. Er zog ein glänzendes, flaches Etui aus der Sakkotasche, klappte es auf und entnahm ihm einen Zigarillo. Er zündete ihn an und paffte hektisch.

»Erzähl du Heiopei mir nich, wat ich zu tun und zu lassen hab«, fauchte Sixta zurück und trank einen tiefen Schluck. »Wieso glaubst du, dat du mir Vorschriften machen kannz?«

»Immerhin bist du eine Vertreterin meines Senders. Du benimmst dich unmöglich.«

»Weißte, wo du dir dein Sender hinschieben kannz? Hm? Soll ich dir dat ma ganz genau erklärn?«

»Margot, *bitte*. Du hast mehr als genug getrunken. Und sprich bitte leise.«

»Weißte wat, Fili? Wenn ich nich trink, spring ich der Nutte mittem nackten Arsch ins Gesicht. Die hat doch garantiert mit diesem affigen Fatzke gevögelt, um den Preis zu kriegen. Sach mir nich, dat du nich sauer bist. Du hättes dat Ding doch auch gerne gehabt.«

Fröhlich blies eine Rauchwolke aus und winkte ab. »Kein Grund, derart ordinär zu werden, meine Liebe. Außerdem: Diese dämliche Glaskugel ist mir doch vollkommen egal. Soll van Aalen doch um Marlene herumscharwenzeln, solange er noch die Gelegenheit dazu hat. Soll er sich doch als Gewinner fühlen und sich feiern. Sein Erwachen wird umso brutaler sein. Noch heute Abend werde ich ihn von seinem hohen Ross holen, und der große Salonlöwe wird eine bittere Niederlage einstecken. Ich habe eine brandheiße Neuigkeit für ihn, die ihn umhauen wird. Sein Aufprall auf den Boden der Tatsachen wird härter als alles sein, was er bisher an Rückschlägen einstecken musste. Das bin ich mir als Skorpion einfach schuldig.

Und ich habe es mir extra für heute aufgespart, schließlich will ich vorher noch auf seine Kosten fürstlich speisen und mich an seiner Ahnungslosigkeit ergötzen.«

Sixta schnaubte höhnisch. »Und wat hab ich davon? Nix. Ich kann mir weiter angucken, wie diese läufige Hure sich diesem Glitzerhannes an den Hals wirft. Wahrscheinlich hat se unterm Tisch schon seinen Schwanz inner Hand. Ich könnte echt kotzen.«

»Deine Ausdrucksweise ist unerträglich, Margot, du musst wirklich härter daran arbeiten, dein niederes Selbst zu überwinden.«

»So redet man im Ruhrpott, du Heini. Leb damit oder …« Sie hielt inne und fragte dann: »Wat denn überhaupt für 'ne Neuigkeit? Erzähl doch ma. Ich könnt 'ne Aufmunterung gut gebrauchen.«

Fröhlich schien mit sich zu ringen, aber dann beugte er sich zu ihr. Mit gesenkter, aber dennoch deutlich hörbarer Stimme sagte er: »Noch ist alles inoffiziell, aber …«

In diesem Moment verschluckte Hartmut sich am letzten Zug aus dem Joint und musste husten. Fröhlich und Sixta fuhren zu ihnen herum und musterten sie.

Stella fragte sich, ob die beiden sie und den jungen Mann bisher nicht bemerkt oder im Eifer ihrer Auseinandersetzung schlicht vergessen hatten. Das weitere Gespräch führten sie jedenfalls im Flüsterton, sodass nichts mehr zu verstehen war.

»Ärgerlich«, raunte Hartmut heiser, der seinen Hustenanfall rasch überwunden hatte. »Ich hätte zu gern gewusst, welchen Trumpf der gute Herr Fröhlich unserem Gastgeber gegenüber im Ärmel hat. Du nicht auch?«

Stella zuckte mit den Schultern und erwiderte leise: »Ich weiß nicht recht. Aber wenn wir Pech haben, werden wir es später erfahren. Er hat nicht erwähnt, ob er diese geheimnisvolle Information unter vier Augen preisgeben oder uns alle daran teilhaben lassen will.«

Aber insgeheim hoffte Stella darauf, nichts weiter davon mitzukriegen. Diese Konkurrenzkämpfe und Eifersüchteleien gingen ihr entschieden auf die Nerven.

Gegen ihren Willen erfuhr sie Dinge, von denen sie ums Verrecken nichts wissen wollte.

Sie wollte nur noch dieses Dinner hinter sich bringen und dann so schnell wie möglich ins Bett.

»Ich wüsste zu gern, warum alle derart auf diese Astro-Barbie durchdrehen«, sagte Hartmut plötzlich.

»Wen meinst du? Marlene?«

»Wen denn sonst? Dieses Künstliche, Affektierte ... furchtbar. Die langweiligste und uninteressanteste Frau, die ich jemals getroffen habe. Die könntest du mir nackt auf den Bauch binden, und bei mir würde ...«

Lachend hielt Stella sich die Ohren zu. »Zu viel Information, mein Lieber. Aber guck dir zum Beispiel van Aalen an: Der findet sie attraktiv, das ist eindeutig. Und dieser Ausraster von Sixta, den wir gerade miterlebt haben ... ich müsste mich schon sehr täuschen, wenn das nicht viel mehr als bloßer Neid auf die Auszeichnung war.«

»Ach, tatsächlich? Wer weiß, vielleicht ist die liebenswürdige Sixta ja auch scharf auf unseren glitzernden Gastgeber? Diesen Mephisto für Arme? Sein aalglatter, dezent dämonischer Charme macht viele Frauen bestimmt ganz wuschig. Ich wette, er hat irgendeine fette Pluto-Konstellation in seinem Horoskop. Sixta kann zwar fluchen wie ein Droschkenkutscher und bestimmt auch ordentlich zuschlagen, aber sie ist zweifellos eine Frau. Und dann muss die Ärmste sich den ganzen Abend lang angucken, wie Astro-Barbie ihre Verführungskarten aus dem rosaroten Barbieköfferchen holt und eine nach der anderen ausspielt ... das muss echt bitter sein.«

Seine scharfsinnige Analyse von Holger van Aalen gefiel Stella. »Interessante Theorie«, sagte sie grinsend. »Du hast Marlene ja doch beobachtet, wie es scheint.«

»Natürlich habe ich das. Aus rein klinischem Interesse an exotischen Lebensformen, denen ich sonst selten bis nie begegne. Wie ein Wissenschaftler, der ein faszinierendes Insekt beobachtet.«

Das glaubte sie ihm sogar aufs Wort. Stellas Gedanken gingen wieder zu Sixta: Bei deren hasserfüllter Tirade über Marlene war Leidenschaft im Spiel gewesen, daran hatte Stella keinen Zweifel. Und diese Szene gestern Abend in der Bar … Dennoch stimmte sie dem Szenario, das ihr Gesprächspartner gerade entworfen hatte, nicht zu. Es musste noch einen anderen, sehr persönlichen Grund für Sixtas großen Zorn auf Marlene geben.

In diesem Moment erschien van Aalen in der Tür und bat zum Hauptgang.

»Komm«, sagte Hartmut und stand auf. »Wir reden später weiter. Jetzt ist es Zeit für die zweite Runde und die nächste Stufe der Eskalation.«

Stella verdrehte die Augen. »Der Himmel sei uns gnädig«, murmelte sie und folgte ihm hinein.

Kapitel 10

An ihrem Ende des Tisches war die Stimmung entschieden aufgeheizt, stellte Stella fest.

Marlene Silberstein und van Aalen schalteten bei ihrem Flirt einen Gang höher, was mindestens so unangenehm war wie der überwältigend intensive Parfümduft, den die Astrologin verströmte. Immer wieder steckten die beiden wie Teenager, die ihren pubertären Hormonen hilflos ausgeliefert waren, kichernd und tuschelnd die Köpfe zusammen. Sie schienen zeitweise völlig zu vergessen, dass sie nicht allein waren. Stella fiel auf, dass Marlenes Zimmerschlüssel neben ihrem Champagnerglas lag; vielleicht war sie während der Raucherpause in ihrem Zimmer gewesen, um sich mit noch mehr Parfüm einzudieseln – so kam es Stella jedenfalls vor.

Und Sixta, die Stella gegenübersaß, wirkte mittlerweile wie eine volltrunkene Kneipengängerin, die am Tresen scheinbar harmlos vor sich hin brütete, in Wirklichkeit aber nur darauf lauerte, dem Nächstbesten, der ihr komisch kam, eine reinzuhauen.

Rechts von Stella ging es deutlich entspannter zu: Ihre Oma plauderte munter mit Hartmut und der Dame neben sich, während mittlerweile der zweite Gang aufgetragen wurde. Mit Mühe schaffte es Filibert Fröhlich, Sixta zu einer Alkoholpause zu überreden, auch wenn seine Tischnachbarin maulte wie ein bockiges Kind.

Tatsächlich schöpfte Stella Hoffnung, dass der Abend doch noch friedlich enden könnte, und ließ sich das hervorragende Lammkarree schmecken. Als sie mit dem Essen fertig war, klinkte sie sich in die Unterhaltung rechts von ihr ein und wartete auf die nächste Pause, um endlich vor der Parfümwolke, die unerbittlich von links heranwaberte, flüchten zu können.

Sixta konnte einfach nicht anders – sie musste Marlene folgen, die sich in der Pause zwischen Hauptgang und Dessert bei van Aalen mit den Worten entschuldigt hatte, sie müsse sich mal ›das Näschen pudern‹. Tja, wenn das Koks aufhörte zu wirken, musste man nachlegen, das galt auch für eine Marlene Silberstein. Zu Sixtas Überraschung ging die schöne Astrologin aber nicht auf ihr Zimmer, sondern in die Damentoilette – sie konnte es wohl kaum erwarten, zu ihrem schleimigen Verehrer zurückzukehren.

Sixta wusste, dass sie zu viel getrunken hatte, aber das war ihr egal. Wenn man besoffen war, wurde der Schmerz wenigstens ein bisschen betäubt, das war das Gute daran. Die neptunischen Energien, mit denen sie täglich zu tun hatte, wenn sie die Schicksale ihrer Klienten spirituell reinigte, hatten eben auch ihre Schattenseiten – und damit musste sie leben.

Als Sixta schwankend die Damentoilette betrat, war von Marlene nichts zu sehen, aber dann hörte sie das typische Schnupfgeräusch aus einer der Kabinen, gefolgt vom Auslösen der Spülung. Kurz danach kam Marlene heraus.

Als sie Sixta sah, stutzte sie kurz, ging aber weiter zum Spiegel und zupfte ihre Ponyfransen zurecht. »Was willst du?«, fragte sie dann.

»Mit dir reden«, erwiderte Sixta, die sich maßlos über den flehenden Tonfall ihrer Stimme ärgerte.

»Reden? Wir beide haben *gar* nichts mehr miteinander zu reden. Nicht nach gestern Nacht, meine Teure.« Sie kramte einen Lippenstift aus ihrem glitzernden Täschchen und beugte sich zum Spiegel.

»Marlene, bitte hör mich an … ich dachte, wir lieben uns. Und als du gestern …«

»Was? Als ich gestern *was*?« Marlene war herumgefahren und musterte Sixta mit ausdrucksloser Miene. »Was ich mache, geht dich nichts an. Ich bin niemandem Rechenschaft schuldig, erst recht nicht einer flüchtigen Affäre wie dir.«

Sixta schluckte, das musste sie erst einmal verdauen. Aber trotz ihres Alkoholspiegels wusste sie noch, dass sie einesfalls an Boden gewinnen konnte, wenn sie jetzt Besitzansprüche anmeldete. Also sagte sie: »Schon gut, du hast ja recht. Ich weiß, dat ich nicht die Einzige in deinem Leben bin, aber ... vielleicht kann ich irgendwie damit klarkommen, dat du gestern Nacht mit van Aalen zusammen wars. Aber dat du vor mir so schamlos mit ihm flirtest ... dat kann ich einfach nich aushalten.«

Marlene warf den Kopf in den Nacken und lachte schallend. »Du denkst, das war van Aalen gestern in meinem Zimmer? Vielleicht solltest du Fili mal fragen, wo – beziehungsweise *mit wem* – er die Nacht verbracht hat.«

Sixta fuhr zurück. Was hatte Marlene da gesagt? Sie hatte mit Fili ... und jetzt baggerte sie van Aalen an? »Du Nutte«, zischte sie. »Du führs dich auf wie 'ne läufige Hündin. Dat is ekelhaft. Jede Nacht 'n anderer Kerl oder wat?«

Marlene zuckte mit den Schultern. »Wer kann, der kann. Nur kein Neid. Ich nehme mir, wen und was ich will, verstanden? Du, meine Liebe, warst höchstens ein Ausrutscher. Das weiß ich spätestens, seit du vor meiner Zimmertür gewinselt hast, ich solle dich reinlassen. Was haben wir über dich gelacht!«

Sixta ballte die Fäuste; ihre Wut und ihre Scham waren überwältigend. Die Vorstellung, dass Filibert alles mitgekriegt hatte, brachte sie beinahe um den Verstand. Seine körperliche Nähe war ihr ohnehin schon unangenehm genug – sie konnte ihn einfach nicht ausstehen. Aber das ... immerhin hatte er sie nicht spüren lassen, dass er Bescheid wusste. »Du miese Schlampe ... dat wirst du bereuen, dat schwör ich dir. Niemand spielt so mit meine Gefühle.«

»Ach nein?« Marlene zuckte mit den Achseln und wandte sich desinteressiert wieder zum Spiegel. Sie zog ihre Lippen nach, klickte die Kappe auf den Lippenstift und ließ ihn wieder in die Tasche fallen.

Mit aller Macht kämpfte Sixta um ihre Beherrschung. Alles in ihr schrie danach, zu dieser Frau zu gehen und ihr den Hals zuzudrücken, langsam und genüsslich, sie röcheln und um ihr erbärmliches Leben flehen zu hören …

Als Marlene an Sixta vorbeiging, um den Raum zu verlassen, sagte sie eisig: »Du kannst nicht ernsthaft glauben, dass jemand wie ich sich verbindlich mit jemandem wie dir einlassen würde. Wie du schon redest! Wie ein Marktweib. Ich stehe für Stil und Geschmack, schließlich bin ich die Sonnen-Venus-Göttin der Astrologie – und jetzt sieh dich an …«

Mit einem höhnischen Kichern ließ sie die Tür hinter sich ins Schloss fallen.

Wie betäubt stand Sixta da. Nie zuvor hatte jemand sie derart gedemütigt. Jedes von Marlenes verletzenden Worten hatte sich wie ein Messerstich angefühlt. Sie versteinerte, als plötzlich in einer der Kabinen die Spülung rauschte. Sie wollte flüchten, aber zu ihrem grenzenlosen Entsetzen war sie völlig unfähig, sich zu rühren.

Die Kabinentür öffnete sich, und eine schmale, weißhaarige Frau trat heraus – es war Maria Schmidt. Konnte es noch peinlicher werden? Mit Sicherheit hatte sie jedes Wort gehört, und es war viel zu spät, um jetzt noch die Flucht zu ergreifen. Diese Chance hatte Sixta verpasst.

»Oh, du bist noch hier. Tut mir leid, ich dachte, du wärst bereits wieder im Restaurant«, sagte Maria Schmidt gelassen und ging zum Waschbecken.

»Ich … du has allet mitgehört?« Sixta meinte, vor Scham im Boden versinken zu müssen.

Maria, die sich die Hände wusch, nickte. »Ich bin nicht glücklich darüber, aber es ist nicht zu ändern. Vielleicht hätte ich mich bemerkbar machen sollen, aber irgendwann war es zu spät dafür.«

»Ich schäme mich so«, flüsterte Sixta. »Dat hätte niemand hören sollen.«

Maria kam zu ihr und nahm sie in die Arme. »Das musst du nicht, Sixta. Unglücklich verliebt zu sein, ist keine Schande. Und Marlene … nun, sie ist wohl ein ganz spezieller Fall, nicht wahr? Du wirst nicht der einzige Mensch auf der Welt sein, dem sie das Herz gebrochen hat.«

Für einen kurzen Moment lang lehnte Sixta sich an Maria, dann trat sie einen Schritt zurück und straffte die Schultern. »Dieset Luder kricht mich nich klein. Ich weiß sehr wohl, wat ich wert bin.«

Maria nickte. »Bravo, das ist die richtige Einstellung. Lass uns zurück zum Dinner gehen.«

»Ich weiß nich, ob ich dat schaffe«, murmelte Sixta. Viel lieber hätte sie sich auf ihr Zimmer zurückgezogen, ohne dieser Astroschlampe noch einmal begegnen zu müssen.

»Aber natürlich schaffst du das«, sagte Maria. »Und wenn sie versucht, dich zu provozieren, siehst du einfach mich an. Oder noch besser: Du tauschst mit dem netten Jungspund den Platz, der will sich sowieso mit Stella unterhalten. Du bist eine starke Frau, Sixta.«

»Dat scheint Marlene nich zu denken«, erwiderte Sixta, die am liebsten losgeheult hätte.

»Und damit kommen wir zu deinem aktuellen Problem.« Maria lächelte und fuhr fort: »Du hast den Fokus aufs Wesentliche verloren, denn was Marlene über dich denkt, ist vollkommen unerheblich. Dass du eine starke Frau bist, musst du also niemandem beweisen – erst recht nicht dieser Frau –, sondern in erster Linie und ausschließlich dir selbst. Denk an das Kongressmotto, die Sonne. Du bist diejenige, die der Mittelpunkt deiner kleinen Welt ist. Du musst dich zentrieren, deine Mitte wiederfinden und dich selbst großartig finden und wertschätzen. Du strahlst aus, was *du* über dich denkst.«

Das muss ich mir unbedingt merken, dachte Sixta, als sie die Damentoilette verließen, diese Weisheit kann ich für meine Beratungen gut gebrauchen.

Auch in dieser Pause saß Stella mit Hartmut auf der Terrasse, allerdings hatte sich Filibert Fröhlich zu ihnen gesellt.

Mit gerunzelter Stirn hatte er den Qualm aus Hartmuts Zigarette geschnuppert und gefragt: »Was rauchen Sie denn da bloß?«

Zu Stellas Vergnügen hatte der junge Mann gleichmütig geantwortet: »Das ist eine indische Kräuterzigarette. Sehr gesund.«

Nun redete Fröhlich schon minutenlang auf Stella ein und versuchte, sie für seinen Sender anzuwerben.

Mit einem Lächeln schüttelte Stella freundlich, aber bestimmt den Kopf. »Wirklich nicht, Herr Fröhlich. Es ehrt mich, dass Sie meinen Vortrag so beeindruckend fanden, aber ich bin sehr glücklich mit dem, was ich mache. Ich teile meinen Tag selbst ein und habe die freie Entscheidung darüber, wen ich als Klienten annehme. Außerdem halte ich persönlich es für absolut unerlässlich, mir viel Zeit für jeden Fall zu nehmen, und zwar bereits in der sehr ausführlichen Vorbereitung auf die Beratungen.«

»Aber Sie könnten bei mir Unmengen Geld verdienen«, sagte Fröhlich, der sich offenbar so schnell nicht abwimmeln lassen wollte. Er blickte von ihr zu Hartmut, dann wieder zurück zu ihr. »Ich habe da gerade eine wundervolle Idee«, fuhr er enthusiastisch fort. »Sie gehören ohnehin nicht ans Telefon, sondern auf den Fernsehbildschirm – und Sie beide sollten das *gemeinsam* machen! Ich gebe Ihnen einen exzellenten Sendeplatz, und Sie werden einschlagen wie eine Bombe, todsicher! Kennen Sie Scarlett und Rhett? Die machen das schon seit Jahren als Paar, die Leute sind verrückt nach denen. Aber sie kommen allmählich in die Jahre, und Sie zwei Hübschen sind genau das frische Blut, das ich für den Sender brauche. Na, was meinen Sie? Sie müssen sich nicht sofort entscheiden. Reden Sie darüber. Sie können mich jederzeit anrufen, das Angebot steht. Jederzeit.« Er stand auf und zog zwei Visitenkarten aus der Brusttasche, die er Stella und Hartmut reichte. »Ich lasse Sie jetzt in Ruhe. Das ist meine Durchwahl. Alleine oder zu zweit – Sie sind willkommen.« Er wandte sich ab und ging zurück ins Restaurant.

»Wie sollen wir uns nennen: Antonius und Kleopatra?«, fragte Stella.

Hartmut stieß eine Rauchwolke aus und grinste benebelt. »Nee, das ist viel zu altmodisch, das muss deutlich moderner sein. Popkultur, verstehste? Vielleicht Homer und Marge. Oder Mickey und Minnie. Nein, Micky und Minnie ist auch zu unmodern. Oder Scully und Mulder. «

»Nein, ich weiß«, rief Stella, »John und Yoko!«

Lachend schüttelte Hartmut den Kopf. »Du bist so was von *keine* Yoko …«

»Na und? Kaum vorstellbar, dass erwähnte Scarlett äußerlich an Scarlett O'Hara erinnert, so mit Reifrock und allem Drum und Dran.«

»Allerdings nicht. Sie kommt mir immer vor wie die verlebte Mitarbeiterin eines Sonnenstudios, die zu oft selbst auf der Liege gelegen hat. Und Rhett sieht aus, als hätten sie ihn morgens um vier stinkbesoffen aus einer Absturzkneipe gezerrt und vor die Kamera geschleift. Und haargenau so redet er auch.«

»Doch so seriös … hätte ich gar nicht gedacht.« Stella erhob sich aus dem Sessel. »Lass uns wieder reingehen. Bringen wir es hinter uns.«

»Eigentlich schade, dass der Abend bald vorbei ist«, sagte Hartmut, als sie das Restaurant betraten. »Es macht Spaß, mit dir zu quatschen.«

Etwas hatte sich verändert: Sixta, die auf Stella einen deutlich nüchterneren, dafür aber nun wieder ziemlich verkrampften Eindruck machte, saß jetzt Maria gegenüber, und Hartmut übernahm ihren verwaisten Stuhl. Das übrigens sehr zur Freude von Filibert Fröhlich, der ihn und Stella während des Desserts über ihre Arbeit ausfragte.

Stella gab freundlich Auskunft, wobei sie erneut hervorhob, wie wichtig ihr die ausführliche und zeitintensive Beschäftigung mit jeder Beratung war – ein Luxus, den sie keinesfalls aufzugeben bereit war. Es war für sie außerdem mit ihrem Berufsethos unvereinbar, direkt am Telefon in fünf Minuten ernsthaft Probleme anderer Menschen lösen zu wollen.

»Vielleicht verdiene ich nicht so viel wie bei Ihrem Sender«, sagte sie abschließend, »aber Geld interessiert mich nicht. Ich kann gut leben, und das reicht mir vollkommen. Das Streben nach Goldhaufen ist mir fremd.«

Sie wusste, dass sie leicht reden hatte, da sie in gesicherten und privilegierten Verhältnissen lebte. Die Villa war in Familienbesitz, und sie musste sich nie um die nächste Miete sorgen. Aber auch in einer kleinen Wohnung hätte sie nichts vermisst, das wusste sie.

Auch Hartmut machte nicht den Eindruck auf sie, als strebe er nach Ruhm und Reichtum – ihm schien es in erster Linie um Spaß zu gehen. Fröhlich gegenüber ließ er keinen Zweifel daran.

»Wissen Sie, Herr Fröhlich, ich habe nicht einmal einen festen Wohnsitz. Ich kann mir einfach nicht vorstellen, zeitlich verbindliche Verpflichtungen einzugehen. In meinem Herzen bin ich ein waschechter Uranier und liebe meine Freiheit über alles. Ich möchte nicht an jedem Dienstag zu einer bestimmten Uhrzeit an einem bestimmten Ort sein müssen, weil meine Sendung dann angekündigt ist.«

»Das ließe sich ganz Ihren Bedürfnissen anpassen«, versicherte Fröhlich hastig. »Drei feste Tage immer zu Beginn eines Monats oder dergleichen, das ließe Ihnen nebenher doch eine Menge Freiheit.«

Hartmut schüttelte den Kopf. »Nicht genug. Ich möchte als freier Vogel durch die Welt flattern, deshalb ist ein Wohnmobil mein Zuhause. Heute hier, morgen dort. Ein Leben, wie Maria es früher beim fahrenden Volk geführt hat – *das* wäre mein Traum. Sie müssen wissen, ich habe seit zwei Jahren einen lang anhaltenden Uranus-Transit über mein halbes Horoskop. Ich kann mich einfach nicht binden. Vielleicht bin ich es in einigen Jahren leid, wenn mein Saturn wieder das Übergewicht bekommt, wer weiß das schon.

Filibert Fröhlich sah nicht so aus, als würden ihn die eindeutig abschlägigen Antworten von Stella und Hartmut besonders freuen.

Nach dem Dessert – es ging mittlerweile auf Mitternacht zu – wollte van Aalen sie noch immer nicht gehen lassen. Cognac, Espresso oder einen Cocktail als Absacker – man möge doch bitte bestellen, worauf man zum Abschluss des schönen Abends noch Appetit habe.

Und ich dachte, er kann es kaum erwarten, endlich mit Marlene ins Bett zu hüpfen, dachte Stella.

Alle nahmen das Angebot an, bis auf Sixta, die sich erhob und ein Gähnen simulierte. Leider sei sie zu müde, um noch zu bleiben, sagte sie und bedankte sich höflich bei van Aalen für die Einladung. Dann winkte sie steif in die Runde und ging hinaus.

Irgendwann waren zu Stellas Erleichterung alle Gläser und Espressotässchen geleert, und die Runde durfte sich endlich auflösen, nachdem van Aalen eine weitere weitschweifige Rede geschwungen hatte, die er dann allerdings verdächtig abrupt beendete.

Stella war sich nicht sicher, aber sie meinte mitbekommen zu haben, dass Marlene ihn unter dem Tisch getreten hatte, um ihm Dampf zu machen.

»Hast du Lust, mir deine Telefonnummer zu geben?«, fragte Hartmut, als Stella und er im Hotelfoyer standen. Ein paar Schritte weiter war Maria in eine Diskussion mit Filibert Fröhlich vertieft.

Stella nickte und überreichte Hartmut eine ihrer Visitenkarten.

»Blöd, meine sind im Wohnmobil«, sagte er. »Draußen auf dem Parkplatz. Du würdest nicht zufällig kurz mit raus …?«

Stella lachte. »Nein, heute nicht mehr. Ich krieg ja deine Nummer, wenn du mich anrufst. Meine Oma wartet auf mich, wir müssen heute Nacht noch ihren Zirkuswagen aus der Halle fahren.«

»Der Zirkuswagen …«, sagte er verträumt. »Vielleicht will sie ihn ja doch verkaufen? Wenn ich sie ganz lieb darum bitte? Was meinst du?«

»Niemals. Nur über ihre Leiche. Daran hängen so viele Erinnerungen … sie hat jahrzehntelang in ihm gewohnt, das weißt du.«

»Ich würde ihn hoch in Ehren halten, sag ihr das bitte. Und bestell ihr noch mal meine besonderen Grüße. Sie hat mich sehr beeindruckt. So viel Erfahrung, so viel Weisheit, so viel *Gelassenheit* … wenn es ein Vorbild in deinem Leben geben müsste, dann ist sie es.«

»Das weiß ich, und das ist sie tatsächlich. Ich habe unendlich viel von ihr gelernt. Ich kann nur beten, dass sie mir noch viele, viele Jahre erhalten bleibt.«

Hartmut nickte ernsthaft. »Das wird sie. Maria wird locker hundert Jahre alt.« Er grinste breit und fügte hinzu: »Das hat mein Engel mir gesagt.«

»Dann muss es ja stimmen. Wer würde schon das Wort eines Engels anzweifeln?«

Lachend zog er Stella in eine innige Umarmung und hielt sie fest. Überrumpelt ließ sie es geschehen, befreite sich dann aber aus seinen Armen.

»Hat mich gefreut. Vielleicht auf bald«, sagte er. Dann drehte er sich um und ging.

Seltsam, dachte Stella, Filibert und Hartmut arbeiten beide mit Engelkontakten, und doch sind sie so unterschiedlich.

Fröhlich hatte sie schon bei Zodiac TV gesehen – er zog dort eine pathetische Show ab, wenn er ›Kontakt‹ aufnahm. Hartmut dagegen ging eher spielerisch damit um – ganz genau wie *Madame Pythia.*

Kapitel 11

»Ihr habt euch ziemlich gut verstanden, oder?«, fragte Maria, als sie durch den Gang wieder zur Halle gingen. »Wäre der nichts für dich?«

»Er ist nett. Aber ein bisschen zu unerwachsen für meinen Geschmack. Außerdem kifft er.«

»Pff. Nun sei mal nicht päpstlicher als der Papst. Ein bisschen Entspannung hier und da ... es gibt Schlimmeres. Koksen, zum Beispiel. Wie Marlene.« Stella blieb wie angewurzelt stehen. »Du machst Witze. Woher weißt du das?«

»Weil die Gute in der Toilettenkabine neben meiner ... hm ... *konsumiert* hat.«

Maria war bereits einige Schritte entfernt. »Was ist? Willst du da Wurzeln schlagen? Ich möchte endlich hier weg!«

Stella setzte sich wieder in Bewegung. »Aber woher weißt du, dass es Marlene war? Hast du sie gesehen?«

Maria berichtete ihr von der Szene zwischen Marlene und Sixta, deren Zeugin – wenn auch nur *Ohren*zeugin – sie unfreiwillig geworden war.

»Du lieber Himmel«, sagte Stella, »das ist ja schlimm. Aber wenn du sie nicht gesehen hast ...«

»Herrgott, Sixta hat sie mit Namen angesprochen, es gibt keinen Zweifel. Und jetzt wissen wir einige Dinge über die glamouröse Marlene Silberstein ...«

»Die wir im Leben nicht wissen wollten«, fiel Stella ihr grinsend ins Wort. »Nur gut, dass wir keinem von ihnen so schnell wieder begegnen werden. Diese Überdosis schmutzige Wäsche reicht mir für die nächsten Monate. Oder Jahre. Ist Otto schon unterwegs?«

»Vermutlich ist er bereits da. Viel wichtiger ist, dass der Hallenchef noch nicht gegangen ist.«

»Keine Sorge. Als ich ihn gefragt habe, sagte er, aus der Halle und um sie herum müssen bis morgen früh alle Spuren der Messe verschwunden sein. Er rechnet nicht damit, vor zwei oder drei Uhr Feierabend zu haben.«

»Nee. Sag mal, vorhin im Foyer ... hat Fröhlich dir etwa noch mal ein Angebot gemacht?«

Maria verdrehte die Augen. »Dieser Mann weiß einfach nicht, wann es besser ist, Leute nicht zu bedrängen.«

»Vermutlich denkt er, dass er sich mit seinem vielen Geld alles kaufen kann.«

»Mag sein, mich allerdings nicht. Ich soll ihm meinen Preis nennen, hat er gesagt. Ich habe ihn ausgelacht, aber nicht einmal das schreckte ihn ab. Ich müsse unbedingt in sein Programm kommen, beharrte er. Am besten mit dir zusammen als Gespann, das sei sein Traum.« Sie kicherte und fuhr fort: »Du weißt schon: Ich vertrete die ganz alte Schule und du die moderne. Oder so ähnlich. Was für eine beknackte Idee. Ich musste mich echt beherrschen, ihm nicht ins Gesicht zu lachen.«

»Hättest du guten Gewissens machen können, denn beim Dessert waren noch *Hartmut* und ich Fröhlichs absolutes Traumpaar für den Bildschirm. Natürlich haben wir ihm beide eine glasklare Absage erteilt. Sowohl für Solo-Auftritte als auch für das erhoffte Duett.«

»Und doch fragt er dich über mich noch einmal an? Unglaublich.«

»Nein – totale Verblendung. Er hätte dir eben doch besser zuhören sollen.«

»Verdammt, wo bleibt Otto?« Stirnrunzelnd blickte Maria auf ihre Armbanduhr. »Wir warten jetzt schon über eine halbe Stunde, und ich könnte im Stehen einschlafen.«

»Wenn das große Hallentor abgeschlossen ist, muss er erst den Schlüsselwächter auftreiben. Wir sind die Letzten hier,

Oma. Und warum? Weil die anderen so schlau waren, ihren Krempel bereits *vor* der Gala einzupacken und aus der Halle zu schaffen. Außerdem ist dein Zirkuswagen leider zu groß, um ihn durch die normale Eingangstür zu bugsieren.«

Sie verfielen wieder in Schweigen – beide waren zu müde, um sich zu unterhalten.

Sie saßen auf der Holztreppe des Wagens, was nicht sonderlich bequem war. Stella verzog das Gesicht, als ihr Hintern zu schmerzen begann. Gerade wollte sie aufstehen, um sich die Füße zu vertreten, als am Ende der Halle eine Tür klappte. Zu ihrem Bedauern war es nicht das Hallentor.

Otto kam auf sie zu und verkündete: »Schlechte Nachrichten. Der Schlüssel ist unauffindbar. Der Hallenchef sagt, van Aalen muss ihn noch haben.«

»Und wo ist der große Meister bitte schön?«, fragte Maria. Sie klang genervt.

Otto zuckte mit den Schultern. »Dat weiß kein Mensch. Wir haben ihn angerufen, aber nur seine verfluchte Mailbox erreicht. Bei sich zu Hause ist er auch nicht.«

Ach du Schande, dachte Stella, ich kann mir denken, wo er ist: bei Marlene.

Immerhin hatten die beiden sich während des gesamten Abends unverhohlen gegenseitig angebaggert, und sie zweifelte nicht daran, dass sie jetzt gerade zusammen waren und Gott weiß was miteinander taten. Normalerweise wäre ihr das keinen zweiten Gedanken wert gewesen, aber in dieser Situation …

»Kann der Wagen nicht heute Nacht hier stehen bleiben?«, fragte Otto. »Wir holen ihn dann morgen ab.«

Maria schüttelte den Kopf. »Damit ihn irgendwer klaut? Auf gar keinen Fall, Otto. Eher übernachte ich hier.«

»Das war eine deutliche Ansage.« Stella seufzte. »Ich glaube, ich weiß, wo er ist. Aber ich habe wenig Lust, ihn jetzt zu stören. Ich denke, er ist … äh … beschäftigt.«

»Beschäftigt?« Maria sah Stella erstaunt dann, dann hob

sie die Brauen. »Oh … *beschäftigt.* Verstehe. Tja, Pech gehabt, van Aalen. Ich will hier raus, und zwar heute noch. Also wird er sich mal kurz von der Sonnenkönigin losreißen müssen, um den Schlüssel rauszurücken. Wir können ihn ja hinterher an der Rezeption hinterlegen.«

»Du hast es also auch mitbekommen?«, fragte Stella.

Maria schnaubte. »Da hätte ich schon blind wie ein Maulwurf sein müssen, um das nicht mitzukriegen. Außerdem: Vergiss nicht das Gespräch zwischen ihr und Sixta. Wir wissen mehr, als wir wollen.«

»Das muss ich nicht kapieren, oder? Ihr redet nämlich in Rätseln«, warf Otto ein.

»Es geht um die Blitzliebe zwischen van Aalen und Marlene Silberstein«, sagte Stella.

»*Blitzliebe* – klar.« Erneutes Schnauben von Maria. »Pest und Cholera in inniger Vereinigung, das trifft es wohl eher. Aber jetzt weiß ich auch, warum er es vorhin plötzlich so eilig hatte, sich zu verabschieden. Wie auch immer: Was denkst du, Stella – sind sie bei ihm oder hier im Hotel?«

»Hier, ganz sicher, schließlich hatte er als Veranstalter nach dem Ende der Gala noch ein paar Dinge zu erledigen. Sie wird entspannt in ihrem Zimmer auf ihn gewartet haben.«

»Herrje. Das ist *deutlich* mehr, als ich über das Privatleben der beiden wissen will.« Maria rollte mit den Augen. »Wissen wir, in welchem Zimmer Marlene wohnt?«

Stella erinnerte sich plötzlich, dass Marlene während des Dinners am Tisch mit ihrem Zimmerschlüssel herumgespielt hatte. Vermutlich war das ein neckischer Wink mit dem Zaunpfahl für van Aalen gewesen.

»Ich kenne die Zimmernummer.« Stella stand auf und streckte die steifen Glieder. »Ich hab wohl keine Wahl, nehme ich an. Bis gleich.«

»Danke, Schätzchen, dafür liebe ich dich«, flötete Maria.

»Ich auch«, fügte Otto grinsend hinzu.

»Hoffentlich nicht nur dafür«, brummte Stella. Dann drehte sie sich um und machte sich auf den Weg zum Liebesnest.

Die Rezeption des Hotels war verlassen; vermutlich machte der Nachtportier gerade eine kleine Pause. Marlene Silbersteins Zimmernummer war 415, also befand sich das Zimmer im vierten Stock. Stella bestieg den Aufzug, der sich als gläsernes Ei entpuppte. Sie drückte auf den Knopf mit der vier, und der Schneewittchensarg setzte sich in Bewegung.

Auch nix für Leute mit Höhenangst, dachte sie, während sie immer höher schwebte. Die zum Atrium offenen Galerien der einzelnen Stockwerke kamen nacheinander in Sicht und verschwanden dann nach unten.

Mit einem leisen Klingelton hielt der Aufzug im vierten Stock, und die Tür öffnete sich surrend. Stella trat hinaus und orientierte sich rasch am Wegweiser, der über einem zierlichen Sofa an der gegenüberliegenden Wand angebracht war. Zu Zimmer 415 ging es nach rechts. Beinahe wäre sie daran vorbeigelaufen, denn zur Tür führten – im Gegensatz zu allen anderen Räumen – einige Stufen hinauf.

Klar, dachte sie, die Königin residiert im Turmzimmer, was auch sonst.

Der dicke Teppich auf den Stufen schluckte das Geräusch ihrer Schritte. Als sie vor der Tür stand, rang sie mit sich. Zu kaum etwas hatte sie momentan weniger Lust, als jetzt das vermutlich höchst romantische Schäferstündchen zwischen van Aalen und Marlene Silberstein zu stören. Zumal die zwei alles andere als ihre besten Freunde waren, das kam erschwerend hinzu. Und was noch schlimmer war: Wie sie leider wusste, hatte Sixta in der Nacht zuvor hier gestanden und Einlass begehrt.

Sie gab sich einen Ruck und hob die Hand, um anzuklopfen, als ihr auffiel, dass die Tür nur angelehnt war.

Auch das noch, dachte sie.

Mit einem Finger stupste sie gegen die Tür, die sich einen

Spaltbreit öffnete. Sie lauschte, aber kein Laut war zu hören – war van Aalen etwa noch nicht hier? Oder hatte sie sich doch geirrt, was den Ort des Treffens anging? Dritte Möglichkeit: Die beiden vergnügten sich im Bad und hatten keine Ahnung, dass die Tür offen war.

Vorsichtig linste Stella hinein: Es war kaum etwas zu sehen, denn im Raum brannten nur einige Kerzen.

Also ist doch jemand hier, dachte Stella und trat in den Raum.

»Hallo?«, rief sie. »Marlene, sind Sie da? Ihre Tür war offen! Hier ist Stella, entschuldigen Sie bitte die Störung! Ich bin auf der Suche nach Holger van Aalen!«

Sie stand still und horchte, aber es blieb absolut still. Saßen die beiden vielleicht in der Wanne und stellten sich tot, weil sie nicht gestört werden wollten? Wieder rang Stella mit sich, ob sie nicht einfach umkehren und die Zimmertür diskret hinter sich schließen sollte.

Andererseits ging es immer noch um diesen vermaledeiten Schlüssel. Und da van Aalen nun mal so verpeilt gewesen war und ihn dem Hallenchef nicht zurückgegeben hatte … selbst schuld.

Auch die Badezimmertür war lediglich angelehnt, aber Stella sah helles Licht durch den Spalt scheinen. Beherzt klopfte sie an den Türrahmen.

»Marlene? Sind Sie im Bad? Hier ist Stella!«

Nichts, kein Laut.

Und das war ziemlich unheimlich, fand Stella plötzlich. Irgendetwas müsste zu hören sein, wenn sich jemand im Bad oder sogar in der Wanne befand, zumindest ein leises Plätschern von Badewasser oder dergleichen. Und mittlerweile müsste dem- oder denjenigen doch auch gedämmert haben, dass sie nicht vorhatte, lockerzulassen …

Was war da los?

Sie stieß die Tür auf und schnappte nach Luft. Unwillkürlich trat sie einen Schritt zurück, aber das änderte nichts an dem Bild, das sich ihr darbot: Marlene Silberstein lag am Boden, und um ihren Kopf herum glänzte eine riesige Blutlache, die zum Teil in den weißen, flauschigen Wannenvorleger gesickert war.

Zuerst dachte Stella, Marlene könnte ausgerutscht und mit dem Kopf gegen den marmornen Waschtisch geprallt sein, aber dann sah sie den ›Saturn‹, der neben der Frau lag. Besser gesagt: seine Überreste. Eine Ecke des Sockels war blutverschmiert, der gläserne Planet und sein magischer Ring waren in zig Scherben zerbrochen. Jetzt bemerkte sie auch Blutspuren an den Wänden: Viele kleine Spritzer klebten an den Fliesen.

Mühsam löste Stella sich aus ihrer Erstarrung und ging rasch um den Körper herum, der mit dem Rücken zur Tür lag. Vielleicht lebte Marlene ja noch?

Aber es bestand kein Zweifel daran, dass eine Leiche vor ihr lag, denn Marlenes Gesicht war nach oben gerichtet: Ihre Augen blickten starr zur Decke des Badezimmers. Dennoch versuchte Stella, am Hals der Frau einen Puls zu ertasten – erfolglos. Der Angriff auf Marlene konnte nicht allzu lange her sein, denn ihre Haut war noch warm.

Stella zog ihr Mobiltelefon aus der Jackentasche und wählte die Notrufnummer. Als am anderen Ende der Leitung jemand abhob, sagte sie: »Hier ist Stella Albrecht. Ich möchte den Fund einer Leiche melden. Es handelt sich um Mord, soweit ich das beurteilen kann.«

Eine Minute später saß sie auf den Stufen, die zum Zimmer der toten Astrologin führten, denn man hatte ihr befohlen, auf die Polizei zu warten. Sicherheitshalber hatte sie das Zimmer umgehend verlassen, um eventuelle Spuren des Täters nicht zu verwischen.

Sie fragte sich, wo van Aalen stecken mochte.

Die Szenerie hatte auf Stella den Eindruck gemacht, als hätte

Marlene Silberstein noch auf ihn gewartet und sich gerade im Bad zurechtgemacht. Dass im Zimmer bereits Kerzen brannten, konnte auch bedeuten, dass sie alles vorbereitet hatte. Könnte also gut sein, dass van Aalen jeden Moment hier auftauchte – wo auch immer er bislang gewesen war; immerhin hatte niemand ihn finden können. Wirklich sehr seltsam, das alles.

Als ihr Telefon, das sie noch immer in der Hand hielt, plötzlich klingelte, schrie Stella vor Schreck auf.

Oma … ich habe sie vollkommen vergessen, dachte sie, als sie Marias Namen auf dem Display sah.

Sie nahm das Gespräch an, und Maria fragte sofort: »Sag mal, wo steckst du denn? Haben die beiden dich etwa eingeladen, mitzumachen? Ich gönne dir jedes Vergnügen, wie du weißt, aber wir sitzen hier wie bestellt und nicht abgeholt.«

Im Hintergrund prustete Otto, und Maria kicherte.

»Nicht sehr witzig, Oma!«, blaffte Stella.

»Oho – seit wann verstehst du denn keinen Spaß mehr?«

»Seit ich vor fünf Minuten neben Marlene Silbersteins Leiche gestanden habe. Und jetzt muss ich hier auf die Polizei warten. Tut mir echt leid, ich …« Sie brach ab.

»Kind«, sagte Maria bestürzt, »ich hatte ja keine Ahnung. Du hast recht, mein Scherz war wirklich blöd.«

Otto musste gemerkt haben, dass etwas nicht stimmte, denn Stella hörte ihn im Hintergrund fragen: »Was ist los? Was ist passiert? Wo ist Stella?«

»Oma!«, rief Stella. »Ehe du mit Otto sprichst, hör mir bitte zu: Ihr fahrt jetzt nach Hause. Den Zirkuswagen könnt ihr morgen holen. Es reicht, wenn ich mir hier die Nacht um die Ohren schlage. Und sollte die Polizei den Wagen durchsuchen wollen, kann ich mich darum kümmern.«

»Warum sollten sie das wollen?«, fragte Maria.

»Vielleicht ist ja jemand vom Tatort geflohen und versteckt sich jetzt irgendwo, könnte doch sein.«

Stella hörte einen gemurmelten Wortwechsel, dann fragte

Maria: »Hast du van Aalen gesehen?«

»Nein. Er scheint noch nicht hier gewesen zu sein. Vielleicht ist er gerade auf dem Weg.« Stella seufzte und fuhr fort: »Keine Begegnung, auf die ich mich freue.«

»Oder er hat Marlene gekillt.«

»Oma! Spinnst du?«

»Das war natürlich Quatsch. Bitte sei vorsichtig, hörst du? Und melde dich bei mir, sobald du zu Hause bist. Egal, wie spät es dann ist.«

Stella versprach es und legte auf.

Moment mal, dachte sie plötzlich erschrocken, was, wenn der Täter noch im Zimmer ist und mir gleich von hinten eins über die Rübe zieht, weil ich seiner Flucht im Weg stehe?

Eilig stand sie auf und bezog erst neben dem Aufzug Position, dann setzte sie sich auf das Sofa, das gegenüber an der Wand stand. Tatsächlich hatte sie nach dem Fund der Leiche nicht mehr darauf geachtet, ob sich jemand im Zimmer versteckte. Unter dem Bett vielleicht, im Kleiderschrank oder hinter einem der langen Vorhänge – Möglichkeiten gab es etliche.

Und vermutlich auch diverse Möglichkeiten, wer Marlene umgebracht hatte. Die Star-Astrologin war offenbar nicht besonders talentiert darin gewesen, sich Freunde zu machen. Was, wenn die verschmähte und gedemütigte Sixta tatsächlich Ernst gemacht hatte? Immerhin hatte sie – so hatte Stellas Oma es belauscht – Marlene gedroht.

Das wirst du bereuen – das konnte eine Menge bedeuten. Vielleicht auch, Marlene den Saturn über den Schädel zu schlagen? Und vermutlich befand Sixta sich gerade ganz in der Nähe. Ob sie ihr Zimmer ebenfalls in diesem Stockwerk hatte?

Stella schauderte.

Sie wünschte, sie wäre jetzt nicht ganz alleine.

Kapitel 12

Das Läuten des Telefons holte ihn aus tiefstem Schlaf, und der Klingelton signalisierte zweifelsfrei, dass es sich um einen dienstlichen Anruf handelte.

Arno Tillikowski grunzte unwillig, wälzte sich zum Nachttisch herum und sah auf die Uhr. Kurz nach eins. Und beim Schlafengehen war er noch bester Hoffnung gewesen, die Wochenendbereitschaft ohne einen Einsatz zu überstehen. Aber jetzt musste er an die Schüppe, denn ohne einen triftigen Grund würde man ihn nicht mitten in der Nacht anrufen.

»Tillikowski«, bellte er in den Hörer.

»Guten Abend, Herr Hauptkommissar. Oder besser: guten Morgen, denn es ist ja schon nach Mitternacht. Wehmers hier, Zentrale. Entschuldigen Sie bitte die späte Störung, aber wir haben eine Leiche.«

Nicht *wir* haben eine Leiche, du Honk, dachte Tillikowski gallig, sondern *ich* habe eine Leiche. Du, mein Freund, sitzt dir schön gemütlich in der Zentrale den Arsch platt, während ich an die Front muss.

Er riss sich zusammen und fragte leidlich höflich nach den Eckdaten, die er für den Moment benötigte, während er auf der Bettkante saß und die Adresse des Fundortes auf den bereitliegenden Notizblock schrieb.

Das mit dem Block und dem Stift auf dem Nachttisch hatte er sich angewöhnt, seit er mal in einer ähnlichen Situation halb schlafend durch die Wohnung getaumelt war und etwas zum Schreiben gesucht hatte. Mit jeder Sekunde war er zorniger geworden, was sich in einer Tirade unflätigster Flüche manifestiert hatte. Leider wurden diese Gespräche von der Zentrale standardmäßig aufgezeichnet, und sein epochaler Wutausbruch hatte prompt intern unter Kollegen die Runde gemacht. *Tilt*-ikowski hatte man ihn daraufhin eine Zeit lang genannt, was er nur so mäßig amüsant gefunden hatte.

Nach einer erst heißen, dann kalten Dusche trocknete er sich sorgfältig ab und ging nackt in die Küche, um sich einen Kaffee zuzubereiten. Gott segne diese Maschinen, die mit Kapseln gefüttert werden, dachte er. Insgeheim hatte er ein schlechtes Gewissen, denn diese Verpackungen waren nicht gerade umweltfreundlich, ganz im Gegenteil. Aber es ging schnell, und das zählte für ihn.

Er hatte keinen Grund, sich übermäßig zu beeilen, denn die Kollegen der Fußtruppe und die von der Spurensicherung würden bereits vor Ort sein und hatten dort einiges zu tun.

Arno schlüpfte in seine Klamotten und strich sich mit den Händen flüchtig das Haar glatt, während er den Kaffee trank. Er musste dringend zum Barbier, stellte er nicht zum ersten Mal fest, als er sich im Spiegel betrachtete. Sein Bart war völlig außer Form und sein gewelltes Haar deutlich zu lang. Bei den Oberammergauer Passionsspielen würde er einen prima Jesus abgeben. Oder zumindest einen der Jünger.

Eine Viertelstunde später fuhr er auf den Parkplatz des Hotels, auf dem bereits diverse Einsatzfahrzeuge standen. Erst vor drei Monaten war das Haus unter großem Tamtam eröffnet worden, nachdem man das alte Gebäude aufwendig saniert und eine mittelgroße Veranstaltungshalle angebaut hatte. Es gab – soweit er wusste – Tagungsräume, einen Saal mit Bühne für Festivitäten und große Gesellschaften sowie etliche Zimmer der Kategorie 4 Sterne plus. Und in einem der Zimmer lag jetzt eine tote Frau. Das war genau die Art von Publicity, auf die ein neues Hotel auf keinen Fall scharf war, das war Arno bewusst.

Er tat gut daran, sich auf Gegenwind einzustellen. Denen würde am liebsten sein, wenn die Leiche durch den Hintereingang verschwinden und es keinerlei Ermittlungen im Haus geben würde. Aber diesen Gefallen konnte er ihnen leider nicht tun.

Er betrat das Foyer und ging strammen Schrittes auf die Rezeption zu, wo mit steinerner Miene ein Mann stand, der eine Art dezenter Livree trug.

»Arno Tillikowski, Kriminalpolizei«, sagte Arno. »Wo finde ich denn meine Kollegen? Sie sind hier der Nachtportier, nehme ich an?«

»Das nennt sich *Concierge*, wenn Sie gestatten. Ihre Kollegen sind in Zimmer 415. Vierter Stock«, blaffte der Mann. »Kommen noch mehr von Ihrer Sorte?«

Arno hob die Brauen. »*Von meiner Sorte?* Wie darf ich das denn bitte verstehen?«

»Ich bin zurzeit verantwortlich für das Haus, und mein Chef wird nicht begeistert sein von dem, was hier los ist. Und dabei bin ich nur für einen Kollegen eingesprungen.« Fahrig wischte er sich über die Stirn.

»Nun, Sie sind doch wohl kaum dafür *verantwortlich*, dass in Zimmer 415 eine Leiche liegt, nicht wahr? Das wird man Ihnen also nicht vorwerfen können.«

Der Mann rang sich ein gezwungenes Lachen ab. »Nein, natürlich nicht. Dennoch: Wann darf ich damit rechnen, dass Sie das Haus verlassen?«

»Wenn wir hier fertig sind«, gab Arno zurück. »Sind viele Zimmer belegt?«

»Nein, nicht mehr. Gestern Morgen sind viele abgereist beziehungsweise haben ausgecheckt. Die meisten unserer Gäste am Wochenende waren Teilnehmer des Kongresses, der gestern und vorgestern hier stattgefunden hat. Übrigens auch die Dame, wegen der ... also, die da oben ...« Der Concierge brach ab und schluckte.

»Dann habe ich eine Aufgabe für Sie«, sagte Arno sanft. »Sie machen mir eine Liste der Teilnehmer, die sich momentan noch in Ihrem Haus aufhalten. Aber wir müssen auch mit den anderen Gästen sprechen. Heißt im Klartext: *Niemand* checkt ohne meine ausdrückliche Genehmigung aus, haben wir uns verstanden? Und ich benötige Räumlichkeiten für die Befragungen.«

Der Mann nickte ergeben, während ihm allmählich zu dämmern schien, dass die Polizei *nicht* vor dem Frühstück verschwunden sein würde.

Arno fischte eine Visitenkarte aus der Brusttasche seiner Jacke und gab sie dem Hotelangestellten. »Wenn jemand abzureisen versucht oder Sie eine Frage haben – ich bin hier der Chef im Ring. Das heißt, ich möchte über alles informiert werden. Auch, wenn hier in der Rezeption die Wachablösung stattfindet. Ihnen ist nicht zufällig irgendetwas aufgefallen? Ob besagte Dame allein auf ihr Zimmer gegangen ist oder so?«

Der Mann schüttelte den Kopf. »Das Hotelrestaurant war gestern Abend ausgebucht, außerdem hatten wir eine kleine Dinner-Gesellschaft mit Teilnehmern des Kongresses. Die Gäste des Lokals kommen und gehen durchs Foyer, also war hier einiges los. Im Moment fällt mir nichts ein, das für Sie von Interesse sein könnte.«

Prompt lag Arno auf der Zunge, dass nur er, der Mann von der Kripo, zu entscheiden hatte, was von Interesse war und was nicht. Aber er verkniff sich diese Belehrung und tippte auf seine Visitenkarte.

»Kommt vielleicht noch. Waren Sie während der ganzen Nacht hier auf Ihrem Posten?«

»Selbstverständlich!«

»Es konnte sich also niemand ungesehen an der Rezeption vorbei rein- oder rausschleichen. Sehr gut. Falls Ihnen doch noch etwas einfällt, rufen Sie mich bitte sofort an, Herr …« Er kniff die Augen zusammen und las das dezente Namensschild an der Brust des Mannes. »Herr Klein.«

Der Mann nickte und kritzelte einige Ziffern auf einen

Zettel, den er Arno überreichte. »Das ist meine Durchwahl. Falls Sie Informationen benötigen. Dann müssen Sie nicht extra runterkommen.«

»Vielen Dank. Wann haben Sie Feierabend?«

»Um sieben Uhr. Wieso? Haben Sie denn noch weitere Fragen an mich?«

»Ich brauche noch Ihre Aussage.«

»Aber ich habe doch schon alles …«

Herrje, dachte Arno, lass mich doch bitte einfach meine Arbeit machen. »Hören Sie, Herr Klein: Sie sind der Erste, mit dem ich spreche. Und selbst Ihre Angabe, niemanden gesehen zu haben, ist etwas, das schriftlich festgehalten werden muss. Das wird ein Kollege von mir übernehmen. Deshalb habe ich nach dem Zeitpunkt Ihrer Ablösung gefragt. Reine Routine, machen Sie sich bitte keine Sorgen.«

Als er die skeptische Miene des Portiers sah, empfand der Kommissar einen Anflug von Mitleid. Da hatte sich der Mann auf eine ruhige Nacht eingestellt, und jetzt wimmelte es im vierten Stock von Polizisten, weil jemand ausgerechnet während *seiner* Schicht eine Frau umbringen musste. Hatte er nicht erwähnt, für einen Kollegen eingesprungen zu sein?

So viel dazu, dass gute Taten immer belohnt werden.

Arno fuhr mit dem Aufzug in die vierte Etage. Das Foyer war unglaubliche vier Stockwerke hoch, und riesige Lüster hingen in unterschiedlicher Höhe von der verglasten Decke. Die Galerien mit den Zimmern der einzelnen Etagen liefen an den Außenwänden rundherum – hier war alles offen und einsehbar. Wäre es überhaupt möglich, ungesehen aus dem Hotel zu verschwinden? Wo war das Treppenhaus? War es mit Kameras überwacht?

Nun, das würde sich alles noch klären, immer schön der Reihe nach. Er wandte sich zur Aufzugtür um, die sich in seinem Rücken mit einem melodischen Signal geöffnet hatte.

Sein Blick fiel auf ein kleines Sofa, auf dem eine schlafende Frau lag, die er sofort erkannte.

Nein, das *kann* nicht sein, dachte er.

Dann fiel ihm ein, dass der Kollege, der ihn wegen des Todesfalls angerufen hatte, erwähnt hatte, eine Frau habe die Leiche gefunden, und die hieße ... An dieser Stelle hatte Arno ihn mit dem barschen Hinweis abgewürgt, er würde die Details schon noch früh genug vor Ort erfahren, vielen Dank auch. Jetzt ärgerte er sich darüber, denn er wäre zumindest auf diese Begegnung vorbereitet gewesen. Zu spät.

Die Frau auf dem Sofa regte sich, öffnete die Augen und sah ihn an. »Arno?«, fragte sie sichtlich verwirrt.

Arno nickte. »Hallo, Stella. So sieht man sich wieder.«

Die Situation war entschieden peinlich. Sie waren mehrmals verabredet gewesen, und jedes verdammte Mal hatte er wegen dienstlicher Prioritäten kurzfristig absagen müssen. Einmal hatte sie sogar schon in der Pizzeria gesessen und auf ihn gewartet. Eigentlich hatte sie immer Verständnis gehabt, aber beim letzten Mal – das war jetzt ungefähr zwei Monate her – hatte sie ziemlich eisig reagiert, und danach hatte er sich nicht mehr getraut, sie um ein weiteres Date zu bitten.

»Ja, so sieht man sich wieder«, erwiderte sie und richtete sich auf. Sie musterte ihn abwartend.

»Sind Sie etwa diejenige, die die Leiche gefunden hat?«

»Leiche? Nein, ich schlafe einfach gerne auf Hotelfluren«, gab sie bissig zurück.

Er spürte, wie sein Gesicht heiß wurde – mit Sicherheit war er knallrot. Verdammt. »Ich ... äh ... also gut, wir unterhalten uns gleich. Ich möchte mir kurz einen Eindruck verschaffen, und bis dahin ...«

»Warte ich hier auf Sie«, fiel sie ihm brüsk ins Wort. »Sie sind ungefähr der Zwölfte, der mir sagt, ich soll warten. Ich habe also mittlerweile Übung darin. Bis später. Man sieht sich.« Sie rollte sich wieder zusammen und schloss die Augen.

Arno stand da wie ein begossener Pudel und kam sich unglaublich blöd vor. Wieso schaffte es diese Frau nur immer wieder, ihn derart aus der Fassung zu bringen?

Er drehte sich um und blickte ins grinsende Gesicht eines uniformierten Kollegen, der einige Meter entfernt an einer Treppe Wache schob und die Szene offenbar beobachtet hatte. Arno straffte die Schultern, marschierte mit einem knappen Nicken an ihm vorbei und stieg die kurze Treppe hoch.

»Stopp!«, rief der Mann hinter ihm her. »Sie brauchen Überzieher.«

Verärgert drehte Arno sich um und nahm die Plastikhüllen entgegen, die der Mann ihm hinhielt. Er zog sie über die Schuhe und betrat das hell ausgeleuchtete Zimmer, in dem eifrige Geschäftigkeit herrschte. Die Spurensicherung – vermummte Gestalten in weißen Overalls – untersuchte den Raum. Später würde er die Fotos bekommen, die sie gemacht hatten, also musste er sich hier nicht großartig umsehen. Einer aus der Truppe blickte hoch und deutete mit dem Daumen über seine Schulter zum Bad.

Auf dem Weg dorthin fiel ihm eine offene Schmuckkassette ins Auge, die auf einem schmalen Sideboard stand. Er trat näher und blickte hinein. Also, wenn die Klunker echt waren, lag dort ein halber Piratenschatz.

Arno betrat das Bad – eine verstörende, grell beleuchtete Sinfonie in Weiß, Schwarz und Rot.

»Schöne Schweinerei«, sagte der Arzt statt einer Begrüßung. Er war gerade dabei, seine Kamera einzupacken.

Eine Frau, in schwarze Dessous gekleidet, lag in einer Blutlache am Boden.

»Kannst du mir schon was sagen?«, fragte Arno.

»Sie wurde erschlagen, und zwar vermutlich damit«, erwiderte der Arzt und zeigte auf einen quadratischen Klotz aus Stein oder dergleichen, der neben der Frau lag.

»Was ist das?«

»Ein Preis oder so was in der Art. Ihr Name ist eingraviert. Offenbar wurde sie als Astrologin des Jahres ausgezeichnet. Die Scherben scheinen dazuzugehören. Das Ding ist beim Angriff wohl zerbrochen ...«

Der Arzt plapperte weiter, aber Arno hörte nur noch mit halbem Ohr zu. Astrologin des Jahres? War das etwa ein Kongress für Sterndeuter gewesen, der hier stattgefunden hatte? Damit war sonnenklar, warum Stella hier war. Jetzt fiel ihm auch ein, dass er in der Tagespresse davon gelesen hatte. Na ja, er hatte den Artikel überflogen. Und das auch nur deshalb, weil sein Kumpel Ben ihn verfasst hatte. Er erinnerte sich vage, dass von einer Esoterik-Messe am Sonntag die Rede gewesen war. Mit Geistheilern, Handauflegern und Aura-Fotografen. Um Himmels willen – er würde die nächsten Stunden damit verbringen, eine Horde Spinner zu befragen. Verfluchter Bereitschaftsdienst!

»Arno? Hallo? Einer zu Hause?« Der Arzt schnippte mit den Fingern vor Arnos Gesicht herum. »Bist du weggetreten, oder was?«

»Ich ... tut mir leid. Zu wenig Schlaf«, sagte Arno lahm. »Was hast du zuletzt über die Tote gesagt?«

»Dass sie vermutlich vor dem Spiegel stand, als sie von hinten erschlagen wurde. Überraschungsangriff. Keine Kampf- oder Abwehrspuren.«

»Tatsächlich? Wie ist der Angreifer denn reingekommen? Man schließt die Zimmertür doch ab, wenn man sich fürs Bett fertig macht.«

Der Arzt schüttelte den Kopf. »Denkst du etwa, sie wollte in diesem Aufzug ins Bett gehen, um zu *schlafen?* In halterlosen Strümpfen? Nee, die Dame hat eindeutig auf jemanden gewartet. Als wir vorhin hier ankamen, flackerten nebenan nur ein paar Kerzen. Schön schummrig, wenn du verstehst, was ich meine. Wir fanden Champagner auf Eis neben dem Bett und zwei Gläser auf dem Nachttisch. Unbenutzt. Hier sollte es heiß hergehen.«

»Dann war sie also noch verabredet«, murmelte Arno und blickte sich um. »Das könnte erklären, warum die Zimmertür nicht abgeschlossen war. Jemand kam herein, sie hielt ihn für denjenigen, den sie erwartete … deshalb drehte sie sich nicht zu ihm um, als er das Bad betrat. Und dann war es auch schon zu spät.«

»Oder sie«, sagte der Arzt.

»Wie bitte?«, fragte Arno.

»Du scheinst davon auszugehen, dass ein Mann die Tat begangen hat. Woher willst du wissen, dass es keine Frau war? Könnte doch sein. Zum Beispiel die Kleine da draußen, die angeblich die Leiche gefunden hat.«

Tillikowski schnappte unwillkürlich nach Luft. »Was redest du denn da? Sie war es nicht!«

»Ach nein?« Der Arzt kniff die Augen zusammen und musterte Arno. »Und warum bist du dir so sicher?«

Weil Stella keine Menschen erschlägt, dachte Arno, erst recht nicht von hinten.

»Ist doch wohl klar«, erwiderte er und deutete auf die Blutspritzer an den Wänden. »Das Tropfenmuster zeigt, dass der Täter – oder von mir aus auch die *Täterin* – mit dem bereits blutbesudelten Klotz ausgeholt hat, um wohl noch ein zweites Mal zuzuschlagen. Sie müsste was von dem Blut abgekriegt haben, wenn sie es getan hätte. Ich habe kein Blut an ihr gesehen. Du etwa?«

Grinsend schüttelte der Arzt den Kopf. »Nee. Dann würde sie jetzt nicht da draußen sitzen.«

»Siehste.«

»Andererseits … Vielleicht hat sie ja ein Zimmer hier im Hotel und hat sich gesäubert und umgezogen, bevor sie uns alarmiert hat.«

Natürlich hielt Arno es für ausgeschlossen, dass Stella im Hotel übernachtete, obwohl sie nicht weit von hier wohnte. Aber es konnte nicht schaden …

Er kramte den Zettel des Portiers aus der Jackentasche und wählte die Nummer. »Tillikowski hier. Ich müsste mal wissen, ob eine Stella Albrecht heute Nacht ein Zimmer bei Ihnen gebucht hat.«

Er hörte Tippgeräusche, dann sagte der Portier: »Nein. Wir haben keinen Gast dieses Namens im System.«

War das also auch geklärt.

Blieb die Frage, *warum* ausgerechnet sie die Tote gefunden hatte. Was hatte sie mitten in der Nacht bei dem Opfer gewollt? Arno erstarrte. War Stella etwa der Gast, den Marlene Silberstein erwartet hatte? In Negligé und Strapsen? Höchste Zeit, das herauszufinden.

Stella war wieder eingeschlafen. Er berührte sie vorsichtig an der Schulter, und sie fuhr hoch.

»Tut mir leid«, murmelte Arno, »ich wollte Sie nicht erschrecken, aber …«

»Ist schon gut«, erwiderte sie und zupfte schlaftrunken an ihrer Jacke herum. »Ich bin total fertig. Ein Kaffee wäre echt nicht schlecht.«

»Kommen Sie, vielleicht kann der Portier uns Kaffee besorgen. Und dann suchen wir uns einen ruhigen Platz, wo wir uns unterhalten können. Einverstanden?«

Sie nickte und folgte ihm in den Aufzug. Als die Kabine nach unten fuhr, blickte sie geistesabwesend durchs Glas hinaus, während er froh war, die Situation wenigstens halbwegs wieder im Griff zu haben. Und wenn er es jetzt noch schaffte, Kaffee für sie zu besorgen, war er der Held.

Im Foyer wählte er eine abseits gelegene Sitzgruppe aus und bat sie, dort Platz zu nehmen. Dann ging er zum Portier und fragte: »Können Sie uns Kaffee besorgen, Herr Klein?«

Der Mann nickte beflissen. »Selbstverständlich. Was darf es denn sein? Milchkaffee, Cappuccino, Espresso …?«

Herrje, warum hatte er nicht danach gefragt? Welche Art

Kaffee trank sie? Mit einem Cappuccino konnte man nichts falsch machen, oder? Den tranken alle gern.

»Cappuccino, bitte. Zwei, wenn Sie so freundlich sind.«

»Groß? Klein?«

»Äh … groß.«

Der Portier deutete eine Verbeugung an. »Selbstverständlich. Einen kleinen Moment, bitte.«

Er verschwand durch eine Tür hinter der Rezeption, dann hörte Arno das vertraute Geräusch einer Kapselmaschine. Wenige Augenblicke später überreichte der Portier ihm ein Tablett mit zwei Gläsern Cappuccino, einigen Portionen Zucker und Plätzchen, die einzeln verpackt waren.

Kein guter Tag für seine Ökobilanz, wie Arno bewusst war, aber er bedankte sich und marschierte mit dem Tablett zurück zu Stella. Zum wiederholten Mal fragte er sich, worin eigentlich der Unterschied zwischen Cappu und Milchkaffee bestand, wobei es in diesem Moment wahrlich wichtigere Fragen zu beantworten galt.

Er stellte das Tablett auf den niedrigen Tisch vor Stellas Sessel und setzte sich ihr gegenüber. »Cappuccino«, sagte er. Stella nickte müde und griff nach einem Glas. »Es gibt Schlimmeres. Hauptsache Koffein. Momentan bin ich nicht wählerisch.«

Aha – Cappu gehörte also nicht zu ihren Lieblingsgetränken. Arno schwieg, bis sie umgerührt, einige Schlucke getrunken und das Glas wieder abgestellt hatte, dann fragte er: »Können Sie mir bitte genau erzählen, wie Sie Marlene Silberstein gefunden haben? War die Veranstaltung zu dem Zeitpunkt nicht längst zu Ende?«

Wieder nickte sie. »Ja, das war sie, aber … nun, es gab einen Grund. Ich wollte eigentlich längst zu Hause sein.« Sie verstummte.

»Aber Sie hatten noch etwas mit Marlene Silberstein zu besprechen?«, fragte er nach.

Sie trank ein paar Schlucke, dann sagte sie: »So etwas in der Art. Es war jedenfalls wichtig. Als ich hier oben ankam, war Marlenes Zimmertür offen. Nicht gerade sperrangelweit, aber sie war lediglich angelehnt. Ich habe geklopft und gerufen, aber keine Antwort bekommen. Also bin ich reingegangen. Es brannten nur einige Kerzen im Zimmer, aber ich sah helles Licht im Bad. Dort am Türrahmen habe ich erneut geklopft und gerufen, um mich bemerkbar zu machen. Ich dachte, sie ist vielleicht nicht alleine, wissen Sie? Als niemand reagierte, bin ich rein. Und da lag sie.«

Die Erinnerung schien sie zu erschüttern, denn sie holte mehrmals tief Luft, um sich wieder zu fassen.

»Marlene Silberstein lag also im Badezimmer. War sie bereits tot?«, fragte er dann.

»Ja. Kein schöner Anblick.«

»Ich wüsste von keiner Toten, die jemals einen Schönheitswettbewerb gewonnen hätte«, gab er zurück, ohne nachzudenken.

Ihr Blick sprach Bände: *Haben Sie das gerade wirklich gesagt? Ist das Ihre Art von Humor? Nun – meine ist es nicht.*

Kapitel 13

»Tut mir leid, das war wirklich unpassend«, sagte der Kommissar.

Allerdings, du Idiot, dachte Stella.

Immerhin, er sah ehrlich zerknirscht aus. Sie pellte ein Plätzchen aus der Zellophanhülle und stopfte es sich in den Mund. Ein bisschen Zucker konnte nicht schaden. Sie ließ ein zweites Plätzchen folgen, während er sie schweigend ansah.

Stella fühlte sich überfordert mit der Situation. Außerdem war sie vollkommen erschöpft, und einem schier endlosen Tag folgte nun offenbar eine endlose Nacht. Die sie ausgerechnet mit Arno verbringen musste – als wenn alles andere nicht schon ätzend genug wäre. Warum musste er immer wieder in ihrem Leben auftauchen?

Einfach keine Tote finden, dachte sie bitter, dann hast du auch nichts mit Kommissar Zottelbart zu tun.

Wie sah er überhaupt aus? Wie der Alm-Öhi persönlich. Gab es keine Herrenfriseure mehr?

»Können wir weitermachen?«, fragte er. Auf ihr Nicken hin fuhr er fort: »Was wollten Sie von Frau Silberstein?«

Ach du Schande – jetzt wurde es kompliziert. Jetzt kam Holger van Aalen ins Spiel.

»Ich war auf der Suche nach dem Schlüssel fürs große Hallentor. Den brauchten wir, um den Zirkuswagen meiner Großmutter aus der Halle zu fahren. Sie hat an der Messe teilgenommen. Das Tor war abgeschlossen.«

Kaum war es heraus, ärgerte sie sich. Sie hätte auch irgendeine Lüge erzählen können. Vielleicht, dass sie Marlene Silbersteins Handy gefunden hatte und es ihr bringen wollte. Oder irgendein Schmuckstück. Aber das wäre sehr dünnes Eis gewesen, wie ihr sofort klar war, denn dann würde er den Ge-

genstand sehen wollen oder fragen, warum sie ihn nicht an der Rezeption abgegeben hatte. Auch eine Verabredung zu einem kleinen Absacker nach der Gala wäre wenig plausibel gewesen, schließlich deutete alles in Marlenes Hotelzimmer auf ein amouröses Abenteuer hin. Und irgendwie wollte sie nicht, dass der Kommissar dachte …

Seine Stimme riss sie aus ihren Gedanken.

»Und diesen Schlüssel haben Sie ausgerechnet bei Frau Silberstein vermutet? Das verstehe ich nicht.«

Das konnte sie ihm nicht verdenken. Warum sollte der Schlüssel beim Stargast der Veranstaltung sein? Dafür gab es keine logische Erklärung. Und somit keine Möglichkeit, van Aalen aus dem Spiel zu lassen.

»Nicht bei Frau Silberstein«, erwiderte sie zögernd.

»Sondern?«

»Sondern bei demjenigen, mit dem sie meines Wissens verabredet war.«

Sie griff zu ihrem Glas und trank, während der Kommissar sie stirnrunzelnd anstarrte. Er war kurz davor, die Geduld zu verlieren, das spürte sie. Seine Miene zeigte deutlich, dass er sie am liebsten angeschrien und geschüttelt hätte.

»Würden Sie mir liebenswürdigerweise verraten, um wen es sich bei Frau Silbersteins Verabredung handelte? Mit wem war sie Ihres Wissens verabredet?«, fragte er gepresst.

Stella gab sich einen Ruck. »Ich weiß es nicht mit hundertprozentiger Sicherheit«, sagte sie mit fester Stimme. »Aber alles deutet darauf hin, dass sie sich noch mit Holger van Aalen treffen wollte. Sie haben sehr intensiv geflirtet, und sie hat ihn ihre Zimmernummer wissen lassen. *Er* hatte diesen Schlüssel, den wir brauchten. Van Aalen hat den Kongress veranstaltet und laut Auskunft des Hallenchefs wohl vergessen, ihm den Torschlüssel nach dem Ende der Veranstaltung wieder auszuhändigen.«

»Also sind Sie hoch zu Frau Silbersteins Zimmer gegangen.«

Ja, weil ich unheimlich scharf darauf war, in ein romantisches Treffen zu platzen, dachte Stella.

»Zuerst haben wir natürlich alles versucht, van Aalen auf anderem Weg zu erreichen. Telefonisch. Leider erfolglos. Ich habe mich wahrlich nicht darum gerissen, die beiden zu stören, das können Sie mir glauben. Aber Oma wollte den Wagen partout nicht unbewacht in der Halle lassen, also habe ich mich auf den Weg gemacht.«

»Wann ungefähr war das?«

»Ich weiß es nicht genau … so gegen eins, schätze ich. Das Dinner, auf dem wir waren, endete nach Mitternacht. Wir waren die Letzten in der Halle; alle anderen Aussteller hatten bereits abgebaut. Dort haben wir bestimmt eine halbe Stunde herumgehockt, während man versucht hat, den Torschlüssel aufzutreiben.«

»Auf welchem Weg gingen Sie zu Frau Silberstein? Durchs Treppenhaus?«

Stella schüttelte den Kopf. »Die Halle ist durch einen Gang mit dem Hotel verbunden. Es gibt eine Verbindungstür zum Foyer. Ich bin dann mit dem Aufzug hochgefahren.«

»Sind Sie irgendwem begegnet?«

Wieder schüttelte sie den Kopf. »Keiner Menschenseele. Auch die Rezeption war verwaist, sonst könnte der Nachtportier Ihnen bestätigen, wann ich an ihm vorbeigekommen bin. Eigentlich müssten Sie bloß zwei oder höchstens drei Minuten von dem Zeitpunkt abziehen, als ich die Polizei alarmiert habe, dann wissen Sie ganz genau, wann ich das Zimmer betreten habe.«

Der Kommissar nickte nachdenklich, dann runzelte er plötzlich die Stirn und stand auf. »Einen kleinen Augenblick. Ich bin gleich wieder da.«

Er ging zur Rezeption und fragte den Portier barsch, ob er an seiner Angabe, ununterbrochen auf seinem Posten gewesen zu sein, vielleicht noch etwas ändern wolle. Stella konnte die leise gestotterte Antwort des Mannes nicht verstehen, aber offenbar hatte Arno ihn bei einer Lüge ertappt.

»Verdammt!«, hörte sie den Kommissar blaffen. »Ich untersuche hier einen Mord! Und Sie lügen wegen einer *Kippenpause?* Also hatte der Mörder theoretisch sehr wohl die Möglichkeit, durchs Foyer zu Frau Silbersteins Zimmer zu gelangen!«

Erneut brabbelte der Portier Unverständliches, und dann kam Arno wieder auf sie zu.

»Hat Angst, seinen Job zu verlieren, dieser Vollidiot«, murmelte der Kommissar, »mir doch egal. Ist doch kein Grund, mich anzulügen. Frechheit.«

»Oh Mann«, sagte Stella, »jetzt bin ich schuld daran, wenn der Portier demnächst arbeitslos ist?«

»Nein«, erwiderte Arno, »Ihnen ist es zu verdanken, dass ich nun weiß, dass der feige Kerl geflunkert hat. Das ändert einiges. Er hat mir versichert, dass niemand heimlich an ihm vorbeikonnte. Und in Wirklichkeit war er draußen und hat eine Kippe geraucht! Das dauert doch bestimmt zehn Minuten. Während dieser Zeit hätte eine ganze Hundertschaft Meuchelmörder durchs Foyer marschieren können, ohne dass er es mitkriegt.«

»So wie ich«, sagte Stella.

Arno nickte stirnrunzelnd. »Ganz genau. Aber zurück zu Holger van Aalen. Ihm sind Sie nicht begegnet?«

»Nein.« Stella schüttelte den Kopf. »Eigentlich hatte ich ja gedacht, ihn bei Marlene anzutreffen, was nicht der Fall war. Nachdem ich sie gefunden hatte, habe ich halb und halb damit gerechnet, dass er noch auftaucht.«

»Und Sie hätten ihn auf jeden Fall bemerkt?«

»Klar. Ich habe das Zimmer ja sofort verlassen und auf dem Sofa am Aufzug gesessen. Er hätte an mir vorbeigemusst. Sogar dann, wenn er das Treppenhaus benutzt hätte. Und ich glaube kaum, dass er sich vom Dach abgeseilt hat oder mit einer Rose zwischen den Zähnen zum Fensterln die Fassade hochgeklettert ist.«

Der Kommissar lächelte. »Na ja, als ich hier eingetroffen bin, haben Sie tief und fest geschlafen ...«

Guter Einwand, das musste sie zugeben. Wer schlief, konnte nicht sehen, wer durchs Hotel schlich.

»Ich bin erst eingeschlafen, nachdem Ihre Leute eingetroffen waren. Fragen Sie Ihre Kollegen danach – ich war hellwach, als sie kamen.«

Arno nickte. Er wirkte geistesabwesend, als würde er intensiv über etwas nachdenken. »Ich habe eine Bitte«, sagte er schließlich.

Herrje, dachte Stella, was kommt denn jetzt?

»Raus damit«, erwiderte sie.

»Kennen Sie alle Teilnehmer des Kongresses und der Messe persönlich?«

Gott bewahre, dachte Stella amüsiert. »Nein, nicht alle. Aber von den meisten weiß ich, wer sie sind. Immerhin gibt es das Internet, und jeder in der Branche hat eine mehr oder weniger professionelle Website.«

»Haben alle Teilnehmer im Hotel übernachtet?«

»Nein, ich glaube nicht. Der Schuppen ist ganz schön teuer. Einige sind bereits direkt nach der Messe abgereist, denke ich. Es waren ja auch nicht alle zum Dinner eingeladen. Wir waren nur zwölf Personen.«

»Was haben Sie während der Veranstaltung gemacht?«

Jetzt will er es aber ganz genau wissen, dachte Stella und erwiderte: »Am Samstag habe ich einen Vortrag gehalten, ansonsten hatte ich nichts zu tun. Ich habe andere Vorträge besucht, und am Sonntag war ich praktisch privat hier. Ich bin auf der Messe herumgetrödelt und ...« Sie grinste und fuhr fort: »Ich habe Studien betrieben, wenn Sie so wollen. Leute beobachtet. Wissen Sie, für mich ist sehr spannend, wie sich einige der Kollegen präsentieren. Es gibt ... nun ja ... die Branche hat viele sehr unterschiedliche Facetten, um es freundlich zu formulieren. Es gibt einfach ein sehr breites Spektrum zwischen komplettem Schwachsinn und seriöser, professioneller Lebenshilfe. Wenn Sie *mich* schon für durchgeknallt halten … « Sie rollte mit den Augen und lachte.

Stella sah, dass er protestieren wollte, und hob die Hand. »Schon gut, ich weiß, was Sie von meinem Beruf halten. Daraus haben Sie schließlich nie einen Hehl gemacht. Wie gesagt: *sehr* unterschiedliche Facetten. Und sehr unterschiedliche Auffassungen darüber, was noch als seriös durchgeht.«

»Gab es Feindschaften?«

Stella zuckte mit den Schultern. »So weit würde ich nicht gehen. Jemand, der bei mir Rat sucht, würde eher nicht zu jemandem gehen, der behauptet, regelmäßig mit Engeln zu plaudern. Sprich: So ein *Kollege* … «, sie malte mit den Fingern Anführungszeichen in die Luft, »… ist für mich keine ernst zu nehmende Konkurrenz.«

»Und Marlene Silberstein? Sie ist auf der Gala als Astrologin des Jahres ausgezeichnet worden, nicht wahr? War sie eine Konkurrentin?«

Ganz schön clever gemacht, Herr Kommissar, dachte Stella.

Er hatte sie geschickt in diese Situation manövriert, und nun galt es, ihre Worte mit Bedacht zu wählen.

»Sie stand sehr in der Öffentlichkeit«, sagte sie, »und das ganz bewusst. Ihre Karriere begann vor zwanzig Jahren bei einem Privatsender. Für die breite Öffentlichkeit ist sie *das* Gesicht der Astrologie. Marlene mochte Glamour und Blitzlicht. Das ist mir fremd, wie Sie wissen, und die Astroszene ist so groß, dass wir uns nicht in die Quere gekommen sind. Ich arbeite lieber in aller Stille. Die Menschen, die mich konsultieren, suchen nicht das Rampenlicht. Oder einen Astrostar oder Guru, den sie anhimmeln können, Herr Kommissar.«

»War sie in der Branche beliebt?«

Etliche Szenen der letzten zwei Tage zogen an Stellas geistigem Auge vorbei: Marlenes kleine Scharmützel mit diversen Leuten, ihre Überheblichkeit einigen gegenüber, dann die missgünstigen Blicke bei der Preisverleihung, die geheuchelten Glückwünsche, das Getuschel mancher Leute angesichts Marlenes Flirt mit van Aalen, der Ausraster von Sixta … Beliebtheit sah wahrlich anders aus.

»Ihre Antwort, liebe Stella, lässt schon viel zu lange auf sich warten«, sagte Arno grinsend, »und nicht nur Sie können in der Miene Ihres Gegenübers lesen. Marlene Silberstein war also *nicht* beliebt.«

Stella kam sich sehr diplomatisch vor, als sie erwiderte: »Neid ist oft hart erarbeitet. Und Marlene hat *sehr* hart gearbeitet, um Erfolg zu haben.«

Der Kommissar nickte. »Zurück zu meiner Bitte, wenn Sie gestatten.«

»Ich höre.«

»Ich werde mich später in den Frühstücksraum setzen und mir die Leute ansehen, die ich noch zu befragen habe. Ich habe nämlich nicht vor, alle zu wecken. Aber jeder frühstückt doch, bevor er abreist, richtig? Das werde ich ebenfalls tun. Und ich möchte, dass Sie mir dabei Gesellschaft leisten. Das ist meine Bitte.«

Allmählich ahnte Stella, dass Arno etliche Regeln der psychologischen Gesprächsführung aus dem Effeff beherrschte. Er wirkte immer so emotional und manchmal etwas verpeilt, aber in Wirklichkeit steuerten die vielen Haken, die er vermeintlich schlug, auf ein Ziel zu. Zack – ins Schwarze.

Sie fühlte sich von ihm überrumpelt. »Ich weiß nicht recht …«, murmelte sie ausweichend.

»Sie könnten mir sagen, um wen es sich bei den Leuten handelt. Lassen Sie mich bitte nicht unvorbereitet in ein Gespräch mit einem Erzengel-Flüsterer laufen. Oder mit Leuten, die behaupten, mit der toten Frau Silberstein Kontakt zu haben.«

Wider Willen musste sie lachen. Sein flehender Blick rührte sie zu ihrer eigenen Überraschung mehr, als sie je erwartet hätte.

»Also gut. Das Frühstückbüfett ist bestimmt mit allen Schikanen. Aber ich habe keine Ahnung, wie ich die Zeit bis dahin überstehen soll. Sie haben bestimmt zu tun, oder?«

»Ja. Ich muss die Befragungen vorbereiten und Kollegen einweisen. Alleine schaffe ich das nicht.«

»Verstehe. Aber wenn ich jetzt nach Hause fahre, komme ich in ein paar Stunden nicht wieder hoch, da bin ich sicher. Denken Sie, ich kann mich hier auf einem Sofa ausstrecken, und Sie wecken mich, wenn es so weit ist?«

Arno hob den Finger. »Ich habe da vielleicht eine Idee.«

Der Kommissar ging zur Rezeption und führte leise Verhandlungen mit dem Portier. Dann kam er zurück und legte strahlend einen Zimmerschlüssel sowie eine verpackte Zahnbürste und eine kleine Tube Zahnpasta vor Stella auf den Tisch.

»Sie können sich hier ein paar Stunden aufs Ohr legen. Der Portier sagt, im Bad des Zimmers finden Sie ansonsten alles Nötige, um sich morgen früh frisch zu machen. Er wird Sie um halb sieben telefonisch wecken. Frühstück gibt es ab sieben. Einverstanden?«

»Also gut«, sagte sie und stand auf. »Wir sehen uns später.«

Das Zimmer lag im zweiten Stock und war ziemlich luxuriös ausgestattet, wie Stella anerkennend feststellte. Sie zog sich bis auf die Unterwäsche aus und schlüpfte unter die Bettdecke. Beinahe wäre sie eingeschlafen, als ihr siedend heiß einfiel, dass ihre Großmutter auf Nachricht wartete.

Seufzend stand sie noch einmal auf. Wo hatte sie ihre Tasche hingelegt? Sie fand sie in einem Sessel und kramte ihr Handy heraus, dann setzte sie sich auf die Bettkante und wählte Marias Nummer. Ihre Großmutter meldete sich verschlafen.

»Stella? Wo bist du denn?«

»Ich bin noch im Hotel, Oma. Arno hat mir ein Zimmer organisiert. Ich soll morgen hier mit ihm frühstücken und ihm ein bisschen über die Leute erzählen, die am Kongress teilgenommen haben.«

Maria kicherte. »Oje – er muss die ganzen Freaks befragen! Da würde ich zu gern Mäuschen spielen. Er flippt bestimmt aus, wenn er einen Vortrag über seine Aura bekommt.«

»Er hat sich halt den falschen Beruf ausgesucht. Und er hat einen Mord aufzuklären.«

»Ach herrje – Marlene.« Maria seufzte. »Weißt du mittlerweile, was passiert ist?«

»Sie wurde mit ihrer Auszeichnung erschlagen.«

»Die ihr keiner der Anwesenden gegönnt hat – welche Ironie.«

»Ich hab schon mehr gelacht, um ehrlich zu sein. Die Frage ist, wer es getan hat. Van Aalen ist übrigens nach wie vor nicht aufgetaucht. Entweder er war vor mir bei Marlene, oder er hat es sich anders überlegt. Es könnte ja durchaus sein, dass er sie tot vorgefunden hat und getürmt ist. Kurz bevor ich dort aufgekreuzt bin. Aber ich bin zu müde, um weiter darüber nachzudenken. Ich schlafe jetzt ein paar Stunden, und dann sehen wir weiter. Gute Nacht, Oma.«

»Gute Nacht, Kind. Pass auf dich auf.«

Kapitel 14

Zu Stellas eigenem Erstaunen war sie sofort hellwach, als der Weckanruf von der Rezeption kam. Zugegeben, ein paar Stunden mehr in diesem höchst bequemen Bett hätten nicht geschadet, aber sie hatte keine Mühe, wach zu bleiben.

Das luxuriöse Bad war mit allen Schikanen ausgestattet. In die gläserne Duschkabine hätten mühelos drei Personen gepasst, und aus dem klodeckelgroßen Duschkopf rieselte es angenehm auf sie herab.

Sie benutzte Shampoo und Duschgel, nachdem sie misstrauisch daran geschnuppert hatte. Beides war portionsweise verpackt und verströmte zu ihrer Freude appetitlichen Orangenduft mit Spuren von Minze. Sie hatte ein wenig Sorge gehabt, es könnte allzu sehr nach billigem Parfüm riechen – in dem Fall hätte sie darauf verzichtet.

Als sie nach dem Abtrocknen ihr feuchtes Haar frottierte, stellte sie sich vor den Spiegel, der die gesamte Wand über dem Waschtisch einnahm. Die Tür zum Schlafzimmer befand sich links von ihr, und sie hätte sich umdrehen müssen, um in den Nebenraum zu blicken.

So musste Marlene Silberstein dagestanden haben, als ihr Mörder von hinten zugeschlagen hatte. Wenn sie also darin vertieft gewesen war, sich zurechtzumachen, konnte sie nicht gesehen haben, wer sich ihr von der Seite genähert hatte. Und wenn – *falls* – sie überhaupt bemerkt hatte, dass jemand das Zimmer betrat, war sie sicherlich von demjenigen ausgegangen, den sie zu diesem Zeitpunkt erwartet hatte: Holger van Aalen. Und dann … zack.

Stella hielt inne.

Noch war ja längst nicht geklärt, dass es van Aalen *nicht* gewesen war. Sie schüttelte den Kopf. Nein, das konnte sie sich beim besten Willen nicht vorstellen. Warum auch? Warum sollte er die Frau erschlagen, mit der er den ganzen Abend lang geflirtet hatte? Das ergab keinen Sinn, zumal sie ja die Gerüchte kannte, dass van Aalen eine längerfristige Kooperation – oder vielleicht sogar eine Liebesbeziehung? – mit Marlene Silberstein anstrebte.

Was also hätte ihn derart aus der Fassung bringen sollen, dass er ausgerechnet diese Frau umbrachte? Schlagartige geistige Umnachtung? Das urplötzliche Erblühen seiner schwarzen Seite? Ein plutonischer Ausraster? Immerhin hatte er eine Mars-Pluto-Konjunktion in seinem Horoskop. Van Aalen und Mister Hyde? Wieder schüttelte sie den Kopf. Wohl kaum.

Obwohl … Fröhlich hatte doch zu Sixta gesagt, er habe eine Neuigkeit für van Aalen, die ihn niederschmettern würde. Ob die wohl etwas mit Marlene zu tun gehabt hatte?

Sie griff nach dem Föhn und schaltete ihn ein. Ihr fehlte zwar die Zeit, um ihr schulterlanges Haar komplett zu trocknen, aber sie wollte auch nicht unbedingt quer durchs Hotel eine Tropfenspur hinterlassen.

Bei ihrem Eintreffen saß noch niemand im Frühstücksraum, auch Arno nicht.

Bestimmt war er aufgehalten worden, da es momentan für ihn andere Prioritäten gab, als mit ihr zu frühstücken. Egal. Schließlich wollte er etwas von ihr und nicht umgekehrt. Sie würde jetzt in aller Ruhe mit einem Teller voller Leckereien den Tag beginnen, und wenn er in einer Stunde nicht aufgetaucht war … nun ja. Er wusste ja, wo sie zu erreichen war, wenn sie das Hotel verlassen hatte.

Um sich einen ersten Eindruck zu verschaffen, schlenderte sie am Büfett entlang, das in einem Nebenraum aufgebaut war und gefühlte drei Kilometer lang war. Sogar einen Toaster gab es, wie sie anerkennend feststellte, und das Angebot war schier überwältigend: Allein Eier gab es in fünf verschiedenen Variationen.

Stella steckte zwei Scheiben Körnerbrot in den Toaster, dann stellte sie sich einen Obstteller zusammen und brachte ihn an einen Fenstertisch, von dem aus sie den Raum gut überblicken konnte. Beim zweiten Gang zum Büfett füllte sie einen zweiten Teller mit Rührei, Lachs und einer kleinen Käse-Auswahl, auch ihr Brot war inzwischen fertig geröstet. Fehlte noch Butter, die sie allerdings nirgends entdecken konnte.

Ein Kellner sprach sie an, um sich zu erkundigen, ob sie Kaffee oder Tee wolle.

»Einen großen Milchkaffee aus zwei, nein, *drei* Espressi, bitte«, erwiderte Stella und deutete aufs Büfett. »Bin ich blind oder haben Sie die Butter so gut versteckt, dass ich sie einfach nicht finde?«

Der junge Mann lächelte und führte Stella zu einem chromglänzenden Gerät, das sie – ohne genauer hinzusehen – für eine Kaffeemaschine gehalten hatte. »Das ist unser Butterspender.«

»Butterspender?«, fragte Stella verblüfft.

Der Kellner nahm ein untertassengroßes Tellerchen vom bereitstehenden Stapel, stellte es auf das Metallgitter einer Aussparung der Maschine und drückte auf einen Knopf. Es brummte kurz, dann fiel ein kreisrunder Buttertaler von circa einem Zentimeter Höhe auf den Teller.

»Wow«, sagte Stella, »ich bin beeindruckt.«

Der Kellner deutete eine kleine Verbeugung an. »Vielen Dank. Ich bringe Ihnen sofort Ihren Milchkaffee.«

Er verschwand, und Stella ließ sich vom Butterspender, der sie ziemlich faszinierte, noch zwei Portionen servieren, dann ging sie an ihren Tisch und setzte sich. Sie holte ihr Handy aus der Tasche und rief ihre Großmutter an.

»Stell dir vor, die haben hier einen *Butterspender*«, sagte sie und errötete prompt, als in diesem Moment der Kellner neben ihr auftauchte, um den Milchkaffee zu servieren.

»Einen Butterspender?«, fragte Maria amüsiert. »Unfassbar. Was kommt als Nächstes? Eine Maschine, die Brot röstet? Ein Gerät, das selbstständig Kaffee kochen kann?«

Stella prustete. »Mach dich ruhig lustig. *Mich* hat die Maschine schwer beeindruckt.«

»Du bist also noch im Hotel.«

»Ja, ich warte auf den Kommissar. Bisher aber noch keine Spur von ihm. Falls er nicht aufkreuzt, habe ich wenigstens fürstlich gefrühstückt. Das Büfett ist unglaublich.«

Maria lachte leise. »Ist ja auch nicht gerade eine billige Pension für Handelsvertreter, in der du heute genächtigt hast. Gibt es bereits irgendwelche Neuigkeiten von den Ermittlungen? Will Arno mich sprechen?«

»Keine Ahnung, davon hat er heute Nacht nichts gesagt. Ah ... ich sehe den Kommissar am Büfett. Ich frage ihn gleich, wann ihr den Zirkuswagen abholen könnt. Ich melde mich wieder, bis später.«

Sie legte auf und trank von ihrem Milchkaffee – er schmeckte vorzüglich. Sie war gerade dabei, eine Scheibe Brot mit Butter zu bestreichen, als Arno, zwei gut gefüllte Teller balancierend, zu ihrem Tisch kam.

»Ich hätte Sie beinahe nicht erkannt«, sagte er und stellte die Teller ab, setzte sich aber nicht.

Warum glotzt er mich so an?, dachte Stelle irritiert.

»Auch Ihnen einen wunderschönen guten Morgen«, erwiderte sie spitz. »Sind mir über Nacht vielleicht Eselsohren gewachsen, die ich noch nicht bemerkt habe? Oder warum haben Sie mich fast nicht erkannt?«

»Ich habe Sie noch nie mit offenen Haaren gesehen.« Er räusperte sich und fügte hinzu: »Steht Ihnen aber gut, finde ich.«

»Puh, da bin ich aber erleichtert. Ihnen stehen die offenen Haare übrigens auch gut. Setzen Sie sich doch bitte endlich hin, sonst kriege ich einen steifen Nacken. Nicht, dass ich nicht liebend gerne zu Ihnen aufschauen würde, aber ...«

»Oh, tut mir leid. Ich setze mich gleich zu Ihnen, aber ich hab noch nicht …« Der Kommissar deutete auf ihre Butterportionen. »Woher haben Sie die?«

»Aus dem Butterspender natürlich. Das ist das Ding, das wie eine Kaffeemaschine aussieht. Gleich links neben dem Brot. Tellerchen in die Ausgabe stellen, das kleine Knöpfchen drücken, und schon regnet es güldene Buttertaler, so viele Sie wollen.«

»Gibt's doch nicht. Was erfinden die wohl als Nächstes?«, murmelte er, dann drehte er sich um und marschierte zurück zum Büfett.

Bestimmt so ein verrücktes Gerät, das Brot rösten kann, dachte Stella grinsend.

Der Kommissar kehrte zurück und nahm ihr gegenüber Platz. Der Kellner erschien und stellte einen großen Cappuccino neben Arnos Teller ab, der sich bedankte und sich mit einem Seufzen die Augen rieb.

»Sie sind müde, hm?«, fragte Stella. »Nach einem ordentlichen Frühstück geht es Ihnen bestimmt besser.«

Arno stöhnte. »Hoffentlich. Ich werde so viel essen, wie ich schaffen kann. Wer weiß, wann ich das nächste Mal feste Nahrung kriege. Im Moment habe ich das Gefühl, ich kippe jeden Moment aus den Latschen. Die Besprechungen mit meinen Kollegen waren stinklangweilig. Ich kann nur inständig hoffen, dass die Befragungen das Potenzial haben, meine Lebensgeister zu wecken.«

Darauf kannst du Gift nehmen, dachte Stella.

Bei der bloßen Vorstellung, dass er später mit Sixta Sensualia und Filibert Fröhlich reden würde, musste sie schon um ihre Beherrschung ringen. Und erst jemand wie Hartmut … Arno würde ausflippen, todsicher.

»Ist van Aalen mittlerweile aufgetaucht?«, fragte sie.

Der Kommissar, der sich entschlossen durch eine riesige Portion Rührei mit Schinken arbeitete, schüttelte den Kopf.

»Nein, sein Handy ist abgestellt, und bei sich zu Hause ist er bislang auch nicht aufgetaucht.«

»Woher wissen Sie das? Vielleicht macht er einfach nicht die Tür auf.«

»Er vielleicht nicht, aber seine Haushälterin. Die ist um halb sieben aufgekreuzt und hat den Kollegen reingelassen. Kein van Aalen im Haus, das Bett ist unbenutzt.«

»Tatsächlich? Glauben Sie, er ist auf der Flucht? Halten Sie ihn für verdächtig?«

Arno ließ die Gabel sinken, mit der er gerade ein kleines gebratenes Würstchen aufgespießt hatte, und musterte sie aus zusammengekniffenen Augen. »Das darf ich Ihnen nicht sagen, das wissen Sie doch.«

»Sie hätten mir schon nicht sagen dürfen, dass er noch nicht aufgetaucht ist.«

»Stimmt auch wieder.« Arno lächelte flüchtig. »Es ist noch viel zu früh für eine Einschätzung.«

»Hätten Sie nicht die anderen Hotelgäste schon heute Nacht befragen müssen?«

»Um Himmels willen. Aus dem Schlaf gerissene und dadurch höchst aggressive Leute befragen? Das braucht kein Mensch. Nein, alle Ausgänge waren bewacht. Wenn der Täter sich noch im Hotel aufhält, konnte er nicht raus. Sollte er bereits vor unserem Eintreffen geflüchtet sein ...«, er zuckte mit den Schultern, »... hätte eine nächtliche Befragung erst recht nichts gebracht. Nee, nee, ich rede lieber mit Leuten, die gut gefrühstückt haben.«

»Oma lässt fragen, wann sie ihren Zirkuswagen abholen kann. Und ob Sie mit ihr sprechen wollen.«

Arno winkte dem Kellner und hob sein Glas. »Noch einen, bitte!« Dann wandte er sich wieder Stella zu. »Sie kann ihren Wagen abholen, wann immer sie will. Am besten so schnell wie möglich, denn die Halle wird gerade geputzt. Mit ihr sprechen ... hm ... sie steht zumindest nicht ganz oben auf der

Liste, da sie zum Zeitpunkt des Mordes nicht im Hotel war. Das war sie doch nicht?«

Unter seinem forschenden Blick wurde Stella etwas unbehaglich. Er musste nur zwei und zwei zusammenzählen, dann kam er von selbst drauf. Besser, gleich die Wahrheit zu sagen.

»Doch, genau genommen schon ...«, erwiderte sie zögernd. »Sie und Otto haben ja in der Halle auf mich gewartet, als ich mich auf den Weg zu Marlene gemacht habe, um den Schlüssel zu holen. Nachdem ich die Polizei alarmiert hatte, hab ich Oma angerufen und ihr gesagt, sie und Otto sollen sich besser verdrücken.«

Der Kommissar rollte mit den Augen. »Natürlich haben Sie das getan. Aber wie sind sie aus der Halle rausgekommen, wenn doch der Schlüssel nicht aufzutreiben war?«

»Beim Schlüssel ging es um das *große* Hallentor; der Notausgang war benutzbar. Man konnte also raus, aber nicht rein.«

»Soll ich ehrlich sein? Ich hasse den Fall jetzt schon. So ein Hotel ist ein echter Alptraum. Hunderte Gänge, Treppen und Türen, und dann noch die Personalbereiche hinter den Kulissen ... ein Labyrinth. Meine Hoffnung ist, dass der Mord aus einem der klassischen Motive passiert ist. Und dass der Täter irgendetwas mit dem Opfer zu tun hat. Kaum vorstellbar, dass eine zufällige Begegnung zu der Tat geführt hat.«

»Und was wären die klassischen Motive?«, fragte Stella.

»Neid, Eifersucht, Hass, Rache ... all diese Dinge. Ich glaube nicht, dass es zum Beispiel ein Lustmord war, da sie einfach von hinten erschlagen wurde, ohne dass der Täter sie ... äh ... mit ihr ... äh ...«

»Hab schon verstanden, wir müssen nicht ins Detail gehen«, fiel sie ihm ins Wort.

»Vielen Dank. Sie hat doch diesen Preis bekommen, richtig? *Astrologin des Jahres* oder so ähnlich. War sie die einzige

Kandidatin? Gab es Neider? Und was war das überhaupt für eine Veranstaltung?«

Okay, dachte Stella, das sind eine Menge Fragen auf einmal …

»Offenbar haben Sie der Vorberichterstattung unseres gemeinsamen Freundes Ben wenig Beachtung geschenkt, sonst müssten Sie mich das jetzt nicht fragen.«

Er grinste. »Zu dem Zeitpunkt wusste ich ja noch nicht, dass ich auf diese Art damit zu tun bekomme. Ich verrate Ihnen kein Geheimnis, wenn ich sage, dass mich das Thema des Artikels nicht wirklich interessiert hat. Ich hab mir die höchst beeindruckenden Fotos Ihrer Großmutter angesehen und weitergeblättert.«

»Dann säßen Sie jetzt reichlich dumm da, wenn Sie mich nicht hätten«, sagte Stella. »Also gut: Die Veranstaltung wurde von Holger van Aalen ins Leben gerufen. Er nennt es einen Kongress, ich würde sagen, es ist eine Art Branchentreffen. Wobei der Begriff *Branche* hier sehr weit gedehnt ist. Ich betrachte die meisten der Teilnehmer nicht unbedingt als Kollegen, aber das sagte ich bereits. Van Aalen will allerdings auch das breite Publikum dafür interessieren, also benötigt er zum Beispiel die Stars von Zodiac TV, um am Messetag die Halle vollzukriegen.«

»Zodiac TV?«

Stella musterte ihn amüsiert. »Erzählen Sie mir nicht, Sie hätten sich noch niemals abends gelangweilt durchs Fernsehprogramm gezappt und wären nicht wenigstens für ein paar Minuten bei den Herrschaften dieses Senders hängen geblieben. Telefonsprechstunde mit Vorhersagen, wann der Traumpartner um die Ecke kommt und dergleichen.«

Seinem Gesicht konnte sie ansehen, dass er diesen Sender sehr wohl kannte.

»Und die sind auch hier?«

»Na ja, nicht alle. Nur die größten Publikumslieblinge. Wie

Sixta Sensualia, zum Beispiel. Die übrigens gerade dort hinten am Büfett steht.«

Der Kommissar blickte in den Nebenraum, wo besagte Dame gerade dabei war, sich ihr Frühstück zusammenzustellen. Stella bemühte sich, sie mit Arnos Augen zu sehen: eine füllige Matrone mit blondem Wuschelkopf in schwarzem Lagenlook. Na ja, er würde vermutlich eher den etwas uncharmanten Begriff ›Walleklamotten‹ benutzen.

»Aber das ist doch wohl nicht ihr richtiger Name, oder?«, fragte er leise, nachdem er die betreffende Dame ausgiebig begutachtet hatte.

Stella schüttelte den Kopf. »Natürlich nicht, aber ich habe nur ihren Vornamen aufgeschnappt: Margot. Sie benutzt den Künstlernamen, weil sie angeblich den sechsten Sinn besitzt, verstehen Sie? *Sixta Sensualia.*«

»Mein Lateinunterricht ist lange her, aber das erscheint mir grammatikalisch zweifelhaft.«

Rasch presste Stella die Hand vor den Mund, um lautes Lachen zu unterdrücken, das unbedingt hinauswollte.

»Das dürfte für ihre Fans von eher nachrangigem Belang sein«, erwiderte sie dann. »Es geht darum, sich eine geheimnisvolle Aura zu geben. Der flotte junge Mann, der sich gerade zu ihr gesellt hat, heißt Hartmut, nennt sich aber *Teiaiel.* Er hat einen persönlichen Engel. Sagt er. Und dieser Engel beantwortet alle Fragen.«

Mit zusammengekniffenen Augen musterte der Kommissar die beiden am Büfett, und Stella überlegte, welche Informationen sie noch preisgeben sollte. Dass Hartmut eigentlich ein netter Kerl war, mit dem sie sich wunderbar amüsiert hatte? Dass Sixta stinksauer auf Marlene gewesen war – aus *sehr* persönlichen Gründen?

»Was? Dieser Bengel in Schlabberjeans und Hoodie? Der mit dem blondierten Spitzbärtchen? *Der* hat einen Engel? Er wirkt nicht sehr erleuchtet, wenn Sie mich fragen.«

»Tatsächlich? Weil er aussieht, als wäre er auf dem Weg zum Strand? Ich habe mich gestern auf dem Dinner bestens mit ihm amüsiert, er ist ein netter Kerl. Aber Sie hätten ihn auf der Messe sehen sollen, als er sein Ornat trug, da war er eine Mischung aus Hare-Krishna-Jünger und Bollywood-Maharadscha. Spektakulär!«

»Lassen Sie mich raten, wer seine modische Beraterin ist: Ihre Großmutter.« Er grinste spitzbübisch.

Stella hob den Finger. »Aufpassen, Herr Kommissar, keine Frechheiten über meine Großmutter. Übrigens war sie ebenfalls für den ›Saturn‹ nominiert. Und die Dame am Büfett. Angeblich.«

»Wieso angeblich?«

»Weil diese Preisverleihung eine einzige Farce war. Für van Aalen stand von vornherein fest, dass Marlene den Preis bekommt. Die anderen waren nur pro forma nominiert. Das weiß ich, weil van Aalen mich überreden wollte, als Fake-Kandidatin aufzutreten, was ich natürlich abgelehnt habe. Aber meine Oma hat es gemacht, weil sie es lustig fand.«

»Interessant. Sagen Sie, wussten die anderen auch darüber Bescheid?«

»Ich denke nicht. Die hätten nicht mitgespielt; dazu gibt es untereinander zu viel Konkurrenz. Diese gesamte Zodiac-TV-Szene ist ein einziger Jahrmarkt der Eitelkeiten. Entsprechend waren die Reaktionen, als Marlene Silberstein als Preisträgerin verkündet wurde.«

Arno horchte sichtlich auf. »Aha? Nämlich?«

»Sagen wir so: Neidlose Freude für eine Mitbewerberin sieht anders aus. Verstehen Sie – sie war die konkurrenzlose Königin der Astrologie. Ihre Karriere begann vor zig Jahren im privaten Frühstücksfernsehen. Rote Teppiche, Hochglanzmagazine, das ganze Programm. Sie war in der breiten Öffentlichkeit richtig *bekannt*. Außerdem ist sie unglaublich geschäftstüchtig und weiß sich clever zu vermarkten. So ist sie nicht nur sehr viel reicher als viele der Zodiac-TV-Größen, sondern auch viel, viel bekannter als die anderen alle, die mit ihrer Profession immer noch ein Nischendasein führen, obwohl Zodiac TV mit zahllosen ratsuchenden Anrufern angeblich Millionen scheffelt. Van Aalen hat sie hofiert wie die Kaiserin von China. Wie es heißt, verhandelten sie über eine Kooperation, um diesen Kongress richtig groß zu machen. Mit ihr als Gesicht der Veranstaltung braucht man etwas mehr Raum als ein mittelgroßes Hotel mit mittelgroßer Veranstaltungshalle. Van Aalen wollte das ganz große Rad drehen. Er hat in ihr die Chance gesehen, noch mal sehr viel berühmter und reicher zu werden. Deshalb glaube ich übrigens auch nicht, dass er sie umgebracht hat.«

Arno nickte nachdenklich. »Sie meinen, er würde nicht das Huhn schlachten, das noch eine Menge goldene Eier legen soll.«

»War das nicht eine Gans?«

»Was war eine Gans?«, fragte er verwirrt.

»Na, das Federvieh mit den goldenen Eiern. In dem Märchen.« Sie grinste und winkte ab. »Ist aber auch egal, denn genau das meinte ich. Warum sollte er diese Frau umbringen? Das wäre doch dämlich.« Sie deutete auf einen älteren Herrn in einem klassischen Anzug, der gerade den Frühstücksraum betrat. »Und hier haben wir den vierten Nominierten: Herrn Fröhlich. Er hat Zodiac TV gegründet und aufgebaut.«

»Klassischer Managertyp«, konstatierte Arno. »Vermutlich regelt er im Hintergrund die Geschäfte des Senders. So, wie er aussieht, sitzt er nicht am Telefon und führt sich auf wie ein Irrer.«

»Ihre Menschenkenntnis ist bemerkenswert, Herr Kommissar. Bemerkenswert *unterentwickelt,* zumindest in seinem Fall. Herr Fröhlich ist der unangefochtene Superstar beim Sender, die Fans vergöttern ihn. Er hat nicht nur einen Engel, sondern gleich vier, die ihn angeblich seit seiner frühen Kindheit begleiten. Und die beantworten sämtliche Fragen der Anrufer, weil er während des Telefonats Kontakt zu den Engeln aufnimmt. Vermutlich mit seinem Zweithandy, man weiß es nicht.«

»Sie verscheißern mich.«

»Oh nein, Herr Kommissar. Das habe ich mir keineswegs ausgedacht. Aber das weiß ich auch nur, weil er und Sixta ebenfalls nominiert waren. Bei der Preisverleihung wurden sie halt etwas ausführlicher vorgestellt. Obwohl – das stimmt nicht. Beide haben auch Vorträge gehalten. Die waren aber so dusselig, dass ich nicht richtig hingehört habe.«

»Und dieser Bengel?«

»Wie ich schon sagte: Er war auch beim Dinner, und wir sind ins Gespräch gekommen. Tatsächlich fand ich ihn interessanter als die anderen, weil er sich abseits gehalten hat. Er schien zu niemandem zu gehören, hat sich nirgends angebiedert. Im Gegenteil: Fröhlich wollte ihn für seinen Sender gewinnen, aber Hartmut ließ ihn knallhart abblitzen. Den Senderchef von Zodiac TV, das heißt schon was. Ich kenne einige seriöse Astrologen, die sich auf den Sender einlassen, weil dort gutes Geld zu verdienen ist. Man kann dort auch arbeiten, ohne sich aufzuführen wie ein Vollidiot. Die allermeisten sind sowieso im Hintergrund tätig und tauchen nie auf der Mattscheibe auf. Du bist dann offiziell über den Sender erreichbar, sitzt aber zu Hause in deinem Büro. Für Freiberufler ist es halt nicht immer leicht, die Miete zusammenzukriegen. Mich hat Fröhlich übrigens auch angesprochen.«

»Tatsächlich? Werden Sie das Angebot annehmen?« In seiner Miene arbeitete es.

Stella wusste genau, was er gerade dachte: Er stellte sich vor, wie er nachts zu Zodiac TV zappte und sie dort sehen würde.

Lächelnd schüttelte sie den Kopf. »Die Miete ist bei mir nicht so ein existenzielles Problem, wie Sie wissen.«

Nach und nach erschienen weitere Leute im Frühstücksraum, allerdings nur noch normale Hotelgäste, die ihr unbekannt waren. Erstaunlicherweise hatten weder Sixta noch Fröhlich oder Hartmut sie bemerkt. Sie saßen am anderen Ende des Raumes zusammen an einem Tisch und unterhielten sich angeregt miteinander.

Ob Hartmut sich wohl in diesem Moment doch noch überzeugen ließ, Fröhlichs Angebot anzunehmen?

»Was wissen Sie sonst noch über die drei, das mich interessieren könnte?«, fragte Arno.

»Nichts. Ich habe sie ja an diesem Wochenende erst kennengelernt.«

»Besonders gut scheinen Sie sich in Ihrer Branche aber nicht auszukennen«, maulte der Kommissar.

Stella zuckte mit den Achseln. »Das habe ich auch nie behauptet. Außerdem ist das nicht *meine* Branche. Ich habe mit den meisten dieser Leute nichts gemeinsam. Weder rede ich mit Engeln, noch lese ich Auren oder mache zweifelhafte Prophezeiungen. Ich gucke mir diese Kreise üblicherweise aus großer Entfernung an, und es reicht mir, was ich aus der Distanz mitbekomme. Es interessiert mich einfach nicht.«

Ehe er antworten konnte, trat ein Mann zu ihnen an den Tisch und sagte: »Arno, wir beginnen mit den Befragungen, die Ersten wollen abreisen. Kommst du bitte?«

Der Kommissar wollte aufstehen, und Stella hob die Hand. »Eine Frage noch: Was ist mit meiner offiziellen Aussage? Muss ich noch bleiben?«

Arno nickte und erhob sich. »Ich kümmere mich als Erstes darum, dass Ihr Protokoll aufgenommen wird, damit Sie gehen können. Ich melde mich, wenn … falls … äh …«

»Schon gut.« Stella wedelte mit der Hand. »Zischen Sie schon ab und finden Sie den Mörder. Viel Glück dabei. Man sieht sich.«

Aber Arno war bereits auf dem Weg hinaus und hatte ihre letzten Worte vermutlich schon nicht mehr gehört. Stella zog ihr Handy aus der Tasche und teilte ihrer Großmutter mit gedämpfter Stimme mit, sie könne ihren Wagen abholen. »Ich würde dann gerne mit euch nach Hause fahren, aber ich muss vorher noch ein Protokoll machen, ich melde mich später noch mal bei dir.«

Sie steckte das Handy wieder ein, als sie bemerkte, dass jemand neben ihrem Tisch stand. Sie blickte hoch.

»Hallo«, sagte Ben Glaeser und ließ sich auf den Stuhl fallen, auf dem gerade noch der Kommissar gesessen hatte, »ich hab gehört, du hast eine Leiche gefunden. Klingt spannend. Erzähl doch mal.«

»Woher weißt du das?«, fragte Stella überrumpelt. »Und sprich bitte leise. Ich glaube nicht, dass der Mord schon allgemein bekannt ist.«

Ben schürzte die Lippen. »Mord, hm? Das wird ja immer besser. Aber das wusste ich bereits. Ein guter Lokalreporter weiß alles.«

»Wie bitte? Ich kann mir nicht vorstellen, dass die Polizei schon die Presse informiert hat.«

»Natürlich hat sie das nicht.« Er lächelte geheimnisvoll.

»Und woher weißt du es dann? Hast du hier im Hotel einen Informanten?«

Ben schüttelte den Kopf. »Natürlich nicht. Aber wie es der Zufall will, habe ich vorhin bei Maria angerufen, um bei ihr eine kleine Manöverkritik des Kongresses einzuholen. Wie sie als Insider die Veranstaltung erlebt hat. Ich dachte, das könnte für die Leser vielleicht interessant sein. Und jetzt rate mal, was sie mir erzählt hat?«

Natürlich – Maria, darauf hätte ich auch gleich kommen können, dachte Stella.

»Bist du Arno gerade begegnet?«

Ben schüttelte erneut den Kopf und nahm sich eine Erdbeere von ihrem noch unberührten Obstteller. »Nee, bin ich nicht. Sollte ich?«

»Besser nicht. Es würde ihm gar nicht gefallen, wenn er uns quatschen sieht.«

»Das Leben ist kein Wunschkonzert. Auch Kommissar Arnos nicht.«

»Du weißt, was ich meine. Außerdem gibt es bisher rein gar nichts zu berichten.«

Ben hob die Brauen. »Mit Verlaub: *gar nichts?* Du findest mitten in der Nacht eine Leiche, und das nennst du *gar nichts?* Wobei ich übrigens allein schon die äußeren Umstände sensationell finde. Ein Schäferstündchen, das mit Mord endet … bestes Futter für meine Leser.«

»Bäh, schäm dich. Sensationsjournalismus dieses Niveaus war doch sonst nicht dein Ding. Außerdem hatte das Schäferstündchen noch nicht begonnen, als es die Dame erwischte.«

»Na, das ist doch etwas, das ich unbedingt notieren sollte.« Er kramte in seiner Umhängetasche herum, die er auf den Boden gestellt hatte, und zog einen Block und einen Stift heraus.

»Steck das *sofort* wieder ein«, zischte Stella. »Glaubst du, ich sitze hier in aller Öffentlichkeit auf dem Präsentierteller und lasse mich dabei beobachten, wie ich mit der Presse spreche? Außerdem muss ich gleich noch meine offizielle Aussage machen, man wird mich jeden Moment rufen.«

»Zu schade. Aber dann reden wir später. Ruf mich an, wenn du Zeit hast. Ich muss ohnehin sofort mit Ruby telefonieren. Wenn der Mord an der Sonnenkönigin kein Grund ist, mal etwas tiefer in ihrem Leben zu graben, dann weiß ich auch nicht.« Er schnappte sich noch einige Erdbeeren, stand auf und ging.

Nachdenklich blickte Stella ihm nach. Sie musste zugeben, dass auch sie höchst gespannt darauf war, was Ruby ans Licht fördern würde.

Selbst, wenn Marlene Silberstein eine ganze Armee von Presseleuten beschäftigt hatte, die ausschließlich dafür zuständig gewesen waren, ihr für die Öffentlichkeit ein tadelloses

Image und einen fleckenlosen Lebenslauf zu kreieren … wenn – *falls* – es Flecken auf ihrer weißen Weste gab, würde Ruby sie finden.

Und das deutlich schneller und gründlicher als die Polizei, denn Ruby scherte sich nicht um Regeln, Gesetze und Genehmigungen. Und das war in so einem Fall auch gut so, fand Stella.

Kapitel 15

Vor sich hatte Arno Tillikowski eine Liste mit drei Namen liegen, von denen ihm – dank Stella – bei zweien die Vornamen und beim dritten der Nachname bekannt waren. Immerhin. Sixta Dingsbums war Margot, klar, Hartmut Stankowiak war dieser *Talli*...wie-auch-immer, und Fröhlich, der Senderchef, hieß mit Vornamen angeblich Filibert. Wer's glaubte ...

Aber jetzt wartete er in einem der Seminarräume des Hotels auf Hartmut Stankowiak.

Nach wie vor fragte er sich, wo Holger van Aalen stecken mochte. Sein Verschwinden wurde immer verdächtiger. In van Aalens Haus wartete ein Polizist auf ihn, und das Handy des Astrologen war immer noch ausgeschaltet. Das roch nach überstürzter Flucht, oder er wollte nicht mehr Arno Tillikowski heißen. Ein Schäferstündchen, das aus dem Ruder gelaufen war ... aber nein, es hatte zum Zeitpunkt des Todes ja noch gar nicht begonnen, wie es schien. Was also war passiert? Hatten sie Streit bekommen, und van Aalen hatte im Affekt zugeschlagen? Dagegen sprachen allerdings die vorgefundenen Indizien, dass Marlene Silberstein von hinten angegriffen worden war. Oder hatte sie ihn in letzter Sekunde abgewiesen und ihm den Rücken zugekehrt? Und der Verschmähte war durchgedreht?

Oder war er kurz vor Stella in dem Zimmer gewesen, hatte die Tote ebenfalls entdeckt und war dann panisch geflohen? Arno schüttelte den Kopf. Er musste unbedingt mit van Aalen sprechen, so schnell wie möglich.

Es klopfte an der Tür.

»Kommen Sie rein!«, rief Arno und wappnete sich innerlich.

Nun ja, er versuchte es jedenfalls.

Aber nichts – auch Stella nicht – hätte ihn auf das vorbereiten können, was ihm während der nächsten Stunden begegnen würde, wie er sich im Nachhinein eingestehen musste.

Der mittelgroße weißblonde Mann mit modischem Spitzbart betrat den Raum. Er trug die lässige Kleidung eines Skateboarders und war höchstens Anfang dreißig, wie Arno schätzte. Mit seltsam wiegendem Gang glitt der Mann auf ihn zu und setzte sich auf Arnos Geste hin auf den angebotenen Stuhl.

»Sie sind Hartmut Stankowiak?«, fragte Arno. »Ich bin Hauptkommissar Tillikowski. Tut mir leid, dass wir Sie aufhalten, aber wir müssen Ihnen einige Fragen stellen. Zu einem Vorfall, der sich heute Nacht im Hotel ereignet hat.«

»Bitte nennen Sie mich Teiaiel«, säuselte der Mann. »Der andere Name … nun ja, er betrifft nur meine stoffliche Hülle. Ich bin Teiaiel.«

»Sie sind *wer*?«, fragte Arno verdutzt. Stella hatte sich doch positiv über ihn geäußert, und jetzt stellte er sich mit seinem Pseudonym vor und faselte was von stofflicher Hülle? Das fing ja schon gut an.

»Ich bin Teiaiel«, wiederholte Stankowiak mit Nachdruck. »T-e-i-a-i-e-l. Das ist der Engel für Hellsehen, Hellhören und Prophezeiungen.«

»Wollen Sie mir sagen, dass Sie ein Engel sind?«

»Nein, natürlich nicht.« Der Mann schüttelte milde lächelnd den Kopf. »Der Name wurde mir verliehen. Von höheren Wesen. Ich bin die irdische Existenz von Teiaiel.«

Natürlich bist du das, dachte Arno gallig, und ich kann sogar *riechen,* wie du zu dem Namen gekommen bist: in einem Vollrausch mit viel zu viel Gras.

Aber der Konsum weicher Drogen interessierte ihn an dieser Stelle nicht.

Plötzlich erinnerte Arno sich an seine erste Begegnung mit

Stella. Sie war in sein Büro gerauscht und hatte ihm erklärt, dass ein Todesfall, den er zu dem Zeitpunkt auf dem Schreibtisch gehabt hatte, ein Mord gewesen sei. Und das könne sie anhand einer bestimmten Planetenkonstellation auch belegen. Damals hatte er sie für die verrückteste Person gehalten, die ihm je über den Weg gelaufen war. Nun leistete er innerlich Abbitte. Das war die Stimme der reinen Vernunft gewesen – verglichen mit dem Clown, der gerade vor ihm saß.

»Herr Stankowiak«, sagte Arno, »ich werde bei Ihrem … äh … *irdischen* Namen bleiben, und da lasse ich nicht mit mir handeln. Ich bin von der Kriminalpolizei, und es geht um ein sehr ernstes Thema. Wo waren Sie gestern Nacht zwischen Mitternacht und kurz nach eins?«

Sein Gegenüber legte den Kopf schräg und musterte ihn. »Ihre Aura gefällt mir gar nicht«, sagte er dann. »Grau … dunkles Grau … Sie sind eine verirrte Seele. Vielleicht sind Sie auch von einer dunklen Wesenheit besetzt, die Sie in Konventionen verharren lässt, die Sie einengen. Sie tun mir leid, wirklich.« Er beugte sich vor und raunte: »Ich könnte deine Blockaden channeln und aus dir herausziehen. Ich würde dich gern von deiner Verwirrung befreien, Bruder.«

Bruder? Arno blieb für einen Moment die Spucke weg. *Er* sollte verwirrt sein? Und das sagte ausgerechnet der verwirrteste Kerl, dem er jemals begegnet war? Man hatte ihm in seiner Laufbahn schon jede Menge krauses Zeug aufgetischt, wenn er betrunkene oder vollkommen zugedröhnte Leute zu befragen versucht hatte. Aber dieser Bengel glaubte offenbar ernsthaft, was er von sich gab. *Dunkle Wesenheit,* also wirklich.

Er fasste sich wieder. Die beste Taktik würde sein, unbeirrt mit der Befragung fortzufahren.

»Das war eine sehr interessante Analyse meiner Person, Herr Stankowiak, vielen Dank dafür. Aber nun zurück zu meiner Frage: Wo waren Sie heute Nacht zwischen Mitternacht und kurz nach eins?«

»Ab kurz nach Mitternacht war ich in meinem Zimmer. Ich habe mich ins Bett gelegt und bin sofort eingeschlafen.«

Puh. Arno war erleichtert, dass der Mann die Frage beantwortet hatte, ohne weitere Spinnereien von sich zu geben.

»Kann das jemand bezeugen?«

Hartmut Stankowiak nickte. »Aber ja. Ich habe im Traum mit Noaphiel kommuniziert. Er ist der Hüter der Schwelle zu höheren Aspekten der spirituellen Entwicklung. Er ist mein Ratgeber und Lehrmeister. Soll ich ihn rufen?«

Arno spürte, dass sein linkes Lid zu zucken begann. »Später vielleicht. Vorerst reicht mir *Ihre* Aussage«, erwiderte er.

Stankowiak senkte huldvoll den Kopf, als wäre er der Papst. »War das alles, was Sie von mir wissen wollten?«

»Interessiert Sie denn gar nicht, was heute Nacht im Hotel geschehen ist und warum ich mich nach Ihrem Alibi erkundige?«, fragte Arno.

»Die profanen Geschehnisse der stofflichen Welt interessieren mich in der Tat nicht. Ich lebe in anderen Sphären und habe meine Merkurflügel immer weit ausgebreitet, damit ich die Sprache der Engel hören kann. Ich bin auf Empfang, und wenn es für mich von Belang ist, wird Noaphiel es mir mitteilen.«

»Er hat Ihnen also nicht erzählt, dass Marlene Silberstein heute Nacht erschlagen wurde?«

Zum ersten Mal geriet sein Gegenüber aus der Fassung, wie Arno zufrieden feststellte. Der junge Mann riss die Augen auf und schlug unwillkürlich die Hand vor den Mund. Er wirkte zutiefst schockiert, und das war eindeutig nicht die Reaktion eines Schuldigen.

»Marlene Silberstein ist tot?«, stieß der junge Mann hervor. »Aber wer …?« Er brach ab.

»Deshalb bin ich hier«, sagte Arno. »Genau das versuche ich, herauszufinden.«

Ab diesem Moment verlief die weitere Befragung reibungslos. Nein, er könne sich beim besten Willen nicht vorstellen, wer es getan haben könnte. Ja, sicher habe es Eifersüchteleien gegeben, auch wegen des Preises, aber deswegen bringe man doch niemanden um. Nein, mit Zodiac TV habe er nichts zu tun, er sei freiberuflicher Berater und gehöre nicht zu einem kapitalistischen Abzocker-Verein wie diesem Sender. Man habe ihn zwar schon mehrfach zu engagieren versucht, aber er habe stets abgelehnt. Nein, er habe nichts beobachtet oder gehört, was mit dieser schrecklichen Tat zu tun haben könnte.

Das glaubte Arno ihm aufs Wort, denn dieser junge Mann schwebte in einer Seifenblase aus mildem Wahnsinn durch die Weltgeschichte und nahm vermutlich nichts von dem wahr, was um ihn herum passierte. Es sei denn, vor ihm saß eine Person mit einer grauen Aura – das kriegte er dann sehr wohl mit und ließ sich unaufgefordert darüber aus.

Arno begleitete ihn zur Tür und übergab ihn einem Kollegen, der darauf achten sollte, dass Stankowiak möglichst nichts über die Befragung ausplauderte. Es war ein Raum für diejenigen eingerichtet worden, die auf ihr Gesprächsprotokoll warteten, und auch dort saß ein Beamter, der aufpasste.

Arno stellte sich ans Fenster und sah hinaus. Er benötigte dringend ein paar Minuten, um sich von dem Gespräch zu erholen, das er soeben geführt hatte. Graue Aura … tss. Der Typ hatte doch nicht mehr alle Latten am Zaun. Immerhin hatte er sich aber von diesem Fernsehsender distanziert, den er offenbar für unseriös hielt. Interessant, wie man sich innerhalb der Branche gegenseitig bewertete …

Sein Blick ging auf den Vorplatz des Hotels, den man aufwendig bepflanzt und geschmackvoll gepflastert hatte. Zwischen verschwenderisch blühenden Rabatten standen Bänke, und auf einer davon saß Stella und telefonierte. Leichter Wind wehte ihr blonde Strähnen ins Gesicht, die sie mit einer geistesabwesenden Geste hinters Ohr strich. Mit wem sie wohl sprach? Bestimmt mit ihrer Großmutter Maria. Stella hatte ihm nicht wirklich helfen können, als sie zusammen gefrühstückt hatten, dazu wusste sie viel zu wenig über den Bereich der Branche, mit dem er gerade zu tun hatte. Vielleicht wäre Maria die richtige Gesprächspartnerin? Mit ihr musste er ohnehin reden; immerhin war sie auch vor Ort gewesen. Maria hatte eine ausgeprägte Beobachtungsgabe, wie er wusste – vielleicht war ihr ja beim Dinner etwas aufgefallen, das für ihn von Nutzen war.

Als es an der Tür klopfte, war seine kleine Pause zu Ende. Auf seine Aufforderung hin trat die mollige Frau in den schwarzen Walleklamotten ein, die im Frühstücksraum die Erste gewesen war. Wie nannte sie sich noch gleich? Laut Liste hieß sie Margot Fleischhauer, aber sie nannte sich Six ... Six ... irgendwas mit Six. So sehr er sich auch bemühte – er blieb immer bei ›Sixtinische Kapelle‹ hängen.

Sie wallte auf ihn zu und setzte sich. Ihr rundes Gesicht war gerötet, und ihre Augen blitzten kampflustig. »Darf ich bitte erfahren, was das alles soll? Ich habe Termine!«

»Kommissar Tillikowski, guten Morgen«, sagte Arno sanft, »es geht leider nicht anders, ich muss Ihnen einige Fragen stellen, Frau ...« Er hatte ihren Namen schon wieder vergessen und blickte auf die Liste.

»Sixta Sensualia«, erwiderte die Frau pompös.

Innerlich rollte Arno mit den Augen. Schon wieder ... Kapierten diese Leute nicht, dass ihre bizarren Künstlernamen nur in *ihrer* Welt irgendeine Relevanz hatten?

»Ich meine den Namen, der in Ihrem Ausweis steht, gnädige Frau.«

Sie schnaufte. »Margot Fleischhauer.«

Na also. Ging doch. »Frau Fleischhauer, Sie haben am Kongress teilgenommen, richtig? Darf ich Sie fragen, wo Sie sich heute Nacht zwischen Mitternacht und kurz nach eins aufgehalten haben?«

»In meinem Zimmer, natürlich«, blaffte sie. »Worum geht's

hier überhaupt? Wieso werd ich an meiner Abreise gehindert? Ich hab Termine, guter Mann. Besser gesagt: *Sixta Sensualia* hat Termine, wenn Sie verstehen.«

Ja, irgendwie verstand er schon.

Immerhin hatte auch Maria Schmidt einen Künstlernamen, unter dem sie ihre Profession ausübte: Madame Pythia. Aber im Gegensatz zu den Leuten, mit denen er heute zu tun gehabt hatte, trennte Maria ihre Kunstperson strikt von der privaten und wäre vermutlich nicht im Traum auf die Idee gekommen, sich in einer Situation wie dieser mit *Madame Pythia* vorzustellen.

»Warum arbeiten Sie nicht unter Ihrem echten Namen?«, fragte Arno, weil er plötzlich neugierig war.

»Margot Fleischhauer klingt nicht besonders geheimnisvoll«, erwiderte sie spöttisch. »Oder sensibel. Leider hat dat Schicksal mich nicht mit 'nem Namen beschenkt, der zu meinen Fähigkeiten passt.«

»Und die wären?«

»Ich bin mit dem sechsten Sinn gesegnet.«

»Ist das nicht potenziell jeder Mensch? Ist dieser Sinn nicht das, was man auch Intuition nennt? Ich zum Beispiel wäre in meinem Job ohne Intuition nur halb so gut.«

Sein Gegenüber lächelte spöttisch. »Wat Sie meinen, ist dat viel beschworene Bauchgefühl, dat genauso diffus ist wie der Begriff dafür. Ich hingegen habe *Zugang* zur bewussten Wahrnehmung der feinstofflichen Dimension, der Welt der Engel, Geister und des Himmels. Ich bin eine Neptunierin des siebten Strahls, und Transneptun steht bei mir an prominenter Stelle.«

Herrje – Kontakt zu Engeln scheint der absolut heiße Scheiß bei diesen Herrschaften zu sein, dachte Arno. Und nun behauptete diese Frau auch noch, von einem anderen Planeten – Neptun – zu stammen? Jetzt ärgerte er sich darüber, sie danach gefragt zu haben.

»Kommen wir zurück zum Thema«, sagte er.

»Sie haben mir immer noch nich gesacht, um welchet Thema sich unsere Unterhaltung überhaupt dreht«, erwiderte Margot Fleischhauer.

»Wie gut kannten Sie Marlene Silberstein?«, fragte Arno.

Sie hob die Brauen. »Diese Person interessiert mich nicht. Und wieso überhaupt ›kannten‹?«

Wie – haben Ihre feinstofflichen Engel Ihnen etwa die Neuigkeiten noch nicht zugetratscht?, hätte er sie am liebsten gefragt. »Sie wurde heute Nacht ermordet.«

Ihr Gesicht zeigte keinerlei Reaktion.

»Sie scheinen ja nicht besonders bestürzt zu sein«, fügte er hinzu.

»Warum soll ich Ihnen wat vormachen?«, erwiderte Margot Fleischhauer mit einem Achselzucken. »Ich mochte sie nich, dat war kein Geheimnis. Sie war berechnend und manipulativ. Ihr attraktives Äußeres war lediglich eine hübsche Maske. Jeder mit ein wenig Menschenkenntnis und …«, sie hob den Zeigefinger, »… einer ausgeprägten Intuition wie der meinen blickte mühelos hinter die Fassade. Mich konnte sie mit diesem Sonnenköniginnen-Kokolores nicht beeindrucken, denn ich konnte ihre Aura sehen!« Sie schauderte und fuhr fort: »Ein schmutziges Olivgrün.«

Arno wollte es nicht fragen, aber er musste es tun. »Und das bedeutet?«

»Habgier, natürlich. Täuschung und Egoismus. Schlimm. Manchmal vermischt mit Blassgelb … Sie war eine Heuchlerin und Lügnerin. Übrigens, Ihre Aura, Herr Kommissar …«

Mit einer Handbewegung stoppte er sie. »Ich weiß, sie ist grau. Darüber hat Herr Stankowiak mich bereits informiert.«

»Wenn Sie dat glauben wollen …«

Irrtum, ihm glaube ich ebenso wenig, wie ich dir glauben würde, dachte Arno, aber das geht dich nichts an.

»Zurück zu Frau Silberstein, wenn Sie gestatten. Sie war für Sie doch eine Konkurrentin, oder?«

»Blödsinn. Ich gehöre zu den absoluten Top-Beratern bei Zodiac TV. Hunderte, nein: Tausende Menschen suchen Rat bei mir. Diese Frau konnte mir nicht annähernd das Wasser reichen.«

»Aber Frau Silberstein hat den Preis bekommen, für den Sie ebenfalls nominiert waren.«

»Sie meinen diesen lächerlichen Glasball? Ich hatte nie eine Chance, und ich sage Ihnen auch, warum: Weil es nicht zu meinen Gepflogenheiten gehört, mich die Karriereleiter hoch-zuschlafen.«

Oha – jetzt wurde es interessant.

»Handelt es sich dabei um ein Gerücht, das über Frau Sil-berstein erzählt wurde?«

»Gerücht?« Sie lachte schrill und freudlos. »Dat war 'n of-fenet Geheimnis, dat sie dat machte. Die war 'ne verdammte Schlampe. Kilometerweit unter meinem Niveau. Allein, wie die sich gestern beim Dinner dem van Aalen an den Hals ge-schmissen hat – widerlich! Dat sie ihm nicht schon beim Essen unterm Tisch einen geblasen hat, wundert mich jetzt noch. Wie eine läufige Hündin hat se sich aufgeführt ...«

Während sein Gegenüber sich echauffierte, wunderte sich Arno: Warum regte die Frau sich derart auf? Erst hatte sie doch behauptet, sich nicht für die Silberstein zu interessie-ren ... und jetzt dieser emotionale Ausbruch? Und noch etwas war auffallend: Bisher hatte sie sich relativ gewählt ausge-drückt und sich bemüht, Hochdeutsch zu sprechen. Aber jetzt hatte sie die Kontrolle offenbar verloren.

Man brauchte keinen sechsten Sinn, um zu kapieren, dass mehr dahinterstecken musste, viel mehr als nur die berühmten zwei Seelen in einer Brust. Sixta zeigte Ansätze einer echten Persönlichkeitsspaltung, herrje. Blieb ihm denn gar nichts er-spart? Arno machte sich eine geistige Notiz: Speziell nach In-teraktionen zwischen den beiden Damen musste er Stella und Maria unbedingt fragen.

» … eigentlich kein Wunder, dat se umgebracht wurde. Auch die *tolle* Marlene kann Menschen nicht ungestraft ihr Leben lang wie Spielzeug behandeln. Irgendwann kricht man dafür die Rechnung. Irgendwie muss die kosmische Ordnung ja wiederhergestellt werden. Wissense, dat hilft mir in allen Lebenslagen: dat Wissen, dat es dat große kosmische Gesetz gibt. Jeder kricht seine gerechte Strafe, dat steht schon inne Bibel: Auge um Auge, Zahn um Zahn.« Sie beugte sich vor und raunte: »Es war van Aalen, richtich? Er hat se umgebracht.«

Das hatte sie im Brustton der Überzeugung gesagt, und er fragte: »Holger van Aalen? Wie kommen Sie denn plötzlich auf den?«

Sie richtete sich auf und sah ihn triumphierend an. »Weil ich den heute Nacht gesehen hab. Um kurz nach eins. Im vierten Stock. Er kam die kleine Treppe runter, die wohl zu 'nem Zimmer führt, nehme ich an. Dat war ihr Zimmer, richtich? Er rannte dann wie von Furien gejagt übern Hotelflur und verschwand im Treppenhaus.«

»Haben Sie Blut an ihm gesehen?«

»Ich … nein, keine Ahnung. Es war nich wirklich hell, und er trug einen dunklen Anzug.«

Sie war zu ihrer gewählten Ausdrucksweise zurückgekehrt, fiel ihm auf.

»Und Sie sind ganz sicher, dass es van Aalen war, der über den Hotelflur gerannt ist?«

Margot Fleischhauer nickte mit Nachdruck. »Ganz sicher. Er hatte Kristallknöpfe an seinem Anzug, dieser eitle Pfau. Diese Knöpfe funkeln selbst dann, wenn es nur wenig oder gar kein Licht gibt.«

»Verstehe. Aber wie konnten Sie ihn sehen? Sie haben mir doch vorhin erzählt, Sie seien zur fraglichen Zeit in Ihrem Zimmer gewesen. Wie konnten Sie dann mitkriegen, was auf dem Hotelflur passierte?«

»War ich auch. Aber kurz vor dem Einschlafen fiel mir ein,

dat ich vergessen hatte, dat Bitte-nicht-stören-Schild draußen an die Klinke zu hängen. Ich hasse es, wenn der Zimmerservice reinplatzt, wenn ich gerade unter der Dusche stehe. Deshalb bin ich noch einmal aufgestanden. Meine Tür habe ich nur einen Spaltbreit geöffnet, und da sah ich ihn.«

»Können Sie mir die genaue Uhrzeit sagen?«

»Ganz kurz nach eins, zwei oder drei Minuten vielleicht.«

Das bedeutete: Van Aalen war kurz vor Stella in Marlene Silbersteins Zimmer gewesen, denn ihres war das einzige auf der Etage, zu dem einige Stufen hochführten.

Damit war der Zeitpunkt gekommen, Holger van Aalen offiziell zur Fahndung auszuschreiben.

Kapitel 16

Stella hatte sich nach Bens Abgang endlich ihrem Frühstück widmen können und sich zum Abschluss gerade einen weiteren Milchkaffee servieren lassen, als sie zur Befragung gebeten wurde.

Eine knappe Stunde später war alles erledigt, und sie konnte gehen, nachdem sie das abgetippte Protokoll unterzeichnet hatte. Natürlich hatte nicht Arno sie befragt – er hatte mit Sicherheit Wichtigeres zu tun –, sondern eine junge Beamtin, die ihre Aussage vollkommen emotionslos entgegennahm und lediglich zwei- oder dreimal nachfragte, um den exakten zeitlichen Ablauf der Geschehnisse zu klären. Auch jetzt hatte sie nichts von dem erzählt, was sie und ihre Großmutter während des Dinners an emotionalen Ausbrüchen und halbherzigen Drohungen aufgeschnappt hatten. Nach ihrer Unterschrift hatte die Beamtin sie zur Rezeption begleitet, wo ihr Name von der Liste derjenigen gestrichen wurde, die das Hotel noch nicht verlassen durften.

Der diensthabende Uniformierte war von etlichen Leuten umringt, die sich darüber erbosten, nicht gehen zu dürfen, bevor sie mit der Polizei gesprochen hatten. Noch immer schien der Mord an Marlene nicht die Runde gemacht zu haben; auch im Frühstücksraum hatte Stella nichts bemerkt, das darauf hätte schließen lassen können. Aber der Moment, in dem alles publik wurde, dürfte in nicht mehr allzu großer Ferne liegen. Und dann? Wie wollte Arno potenzielle Verdächtige daran hindern, abzureisen? Aber das war nicht ihr Problem.

Vor dem Hotel setzte sie sich auf eine Bank und rief ihre Großmutter an.

Der Hallenchef hatte sich sichtlich erleichtert gezeigt, dass »dieses Ungetüm«, wie er den Zirkuswagen nannte, endlich aus der Halle verschwand. Maria hatte einen kurzen Blick hineingeworfen, während Otto ihr rollendes Arbeitszimmer an den geliehenen Jeep gekoppelt hatte, und dann waren sie endlich losgefahren.

»Was duftet denn hier so gut?«, fragte Maria und drehte sich vom Beifahrersitz zu Stella um, die hinten saß. »Bist du das, Schätzchen?«

»Das ist das Duschgel vom Hotel«, erwiderte Stella. »Sag mal, musstest du Ben unbedingt gleich alles erzählen? Er ist im Hotel aufgetaucht und wollte mich ausquetschen. Ein Glück, dass er dem Kommissar nicht über den Weg gelaufen ist.«

Maria zuckte mit den Achseln. »Was erwartest du? Er wollte dich auch sprechen, und ich sagte ihm, dass du noch im Hotel bist. Natürlich wollte er wissen, warum. Was sollte ich sagen? Dass du gestern Nacht zu müde warst, um nach Hause zu fahren?«

»Er hat im Frühstückraum vor allen Leuten den Block auf den Tisch gepackt!«

»Na und? Was ist daran denn so schlimm?«

»In dem Moment vielleicht nichts, aber im Nachhinein würde klar werden, dass ich mit der Presse gesprochen habe. Um uns herum saßen zig Leute, die der Kommissar noch verhören wollte. Wer weiß, vielleicht war sogar der Mörder unter ihnen.«

»Oder die Mörderin«, murmelte Maria, die Stellas Meinung nach nicht so wirkte, als hätte sie wegen ihrer Indiskretion ein schlechtes Gewissen – ganz im Gegenteil.

»Oder die Mörderin. Was weiß ich. Auf jeden Fall wusste zu diesem Zeitpunkt noch niemand, dass ich die ermordete Marlene gefunden habe. Oder dass Marlene überhaupt ermordet wurde.«

»Es steht also ganz sicher fest, dat es sich um Mord handelt?«, warf Otto ein.

»Es sei denn, sie hätte sich das Ding selbst über den Kopf gezogen. Von hinten.« Stella holte tief Luft und fuhr fort: »Sie wurde eindeutig überrascht. Sie hat ahnungslos vor dem Spiegel gestanden, und jemand hat sich angeschlichen und sie mit dem Preis erschlagen.«

»Und mir fallen auch direkt ein paar Leute ein, die das nur zu gerne getan hätten«, sagte Maria. »Vor allem die beiden, die auch …«, sie malte mit den Fingern Anführungszeichen in die Luft, »… *nominiert* waren. Sixta und Filibert Fröhlich. Wenn Blicke töten könnten, wäre ihr Leben schon während der Verleihung beendet gewesen.«

»Wegen so eines bescheuerten Preises?«, fragte Stella. »Findest du das nicht ein wenig übertrieben?«

»Natürlich nicht, Schätzchen. Ich glaube, wir zwei sind weit und breit die Einzigen, die sich wirklich nicht um Mitbewerber scheren. Zodiac TV zum Beispiel wollte den Preis unbedingt, weil er gut fürs Renommee ist.«

»Bitte? Diese blöde Glaskugel? Ein Preis, den van Aalen sich ausgedacht hat? Der bedeutet überhaupt nichts. Außerdem habe ich Fröhlich auf der Terrasse sagen hören, der Preis sei ihm schnuppe.«

»Dir und mir ist er egal! Versteh doch, alle kämpfen darum, von der breiten Öffentlichkeit nicht nur wahrgenommen, sondern vor allem *ernst* genommen zu werden. Die greifen nach jedem Strohhalm. Und ausgerechnet Marlene, die keinerlei Werbung mehr nötig hat, kriegt das Ding in den Hintern geschoben. Die waren stinksauer! Vor allem Sixta, wie du weißt. Nicht nur wegen der Auszeichnung.«

Tatsache war: Beide waren mit Marlene auch auf einer sehr privaten Ebene verbunden gewesen. Dass Sixta auf Rache gesonnen hatte, stand fest. Aber vielleicht hatte Fröhlich ja nur vorgegeben, Marlenes offensiver Flirt mit van Aalen hätte ihn nicht gestört. Bestimmt würde er sich nicht die Blöße geben wollen, offensichtlich eifersüchtig zu reagieren.

»Sag mal, Oma, stimmt das Gerücht, dass van Aalen mit Marlene eine Zusammenarbeit plante?«

»Daran, dass er daran interessiert war, habe ich keinen Zweifel. Überleg doch mal: die perfekte Paarung. Beide gelten als seriös und bilden die Doppelspitze der Astro-Branche. Eine echte Elefantenhochzeit, wenn die sich zusammengetan hätten. Die hätten heller gestrahlt als die Sonne und wären mit Sicherheit ein extrem erfolgreiches Astro-Glamour-Paar geworden. Van Aalen muss am Boden zerstört sein, dass sie tot ist. Apropos: Ist er mittlerweile aufgetaucht?«

»Nicht, dass ich wüsste«, sagte Stella.

Das mit van Aalens Abtauchen wurde tatsächlich immer mysteriöser. Welchen Grund mochte es dafür geben? Nach wie vor konnte sie sich nicht vorstellen, dass er der Täter war und sich nun vor der Polizei versteckte.

Stella stockte plötzlich der Atem – war er etwa auch ein Opfer? War nicht nur Marlene, sondern auch van Aalen umgebracht worden? Aber falls ja – wo war seine Leiche?

Sie wurde aus ihren Gedanken gerissen, als Otto verkündete: »Wir sind da. Die Damen müssen mir jetzt helfen, den Wagen in die Remise zu schieben.«

»Es reicht, wenn ich anpacke«, sagte Stella und stieg aus. »Wenn du Lust hast, würde ich gleich bei dir in der Orangerie gerne einen Tee trinken, Oma.«

»Du bist herzlich eingeladen«, erwiderte Maria. »Bring mir doch bitte meine Lesebrille mit; ich habe sie im Wagen vergessen. Sie müsste in der Schublade des Sekretärs sein. Otto, wir sehen uns heute Abend.«

Der Zirkuswagen mochte altertümlich wirken, aber das täuschte, denn er war unauffällig modernisiert worden. Besonders bei den Achsen und den leichtgängigen Rädern hatte Maria nicht geknausert, und der Wagen ließ sich, wenn er sich einmal in Bewegung gesetzt hatte, mühelos von zwei Personen schieben, zumal über ebenen, asphaltierten Boden.

Mit vereinten Kräften manövrierten Stella und Otto den Wagen an seinen angestammten Platz, dann verabschiedete Otto sich, weil er längst überfällig war, den Jeep zurückzubringen.

»Warte kurz«, sagte Stella, »du hast doch garantiert einen Schlüssel für den Wagen. Ich soll doch Omas Brille suchen.«

Otto winkte ab. »Is nich nötig. Sie hat gestern nich nur die Brille vergessen, sondern auch, den Wagen abzuschließen. Wat is, wenn einer wat klaut, Otto? Meine Kristallkugel is *kostbar!* Damit hat se mich die ganze Nacht genervt.«

»Und? Ist alles noch da?«

»Scheint so. Sonz hätte se wohl vorhin Zeter und Mordio geschrien, meinste nich auch?«

Damit hatte er den Nagel auf den Kopf getroffen. Maria hatte sich vorhin zwar nicht lange im Wagen aufgehalten, während er noch in der Halle stand, aber die Zeit hatte sicherlich ausgereicht, um sich einen Überblick zu verschaffen.

Otto stieg in den Jeep und fuhr die Auffahrt hinunter, und Stella klappte an der Rückseite des Zirkuswagens die kleine Holztreppe herunter. Sie stieg hinauf und öffnete die Tür, die sich mit dem vertrauten leisen Quietschen öffnete.

»Im Sekretär, hat sie gesagt«, murmelte Stella und ging über die knarrenden Bodenbretter zum zierlichen, antiken Schreibtisch, den ihre Großmutter vor Jahrzehnten auf einem Pariser Flohmarkt entdeckt und gleich gekauft hatte. Seither stand das geliebte Stück im Zirkuswagen.

Und doch hat sie sich mehr Sorgen um die Glaskugel gemacht als um den Sekretär, dachte Stella, während sie die Schublade aufzog. Tatsächlich, da lag das Etui mit der Brille. Stella nahm es heraus und zuckte mit einem Aufschrei zusammen, als hinter ihr ein unterdrücktes Niesen erklang. Sie fuhr herum und sah nichts als das Kanapee, auf dem immer Marias Kunden Platz nahmen. Es war mit einem bestickten Überwurf bedeckt, dessen goldene Fransen bis auf den Boden hingen. Genau von dort unten war das Niesen gekommen – jemand befand sich unter dem Kanapee.

Ohne nachzudenken, machte Stella einen großen Schritt, riss den Überwurf hoch und schrie: »Kommen Sie raus, aber sofort!«

Ein paar Sekunden lang geschah nichts, aber dann schob sich eine Gestalt in einem schimmernden, aber sehr zerknitterten Anzug unter dem Kanapee hervor. Zögernd richtete der Mann sich auf und sah Stella an.

»Ich war es nicht«, sagte Holger van Aalen kläglich. »Ich schwöre es – ich habe Marlene nicht umgebracht. Sie müssen mir helfen, Stella.«

»Na, wen hat die Katze denn da ins Haus geschleppt?« Maria stemmte die Hände in die Seiten und musterte van Aalen, der vor Stella die Orangerie betreten hatte.

Stella hatte auf dem Weg dorthin kein Wort mit ihm gesprochen, ihn lediglich im Zirkuswagen barsch aufgefordert, ihr zu folgen. Sie war zu wütend auf ihn, um mit ihm zu reden. Was dachte sich dieser Kerl, sich vor der Polizei ausgerechnet bei ihrer Großmutter zu verstecken?

»Ich habe ihn im Zirkuswagen gefunden«, sagte sie zu Maria. »Er hatte sich unter dem Kanapee verkrochen. Übrigens sagt er, er war es nicht.«

»Wirklich?« Maria wirkte amüsiert. »Weiß die Polizei schon Bescheid?«

Van Aalen wurde aschfahl, griff sich schwankend ans Herz und rettete sich dann auf den nächstbesten Sessel. »Nicht die Polizei«, ächzte er.

»Aber Sie *müssen* mit denen reden«, blaffte Stella. »Oder wollen Sie sich bis an Ihr Lebensende bei uns verstecken? Da werde ich nicht mitspielen, verstanden? Sie machen uns damit zu Ihren Komplizen, ist Ihnen das etwa nicht klar? Ich habe keinerlei Lust, mich von Ihnen in was auch immer reinziehen zu lassen. Mir reicht gerade, dass ich die tote Marlene gefunden habe!«

Van Aalen starrte regungslos aus dem Fenster der Orangerie. Dann fragte er leise: »Hätten Sie vielleicht einen Schluck Wasser für mich? Ich habe seit heute Nacht nichts …«

Stella marschierte in die kleine Küche und füllte ein Glas mit Leitungswasser. Als sie es ihm reichte, sagte Maria: »Ich habe gerade einen Tee aufgebrüht, und Sie haben doch bestimmt Hunger, wenn Sie seit Stunden unter dem Kanapee gelegen haben.«

Mit einem tiefen Schluck leerte van Aalen das Glas zur Hälfte und nickte. Dann lehnte er sich im Sessel zurück und schloss die Augen.

Stella begleitete Maria in die Küche und half ihr, ein paar belegte Brote zu machen. Auf ein Tablett legte Maria eine angebrochene Packung Plätzchen und stellte Teegeschirr für drei Personen dazu. Sie gingen wieder nach nebenan und stellten alles auf dem niedrigen Tisch ab, dann holte Maria noch die Kanne mit dem Tee.

Sie setzten sich auf den bequemen Diwan. Van Aalen hatte sich aufgerichtet und aß mit sichtlichem Appetit, beinahe gierig, ein Käsebrot.

Er trank einige Schlucke Tee und sah sie an. »Was wollen Sie wissen?«

Sofort war Stella, die sich zwischenzeitlich etwas beruhigt hatte, wieder auf hundertachtzig. »*Was wir wissen wollen?* Das ist jetzt nicht Ihr verdammter Ernst. Aber soll ich Ihnen was sagen? *Ich* muss gar nichts wissen. Erzählen Sie doch einfach alles der Polizei. Die ist schon ganz wild auf Ihre Version der Geschichte. Mit denen hatte ich übrigens heute Nacht schon ausgiebig das zweifelhafte Vergnügen. Das passiert, wenn man blöderweise eine Leiche findet, die jemand anderer hinterlassen hat.«

Maria legte ihr die Hand auf den Arm. »Bleib ruhig, Stella. Es bringt nichts, wenn wir durchdrehen. Lass den Mann reden. Also los, Holger. Wir sind sehr neugierig, was Sie zu berichten haben.«

Van Aalen blickte Stella an. »Darf ich fragen: Was wollten Sie mitten in der Nacht bei Marlene?«

»Ich habe *Sie* gesucht, um genau zu sein. Beziehungsweise den Schlüssel fürs Hallentor. Andernfalls hätte in der Halle übrigens kein Zirkuswagen mehr gestanden, in dem Sie sich hätten verkriechen können.«

»Hallenschlüssel …?«, murmelte van Aalen und tastete seine Jackentaschen ab. Dann zog er einen Schlüssel heraus, der an einem Anhänger mit dem Logo des Hotels baumelte.

»Offenbar waren Sie so scharf auf Ihr Schäferstündchen mit Marlene, dass Sie glatt vergessen haben, den Schlüssel zurückzugeben«, sagte Stella bissig. »Und da Sie auf Anrufe nicht reagiert haben, musste ich mich auf die Suche nach Ihnen machen.«

»Und warum haben Sie mich ausgerechnet bei Marlene gesucht?«, fragte er.

Maria kicherte los. »Jetzt bringen Sie mich aber zum Lachen, mein Bester. Sie haben unverhohlen miteinander geflirtet, das hat jeder mitbekommen, der nicht auf beiden Augen blind ist. Marlene hat Sie ihre Zimmernummer wissen lassen, das habe ich selbst gesehen. Herrje, Sie haben sich wie schäkernde Teenager aufgeführt. Sie konnten es nach dem Dinner ja kaum abwarten, uns endlich loszuwerden.«

»War das so offensichtlich?«, fragte van Aalen kleinlaut. »Ich hatte wohl zu viel getrunken.«

»Allerdings war es das«, erwiderte Stella. »Und ich habe ebenfalls beim Dinner mit am Tisch gesessen, erinnern Sie sich? Also habe ich auch Marlenes Zimmerschlüssel beziehungsweise Zimmernummer gesehen, die sie Ihnen so unauffällig präsentiert hat. Es war klar, wo ich Sie finden würde.

Auch wenn mir der Gedanke, in ein romantisches Treffen zu platzen, keineswegs behagt hat.«

»Romantisch?« Van Aalen schnaubte. »Lassen Sie sich versichern, dass ich keinerlei romantische Gefühle hatte, als ich mich auf den Weg zu Marlene gemacht habe. Ganz im Gegenteil. Ich war stinksauer auf sie. Kurz zuvor hatte ich etwas erfahren …« Er brach ab, schwieg einen Moment lang und fuhr dann fort: »Ich hätte sie erwürgen können. Leider gibt es mindestens eine Person, die das weiß und wahrscheinlich schon längst der Polizei erzählt hat. Erkennen Sie jetzt mein Problem?«

Kapitel 17

Mit den Worten »Filibert Fröhlich, Chef von Zodiac TV« stellte der distinguiert wirkende Mann sich vor, der nun gegenüber von Arno Platz genommen hatte. Fröhlichs Miene war gelassen und strahlte milde Neugier aus.

Mit Stellas Informationen im Hinterkopf fiel es Arno nicht leicht, einen Einstieg ins Gespräch zu finden, wie er feststellte. Der Mann sah aus wie ein staubtrockener Bibliothekar oder dergleichen. Wie ein ganz normaler, geistig gesunder Mann. Und dann: *vier* Engel. Nicht zu fassen.

Arno räusperte sich. »Herr Fröhlich, mein Name ist Tillikowski, ich bin von der Kriminalpolizei. Würden Sie mir bitte Ihren echten Vornamen nennen?«

Auf der Liste hatte nur *F. Fröhlich* gestanden, und Arno konnte sich beim besten Willen nicht vorstellen, dass ›Filibert‹ nicht erfunden war. Mit diesem Namen lebt man in Entenhausen, und Gundel Gaukeley wohnt gleich nebenan, schoss es ihm durch den Kopf. Rasch unterdrückte er ein Grinsen.

»Ich verstehe nicht«, erwiderte Fröhlich. »Filibert *ist* mein richtiger Name. Mein Taufname.«

»Oh ... äh ... das ist ein ... äh ... ungewöhnlicher Name.«

Ich stammele wie ein Vollidiot, dachte Arno, über sich selbst verärgert. Der Mann verunsicherte ihn, denn er strahlte eine unglaubliche Selbstsicherheit und Überlegenheit aus.

Fröhlich nickte gleichmütig. »Er stammt aus dem Althochdeutschen und setzt sich aus den Silben *filu* und *beraht* zusammen. Er bedeutet ungefähr ›der hell Strahlende‹. Schon mein Vater und mein Großvater trugen diesen Namen. Für mich ist er ganz normal. Und er passt perfekt zu mir, finden Sie nicht auch?«

Und Arno Tillikowski, der sich kaum jemanden vorstellen

konnte, der weniger hell strahlte als der oberlehrerhaft wirkende Filibert Fröhlich, fragte prompt: »Passt? Wieso?« – obwohl er ahnte, dass er jetzt etwas zu hören bekommen würde, das er nicht wissen wollte.

»Sie wissen, was ich beruflich mache?«

Arno nickte. »Das haben Sie mir ja vorhin gesagt. Sie sind der Senderchef von Zodiac TV.«

»Das bin ich auch, das stimmt. Aber meine eigentliche Mission ist eine andere. Meine Engelsbegleiter und ich helfen den Menschen, den Weg aus der Dunkelheit zu finden.«

»Engelsbegleiter?«

»Allerdings. Sie sind seit meiner frühen Kindheit an meiner Seite. Galgaliel, der mich stets daran erinnert, dass überall kosmische Schwingung ist. Barchiel, der die Sternzeichen Skorpion und Fische dominiert und an den ich mich wenden kann, um mitfühlender zu sein und meine innere Stärke zu entwickeln. Er schenkt mir den Zugang zur vierten Dimension. Außerdem Yariel, der Gnade und reinen Segen vermittelt. Er ist die höchste Manifestation von Chenrezig, dem Buddha des allumfassenden Mitgefühls. Und dann ist da natürlich noch Talia, der Engel des Taus.«

»Wie bitte? *Seile* haben einen eigenen Engel?«, fragte Arno verdattert.

Filibert Fröhlich runzelte die Stirn. »Selbstverständlich nicht. Ich rede vom Morgentau. Er steht für den Punkt, an dem der Tag die Nacht besiegt hat. Der frühe Morgen ist die Zeit von Talia.«

»Gibt es noch andere Familienmitglieder, die … hm … besondere Fähigkeiten haben?«

»Meine Hellfühligkeit habe ich von meiner Großmutter geerbt, die mich von Kindesbeinen an in die spirituelle Welt und ihre Geheimnisse eingeführt hat. Sie müssen wissen, sie war eine berühmte Theosophin, die Rudolf Steiner noch persönlich begegnet ist. Auch sie hat meine vier Engelsbegleiter gesehen.«

»Tatsächlich vier, hm? Dann herrscht um Sie herum ja ein ziemliches Gedränge.«

Fröhlich wiegte den Kopf. »Ich bin daran gewöhnt, belächelt zu werden, Herr Tillikowski. Zu Hause hat man mich gelehrt, unter allen Umständen die Beherrschung zu wahren, wenn ich gehänselt werde. *Contenance,* falls Ihnen das etwas sagt, das ist mir in Fleisch und Blut übergegangen. Wenn ich es nicht will, sieht *niemand,* was ich denke oder fühle. *Sie* sind schon von Berufs wegen Pragmatiker, das ist mir klar. Auch Sie müssen Ihre Gefühle kontrollieren können. Und der Großteil der stofflichen Welt funktioniert pragmatisch. Genau aus dem Grund habe ich mir mit Zodiac TV eine Heimat geschaffen, in der ich unter Gleichgesinnten bin, die mich verstehen, ohne dass ich viel erklären muss.«

Reiß dich zusammen, Tillikowski, dachte Arno, mach endlich mit der Befragung weiter, das Privatleben und die schrulligen Fantasien dieses Mannes sind nicht von Belang.

Und wenn doch?, fragte er sich plötzlich. War so jemand überhaupt das, was man allgemein ›im Vollbesitz seiner geistigen Kräfte‹ nannte?

Nachdem er innerlich langsam bis zehn gezählt hatte, sagte er: »Ich habe ein paar Fragen an Sie, die gestern Nacht betreffen. Es ist etwas vorgefallen, und wir befragen alle Gäste, bevor sie abreisen. Reine Routine.«

Fröhlich nickte und sah ihn abwartend an. »Bitte sehr. Worum geht es denn?«

»Was haben Sie heute Nacht zwischen Mitternacht und ein Uhr gemacht?«

»Bis circa halb eins, vielleicht auch eine Viertelstunde länger, habe ich mit Holger van Aalen zusammen in der Hotelbar gesessen, dann bin ich gegangen. Er ist noch dort geblieben. Ich bin sofort hoch auf mein Zimmer und habe mich schlafen gelegt.«

»Sie waren auch für die Auszeichnung nominiert, nicht

wahr? Aber bekommen hat ihn Marlene Silberstein. Wäre der Preis für Ihren Sender nicht sehr wichtig gewesen? Sie müssen wütend gewesen sein.«

Arno hielt erschrocken inne – seine Befragung war absolut unprofessionell. Er stellte Suggestivfragen, die seine Meinung bereits in sich trugen. Er musste höllisch aufpassen, dass ihm hier nicht alles um die Ohren flog.

Fröhlich schüttelte den Kopf. »Nein, da liegen Sie falsch. Ich war nicht wütend. Wieso auch? Ob Marlene den Preis bekam oder ich, war vollkommen egal, denn er bleibt in der Familie, wenn Sie so wollen. Es ist noch nicht offiziell, aber Marlene wird bei mir einsteigen. Sie wird das Gesicht des Senders werden. Mein strahlendes Aushängeschild. Die Verträge sind noch nicht unterschrieben, aber das ist nur noch eine Formsache.«

Tatsächlich schien er noch nichts von Marlene Silbersteins Tod zu wissen, und genau das hatte Arno gehofft, als er dafür gesorgt hatte, die bereits Befragten von den Wartenden zu trennen. Die Aufpasser waren auch instruiert gewesen, streng darauf zu achten, dass keine Nachrichten per Handy ausgetauscht wurden, was bestimmt nicht einfach gewesen war.

»Ich habe – fürchte ich – eine schlechte Nachricht für Sie«, sagte Arno. »Marlene Silberstein wurde heute Nacht ermordet.«

»Wann?«, fragte Fröhlich schnell.

Das war eine interessante Reaktion, fand Arno. Er entdeckte keine Bestürzung oder wie auch immer geartete andere Gefühlsregung, und das fand er seltsam. Oder bekam er hier gerade eine eindrucksvolle Demonstration der antrainierten Contenance, von der sein Gegenüber vorhin so stolz gesprochen hatte?

»Ungefähr zu der Zeit, als Sie die Bar verlassen haben.«

»Aha.«

»Sie hatten auch ein Zimmer in der vierten Etage, nicht wahr? Kannten Sie Frau Silbersteins Zimmernummer?«

Filibert Fröhlich schien mit sich zu ringen, dann gab er sich einen Ruck. »Ja, die kannte ich. Um ganz ehrlich zu sein: Ich verbrachte die Nacht von Samstag auf Sonntag bei ... äh ... *mit* Frau Silberstein.«

Das musste Arno erst einmal verdauen.

Punkt eins: Er hatte mittlerweile natürlich Fotos von der Silberstein gesehen. Sie war eine strahlend schöne Frau gewesen, die wie maximal Mitte dreißig aussah – auch wenn sie zehn Jahre älter war, wie er wusste. Dass der elegante, mephistohafte van Aalen auf Frauen attraktiv wirkte, konnte Arno ja gerade noch nachvollziehen, aber dieser dröge, biedere Buchhaltertyp, der bereits Anfang sechzig war? War es der Sender, der ihn sexy machte? Vermutlich. Kam das ›hell Strahlende‹, dessen er sich rühmte, erst zum Vorschein, wenn er flirtete? Oder war er einfach nur einer dieser reichen Geldsäcke, die sich mit ihrer Macht und ihrem Geld alles kaufen konnten? Sogar eine Marlene Silberstein?

Punkt zwei: Wenn Fröhlichs Behauptung stimmte, hatte Marlene Silberstein nicht nur mit van Aalen, sondern gleichzeitig mit Fröhlich angebandelt. Allerdings hatte sie ihren Flirt mit Fröhlich offenbar deutlich diskreter gehandhabt, denn den hatte bisher niemand erwähnt.

Punkt drei: Was bedeutete die Rivalität der beiden Männer, die unmittelbar vor Marlene Silbersteins Ermordung zusammen in der Hotelbar gesessen hatten, für den Fall?

»Sie hatten also ein ...«, Arno musste sich räuspern, »... ein Verhältnis mit Frau Silberstein?«

»Sagen wir so: Wir wollten den Vertragsabschluss feiern. Zwar war er zu dem Zeitpunkt lediglich mündlich, aber unter Kaufleuten gilt das gesprochene Wort.«

»Aha. Mir wurde berichtet, dass Frau Silberstein am Sonntag intensiv mit Herrn van Aalen geflirtet haben soll. Wussten Sie davon?«

Filibert Fröhlich nickte. »Allerdings. Ich saß beim Dinner ja mit den beiden an einem Tisch.«

»Und das störte Sie überhaupt nicht?«

Arnos Gegenüber lächelte. »Ich denke nicht in diesen kleinbürgerlichen Kategorien, Herr Tillikowski. Sie scheinen mir vorhin nicht zugehört zu haben, als ich Ihnen von meinen Engelsbegleitern erzählt habe. Gerade in der körperlichen Liebe erfahren wir die reinsten kosmischen Schwingungen, das hat Galgaliel mich gelehrt. Ein Sonnenwesen wie Marlene gehört niemandem, und sie ist für mich die perfekte Partnerin für eine kosmische Vereinigung, sowohl auf der geistigen wie auch auf der körperlichen Ebene. Das hat mit normalem Sex nicht das Geringste zu tun und ist demzufolge über bürgerliche Gefühlsduseleien wie Eifersucht weit erhaben.«

Gütiger Himmel – was für ein hanebüchener Schwachsinn, dachte Arno.

Wie viel Blödsinn musste er sich noch auftischen lassen? So ganz allmählich verlor er die Geduld mit diesen Engelsflüsterern. Das Schlimmste war: Er konnte nicht im Ansatz einschätzen, ob sie den Mist, den sie verzapften, ernst meinten, oder ob hier gerade die große Wir-verarschen-die-Kriponach-Strich-und-Faden-Nummer lief. Die Vorstellung, die Herrschaften könnten sich mit ihrem schwurbeligen Geschwätz über ihn lustig machen, machte ihn verrückt.

Mittlerweile ärgerte er sich maßlos, noch nicht mit Stellas Großmutter gesprochen zu haben. Solange sie ihren Turban nicht trug, war Maria Schmidt eine sehr kluge Frau, und vermutlich wusste sie ihm über diese Branche deutlich mehr zu erzählen als Stella.

»Herr Tillikowski? Haben Sie noch weitere Fragen?«

Fröhlichs Stimme riss Arno aus seinen Gedanken. Er atmete tief durch und sagte: »Nein, im Moment nicht. Aber ich darf Sie bitten, noch nicht abzureisen.«

»Wie stellen Sie sich das vor? Ich habe Verpflichtungen.«

»Ich auch, stellen Sie sich vor«, blaffte Arno. »Zu ihnen gehört, den Mörder oder die Mörderin von Marlene Silberstein zu finden. Im Moment bin ich dabei, potenzielle Verdächtige zu sammeln, zu denen Sie leider gehören, Herr Fröhlich. Ihre *kosmische Vereinigung* mit Frau Silberstein ist für mich ganz profaner Sex, müssen Sie wissen. Und Sie hatten einen Nebenbuhler, mit dem das Opfer die Nacht zu verbringen gedachte. Für mich riecht das verdammt nach männlicher Rivalität, Eifersucht und Machtkampf.«

Filibert Fröhlich spitzte die Lippen. »Tatsächlich? Was sagt Herr van Aalen denn dazu?«

»Das muss Sie nicht interessieren. Wenn ich alle Aussagen ausgewertet habe, kann ich mir ein Bild machen. Und erst dann entscheide ich endgültig, ob Sie abreisen können.«

»Bin ich verhaftet?«

»Nein, das sind Sie nicht. Ich bitte Sie lediglich, sich zu meiner Verfügung zu halten.«

»Gilt das auch für Sixta Sensualia?«

Woher war diese verwirrende Frage denn jetzt so plötzlich gekommen? Arno musste sich kurz sammeln, dann sagte er: »Bitte erklären Sie mir, warum Sie Frau Fleischhauer in diesem Zusammenhang ins Spiel bringen.«

»Frau Fleischhauer ist ein Ex-Verhältnis von Marlene. Und die Ärmste hat während der letzten zwei Tage nichts unversucht gelassen, Frau Silberstein zurückzugewinnen. Es war ihr nicht einmal zu peinlich, Samstagnacht an Frau Silbersteins Zimmertür zu klopfen und Einlass zu begehren. Frau Fleischhauer war … nun ja … angetrunken, um es milde zu formulieren.« Filibert Fröhlich lehnte sich zurück und verschränkte die Arme vor der Brust. Sein Blick war triumphierend.

So viel also zu Margot Fleischhauers Aussage, sie interessiere sich nicht für Marlene Silberstein. Das hatte Arno ihr nach ihrem emotionalen, geradezu hasserfüllten Ausbruch ohnehin nicht mehr abgekauft, der nun durch die brandneue Information zusätzliche Brisanz bekam. Das ›Sonnenwesen‹ Marlene Silberstein hatte, wie es schien, hier und da auch mal verbrannte Erde hinterlassen. Aber so war das nun mal mit der Sonne: Sie konnte wärmen und Leben schenken, aber wer ihr zu nahe kam, den zerstörten ihre Strahlen.

»Einen Augenblick, bitte, ich bin gleich zurück«, sagte Arno und verließ den Raum.

Draußen lehnte er sich für einen kurzen Moment mit dem Rücken an die Wand und schloss die Augen. Von Minute zu Minute wurde der Fall immer komplizierter. Mittlerweile hatte er zwei rivalisierende Alphamännchen und eine verschmähte Geliebte. Wenn es hier tatsächlich um ein Verbrechen aus Leidenschaft ging, hatte er bis jetzt drei astreine Verdächtige, von denen einer verschwunden war.

Außerdem hatte die Fleischhauer dafür gesorgt, dass van Aalen in seinen Fokus geriet, als sie von ihrer nächtlichen Beobachtung erzählte. Oder hatte sie damit nur von sich selbst ablenken wollen?

Arno ging zu dem Raum, in dem diejenigen warteten, die bereits befragt worden waren. Er öffnete die Tür, winkte den uniformierten Aufpasser heran und teilte ihm mit, Frau Fleischhauer dürfe das Hotel noch nicht verlassen.

Auf dem Weg zurück zu Filibert Fröhlich rief er bei Stella an.

»Ja …?«, sagte sie gedehnt, als sie das Gespräch annahm.

»Tillikowski hier. Ich muss Sie noch einmal sprechen. Und Ihre Großmutter ebenfalls. Unbedingt, und zwar so bald wie möglich. Ich komme später vorbei. Finde ich Sie in der Orangerie?«

»Ich … äh … ja. Wann genau werden Sie hier sein?«, fragte Stella.

»In einer knappen halben Stunde, denke ich. Passt das?«

Sie lachte. »Was nicht passt, wird passend gemacht. Bis später.«

Er legte auf und fand im Nachhinein, dass ihr Lachen irgendwie künstlich geklungen hatte.

Filibert Fröhlich saß noch immer mit verschränkten Armen am Tisch, als Arno sich wieder setzte.

»Worüber haben Sie mit Holger van Aalen gesprochen, als Sie Sonntagnacht zusammen in der Hotelbar waren?«

»Wir sind nicht gemeinsam in die Bar gegangen, falls Sie das denken sollten. Ich saß an der Theke, um noch einen Absacker zu trinken, als er hereinkam und einen Martini bestellte. Er setzte sich nicht einmal. Worüber wir geredet haben, ist privat.«

»*Nichts*, was in Zusammenhang mit einem Mord steht, ist privat, Herr Fröhlich.«

Fröhlich seufzte, dann erwiderte er: »Wir haben über unsere Zukunftspläne geredet. Er hat herumgeprahlt, er werde zusammen mit Marlene ein ganz großes Ding aufziehen. Nicht nur groß, sondern auch *seriös*. Ich sagte dann, damit sei ja auch klar, warum ausgerechnet Marlene den Preis bekommen habe und dass vermutlich diese ganze Nominierungsgeschichte nur ein Fake gewesen sei. Ob ich denn allen Ernstes gedacht hätte, er würde meinem windigen Sender den Preis verleihen. Er habe schließlich einen Ruf als seriöser Astrologe zu verlieren. Das war natürlich ein Hieb gegen mich, und ich fragte ihn, was er damit andeuten wolle. Er sagte, mein Sender sei ein Sammelbecken für gescheiterte Existenzen und Scharlatane, und ich würde damit aus reiner Profitgier die seriöse Astrologie nicht nur mit Füßen treten, sondern auch das Bild der Branche in der Öffentlichkeit verzerren.«

»Und das machte Sie wütend, nehme ich an. Aber da Sie über diese außergewöhnlich große Contenance verfügen, blieben Sie ganz ruhig. Habe ich recht?«

Fröhlich wich seinem Blick aus und rutschte unbehaglich auf dem Stuhl herum. Dann erwiderte er: »Leider nein, wie ich zu meiner Schande zugeben muss. Eine Zeit lang hörte ich mir seine Beleidigungen an, aber dann platzte mir der Kragen, und ich erklärte ihm, dass eine Zusammenarbeit zwischen Marlene und *mir* längst besiegelt sei.«

Jetzt wurde es interessant … »Wie hat er reagiert?«, fragte Arno gespannt.

»Wie schon?« Fröhlich zuckte mit den Schultern. »Er wurde laut und bezichtigte mich, ihn anzulügen. Ich gab ihm daraufhin den Rat, Marlene danach zu fragen, mit wem sie die letzte Nacht verbracht hat – und was wir mit Champagner gefeiert haben. Dann bin ich gegangen. Ich hörte noch, dass er einen weiteren Drink bestellte. Wenn Sie mir nicht glauben, fragen Sie bitte den Barkeeper. Er hat zwar so getan, als würde er nicht zuhören, aber … nun ja, wir waren nicht gerade leise, wenn Sie verstehen.«

Kapitel 18

»Das war Kommissar Tillikowski. Er ist wohl dabei, mit einigen Leuten im Hotel zu sprechen. Er will gleich herkommen und mit uns reden«, sagte Stella und legte das Handy zurück auf den Tisch.

Van Aalen sprang auf und starrte wild um sich. »Ich muss sofort weg. Wenn er mich hier findet …«

»Was dann?«, fragte Maria, beugte sich vor und zog ihn am Ärmel zurück auf den Sessel. »Dann können Sie endlich Ihre Aussage machen, die mehr als überfällig ist. Ich wette, nach Ihnen wird bereits gefahndet. Je länger Sie sich verstecken, desto schwieriger wird es für Sie.«

»Außerdem sind wir noch nicht fertig«, sagte Stella. »Sie waren also mit Filibert Fröhlich in der Bar, und er hat Ihnen vor den Latz geknallt, dass Marlene ein doppeltes Spiel mit Ihnen gespielt hat.«

»Und das nicht etwa nur auf der geschäftlichen Ebene, wie er behauptet hat. Er hat mir außerdem unter die Nase gerieben, dass sie die vorherige Nacht mit ihm verbracht hat«, erwiderte van Aalen und stieß ein Schnauben aus. »Mit diesem alten Trottel soll sie geschlafen haben? Diese schöne Frau? Das habe ich ihm selbstverständlich keine Sekunde lang abgekauft. Das hat er nur deshalb gesagt, weil ich glauben sollte, dass er sie zuerst im Bett hatte. Absurd.«

Klar, dachte Stella, aus seiner Sicht ist er natürlich der deutlich passendere Partner für Marlene – er *muss* sich einreden, dass Fröhlich ihn angelogen hat.

»Was geschah weiter, nachdem Fröhlich die Bar verlassen hatte?«, fragte sie.

Van Aalen fuhr sich mit der Hand über die Stirn. »Ich war außer mir vor Wut, wie Sie sich vielleicht vorstellen können.

Auf Fröhlich, weil er … herrje, Sie hätten sein Gesicht sehen sollen! Wie überheblich er aus der Bar stolziert ist, nachdem er mir das mit Marlene offenbart hat. Und natürlich auf Marlene, versteht sich. Wie konnte sie es wagen, mich derart vorzuführen? Mich glauben zu lassen, sie würde eine Kooperation mit mir eingehen? Und meine Auszeichnung abzusahnen? So eine doppelzüngige, hinterlistige, zutiefst verworfene …«

»Na, na, na«, fiel Maria ihm ins Wort und legte ihm die Hand auf den Arm. »Sind Sie gar nicht auf die Idee gekommen, dass er Sie nur provozieren wollte, Holger? Vielleicht stimmte ja nichts von dem, was er behauptet hat. Vielleicht hat Fröhlich ja lediglich ein kleines, amüsantes Machtspielchen mit Ihnen getrieben.«

Van Aalen fiel buchstäblich die Kinnlade herunter. »Ich … äh … nein«, stammelte er. »Er wirkte sehr überzeugend.«

»Bringen Sie mich nicht zum Lachen«, sagte Maria. »Ist es nicht sein Beruf, überzeugend zu wirken? Ich wette, der hat Tricks drauf, von denen Sie nur träumen können.«

»Ich pflege nicht mit Tricks zu arbeiten«, erwiderte van Aalen steif.

»Jetzt machen Sie aber mal 'nen Punkt.« Stella schüttelte amüsiert den Kopf. »Was ist denn mit Ihren Inszenierungen? Die Lightshow bei Ihren Vorträgen, die dramatischen Gesten, die Kristallknöpfe an Ihrem Anzug – Sie sind ein Meister Ihres Fachs. Aber zurück zu gestern Nacht. Wie ging es danach weiter?«

»Ich trank noch einen Martini. Ich dachte, der beruhigt mich vielleicht, aber ich war noch genauso wütend wie vorher.« Van Aalen schauderte sichtlich. »Dann stürmte ich aus der Bar, um Marlene zur Rede zu stellen.«

»Mit der Sie eigentlich zu einem Schäferstündchen verabredet waren«, warf Maria ein.

Van Aalen verzog den Mund. »Ich sagte Ihnen ja bereits, dass ich zu diesem Zeitpunkt stinksauer auf Marlene Silberstein war. Keine Ahnung, wann ich mich zuletzt derart betrogen und *gedemütigt* gefühlt hatte. Und dass ausgerechnet dieser Filibert Fröhlich mein Rivale war, machte es doppelt schlimm. Die Vorstellung, dass die beiden sich über mich lustig gemacht hatten, brachte mich um den Verstand. Am liebsten hätte ich sie umgebracht. Beide.« Er verstummte und starrte auf den Tisch. Er sah wieder hoch. »Sie müssen zugeben: Das klingt nicht sehr gut. Ich wette alles, was ich besitze, dass die Polizei längst von dieser Szene weiß.«

Stella wechselte einen Blick mit ihrer Großmutter, dann fragte sie: »Was geschah weiter?«

»Ich … äh … Marlenes Zimmertür war lediglich angelehnt«, erzählte van Aalen mit immer wieder stockender Stimme. »Sie schwang auf, als ich klopfte. Halb und halb rechnete ich damit, Fröhlich ebenfalls dort vorzufinden, aber der Raum war leer. Nur ein paar Kerzen brannten, und ich sah Licht aus dem Bad scheinen. Dort ist sie also, dachte ich und ging zur Badezimmertür, die ich aufstieß. Ich brauchte einen Moment, um zu begreifen, was ich sah: Marlene lag vor dem Spiegel auf den Fliesen, um den Kopf herum eine Blutlache.« Er stockte und atmete tief durch, dann fuhr er fort: »Überall an den Wänden waren Blutspritzer, *überall*. Am Boden lag der Saturn, er war zersplittert. Der Sockel war blutbeschmiert. Vermutlich wurde sie damit … ich … ich … ich muss aus dem Zimmer gerannt sein, ich kann mich kaum an die folgenden Minuten erinnern. Auf einmal fand ich mich in der Halle wieder. Ich hatte nur noch das Bedürfnis, mich zu verstecken, also verkroch ich mich in Ihrem Wagen, Maria.«

Stella musterte ihn – er hockte da wie ein Häufchen Elend. Nichts, aber auch gar nichts war mehr übrig von seiner Souveränität, die oft genug in Überheblichkeit umgeschlagen war, gerade ihr gegenüber. Dass er sich ausgerechnet von ihr Hilfe erhoffte, war erstaunlich. Es zeigte, dass er komplett im Schock gehandelt hatte, was Stella dennoch unverzeihlich fand.

»Sie sind einfach abgehauen?«, fragte Stella. »Ohne sich zu vergewissern, ob sie vielleicht noch am Leben war? Das ist erbärmlich, wie konnten Sie nur? Mal abgesehen davon, dass Sie jetzt nicht halb so tief in der Scheiße sitzen würden, wenn Sie sofort die Polizei gerufen hätten.«

»Die Polizei wird herausfinden, dass ich wütend auf Marlene war«, flüsterte van Aalen. »Sie wird denken, dass ich sie umgebracht habe.«

Stella hätte ihn am liebsten gepackt und geschüttelt. »Und welche Art von Hilfe versprechen Sie sich von uns? Oder speziell von mir? Soll ich Sie hier verstecken, bis die Sache aufgeklärt ist? Ich glaube Ihnen ja, dass Sie diese Frau nicht umgebracht haben, aber das zählt leider nicht.«

Van Aalen sah sie flehend an. »Aber Sie kennen doch diesen Kommissar … Sie haben ihm schon zwei Mal bei der Aufklärung eines Mordes geholfen. Erst beim Fall Breidenbach und dann bei dieser Sache mit dem Maler … *Bitte*, Stella, Sie müssen den Mörder finden und beweisen, dass ich es nicht war.«

Stella prustete los. Als sie sich wieder beruhigt hatte, sagte sie: »Nichts für ungut, Holger, aber Sie sind von bemerkenswerter Naivität. Sie wären längst raus aus der Sache, wenn Sie direkt die Polizei gerufen hätten, als Sie Marlene fanden. Ich erkläre Ihnen auch, wieso: Sie war sogar noch warm, als *ich* sie fand, was vermutlich einige Minuten nach Ihnen war. Wissen Sie, woher die Polizei sofort wusste, dass ich sie nicht umgebracht habe? Weil an mir keinerlei Blut zu finden war. Sie haben selbst gesehen, dass Marlenes Blut überall herumgespritzt ist, der Mörder *muss* etwas davon abgekriegt haben.«

»An meinem Anzug ist kein Blut!«, rief van Aalen, den Stellas Worte sichtlich aufgemuntert hatten. »Das beweist doch, dass ich unschuldig bin!«

Maria tätschelte seinen Arm und schüttelte den Kopf. »Nein, das tut es leider nicht, mein Lieber. Nicht *mehr*. Seit dem Mord sind etliche Stunden vergangen, und Sie könnten sich längst gesäubert und umgezogen haben. Als Unschuldsbeweis hätte Ihr – leidlich sauberer – Anzug tatsächlich nur getaugt, wenn Sie, wie meine Enkelin vorhin sagte, *sofort* nach dem Fund der Leiche die Polizei gerufen hätten.«

Ehe van Aalen etwas sagen konnte, klingelte Stellas Handy. Nach einem Blick aufs Display nahm sie das Gespräch an, lauschte einen Moment und sagte dann: »In Ordnung. Bis gleich.«

Sie legte auf und blickte die beiden anderen an. »Der Kommissar ist auf dem Weg zu uns. Wir sollten jetzt ganz schnell überlegen, was wir tun.« Sie wandte sich an van Aalen. »Ich möchte Ihnen dringend raten, die Gelegenheit zu nutzen, sich zu stellen. Sie sind zwar vor der Polizei geflüchtet, aber vielleicht können Sie sich noch darauf herausreden, dass Sie nach Marlenes Anblick unter Schock standen, kopflos losgerannt sind und sich im Wagen meiner Oma versteckt haben. Und jetzt sind Sie zur Besinnung gekommen, wie wäre das? Sie wollten sich zuerst bei uns bemerkbar machen, und zufälligerweise kommt der Kommissar des Wegs.«

Van Aalen schüttelte heftig den Kopf. »Nein. Nein. Ich brauche noch ein bisschen Zeit. Liefern Sie mich nicht an ihn aus, ich flehe Sie an. Könnten Sie nicht *bitte* herausfinden, was er weiß? Und ob er mich für den Täter hält? Ich werde mich stellen, das schwöre ich Ihnen. Und er wird niemals erfahren, dass Sie mich versteckt haben.«

Stella rang mit sich, dann blaffte sie: »Das will ich Ihnen auch geraten haben, van Aalen, denn durch Ihr Verhalten könnten Sie uns in Teufels Küche bringen. Wenn das hier jemals rauskommt, landen meine Oma und ich vor Gericht. Wollen Sie das?«

»Nein, natürlich nicht. Ich verspreche Ihnen …«

»Hören Sie auf, Versprechungen zu machen, Holger«, sagte Maria und stand auf. »Folgen Sie mir.«

Mit gerunzelter Stirn sah Stella ihnen nach, wie sie in Richtung Villa gingen. Allein die Tatsache, dass er ihrer Meinung nach keinesfalls Marlenes Mörder war, hielt sie davon ab, ihn an Arno zu verraten.

Und sie hoffte inständig, sich nicht zu irren.

Zehn Minuten später ging Stella nach vorne zur Auffahrt, um den Kommissar in Empfang zu nehmen. Er sah erschöpft aus, stellte sie fest, als er auf sie zukam. Kein Wunder, er war schließlich im Dienst, seit er um eins aus dem Schlaf gerissen worden war.

»Kommen Sie mit«, sagte sie und führte ihn durch den Garten zu ihrem Bereich in der Orangerie. »Möchten Sie draußen sitzen oder lieber hineingehen?«

Er zuckte kraftlos mit den Schultern, also ging sie weiter zur Sitzgruppe am Gartenteich. Der Kommissar ließ sich schwer in einen Korbstuhl fallen, der protestierend knarrte.

»Kann ich Ihnen etwas anbieten?«, fragte Stella. »Kaffee, vielleicht?«

»Bloß nicht. Noch ein einziger Schluck Kaffee, und ich muss mich übergeben«, erwiderte er mit Grabesstimme. »Ist Ihre Großmutter nicht da?«

»Doch, sie kommt gleich. Sie hatte noch etwas in der Villa zu erledigen.«

Und zwar, Holger van Aalen in ihrem Gästezimmer unterzubringen, dachte sie.

Er hatte flüchten wollen, aber sie hatten es mit vereinten Kräften geschafft, ihn davon abzuhalten. Wo wollte er auch hin? In seinem Haus wartete vermutlich die Polizei auf ihn, und außerdem war er sicherlich bereits zur Fahndung ausgeschrieben und hatte nur dabei, was er am Leib trug. Er hatte sie angefleht, ihn nicht bei Kommissar Tillikowski zu verpfeifen, und sie hatten es ihm versprochen. Vorerst. Irgendwann würde er sich stellen müssen.

»Wie sind Ihre Befragungen bisher verlaufen?«, fragte Stella.

Der Kommissar stöhnte auf. »Man hat mir – natürlich ungefragt – gewisse Dinge über meine Aura mitgeteilt und mir angeboten, mich zu channeln, um mich von einer dunklen Wesenheit zu befreien, einer hat seinen Engel als Zeugen für sein Alibi angegeben, diese *Sixta* hat sich während der Befragung urplötzlich von einer hochtrabend daherredenden Dame in eine keifende Megäre und dann wieder zurückverwandelt, und einer hat behauptet, für ihn sei Sex nur ein Austausch kosmischer Schwingungen und er sei deshalb über kleinbürgerliche Gefühle wie Eifersucht himmelhoch erhaben. Das hat er übrigens von seinen Engeln gelernt. Oder von *einem* seiner Engel, ich erinnere mich nicht mehr.«

Stella verkniff sich ein Grinsen. »Haben Sie auch irgendetwas herausgefunden, das Ihnen bei der Suche nach Marlene Silbersteins Mörder hilft?«

»Neben allem Schwachsinn, den ich mir anhören musste, hatte ich zu allem Überfluss das Gefühl, dass man mich von hinten bis vorne belogen hat, was Marlene Silberstein angeht. Wenn überhaupt, dann …« Er unterbrach sich und fuhr dann fort: »Da ist ja Ihre Großmutter.«

»Mein armer Junge – Sie sehen erschöpft aus«, sagte Maria und setzte sich zu ihnen.

Arno nickte und erwiderte: »Nachdem man mich den halben Vormittag lang nur verscheißert hat, kann ich jetzt endlich mit jemandem reden, der mich nicht belügen wird. Und das, Maria, ist momentan das Einzige, das mich vor dem Absturz in tiefste Depression bewahrt.«

Stella war froh, dass der Kommissar auf ihre Großmutter konzentriert war. Sie befürchtete, er könnte ihr das schlechte Gewissen an der Nasenspitze ansehen – immerhin versteckten sie einen flüchtigen Verdächtigen vor ihm.

»Aber was lässt Sie glauben, dass man Sie bisher nur belogen hat?«, fragte Maria. »Dürfen Sie überhaupt mit uns darüber sprechen?«

»Selbstverständlich nicht. Aber das ist mir egal.« Der Kommissar massierte sich die Schläfen. »Alleine finde ich aus diesem Dickicht aus Wahnsinn und Lügen nicht mehr heraus, habe ich das Gefühl. Ich weiß noch nicht einmal, wie viel von dem Wahnsinn echt oder nur vorgespielt ist. Ein *Engel* als Alibi! Das muss man sich mal vorstellen!«

Maria lachte so schallend, dass der Kommissar seinen Ärger darüber nicht verbergen konnte. Sie riss sich zusammen und sagte: »Kommen Sie, Arno – das ist *komisch*.«

»Trifft mein Komikzentrum momentan leider überhaupt nicht«, erwiderte er steif. »Nicht, wenn ich einen Mord aufzuklären habe. Alles, was mich dabei behindert, ist strafbar. Und ich werde jeden, dem ich dabei auf die Schliche komme, in der Luft zerreißen.«

Ja, das kann ich mir lebhaft vorstellen, dachte Stella, ich sollte ihn von diesem gefährlichen Thema abbringen, bevor Oma oder ich uns verraten.

»Wer hat Ihnen bei Ihren Befragungen denn nun konkret die Unwahrheit gesagt?«, fragte Stella.

Der Kommissar atmete tief durch. »Es … ich kann es nicht einmal genau benennen, es ist nur so ein Gefühl. Aber beim Ersten waren Sie doch sogar beinahe live dabei, erinnern Sie sich? Der Nachtportier hat gelogen, als er sagte, er sei die ganze Nacht auf seinem Posten gewesen. Und dann diese Margot Fleischhauer … sie hat behauptet, keine persönliche Verbindung zu Marlene Silberstein gehabt zu haben. Und später erfahre ich, dass sie nicht nur Silbersteins Ex-Geliebte ist, sondern auch am Wochenende versucht hat, sie wieder für sich zu gewinnen. Was stimmt denn nun? Und«, er hob den Finger und fuhr fort: »da gibt es diese Geschichte, dass die Silberstein stattdessen mit gleich *zwei* Männern angebandelt hat, was Frau Fleischhauer nicht gerade gefallen haben dürfte. Könnte ein erstklassiges Motiv für einen Mord sein: die Rache der eifersüchtigen und verschmähten Geliebten. Das Schlimmste ist: Ich habe keinen Schimmer, was davon nur üble Nachrede und was die Wahrheit ist. Frau Fleischhauer hat zudem behauptet, sie hätte van Aalen zur Tatzeit überstürzt aus dem Zimmer des Opfers flüchten sehen. Ist *das* die Wahrheit oder will sie damit nur von sich ablenken?« Mit einem Stöhnen vergrub er das Gesicht in den Händen.

Maria wechselte einen Blick mit Stella und stand auf. »Wissen Sie was, mein Junge? Ich mache Ihnen jetzt einen schönen Beruhigungstee. Der wird Ihnen helfen, sich zu sortieren. Und dann beantworte ich Ihnen jede Frage, die Sie an mich haben. Nach bestem Wissen und Gewissen.«

Sie wandte sich zum Gehen, dann hörten Stella und Arno sie rufen: »Guten Tag, Ben! Das ist ja eine Überraschung!«

Stella fing einen zornigen Blick von Arno auf – er glaubte, dass sie von Bens Auftauchen gewusst hatte, also schüttelte sie den Kopf. »Oh nein, Arno. Ich habe ihn *nicht* eingeladen.«

Ben war herangekommen und strahlte sie an. »Na, das nenne ich mal einen Zufall – alle, mit denen ich unbedingt reden möchte, sitzen an einem Ort zusammen.«

»Verschwinde, Ben«, knurrte der Kommissar, »das hier ist eine offizielle polizeiliche Befragung. Dabei hast du nichts zu suchen.«

»Offiziell?«, fragte Ben. »Schön entspannt an Stellas Gartenteich? Ziemlich unkonventionell, oder? So kenne ich die Polizei ja gar nicht.«

Er wollte sich setzen, aber Arno stoppte ihn, indem er die Hand ausstreckte. »Das war kein Witz, Ben. Glaub mir, meine Lunte brennt lichterloh und ist bereits kürzer als das Streichholz, mit dem sie angezündet wurde. Ich bitte dich jetzt noch einmal in aller Form, wieder zu gehen.«

Ben zuckte mit den Schultern. »Na gut. Bin schon wieder weg.«

Stella hätte zu gern ein paar Worte mit ihm gewechselt, wagte es aber nicht.

Ben ging ein paar Schritte, dann drehte er sich noch einmal zu ihnen um. Als er sah, dass Arno in die andere Richtung blickte, machte er mit der Hand die Wir-telefonieren-Geste.

Stella vergewisserte sich, dass Arno abgelenkt war, und nickte. Dann sagte sie leise zum Kommissar: »Tut mir leid. Ich wusste *wirklich* nicht, dass er herkommen würde.«

Kapitel 19

Arno Tillikowski war kurz davor, die Beherrschung zu verlieren; das Auftauchen von Ben hatte ihn maßlos aufgeregt. Nicht von Ben, seinem Kumpel, sondern von Ben, dem *Reporter*, der heiß auf Sensationen war.

Um sich abzulenken, blickte er auf die glatte Wasseroberfläche des malerischen Teichs, in dem sich die blühenden Uferpflanzen spiegelten. Bereits zum dritten oder vierten Mal saß er hier, und manchmal, wenn er alleine in seiner Wohnung hockte, sehnte er sich nach diesem friedlichen Ort.

Und nach Stellas Gesellschaft, wenn er ehrlich war.

Aber irgendwie wollte es mit ihnen nicht klappen, nicht einmal eine Freundschaft kriegten sie zustande. Das fand er schade, denn mittlerweile schätzte er sie sehr: ihren klaren Verstand, ihren Humor und … na ja … attraktiv war sie auch. Außerdem mochte er ihre unkonventionelle Großmutter Maria, die ihn mit verrückten Aktionen verblüfft hatte, ohne die er zwei knifflige Todesfälle vielleicht nicht hätte lösen können. *Sehr* verrückt und *sehr* hart am Rande der Legalität, aber letztendlich hatte er diesen beiden ungewöhnlichen Frauen nicht lange böse sein können.

Als Stella ihm erneut versicherte, Ben nicht herbestellt zu haben, riss er seinen Blick vom Teich los und wandte sich ihr zu.

»Wissen Sie was? Ich glaube Ihnen sogar.« Sie sah wirklich zerknirscht aus, fand Arno. »Es ist nur normal, dass er neugierig ist. Logischerweise kommt er zu Ihnen. Bestimmt weiß er längst mehr, als mir lieb ist.«

Stella nickte. »Er hat heute Morgen mit Maria telefoniert. Eigentlich wollte er von ihr nur ein paar Statements aus erster Hand zur Messe, nichts weiter. Als er dann nach mir fragte, erzählte sie ihm, ich sei noch im Hotel. Das machte ihn natürlich neugierig. Und sie … und … na ja, sie hat ihm gesagt, dass ich Marlene Silbersteins Leiche gefunden habe. Aber er wird nichts darüber schreiben. Das hat er mir hoch und heilig versprochen.«

»Natürlich habe ich ihm davon erzählt«, zwitscherte Maria, die zurückgekehrt war und Stellas letzte Worte gehört hatte. Sie reichte Arno einen Becher Tee, setzte sich und fügte hinzu: »Ben ist immerhin Stellas bester Freund.«

»Aber leider auch gleichzeitig als Reporter der natürliche Feind der Polizei«, brummte Arno.

»Nicht, wenn ihr die Presse braucht, weil die Polizei ohne Hinweise aus der Bevölkerung nicht mehr weiterkommt«, warf Stella ein.

Damit hatte sie natürlich recht. Arno schnupperte am Tee und trank einen Schluck. Der seltsame Geschmack ergab sich vermutlich aus mehr oder weniger obskuren Kräutern, die eine beruhigende Wirkung haben sollten.

Er musste, ohne es zu wollen, das Gesicht verzogen haben, denn Maria sagte: »Keine Sorge, das ist kein Zaubertrank aus meiner Hexenküche, mein Junge. Nur ein wenig Baldrian, einige Weißdornblüten, dazu Melisse, Hopfen, Pfefferminz und Kamille. Alles legal.«

Erstaunlicherweise störte es ihn nicht einmal, wenn Maria ihn ›mein Junge‹ nannte, was er sich bei jedem anderen Menschen auf der Welt kategorisch verbeten hätte. Aber bei ihr fühlte es sich wie eine mütterliche Umarmung an …

Herrgott, jetzt reiß dich aber mal zusammen, dachte Arno, es ist wahrlich nicht der richtige Moment für weinerliche Sentimentalitäten – ich bin Kommissar Arno Tillikowski, und ich habe einen Mörder zu finden.

Er stellte die Tasse ab und räusperte sich. »Ich werde ganz offen sein: Ich habe, wie ich schon sagte, den Vormittag damit verbracht, mir von Margot Fleischhauer, Filibert Fröhlich und Hartmut Stankowiak diverse Halbwahrheiten, dreiste Lügen und ganz viel esoterisches Geschwafel anzuhören – aber vermutlich waren auch exakte Darstellungen der Ereignisse dazwischen. Das Problem ist leider, dass ich das eine nicht vom anderen unterscheiden kann. Also, das Esoterikgeschwafel natürlich schon, aber der Rest …« Er zuckte mit den Achseln.

»Ich wette, Teiaiel hat Ihre Aura gelesen«, sagte Maria, die sichtlich amüsiert war. »Was hat er denn gesagt?«

Arno rang mit sich, ob er diesen Pfad beschreiten sollte, aber dann platzte er doch damit heraus. »Dass ich eine graue Aura habe und eine verirrte Seele bin! Und dass mich vermutlich eine dunkle Wesenheit befallen hat!«

»Ach du liebe Güte!« Maria schüttelte kichernd den Kopf. »Er wollte Sie bestimmt nur foppen, Arno, aber er hat es offensichtlich geschafft, Sie zu beunruhigen. Wie viele andere in dieser Branche kann er sehr überzeugend sein. Aber machen Sie sich keine Sorgen, Ihre Aura ist nicht grau. Zumindest in diesem Moment nicht.«

Beinahe blieb ihm die Spucke weg. »Sie können das auch? Wie sieht meine Aura denn momentan aus?«

Maria musterte ihn konzentriert, dann sagte sie: »Sie ist von einem kräftigen Rot, das ist eine gute Energie. Sie erteilen gerne Befehle, kein Wunder bei Ihrem Beruf. Und Sie haben gute Anlagen zur Ausübung eines Sports … betreiben Sie irgendeine Sportart, mein Junge?«

»Ich spiele Fußball«, erwiderte Arno verblüfft. »Wie konnten Sie das wissen?«

»Weil Ben mal davon gesprochen hat, dass Sie regelmäßig zusammen in einer Hobbymannschaft spielen!«, rief Stella lachend. »Außerdem hat Oma nur allgemein von Sport geredet, und *Sie* sagten das mit Fußball. Welcher Polizist betreibt *nicht* irgendeinen Sport? Sehen Sie? Sie sind schon wieder drauf reingefallen.«

Am liebsten wäre Arno im Boden versunken. »Das ist mir jetzt wirklich peinlich …«

Maria tätschelte seinen Arm. »Dazu gibt es keinen Grund. Dieser Bereich der Branche lebt von Überzeugungskraft und Täuschung. Jenseitskontakte, angeblich zu hundert Prozent treffsichere Drei-Minuten-Wahrsagerei am Telefon, Einflüsterungen von Engeln … ich bitte Sie. Und doch schaffen es diese selbst ernannten Berater, Zehntausende Menschen ans Telefon zu locken und von ihren übersinnlichen Fähigkeiten und ihrer Glaubwürdigkeit zu überzeugen.« Sie grinste und fügte hinzu: »Und das ist das *eigentliche* übersinnliche Phänomen, wenn Sie mich fragen. Ich wundere mich wirklich, warum so viele Menschen ihren gesunden Menschenverstand ausschalten, wenn sie sich mit unsichtbarer Wirklichkeit und den Kräften der Psyche beschäftigen, denn um nichts anderes geht es bei Kontakten zum Übersinnlichen.«

»Denken Sie, dass Hartmut etwas mit dem Mord zu tun hat?«, fragte Stella.

Zu seinem eigenen Entsetzen spürte Arno Eifersucht. Sie fand diesen Clown doch nicht etwa *gut?* Was hatte sie noch beim Frühstück über ihn gesagt? Genau: dass sie ihn interessanter als die anderen gefunden habe. Einen Kerl, der einen *Engel* als Alibi-Zeugen nannte.

Ruhig bleiben, Arno, dachte er und schüttelte den Kopf. »Nee. Er hat zwar unglaublichen Schwachsinn erzählt, hat aber ehrlich betroffen reagiert, als er vom Mord an Marlene Silberstein erfuhr. Das war nicht gespielt.«

Er hielt inne. Hatte Maria ihm nicht gerade erklärt, dass diese Leute Meister der Täuschung waren? Hatte dieser dreiste Kerl die Betroffenheit nur geheuchelt, und er war darauf reingefallen?

»Das kann ich mir auch nicht vorstellen«, sagte Stella. »Er hatte rein gar nichts mit ihr zu tun und amüsierte sich königlich über ihre Selbstinszenierung als glamouröse Königin. Er bezeichnete sie als *Astro-Barbie,* was ich wirklich witzig fand. Wir hatten beim Dinner viel Spaß. Er ist sehr unterhaltsam.«

Vermutlich, weil er total bekifft war, dachte Arno giftig, und möglicherweise hatte sie auch noch mitgekifft, und wer weiß, was noch alles passiert war.

Allerdings hatte sie im Frühstücksraum keine besondere Reaktion auf Stankowiaks Auftauchen gezeigt oder diesen Bengel auf ihre Anwesenheit aufmerksam gemacht, aber vielleicht hatte sie sich nur nicht mit ihm, dem Polizisten, zeigen wollen?

»Er ist ein Kiffer.« Arno tippte sich an die Nase. »Das habe ich bei der Befragung deutlich gerochen. Hatten Sie beim Dinner den Eindruck, dass er Rauschmittel konsumiert hatte?«

Stella wirkte ertappt und blickte weg. »Keine Ahnung«, murmelte sie.

»Herrje«, blaffte Arno. »Glauben Sie etwa, ich verhafte ihn, weil er zwei Gramm Gras in seinem Koffer hat? Bestimmt nicht, ich habe momentan wirklich andere Prioritäten. Aber ich möchte wissen, in welcher Stimmung die Hauptakteure des Dinners waren.«

»Also gut«, blaffte Stella zurück, »er hat gekifft, als wir in den Pausen zwischen den Gängen draußen auf der Terrasse waren. Zwei kleine Joints, wenn Sie es genau wissen wollen.«

»Der Junge war eindeutig zu bedröhnt und außerdem bei unserer Verabschiedung viel zu fröhlich, um danach schnurstracks in Marlenes Zimmer zu gehen und ihr die Auszeichnung über den Kopf zu hauen«, sagte Maria entschieden. »Es gab keinerlei Anzeichen dafür, dass es zwischen ihm und ihr eine Verbindung gab. Er war es nicht, da bin ich sicher.«

Arno vertraute Marias Menschenkenntnis; bei Stella war er sich in Bezug auf Stankowiak momentan nicht so sicher. Sie schien diesen Mann zu mögen, und das war genau das, was man allgemein als befangen bezeichnete.

»Okay, vergessen wir ihn für den Moment«, erwiderte er, »ich habe ohnehin genug heiße Kandidaten, die offenbar eine Menge mit Frau Silberstein zu tun hatten: zum Beispiel Filibert

Fröhlich und Frau Fleischhauer alias Sixta Sowieso. Beide zeigten übrigens vehement mit dem Finger auf Holger van Aalen, als es um die Frage ging, wer den Mord begangen haben könnte. Bedauerlich, dass ich ihn noch nicht nach seiner Version der Tatnacht fragen konnte.«

»Sie wissen nicht, wo er sich aufhält?«, fragte Stella. »Ich glaube übrigens nicht, dass er sie erschlagen hat. Das passt überhaupt nicht zu van Aalen, der erschlägt niemanden, der macht sich seinen hübschen Anzug nicht schmutzig. Außerdem haben wir bereits beim Frühstück darüber gesprochen: Warum sollte er die Frau umbringen, mit der er in Zukunft zusammenarbeiten wollte?«

»Oh, ich weiß mittlerweile mehr«, sagte Arno, »*viel* mehr. Kurz vor dem Mord an Frau Silberstein hat er etwas erfahren, das ihn *sehr* wütend auf sie gemacht hat. Man hat ihm gesteckt, dass sie in Wirklichkeit eine Kooperation mit Zodiac TV plante. Das dürfte van Aalen nicht geschmeckt haben.«

»Das war es also, wovon Fröhlich auf der Terrasse gesprochen hat …«, entfuhr es Stella. »Filibert Fröhlich hat es van Aalen gesagt, richtig?«

Sofort wurde Arno hellhörig. »Fröhlich hat vorher mit Ihnen darüber geredet?«

Stella schüttelte den Kopf. »Mit Sixta. Wir – Hartmut und ich – haben es unfreiwillig gehört, sie hatten uns wohl nicht bemerkt, als sie sich unterhielten.« Sie berichtete Arno von der Szene und sagte abschließend: »Ich hatte mich schon gefragt, welches Ass er im Ärmel zu haben glaubte, um van Aalen damit zu Boden zu schicken.«

»Und warum haben Sie mir das *bitte schön* nicht schon heute Morgen erzählt?«, fragte Arno spitz.

»Weil ich dachte, es ginge dabei nur um ein Scharmützel zwischen zwei Gockeln, die um eine Frau stritten«, gab sie zurück.

»Aber vielleicht ist van Aalen daraufhin mit Marlene Silberstein in einen Streit geraten, der eskaliert ist? Für mich klingt das nach einem einwandfreien Motiv. Ein Mann freut sich auf eine Liebesnacht mit einer verführerischen Frau, und direkt davor erfährt er – und das auch von einem Nebenbuhler, der ebenfalls eine Affäre mit ihr hatte –, dass die Frau sich bereits für den Konkurrenten entschieden und ihn nur verarscht hat. Er hat sie wütend zur Rede gestellt, und dann ...«

»Sah für Sie irgendwas am Tatort nach einem eskalierten Streit aus?«, unterbrach Stella ihn hitzig. »Nein! Sie stand mit dem Rücken zur Tür nichts ahnend vor dem Spiegel und wurde von hinten angegriffen. Jemand hat sich angeschlichen, Arno. Van Aalen hätte sie zur Rede gestellt, Rechenschaft eingefordert, sie angeklagt. *Das* passt zu seiner Persönlichkeit.«

»Die Sie mir doch bestimmt anhand von Planeten erklären können«, fauchte Arno.

»Würdet ihr euch bitte beruhigen?«, rief Maria mit schneidender Stimme. »Hier geht es doch wirklich nicht darum, wer recht hat, sondern darum, wer Marlenes Mörder ist.« Deutlich leiser fuhr sie fort: »Wissen Sie denn sicher, dass Fröhlich Ihnen diesbezüglich die Wahrheit gesagt hat? Könnte es sein, dass er nur von sich selbst ablenken wollte?«

»Ich bin deshalb vergleichsweise sicher, weil er sich für seine Enthüllung van Aalen gegenüber bewusst die Öffentlichkeit ausgesucht hat«, erwidert Arno. »Es war in der Hotelbar vor den Ohren des Barkeepers, der laut Fröhlich höchst interessiert zugehört hat. Ich bin sicher, dass die Geschichte stimmt. Würde er das Risiko eingehen, mir jemanden als Ohrenzeugen zu nennen, der dann sagt, dass nichts dergleichen passiert ist? Das kann ich mir beim besten Willen nicht vorstellen.«

»Da stimme ich Ihnen absolut zu, Arno«, sagte Maria mit einem Nicken. »Hat Fröhlich denn auch gesehen, dass van Aalen zu Marlene gegangen ist?«

»Er hat die Bar vor van Aalen verlassen, aber das macht nichts«, erwiderte Arno. »Dafür hat ja Frau Fleischhauer gesehen, wie Holger van Aalen fluchtartig Frau Silbersteins Zimmer verlassen hat und dann eilig im Treppenhaus verschwunden ist.«

Himmel, dachte Arno, was ich hier gerade mache, ist mehr als unprofessionell.

Ihm war deutlich bewusst, dass er eigentlich keinesfalls hier sitzen dürfte, um zwei Leuten, die zumindest indirekt mit dem Mord beziehungsweise mit dem Opfer zu tun hatten, jedes Detail seiner bisherigen Ermittlungen mitzuteilen.

Aber gerade in diesem speziellen Fall waren es nur Stella und ihre Großmutter, die ihm helfen konnten. Außerdem war Arno sich sicher, dass die beiden nicht persönlich mit den Personen verbunden waren, über die hier geredet wurde. Gerade Stella distanzierte sich deutlich von Angehörigen dieses speziellen Branchensegments; außerdem konnte sie seiner Meinung nach van Aalen nicht leiden. Es bestand also keine Gefahr, dass seine Indiskretion irgendjemandem helfen konnte, der möglicherweise der Mörder war.

»Sixta? Was hatte die denn überhaupt mitten in der Nacht auf dem Hotelflur nachzugucken?«, fragte Stella. »Ich mache doch nicht auf bloßen Dunst mal meine Zimmertür auf und schaue nach dem Rechten. Komischer Zufall, oder?«

»Sie sagt, ihr wäre kurz vor dem Einschlafen eingefallen, dass sie ihr Bitte-nicht-stören-Schild nicht rausgehängt hatte«, erwiderte Arno. »Und gerade in dem Moment, als sie die Tür öffnete, sei van Aalen vorbeigerannt.«

Stella und Maria wechselten einen Blick, den er nicht einordnen konnte. Er hörte, wie Stella murmelte: »Das ist dein Einsatz, Oma.«

Dann sah Maria ihn an und atmete tief durch. »Interessant, dass Sie diese Information ausgerechnet von ihr haben. Ich habe nämlich ebenfalls unfreiwillig ein Gespräch mitgehört, an dem Sixta – Frau Fleischhauer – beteiligt war und das ihren Zorn auf Marlene erklärt.«

Mit gerunzelter Stirn hörte Arno zu, was Maria zu berichten hatte.

Als sie fertig war, schüttelte er den Kopf. »Sodom und Gomorrha, ich fasse es nicht. Mit wem ist Marlene Silberstein eigentlich *nicht* ins Bett gestiegen?«

»Da werden schon noch einige übrig sein«, erwiderte Maria, »aber beim Dinner saßen drei Menschen um sie herum, die etwas von ihr wollten. Kein Wunder, dass eine gewisse Spannung in der Luft lag. Und Marlene spielte mit dem Feuer, da sie keine Skrupel hatte, vor den Augen von Sixta und Fröhlich unverhohlen mit van Aalen zu flirten. Sixta war mit Sicherheit eifersüchtig. Und was war mit Filibert?«

Arno zuckte mit den Schultern. »Ich hab Ihnen doch erzählt, dass einer was von kosmischen Schwingungen beim Sex mit der Silberstein und so gefaselt hat, und dass Eifersucht bürgerlicher Mumpitz sei. Raten Sie mal – das war Filibert Fröhlich.«

Und das hast du ihm *geglaubt?*, dachte Stella entgeistert, das kann doch wohl nicht dein Ernst sein …

»Natürlich inszeniert er sich so, aber letztendlich ist auch Filibert Fröhlich nur ein *Mann*«, sagte sie. »Ein Mann, dessen Geliebte ihn während des Dinners kaum eines Blickes würdigte, da sie ganz auf van Aalen konzentriert war. Das soll ihn nicht genervt haben? Ich habe schließlich gehört, wie hämisch er sich darauf freute, van Aalen einen Tiefschlag zu versetzen. Und den hat er bewusst *vor* dem Schäferstündchen ausgeteilt, das er damit torpedieren wollte. Auch die sich anbahnende geschäftliche Verbindung wollte er damit zerstören. Wissen wir denn definitiv, ob Marlene wirklich zu Zodiac TV wollte?« Sie sah von Maria zu Arno. Dann schüttelte sie den Kopf und fuhr fort: »Nein, Fröhlich behauptet es lediglich, und *sie* können wir nicht mehr fragen. Kaum vorstellbar, dass Fröhlich und van Aalen zufällig in der Bar zusammengetroffen sind, denn er sagte zu Sixta, er wollte sich van Aalen nach dem Dinner schnappen. Fröhlich konnte nicht verlässlich damit rechnen, van Aalen am nächsten Morgen im Hotel erneut zu begegnen. Die ganze Sache war genau geplant.«

Arno war kurz davor, zu verzweifeln. Zwar wusste er nun viel mehr über diese Leute, aber er war höchstwahrscheinlich noch verwirrter als zuvor.

»Sie meinen, es gab in Wirklichkeit gar keine Konkurrenz auf geschäftlicher Ebene?«, fragte er.

»Könnte sein«, erwiderte Maria. »Vielleicht hatte Fröhlich sich ja vergeblich um Marlenes Kooperation bemüht. Und jetzt sollte er tatenlos zusehen, wie van Aalen von ihrer Popularität profitierte? Da kann man sich doch besser eine kleine Intrige einfallen lassen und ein paar Stinkbomben werfen, die alles vergiften. Und hat er nicht ausgesagt, er habe die Bar vor van Aalen verlassen? Wer sagt uns denn, dass er nicht Hals über Kopf zu Marlene geeilt ist, sie umgebracht hat und den Mord jetzt van Aalen in die Schuhe schiebt? Wie lange braucht man, um jemandem den Schädel einzuschlagen? Eine Minute? Zwei? Das ist ein Risiko, klar, wäre aber die finale Rache am Nebenbuhler. Persönlich und geschäftlich.«

Arno traf fast der Schlag.

An diese Möglichkeit hatte er überhaupt noch nicht gedacht; van Aalen war ein so naheliegender Hauptverdächtiger gewesen. Das Schlimmste war: Nicht nur Fröhlich hätte es sein können – auch Margot Fleischhauer war plötzlich eine Top-Kandidatin. Sie hatte immerhin von Fröhlichs Plan gewusst, van Aalen nach dem Dinner noch eins reinzuwürgen. Es würde also noch einige Zeit dauern, bis er bei Marlene aufkreuzte. Zeit genug, um sie zu töten. Maria hatte recht – maximal drei Minuten reichten vollkommen aus, um das zu erledigen. Dieses Branchentreffen erschien ihm immer mehr wie eine Schlangengrube, in der es von Intrigen, Hass, Neid und Eifersucht nur so wimmelte.

Er musste die beiden noch einmal in die Zange nehmen.

Und ihre Zimmer durchsuchen lassen. Verdammt – mittlerweile hatten sie theoretisch mehr als genug Zeit gehabt, sich blutbespritzter Kleidung zu entledigen.

»Ich muss los«, sagte er und stand auf. »Vielen Dank für Ihre Zeit. Ich … melde mich wieder.«

Vom Gespräch mit Stella und Maria hatte er sich Klarheit erhofft, aber davon konnte leider nicht die Rede sein. Irgendwer war ausgerastet und hatte Marlene Silberstein das Licht ausgeknipst.

Er war sicher, dass es sich nicht um einen ordinären Raubmord handelte, denn ihren Schmuck hatte der Täter augenscheinlich nicht beachtet. Außerdem hätte es bei der vorliegenden Indizienlage für einen Dieb keinen Grund gegeben, Marlene umzubringen. Da die Zimmertür anscheinend nicht abgeschlossen gewesen war, hätte er nur hineinspazieren, sich den Schmuck schnappen und wieder verschwinden müssen – schließlich hatte die Silberstein sich im Bad aufgehalten und hätte nichts mitbekommen.

Nein, diese Option hatte er bereits beim Anblick der fast überquellenden Schmuckschatulle verworfen.

Seiner Erfahrung nach war Eifersucht, gepaart mit Rachegelüsten, ein hervorragendes Motiv für einen Mord. Und das traf auf gleich mehrere Leute zu.

Herrje, konnte er denn nicht ein einziges Mal einen einfachen Mordfall auf den Tisch bekommen? Mit einem Mörder, der mit der Tatwaffe in der Hand neben dem Opfer angetroffen wurde und sofort alles gestand?

Bei den chaotischen, emotionsgeladenen Verstrickungen dieser Astrologen, Wahrsager und Engelflüsterer wunderte er sich fast, dass es nur *eine* Leiche gab.

Kapitel 20

»Er tut mir beinahe ein bisschen leid«, sagte Stella, nachdem der Kommissar sich verabschiedet hatte. »Mit deinem letzten Statement hast du wieder alles auf den Kopf gestellt.«

»Das war auch Sinn der Sache«, erwiderte Maria. »Alle zeigen auf van Aalen, und der Arme kann sich momentan nicht wehren.«

»Falsch. Er könnte sich sehr wohl wehren. Leider hat er sich dazu entschieden, sich zu verstecken. Er ist ein Dummkopf, denn mit jeder Minute, die er sich nicht stellt, wird es schlimmer. Und gnade uns der Himmel, wenn zum Schluss doch noch herauskommt, dass er es tatsächlich war. Dann geht es uns an den Kragen, Oma.«

»Er war es nicht.« Maria stand auf und fuhr fort: »Ich gehe zu ihm. Vielleicht hat er sich ja inzwischen dazu entschlossen, sich der Polizei zu stellen. Kommst du mit?«

»Gleich. Ich muss kurz telefonieren.«

Ganz sicher hat er seine Meinung nicht geändert, dachte Stella, der Kommissar war hier, und er hätte das Versteck jederzeit verlassen können, um seine Flucht zu beenden.

Sie rief Ben an, um sich mit ihm in ihrer Stammpizzeria zum Mittagessen zu verabreden.

»Wieso denn dort?«, fragte Ben erstaunt. »Ich hole Pizza und komme vorbei – bei dir ist es viel schöner.«

Bei dem Gedanken, van Aalen und Ben könnten sich zufällig über den Weg laufen, wurde Stella heiß und kalt. Verdammter van Aalen! Warum hatte er sich ausgerechnet den Zirkuswagen als Versteck aussuchen müssen?

»Nein, ich muss sowieso in die City. Ich habe was zu erledigen«, sagte Stella.

Innerlich zuckte sie zusammen. Hatte es je eine lahmere Ausrede gegeben? Mit einem Seufzen schloss sie die Augen. Wie schön wäre es doch, hätte sie mit der ganzen Geschichte nur am Rande zu tun. Oder noch besser: gar nichts.

Nur wegen des blöden Schlüssels hatte sie die tote Marlene Silberstein gefunden. Und als hätte das noch nicht gereicht, um bis zum Hals mit drinzustecken, hatten sie und ihre Großmutter jetzt auch noch den Tatverdächtigen Nummer eins am Hals.

Sie ging hinüber zur Villa und fand ihre Oma mit van Aalen im Wintergarten. Der Astrologe wirkte mittlerweile noch derangierter als zu dem Zeitpunkt, als sie ihn im Zirkuswagen entdeckt hatte. Seine mentale Verfassung war sichtlich schlecht: Nervös tigerte er im Wintergarten hin und her, sein Haar stand in alle Richtungen vom Kopf ab, und sein teurer, nun völlig zerknitterter Maßanzug sah aus, als hätte er ihn aus einem Altkleidersack gezogen. Bestimmt war es ihm unangenehm, sich so zu zeigen, aber was blieb ihm übrig?

»Der Kommissar denkt, dass ich es war!«, rief er verzweifelt aus, als Stella eintrat. »Ich bin verloren!« Händeringend sank er in einen Sessel.

»Etwas weniger Theatralik, bitte, Herr van Aalen«, sagte Stella entnervt, »Sie befinden sich hier nicht vor zahlendem Publikum, das Sie mit Pathos und wilden Gebärden beeindrucken müssen, um die stolzen Eintrittspreise für Ihre Vorträge zu rechtfertigen. Ich kann mich nur wiederholen: Stellen Sie sich dem Kommissar, und alles wird sich aufklären. Die Spurensicherung wird Ihren nicht mehr ganz so hübschen Anzug untersuchen und keine Blutspritzer finden. Das könnte der erste Schritt sein, um Ihre Unschuld zu belegen. Niemand wird wegen Mordes verurteilt, wenn er es nicht war.«

»Es gibt da leider ein Problem: Ich habe drei davon«, murmelte van Aalen.

»Sie haben drei Exemplare von diesem Anzug?«, fragte Maria ungläubig.

Van Aalen nickte. »Drei von *jedem* Anzug. Damit ich schnell wechseln kann, falls mir bei einem öffentlichen Auftritt ein Malheur passiert. Wenn ich mich mit Kaffee bekleckere oder dergleichen. Einige davon sind immer in der Reinigung. Zwei sauber – einer in der Reinigung.«

Darauf muss man erst einmal kommen, dachte Stella. Bisher hatte sie immer gedacht, Frauen – oder zumindest Frauen wie Marlene Silberstein – seien besonders eitel, aber sie hatte sich wohl getäuscht.

»Heißt das etwa, Sie hatten auch von diesem Anzug ein zweites Exemplar mit im Hotel?«

»Selbstverständlich. Von diesem und von dem, den ich tagsüber trug.« Er verstummte und starrte aus dem Fenster, das zur Auffahrt hinausging.

»*Und wo sind diese verdammten Anzüge jetzt?*«, blaffte Stella. Sie rollte mit den Augen. »Herrje – lassen Sie sich doch nicht jeden Krümel einzeln aus der Nase ziehen! Wie wäre es mal mit ein bisschen Kooperation?«

Erschrocken blickte er sie an. »Aber ich wusste doch nicht … Warum sind die Anzüge denn so wichtig?«

»Schätzchen, ruhig bleiben«, murmelte Stellas Großmutter von der Seite.

Stella warf ihr einen Blick zu und atmete tief durch. »Weil zwei saubere Anzüge *noch besser* sind als einer«, erwiderte sie beherrscht, obwohl sie den begriffsstutzigen Astrologen am liebsten durchgeschüttelt hätte. »Das kapiert doch wohl selbst der dümmste Mensch auf Erden. Also – wo sind die Anzüge? Hatten Sie ein Zimmer im Hotel?«

Van Aalen schüttelte den Kopf. »Nein, das war mir zu teuer. Ich habe meinen kleinen Koffer gestern an der Rezeption deponiert; er muss dort in einem Hinterzimmer stehen. Das erschien mir sicherer, als ihn an meinem Stand zu verstecken, und am Empfang waren die Anzüge schnell greifbar. Man weiß ja nie, wer sich am Messetag in der Halle herumtreibt, man

hört so viel von Taschendieben, die das Gedränge in Messe-
hallen bewusst ausnutzen, um ...«

»Ja, ja«, fiel Stella ihm ins Wort und wedelte ungeduldig
mit der Hand. »Tut mir leid, aber Ihre Gründe dafür interessieren mich nun wirklich nicht. Ich zerbreche mir längst den
Kopf darüber, wie ich den Kommissar unauffällig zu Ihrem
Koffer lotsen kann ...«

»Wieso? Sie können ihm doch einfach sagen, dass der Koffer dort ...«, begann van Aalen, aber sie ließ ihn den Satz nicht
beenden.

»Warum sagen *Sie* es ihm nicht *einfach?*«, fauchte sie,
klaubte ihr Handy vom Tisch und hielt es van Aalen unter die
Nase. »Hier, bitte. Bedienen Sie sich. Tillikowskis Nummer ist
eingespeichert.«

Als wollte er zwischen sich und das Telefon möglichst viel
Distanz legen, drückte van Aalen sich tiefer in den Sessel und
schüttelte panisch den Kopf.

»Dachte ich es mir doch.« Stella schnaubte und fuhr fort:
»Also bleibt es an mir hängen, nicht wahr? Und wie genau soll
ich dem Kommissar erklären, woher ich das mit dem Koffer so
urplötzlich weiß?«

»Gib mal her«, sagte Maria und streckte die Hand aus. »Ich
erledige das. Wo finde ich Arnos Nummer?«

»Unter C wie Columbo«, murmelte Stella.

Ihre Großmutter enthielt sich jeglichen Kommentars zur
Wahl des Pseudonyms für Tillikowski, hob aber amüsiert die
Brauen. Sie suchte nach dem Eintrag und ließ das Handy die
Nummer wählen.

»Es klingelt«, flüsterte sie und legte den Finger an die Lippen. Dann sagte sie: »Hallo, Arno, nein, hier ist Stellas Oma, ich
benutze nur ihr Telefon. Wissen Sie, mir ist gerade etwas eingefallen, und Stella sagte, das müsste ich Ihnen sofort mitteilen.«
... »Ja, natürlich hat es etwas mit dem Fall zu tun, ich hatte es
nur vollkommen vergessen. Man wird ja nicht jünger.« ... »Na,

na, jetzt schmeicheln Sie mir aber. Also: Holger van Aalen ist ja für seine Eitelkeit bekannt und dass ihm untadeliges Auftreten überaus wichtig ist. Deshalb hat er stets Wechselkleidung dabei, falls sein Anzug schmutzig wird oder er einen seiner Glitzerknöpfe verliert.« Sie lauschte und kicherte dann. »Na, das lassen Sie ihn aber besser nicht hören. Jeder, wie er will, das ist meine Devise. Wie auch immer: Beim Dinner bekam ich zufällig mit, dass er von einem Koffer sprach, den er an der Rezeption deponiert hatte und den er noch holen wollte, bevor er Feierabend macht. Dieser Koffer müsste dort immer noch sein.« … »Er trug gestern Abend einen terrakottafarbenen Anzug aus schimmerndem Stoff. Und vorher einen dunklen.« … »Ach, Sie sind gerade im Foyer? Wissen Sie was, ich warte so lange. Jetzt bin ich doch neugierig, ob mein Tipp nützlich für Sie war.« Sie reckte den Daumen in van Aalens Richtung, der atemlos zuhörte. »Ja, Arno, ich bin noch dran. Ach so, verstehe. Hm. Da kann man nichts machen. Ich hätte gerne geholfen. Ja, wird erledigt. Tschüss.« Sie legte das Handy auf den Tisch und sah van Aalen an. »Da ist kein Koffer, Holger.«

Van Aalen fuhr hoch. »Wie bitte? Der *muss* dort sein! Ich habe ihn jedenfalls nicht abgeholt!«

Maria zuckte mit den Schultern. »Der Portier bestätigt, dass Sie den Koffer gestern Morgen dort abgegeben haben und dass er bis zu seinem Feierabend im Hinterzimmer des Empfangs gestanden hat. Heute Morgen, als er den Nachtportier abgelöst hat, allerdings nicht mehr. Der Koffer ist also während der Nacht verschwunden.«

»Nicht so gut«, murmelte Stella und wandte sich an van Aalen. »Jetzt wird Tillikowski erst einmal denken, dass Sie selbst den Koffer geholt und sich so gegebenenfalls der blutigen Kleidung entledigt haben könnten.«

»Das habe ich *nicht* getan!«, blökte van Aalen empört.

Stella winkte ab. »Davon gehe ich aus. Hoffentlich weiß der Nachtportier etwas darüber, obwohl ich den Kerl nicht sonderlich vertrauenswürdig finde. Tillikowski hat ihn bereits bei einer Lüge ertappt: Der Portier hatte behauptet, seinen Posten während der Nacht nicht verlassen zu haben, aber dummerweise wusste ich in meiner Aussage zu berichten, dass niemand an der Rezeption war, als ich zu Marlenes Zimmer gegangen bin. Es stellte sich heraus, dass er draußen eine Zigarettenpause gemacht hatte, aber nicht wollte, dass sein Chef davon erfährt. Wer hätte noch von Ihrem Koffer wissen können, Herr van Aalen?«

»Holger, bitte«, sagte der Astrologe.

»Momentan ist mir nicht nach *Holger*«, gab Stella zurück. »Ich könnte dann glatt denken, dass wir befreundet sind. Sind wir aber nicht, ganz im Gegenteil. Sie sind mir gerade ein echter Klotz am Bein. Und nur weil ich Sie so schnell wie möglich loswerden will, hänge ich mich rein – und nicht, weil wir Freunde sind. Wenn ich bloß daran denke, dass Sie vielleicht doch der Täter sind und uns hier die Hucke volllügen, könnte ich Sie sofort an Ihrem zerknitterten Kragen packen, höchstpersönlich zur Polizei schleifen und dem Kommissar zum Fraß vorwerfen.«

Van Aalen war unter Stellas eisiger Stimme immer mehr in sich zusammengesunken. Jetzt richtete er sich auf und straffte die Schultern. »Ich war es nicht. Mich soll auf der Stelle der Schlag treffen, wenn ich Sie und Ihre geschätzte Großmutter belüge, Stel… Frau Albrecht. Mir ist klar, dass ich Ihnen Unerhörtes zumute, aber ich weiß niemanden sonst, an den ich mich wenden könnte. Leider gibt es keine Zeugen dafür, dass ich es nicht getan habe.«

»Aber es gibt eine Zeugin, die Sie über den Hotelflur im vierten Stockwerk hat flüchten sehen – genau zum angenommenen Tatzeitpunkt.«

»Was? Wer?«

»Wer schon?«, sagte Maria. »Unsere liebe Sixta hat das beobachtet, als sie ihr Bitte-nicht-stören-Schild nach draußen gehängt hat. Behauptet sie. Aber sich so etwas auszudenken, ist auch nicht ganz ungefährlich.«

»Ich bin ja tatsächlich über den Flur gerannt«, erwiderte van Aalen. »Aber dass Sixta ausgerechnet genau in diesem Moment ihre Tür …« Er brach ab und zuckte niedergeschlagen mit den Schultern.

»Wussten Sie von der Beziehung zwischen Marlene und Sixta?«, fragte Stella.

»Beziehung? Nein. Da gab es keine Beziehung. Marlene hat sich immer recht … hm … herablassend über Sixta geäußert, wenn ich es recht bedenke.«

»Da täuschen Sie sich aber gewaltig, Holger«, sagte Maria. »Sie und Sixta waren mal ein Liebespaar. Das weiß ich definitiv. Kein Gerücht, kein Hörensagen – ich *weiß* es.«

Van Aalen war buchstäblich die Kinnlade heruntergefallen. Er rang sichtlich um Worte, dann fasste er sich wieder. »Das ist vollkommen absurd. Marlene und ich … wir hatten ein Vertrauensverhältnis, sie hat mir ihr Herz geöffnet.« Nach einer kurzen Pause fügte er hinzu: »Und ich ihr meins.«

»Ach, auf einmal?« Stella hob die Brauen. »Und dennoch haben Sie Fröhlich sofort geglaubt, dass Marlene Sie beruflich hintergangen haben könnte. Bemerkenswert.« Van Aalen wollte aufbegehren, aber Stella stoppte ihn mit einer knappen Handbewegung. »Das wollen Sie vermutlich jetzt nicht hören, aber es gab wohl in Wirklichkeit kein *Marlene und ich,* Herr van Aalen. Zumindest nicht auf der romantischen Ebene. Das war alles nur schöner Schein. Marlene hatte Verhältnisse mit Sixta *und* mit Fröhlich; mit ihm hat sie die Nacht von Samstag auf Sonntag verbracht. Und Sie waren vielleicht nur die nächste Kerbe in ihrem Bettpfosten. Bei allem, was ich mittlerweile über diese Frau weiß, nutzte sie ihre Attraktivität, um sich zu nehmen, was immer sie wollte. Sie hat alle mit ihrem Charme geblendet, und hinter dieser strahlenden Fassade steckte eine knallharte, emotionslose Geschäftsfrau. Das ist an sich nichts

Schlimmes, aber wenn man völlig gefühllos auf den Herzen herumtrampelt, die man gebrochen hat, kann das schon mal schiefgehen. Wenn Sie verstehen, was ich meine.«

»Sie denken, dass *Sixta* ...? Oder Fröhlich?«, fragte der Astrologe entgeistert.

Stella zuckte mit den Schultern. »Ich denke gar nichts. Aber ich blicke genauso wenig durch wie der arme Tillikowski. Sixta hat gestern Abend während des Dinners von Marlene eine äußerst demütigende Abfuhr kassiert und ihr daraufhin gedroht. Sie war außer sich vor Wut.«

»Woher können Sie das wissen?«, fragte van Aalen mit leiser Stimme.

»Es ist so, Holger«, erwiderte Maria lächelnd, »Stella und ich haben gestern Abend unfreiwillig mehr Privates gehört, als wir jemals wollten. Manche Leute achten einfach nicht darauf, ob jemand in der Nähe ist, wenn sie sich ... hm ... *austauschen.* Wüste Beleidigungen, Drohungen, wilde Racheschwüre, geplante Intrigen – alles war dabei. Deshalb frage ich mich, ob jemand zufällig mitbekommen haben könnte, wo Ihr Koffer mit der Wechselkleidung war. Haben Sie mit jemandem darüber gesprochen?«

»Nur mit Marlene«, erwiderte van Aalen. »Als es darum ging, wie viel Zeit ich noch benötige, bevor ich zu ihr komme. Ich wolle noch kurz in die Hotelbar, sagte ich ihr, um in Ruhe einen kleinen Absacker zu trinken. Die beiden Tage waren so hektisch, da wollte ich nicht im Arbeitsmodus zu ihr gehen. Ich habe noch gescherzt, sie solle sich nicht wundern, wenn ich mit einem Koffer bei ihr aufkreuze. Und ja, es kam tatsächlich zur Sprache, wo der Koffer ist.«

»Ha!«, rief Stella aus, und van Aalen zuckte zusammen. »Jetzt wird mir klar, warum Fröhlich Ihnen in der Hotelbar aufgelauert hat: Er muss Ihr Gespräch mit Marlene gehört haben. Und ich hatte mich schon gefragt, woher er wusste, dass Sie dort aufkreuzen würden.«

»Wie – er hat mich dort *erwartet?*«, fragte van Aalen. »Ich dachte, unser Zusammentreffen wäre ganz zufällig gewesen. Was wollte er denn von mir?«

Stella hob den Finger. »Das bringt uns zum Stichwort Intrige. Fröhlich hatte vor, Ihnen eins reinzuwürgen, Sie von Ihrem hohen Ross zu holen, wie er es formulierte. Und das war offenbar die Information, dass Marlene in Wirklichkeit mit ihm kooperieren wollte und nicht mit Ihnen. Nur wissen wir noch immer nicht, ob das die Wahrheit ist oder lediglich eine Intrige, um einen Keil zwischen Marlene und Sie zu treiben. Hat es diese Verhandlungen zwischen Marlene und ihm tatsächlich gegeben? Oder diese ominöse, verbindliche Absprache, von der er Tillikowski gegenüber sprach? Niemand weiß es. Aber eines ist sicher: Der gar nicht so engelhafte und feinstoffliche Herr Fröhlich *wollte,* dass Sie stocksauer auf Marlene sind, verstehen Sie? Er hatte *geplant,* Ihr Schäferstündchen zu torpedieren. Und Ihre geschäftliche Verbindung gleich mit. Zwei Fliegen mit einer Klappe.«

Van Aalen war tiefrot angelaufen. Er schnaubte und stieß hervor: »*Er* hat sich meinen Koffer geholt und meinen Anzug angezogen, damit jeder denkt, dass ich es bin, falls er gesehen wird. Und dann hat er Marlene erschlagen und will es jetzt mir in die Schuhe schieben, dieses Dreckschwein!« Der Astrologe sprang auf und schrie: »Wahrscheinlich hat er irgendwo meinen Anzug deponiert, der mit Marlenes Blut getränkt ist! Wir müssen unbedingt diesen Anzug finden und verschwinden lassen!«

Maria schüttelte den Kopf und zog ihn am Ärmel zurück auf den Sessel. »Und dabei erwischt uns dann die Polizei, oder wie? Das ist also ein ganz schlechter Plan. Außerdem gibt es, soweit wir wissen, keinen ernsthaften Hinweis darauf, dass Fröhlich etwas mit dem Mord zu tun hat. Wir müssen weitersuchen.«

Kapitel 21

Oma hat leicht reden, dachte Stella grimmig.

Für die Verabredung mit Ben war sie etwas zu früh dran, aber sie hatte es mit dem verstörten van Aalen einfach nicht mehr ausgehalten. Sie hatte sich knapp verabschiedet und auf den Weg zur Pizzeria gemacht.

Sie selbst war komplett anderer Meinung als ihre Großmutter. Weitersuchen? Dazu hatte sie überhaupt keine Lust. Es war nicht ihre Aufgabe, den Mord an Marlene Silberstein aufzuklären. Genau genommen war sie kurz davor, Tillikowski anzurufen und ihm mitzuteilen, wo van Aalen zu finden war. Da waren ihr die Konsequenzen daraus, dass Maria und sie den Astrologen bisher versteckt hatten, schon beinahe egal, zumal es vermutlich ohnehin auffliegen würde.

Irgendwann musste van Aalen ja wieder auf der Bildfläche erscheinen. Spätestens, wenn der Täter gefunden war. Aber die Tatsache, dass er sich der Polizei entzogen hatte, blieb bestehen. Natürlich würde der Kommissar auf jeden Fall wissen wollen, wo er sich versteckt gehalten hatte … und dann? Was würde van Aalen dann erzählen?

Stella hatte keinen Zweifel daran, dass sie sich eine plausible Geschichte würden ausdenken können, aber würde van Aalen überzeugend lügen können? Ob der Kommissar ihm dann überhaupt abkaufte, dass er keine Helfer gehabt hatte?

Aber was, wenn Tillikowski den Täter oder die Täterin nicht fand? Würde van Aalen dann bis in alle Ewigkeit als heimlicher Mitbewohner in der Villa bleiben? Wie ein klagendes Schlossgespenst, das nicht zur Ruhe kam?

Bei diesem Gedanken wusste Stella nicht, ob sie lachen oder weinen sollte.

Was für eine Vorstellung! Aber nein, das war natürlich vollkommen undenkbar. Immerhin hatte van Aalen ein Unternehmen zu führen; er konnte nicht einfach spurlos von der Bildfläche verschwinden und nie wieder auftauchen. Dass er Angst davor hatte, verhaftet zu werden, konnte Stella sogar verstehen. Momentan war er in Panik und dachte vermutlich nicht einmal daran, welche beruflichen Konsequenzen seine Abwesenheit haben konnte. Ihm ging es nur um seinen tadellosen Ruf. Verhaftet wegen Mordverdacht? Nie im Leben, da versteckte er sich lieber und zog Unschuldige mit ins Verderben.

Und dann gab es natürlich noch die schlimmste aller Möglichkeiten – dass er tatsächlich der Täter war.

Ein Alptraum.

Stella hatte die Pizzeria erreicht und stellte das Auto ab. Sie überlegte einen Moment und rief dann ihre Großmutter an.

»Oma, du könntest zur Sicherheit schon mal mit van Aalen an einer Geschichte feilen, wo er gewesen ist, während die Polizei ihn gesucht hat.«

»Du meinst … für *später?*«, fragte ihre Großmutter.

»Allerdings, ich habe nämlich keine Lust, seinetwegen Stress mit Tillikowski zu kriegen. Hast du mal darüber nachgedacht, was wir machen, wenn er den Mord *nicht* in Blitzgeschwindigkeit aufklärt?«

Es folgte eine kurze Stille, dann kam ein leises, aber hörbar bestürztes: »Oh …«

»Siehste? Wie lange wollen wir ihm in diesem Fall noch Zuflucht gewähren und ihn decken? Zwei Tage? Zwei Wochen? Monate? Wir *müssen* eine Frist festsetzen, Oma. Unbedingt. Was weiß ich … noch 24 Stunden oder so, und dann muss er die Villa verlassen. Von mir aus kann er sich sonst wo verstecken, aber ich möchte ihn nicht mehr im Haus haben. Ich fühle mich sehr unwohl mit der Situation.«

»Ich weiß, mein Schatz. Ich werde darüber nachdenken, versprochen. Und das mit der Geschichte für den Kommissar ist eine gute Idee. Ich kümmere mich darum.«

»Wunderbar. Bis später.«

Stella hörte van Aalen im Hintergrund mit hysterischer Stimme fragen, worum es bei ihrem Telefonat ginge – vermutlich hatte ihn die Erwähnung des Kommissars in höchste Alarmbereitschaft versetzt.

Aber sie beendete die Verbindung.

Damit musste ihre Großmutter sich jetzt leider alleine herumschlagen.

Ben war noch nicht eingetroffen, und sie setzte sich auf die malerische Außenterrasse der Pizzeria. Nur ein weiterer Tisch war mit drei Männern besetzt. Sie suchte einen Platz aus, der möglichst weit davon entfernt war. Von Tillikowski wusste sie, dass dieses Lokal gerne von seinen Kollegen aufgesucht wurde, und es fehlte gerade noch, dass diesmal sie diejenige war, die sich ungewollt belauschen ließ.

Sie konnte buchstäblich hören, wie der Kommissar davon erfuhr: *Du, Arno, wir waren in meiner Mittagspause in der Pizzeria, und da haben sich zwei Leute über den Mord an der Silberstein unterhalten … das waren diese Sternentante, die du kennst, du weißt schon, und dieser rasende Reporter, mit dem du immer Fußball spielst … da sind einige Informationen über den Tisch geflogen, die eigentlich noch nicht an die Presse gehen sollten …*

Verdammt, diese ganze Geschichte ist ein einziges Minenfeld, dachte sie, und es ist ein reines Wunder, dass mir noch keine davon unter dem Hintern explodiert ist.

»So nachdenklich?«, fragte eine Stimme direkt neben ihr.

Stella zuckte zusammen, denn sie hatte Bens Ankunft nicht bemerkt.

»Und so schuldbewusst noch dazu.« Grinsend setzte er sich an den Tisch. »Was geht dir gerade durch dein hübsches Köpfchen?«

Genervt winkte Stella ab. »Du hast ja keine Ahnung, was

los ist. Ich befinde mich mitten in einem fürchterlichen Alptraum und kann einfach nicht aufwachen.«

Ben nickte mitfühlend. »Es war bestimmt schrecklich für dich, die Leiche zu finden, du Ärmste. Diese Bilder loszuwerden, dürfte nicht einfach sein.«

»Wenn es das nur wäre …« Auf seinen erstaunten Blick hin fuhr sie fort: »Versteh mich nicht falsch – das viele Blut überall war wirklich kein schöner Anblick. Das war aber leider nur der Auftakt zu einem Verwirrspiel aus Lügen, Verdächtigungen und Anschuldigungen …«

Sie brach ab und schüttelte den Kopf.

Ein Kellner erschien am Tisch und nahm ihre Bestellung auf. Stella, die plötzlich merkte, dass sie kaum Appetit hatte, orderte nur eine Minestrone, während Ben – wie üblich – eine Pizza mit Meeresfrüchten wollte.

»Lügen und Verdächtigungen? Wirklich? Dir ist aber schon klar, dass ich noch *gar nichts* weiß, oder?«, fragte Ben. »Außer, dass du die tote Frau gefunden hast.«

Das hatte Stella tatsächlich glatt vergessen.

»Du musst mir erst schwören, dass du alles, was ich dir jetzt erzähle, nicht veröffentlichen wirst«, sagte sie mit gesenkter Stimme.

Ben verdrehte die Augen. »Ernsthaft? Das ist doch wohl klar. Aber gut: Ich schwöre es dir feierlich bei allem, was mir heilig ist.«

Stella seufzte theatralisch. »Leider weiß ich, dass dir nicht besonders viel heilig ist, mein Bester.«

Der Kellner brachte die georderte Flasche Mineralwasser und zwei Gläser. Als er wieder weg war, berichtete Stella in groben Zügen von dem, was geschehen war. Mitten in der Geschichte machte sie eine Pause, weil ihr Essen serviert wurde. Ben aß seine Pizza, während er weiter zuhörte. Als sie geendet hatte, verputzte er gerade das letzte Stückchen.

Er wischte sich den Mund mit der Serviette ab und schüttelte den Kopf. »Das ist ja tatsächlich ziemlich verwirrend. Diese Sixta erscheint mir höchst verdächtig. Aber auch dieser Fidibus Fröhlich …«

»Filibert …«, warf Stella grinsend ein.

»Fidibus … Filibert … klingt eins so bekloppt wie das andere, wenn du mich fragst. Leute mit derart merkwürdigen Namen finde ich sowieso reichlich suspekt.«

Stella, die ein wenig von der Suppe gegessen hatte, legte den Löffel ab. »Sixta heißt ja in Wirklichkeit anders: Margot Fleischhauer.«

»Fleischhauer? Noch schlimmer! Wenn das nicht ein perfekter Name für eine Mörderin ist!«, rief Ben aus.

Stella bemerkte mit Schrecken, dass die drei Männer Bens letzten Satz offenbar gehört hatten, denn sie spähten neugierig herüber.

»Ben, sprich bitte nicht so laut«, sagte Stella mit gesenkter Stimme. »Ich plaudere hier Dinge aus, die … du weißt schon. Wir haben bereits Aufmerksamkeit erregt.«

»Okay, okay. Du hast jetzt eine Menge über Sixta und diesen Fisimatentus erzählt. Und über diesen kiffenden Sternenbengel, der dir ja offenbar ziemlich gut gefallen hat. Aber ich vermisse jemanden – was ist eigentlich mit van Aalen? Er hatte doch wohl ein sexy Date mit der schönen Planetenprinzessin. Was sagt er denn dazu? Ist er etwa nicht verdächtig? Hat er ein gutes Alibi?« Ben grinste und fuhr fort: »Oder hat er sich mit irgendeinem kosmischen Kokolores aus der Nummer rausgezaubert? Kann ich mir bei Arno eigentlich nicht vorstellen.«

Das war der Moment, vor dem Stella sich am meisten gefürchtet hatte. Wie viel konnte sie Ben anvertrauen?

»Holger van Aalen ist momentan nicht auffindbar«, erwiderte sie.

»Wie bitte?«, rief Ben laut aus, dann beugte er sich über den Tisch und zischte: »Der hochwohlgeborene, pompöse Herr van Aalen ist auf der Flucht? Oh mein Gott, ich verstehe … *Er* ist der Mörder! Das ist ja eine *echte* Sensation. Aber ich verstehe immer noch nicht, wieso das alles für dich so ein Alptraum ist. Arno jagt van Aalen, findet ihn, legt ihm Handschellen an, und ich habe eine Bombenstory. Du hast doch wohl nicht etwa Mitleid mit diesem eingebildeten Astro-Guru?«

»Nein, das ist es nicht.«

»Sondern?« Ben musterte sie forschend. »Du windest dich, als würdest du auf einer heißen Herdplatte sitzen. Du verschweigst mir etwas, das sehe ich doch! Wieso wirst du so einsilbig, wenn es um van Aalen geht?« Er kniff die Augen zusammen und starrte sie durchdringend an. »Warte mal ... *du weißt, wo er ist.* Hab ich recht?«

Stella zuckte mit den Schultern, dann nickte sie.

»Aber das ist es nicht allein ... Moment ... das glaube ich jetzt nicht ... Du versteckst ihn! In der Villa!«

Wieder beließ sie es bei einem Nicken. Was sollte sie auch sagen?

»Ich fasse es nicht«, sagte Ben leise. »*Du* versteckst einen Flüchtigen? Vor *Arno*? Das wird eine Menge Ärger geben. Dafür wird er dich einen Kopf kürzer machen, das ist dir hoffentlich klar. Er wird dich in kleine Fetzen zerreißen. So sehr kann er gar nicht auf dich st...« Er unterbrach sich und fuhr fort: »Wie kommst du bloß dazu, ausgerechnet van Aalen zu helfen?«

»Er hatte sich in Omas Zirkuswagen verkrochen, als der noch in der Halle stand. Unter dem Sofa – und dort war er natürlich immer noch, als wir den Wagen zurück zur Villa brachten. Erst in der Remise habe ich ihn entdeckt. Er ... er hat mich um Hilfe angefleht. Er schwört, dass er mit dem Mord nichts zu tun hat.«

»Ach so, na dann ... unter Sterndeutern glaubt mal sich natürlich aufs Wort. Lass mich raten – er hat so etwas gesagt wie: *Mein Abendstern war schon unter dem Horizont, und deshalb kann ich es nicht gewesen sein.* Und du hast geantwortet:

Was? Unter dem Horizont? Kein Zweifel, du bist unschuldig!« Bens Stimme war sarkastisch. »Und deshalb musst du jetzt den wahren Täter finden, damit van Aalen wieder ans Tageslicht kriechen kann. Du bist ganz schön bescheuert, meine Liebe. Und auf verdammt dünnem Eis unterwegs.«

Das läuft ja bestens, dachte Stella und trank einen Schluck Wasser, um ein wenig Zeit zu gewinnen.

Dann sagte sie: »Um eines mal gleich zu klären: Ich *hasse* es, dass er bei uns herumlungert. Aber Oma ist fest von seiner Unschuld überzeugt. *Felsenfest.* Dennoch habe ich ihr vorhin zu bedenken gegeben, dass wir Holger van Aalen nicht ewig verstecken können. Er sagt, Marlene Silberstein sei schon tot gewesen, als er in ihr Zimmer kam. Ja, kann sein. Vielleicht aber auch nicht. Aber was, wenn Arno niemanden der Tat überführen kann?«

»Und was«, Ben flüsterte jetzt beinahe, »wenn van Aalen *doch* der Täter war und die schöne Astrologin in einem Wutanfall ins Jenseits befördert hat?«

Stella stöhnte auf und vergrub ihr Gesicht in den Händen. Dann sah sie Ben an. »Genau das ist mein allerschlimmster Alptraum. Ich bin sogar bereit, ihm zuzugestehen, dass er im Affekt gehandelt hat und derart unter Schock steht, dass er die Tat vollkommen verdrängt hat.«

»Du meinst, er ist von seiner Unschuld völlig überzeugt, hat sie aber gekillt?«

»Das soll es geben. Van Aalen wähnte sich ja bis dahin nicht nur als zukünftiger Liebhaber, sondern auch als Geschäftspartner der umschwärmten Dame. Er war sehr wütend auf sie, nachdem Fröhlich ihm gesteckt hat, Marlene wolle mit Zodiac TV kooperieren. Das hat van Aalen mir gegenüber zugegeben – er wollte sie zur Rede stellen. Wir wissen, dass sie von hinten erschlagen wurde. Hat es also keine Konfrontation gegeben, weil es keine Kampfspuren gibt und sie keine Abwehrverletzungen hat? Nicht unbedingt: Er könnte sie angepöbelt haben, und sie hat ihn vielleicht ausgelacht und ihm den Rücken zugekehrt. Das würde hervorragend zu Marlene passen.«

Mit Erleichterung bemerkte Stella, dass die drei Männer aufstanden und die Terrasse verließen. Endlich war sie allein mit Ben und konnte sich etwas weniger Paranoia zugestehen. Deutlich entspannter als zuvor lehnte sie sich auf ihrem Stuhl zurück.

»Und ist der überaus arrogante Holger van Aalen jemand, der mit einer solchen Missachtung seiner Empörung umgehen könnte?« Ben schüttelte langsam den Kopf. »Nein, so kennen wir ihn nicht. Er ist schließlich daran gewöhnt, dass ihn alle Welt wie einen Halbgott verehrt. Ihm ist also der Draht aus der Mütze geflogen, und er hat ihr diesen ollen Pokal über die Rübe geschmettert. Welch symbolhaftes Mordwerkzeug! Die Auszeichnung, die er ihr verliehen und die dieses undankbare Weib nun natürlich nicht mehr verdient hatte! Was wäre geeigneter gewesen? Nichts.«

Wider Willen musste Stella grinsen. »Klingt wie aus einem schrecklichen Hollywoodfilm, in dem schlicht gestrickte Küchentischpsychologie eine Hauptrolle spielt – aber ja, so könnte es theoretisch gewesen sein. Und jetzt kommt noch mehr Psychologie: Da für ihn diese grausame Gewalttat nicht mit seinem Selbstbild vereinbar ist, verdrängt er sie komplett. Derartige Mechanismen gibt es durchaus. Er hält sich für beherrscht, souverän und überlegen, und das in absolut jeder Situation. Natürlich hat er auch Emotionen, aber die hält er normalerweise unter Kontrolle, zumindest in der Öffentlichkeit. Wenn einem solchen Menschen unvorbereitet die Gefühle durchgehen, kann das wie ein Vulkanausbruch sein. Und dann, zack, ist auf einmal jemand tot. *Könnte* sein.«

»Aber du bist nicht überzeugt davon.«

»In seiner Mimik finde ich keinerlei Anzeichen dafür, dass er Oma und mich belügt.« Stella zuckte mit den Schultern. »Aber ich bin nicht unfehlbar. Außerdem: Wenn er von seiner Unschuld – momentan – zu hundert Prozent überzeugt ist, sagt er uns natürlich«, sie malte mit den Fingern Anführungszeichen in die Luft, »die *Wahrheit,* wenn er uns gegenüber sagt, dass er es nicht war.«

»Aber wer war es dann? Ist davon auszugehen, dass es zwischen Täter und Opfer eine persönliche Verbindung gibt? Was sagt Arno denn dazu?«

»Ich glaube, er ermittelt in diese Richtung. Motive gibt es genug. Mit allen hat Marlene gespielt, wie es scheint. Unwahrscheinlich, dass irgendeine fremde Person spontan in ihr Zimmer gegangen ist, um sie zu töten. Denn: Was sollte der Grund sein?«

»Was ist mit Raubmord?«, fragte Ben. »Als ich sie fotografiert habe, war sie behängt wie ein Christbaum. Billig sahen ihre Klunker nicht gerade aus.«

Stella schüttelte den Kopf. »Raubmord war es nicht, denn ihr wertvoller Schmuck, der offen herumlag, scheint unberührt. Der Täter hätte ihn außerdem unbemerkt klauen können, da sie sich im Bad aufgehalten hat. Sie machte sich wohl gerade für ihr Schäferstündchen mit van Aalen zurecht. Ein Sexualverbrechen war es nicht. Ich habe sie ja selbst gesehen. Sie war zwar *leicht* bekleidet, aber vollständig. Was bleibt dann übrig? Reine Mordlust. Und das bei irgendjemandem, der zufällig bemerkt, dass ihre Zimmertür nicht abgeschlossen ist, und sie dann ganz spontan killt? Nee. Der Täter kannte sie. Oder die Täterin.«

Sie schwiegen, während Stella nachdachte. Sie leerte ihr Glas und füllte es nach. Der Kellner erschien, um ihr Geschirr abzuräumen und nachzufragen, ob er noch etwas bringen könne, aber beide lehnten dankend ab.

Schließlich sagte Stella: »Mir geht dieser Kerl nicht aus dem Kopf.«

»Hä? Welcher Kerl?«, fragte Ben erstaunt.

»Dieser Typ bei der Signierstunde, erinnerst du dich? Du hast es ja nicht mitgekriegt, aber der Typ ist ihr massiv auf die

Pelle gerückt. Marlene war sehr erschrocken, das war deutlich zu sehen. Und er ist dann später ja noch einmal aufgetaucht und hat sie beobachtet. Ich frage mich, was er von ihr wollte. Und wer dieser Mann war.«

Ben zuckte mit den Schultern. »Du wirst es vermutlich niemals erfahren, Schätzchen.«

»Vielleicht ja doch. Du hast doch Hunderte Fotos gemacht, während du in der Halle unterwegs warst. Auch von der Warteschlange an Marlene Silbersteins Tisch, an dem sie ihre Bücher signiert hat?«

»Ja, aber erst, *nachdem* die Szene mit dem Mann passiert war. Obwohl … warte mal: Das stimmt nicht. Ich habe auch vorher schon Fotos gemacht, und zwar quasi aus ihrer Perspektive an der Schlange entlang.«

Stella frohlockte innerlich. Stopp, freu dich nicht zu früh, dachte sie, aber vielleicht habe ich ja tatsächlich Glück.

»Hast du die Fotos dabei?«, fragte sie aufgeregt.

Ben hob seine Tasche vom Boden auf und stellte sie auf den Stuhl neben sich. »Da hast du aber Schwein gehabt«, sagte er mit einem Zwinkern, »ich bin noch nicht dazu gekommen, die Speicherkarte zu löschen.«

Er steckte das Speichermedium in die Kamera und aktivierte das Display. Dann klickte er sich murmelnd durch die Bilder. »Nein … das ist die Reiki-Tante … nein, da war ich noch in einem anderen Teil der Halle … hm … Zodiac TV … jede Menge Publikum … da – die Warteschlange.«

Er stand auf und kam um den Tisch herum, während Stella bereits einen Stuhl neben den ihren zog. Ben setzte sich, und sie beugten sich über die Kamera.

Er zeigte ihr Bild nach Bild, bis sie rief: »Das ist er! Kappe, Schnäuzer … der Typ mit dem blauen Pulli!«

»Da ist er halb verdeckt. Vielleicht habe ich noch ein besseres«, sagte Ben und klickte weiter. Dann stoppte er und sagte: »Perfekt zu erkennen.«

Das stimmte. Und vor allem war der hasserfüllte Blick des Mannes zu erkennen, mit dem er Marlene anstarrte.

»Mach mal bitte größer«, murmelte Stella, und Ben zoomte das Gesicht des Mannes heran.

»Und?«, fragte Ben. »Ich finde, er sieht aus wie ein Pornodarsteller aus den Siebzigern. Diese fette Rotzbremse kann unmöglich echt sein.«

Stella musste ihm recht geben: Der voluminöse, dunkle Schnauzbart wirkte wie aufgeklebt. Man konnte noch nicht einmal erkennen, ob er zur Haarfarbe des Mannes passte, denn er trug eine Mütze mit Schirm.

»Ich glaube, ich kenne das Gesicht«, sagte Stella nachdenklich und beugte sich tiefer über den kleinen Bildschirm.

»Natürlich kennst du es. Du hast ihn schließlich mit der Silberstein reden sehen.«

»Nein. Nein, das meine ich nicht. Irgendetwas an diesem Gesicht kommt mir vage bekannt vor; ich habe den Mann noch woanders gesehen. Vermutlich ohne die Mütze und ohne den Schnäuzer. Nicht in dieser Messe-Situation. Ganz sicher. Mir fällt nur ums Verrecken nicht ein, wo.«

»Ich schicke dir das Bild später vom Büro aus auf dein Handy. Dann kannst du in Ruhe darüber nachdenken. Und Maria zeigen. Vielleicht fällt ihr etwas zu ihm ein.«

Nein, Stella war sicher, dass Maria ihr nicht würde helfen können. Sie hatte das Gefühl, diesem Mann begegnet zu sein, als sie *nicht* in Marias Begleitung gewesen war. Dennoch – einen Versuch war es allemal wert.

Aber hatte der Mann vielleicht im Frühstücksraum gesessen, und sie hatte ihn nur am Rande ihres Gesichtsfelds wahrgenommen? Sie war ausschließlich auf Arno und seine Fragen konzentriert gewesen … und auf Sixta, Filibert Fröhlich und Hartmut natürlich.

Der Frühstücksraum war sehr groß gewesen, und etliche andere Hotelgäste waren dort ein und aus gegangen. Am Büfett hatte reger Betrieb geherrscht, Leute waren durch den Raum gelaufen. Aber sie hatte überhaupt nicht auf sie geachtet, kaum hingesehen. Vielleicht ein kapitaler Fehler, wie sie nun feststellte.

Aber es war ebenfalls möglich, dass sie sich irrte.

Es konnte sogar sein, dass er schlicht und ergreifend beim selben Discounter einzukaufen pflegte wie sie und schon ein paarmal vor ihr in der Kassenschlange gestanden hatte.

Verdammt.

Sie musste unbedingt wissen, wer dieser Mann war.

»Sag mal, hat Ruby eigentlich schon etwas herausgefunden, das uns helfen könnte?«

Ben blickte auf die Uhr. »Sie müsste eigentlich schon unterwegs hierher sein. Du hast doch noch etwas Zeit?«

Natürlich hatte sie noch Zeit. Für Ruby sowieso.

Kapitel 22

Arno Tillikowski war mies drauf.

Nicht nur das – sein Magen knurrte laut und vernehmlich, und in Kombination mit seiner schlechten Laune war das eine höchst explosive Mischung.

Für einen saftigen, turmhohen Burger mit Pommes hätte er glatt einen Monatslohn gezahlt, aber an eine ausgiebige Mittagspause war nicht im Traum zu denken. Er war heilfroh, dass er beim Frühstück ordentlich zugeschlagen hatte, und beinahe sehnte er sich in die Kantine des Präsidiums, denn ihm hätte jetzt schon ein halbes Brötchen mit Käse gereicht, um seinen Magen zu beruhigen. Aber in diesem beknackten Hotel gab es so etwas natürlich nicht.

Ihm gegenüber saß seit einer Minute der Barkeeper, dessen Laune kein Stück besser als seine eigene war, hatte ihn die Polizei doch aus dem Bett geholt und ins Hotel zitiert.

»Vielen Dank, dass Sie hergekommen sind, Herr Schäfer«, sagte Arno. »Ich habe einige Fragen zu gestern Nacht. Bestimmt haben Sie mittlerweile davon gehört, dass es in diesem Hotel einen Todesfall gegeben hat.«

»Natürlich habe ich das. Diese Astrologin wurde umgebracht. Und was habe ich damit zu tun?«, blaffte der Mann. »Ich habe nach meinem Dienst die Bar aufgeräumt und bin sofort nach Hause gefahren. Den Schlüssel für die Bar habe ich an der Rezeption abgegeben und das Hotel dann durch den Haupteingang verlassen. Das wird der Nachtportier Ihnen bestätigen.«

»Sie sind nicht hier, weil ich Ihr Alibi überprüfen möchte«, erwiderte Arno.

»Sondern?«

Ich muss ruhig bleiben, dachte Arno angesichts der unverhohlenen Feindseligkeit seines Gegenübers, wenn ich jetzt auch noch aus der Haut fahre, ist absolut niemandem damit gedient – vor allem nicht mir.

»Es geht um eine Szene, die sich gestern Nacht in Ihrer Bar abgespielt hat«, erwiderte Arno freundlich. »Zwei Männer haben sich heftig gestritten. Es müsste kurz vor Ihrem Feierabend gewesen sein. Sie schließen die Bar doch immer gegen Mitternacht?«

»Das stimmt.« Der Barkeeper nickte langsam. »Aber ich pflege meine Gäste nicht zu belauschen. Diskretion ist das höchste Gebot.«

»Selbstverständlich. Daran habe ich keinen Zweifel. Aber in einer leeren Bar ... Zwei Männer pöbeln sich direkt vor Ihrer Nase an, beleidigen sich gegenseitig nach allen Regeln der Kunst ... Machen wir uns nichts vor: Sie müssten schon stocktaub sein, um nichts mitzukriegen. Sind Sie stocktaub, Herr Schäfer?«

»Dämliche Frage. Wir unterhalten uns doch ganz normal, oder? Wieso sollte ich also taub sein?«

»Mir ist klar, dass Sie es nicht sind, Herr Schäfer. Meine Frage war auch nur rhetorisch gemeint.« Arno lächelte besänftigend und fuhr fort: »Mir geht es um die beiden Männer und den Inhalt ihres Streits. Filibert Fröhlich und Holger van Aalen trafen also gestern Nacht an Ihrer Theke aufeinander ...«

»Heißen die beiden so?«, fiel der Barkeeper ihm brüsk ins Wort. »Wissen Sie, die meisten meiner Gäste sind für mich allenfalls unpersönliche Zimmernummern. Für ihre Namen interessiere ich mich nicht.«

Ach tatsächlich, dachte Arno, gehört es neuerdings nicht zu einem besonders guten Service, die Gäste mit Namen anzusprechen?

»Ach so«, sagte er dann. »Nur Zimmernummern, ich verstehe. Ich formuliere es anders: Es handelt sich um einen etwas steif wirkenden Herrn um die sechzig und den Veranstalter des letzten Wochenendes – dunkler Anzug mit Kristallknöpfen, sehr elegant ...«

Der Barkeeper winkte ab. »Ich weiß schon, wen Sie meinen. Es waren ja nur die beiden, die Krawall gemacht haben. Normalerweise hätte ich sie sofort der Bar verwiesen, zumal sie schon bei ihrer Ankunft nicht mehr nüchtern waren. Ein derartiges Verhalten dulde ich sonst nicht, aber ich hatte praktisch schon Feierabend und war bereits mit Aufräumen beschäftigt. Das Gespräch geriet sehr schnell aus den Fugen, wissen Sie?«

»Kamen die beiden zusammen in die Bar?«

»Nee. Zuerst der Ältere. Er guckte ständig ganz gespannt zum Eingang, als würde er jemanden erwarten. Und dann tauchte der Elegante auf, aber der Erste guckte sofort in die andere Richtung und tat so, als wäre ihr Zusammentreffen ein großer Zufall.«

»Verstehe. Worum ging es bei dem Streit?«

»Zuerst haben sie sich normal unterhalten. Na ja, relativ normal. Mister Glitzerknopf gab damit an, dass er demnächst mit dieser Silberstein zusammenarbeiten würde. Aber dann ging es plötzlich um irgendeine Auszeichnung, und der Ältere meinte, die ganze Preisverleihung sei nur ein Betrug gewesen. Der andere wurde sofort sauer und konterte, er hätte den Preis ja wohl unmöglich einem windigen Fernsehsender geben können, bei dem die Anrufer abgezockt werden, *er* habe schließlich noch einen guten Ruf, den es zu bewahren gälte. Oder so ähnlich. *Blabla* von der einen Seite ... *blabla* von der anderen Seite ... und dann holte der Ältere zum finalen Schlag aus: Es ging wieder um diese Silberstein. Ihren Namen wusste ich zufällig, weil sie am Abend zuvor in der Bar gefeiert wurde. Oder besser: Sie hat sich feiern *lassen*.« Er hielt plötzlich inne und fügte hinzu: »Jedenfalls, bis sie Streit mit so einer Pummeligen in schwarzen Walleklamotten kriegte. Und sie ist dann mit dem Älteren abgezogen, wie mir gerade einfällt. Ich habe mich noch gewundert, was so ein Geschoss mit dem alten, langweiligen Zausel will.«

Es hat also noch eine weitere Auseinandersetzung zwischen der Silberstein und der Fleischhauer gegeben, dachte Arno, gut zu wissen.

»Kommen wir zurück zu gestern Abend«, sagte Arno. »Was geschah weiter?«

»Okay. Also, jetzt trumpfte der Zausel ganz groß auf. Er hätte längst eine Vereinbarung mit der Silberstein, er würde in Zukunft mit ihr zusammenarbeiten. Und außerdem hätte er die letzte Nacht mit ihr verbracht. Dann ging er und ließ Mister Glitzerknopf einfach stehen.«

Das deckte sich eins zu eins mit Fröhlichs Aussage, stellte Tillikowski fest.

»Holger van Aalen blieb also in der Bar zurück. Was tat er als Nächstes?«

Der Barkeeper grinste. »Auf den Schreck bestellte er noch einen Martini. Und weil ich ein mitfühlender Mensch bin, mixte ich ihm noch einen, obwohl ich schon alles geputzt hatte. Tatsache ist, er tat mir sogar ein bisschen leid. Er stand zuerst total unter Schock. Ich kriegte schon Angst, er würde weinerlich werden und mir sein Herz ausschütten wollen, aber nichts dergleichen. Im Gegenteil: Er fing plötzlich an, vor sich hin zu fluchen. *Das wirst du mir büßen, du verdammtes Miststück,* und so ein Zeug. Er putschte sich richtig hoch, hatte ich den Eindruck. Dann knallte er mir das leere Glas auf den Tresen und stürmte aus der Bar. Ende der Geschichte.«

»Sie haben nicht zufällig Kenntnis darüber, wohin er als Nächstes ging?«, fragte Arno ohne viel Hoffnung, darauf eine konkrete Antwort zu bekommen. Aber versuchen konnte er es ja mal.

Der Barkeeper zuckte mit den Schultern. »Er sagte nicht gerade: *Jetzt schnapp ich mir das Luder* oder etwas in der Art. Am besten ist, Sie fragen Jochen danach. Den Nachtportier. An ihm musste der Glitzerknopf ja vorbei. Aber ich hatte das unbestimmte Gefühl, dass er auf direktem Weg zu ihr rennen würde, um sie zur Rede zu stellen. Mann, der Kerl war auf hundertachtzig! Er machte nicht wirklich den Eindruck, als wollte er den nächsten Morgen abwarten, um die Sache dann ganz in Ruhe und zivilisiert zu klären, oh nein. Ich konnte nur hoffen, dass die betreffende Dame ihre Zimmertür zweimal abgeschlossen hatte.«

Nein, das hatte sie leider nicht, dachte Arno, und genau das wurde ihr vielleicht zum Verhängnis.

Er bat den Barkeeper, seine Aussage bei einem Kollegen noch zu Protokoll zu geben, dann könne er gehen.

Tillikowski blieb in dem Raum und dachte nach.

Immer mehr Indizien schienen geradewegs auf Holger van Aalen zu deuten: der Streit mit Fröhlich, die Tatsache, dass Sixta ihn gesehen hatte, der verschwundene Koffer mit den Ersatz-Anzügen – nicht zu vergessen das offene Klappmesser, in das Marlene Silberstein ihn seiner Meinung nach hatte laufen lassen.

Für Arnos Geschmack waren es beinahe schon zu viele Pfeile, die auf van Aalen zeigten – neonrot und blinkend. Für die Staatsanwaltschaft wäre das vielleicht sogar schon ein begründeter Verdacht, der für einen Haftbefehl reichte. Andererseits fußte allein die Aussage des Barkeepers *nicht* auf Hörensagen.

Hatte Margot Fleischhauer wirklich van Aalen gesehen? Vielleicht ja, vielleicht nein. Eher ja, wenn er es recht bedachte. Sie könnte durchaus selbst Marlene ermordet haben, weil diese sie verschmäht und übel beleidigt hatte, wie er von Maria erfahren hatte. Was er eben vom Barkeeper über sie erfahren hatte, ließ Sixta nicht gerade unverdächtiger erscheinen.

Und hatte es diese von Fröhlich behauptete Vereinbarung zwischen ihm und Marlene wirklich gegeben – oder hatte er van Aalen nur provozieren wollen, um einen Keil zwischen ihn und die allseits begehrte Astrologin zu treiben? Diesen hirnrissigen Blödsinn von kosmischer Liebe und dass er nicht eifersüchtig sei – das konnte er seiner Großmutter auftischen.

Arno Tillikowski seufzte.

Abgesehen davon, dass ihm weitere Gespräche mit Fröhlich und mit Margot Fleischhauer bevorstanden, musste er so schnell wie möglich diesen verdammten Holger van Aalen auftreiben. Wo konnte er nur stecken?

Als Margot Fleischhauer zur erneuten Befragung erschien, konfrontierte Arno sie ohne viel Vorrede mit seinem Wissen von ihrem heftigen Streit mit Marlene Silberstein, der in der Damentoilette stattgefunden hatte.

»Woher wissen Sie …«, fauchte Margot Fleischhauer mit hochrotem Kopf und sprang auf. Dann fiel sie schwer zurück auf den Stuhl. »Es war diese alte Hexe, richtig? Diese Madame Pythia. Am liebsten würde ich der alten Krähe …«

»Den Hals umdrehen?«, fiel Arno ihr eisig ins Wort. »Warum? Im Gegensatz zu Ihnen hat *sie* mir immerhin die Wahrheit gesagt, nicht wahr? Sie, Frau Fleischhauer, haben mir hingegen *verschwiegen,* dass Sie Streit mit Marlene Silberstein hatten. Und das nicht nur am Abend des Dinners, sondern bereits schon einmal in der Nacht davor. Während der Disco in der Bar. Wenn man seine Dinge in aller Öffentlichkeit austrägt, muss man damit rechnen, dass es Zuhörer gibt.«

»Macht es Ihnen Spaß, in den Privatangelegenheiten anderer Leute herumzuschnüffeln? Ist Ihr kleines Bullenleben derart langweilig, dass Sie das brauchen? Geilen Sie sich so richtig daran auf, hm?«, keifte sie entrüstet. »Ich will Ihnen mal was verklickern: Meine Privatangelegenheiten gehen niemanden etwas an!«

»Oh doch – mich sehr wohl«, erwiderte Arno. »Und nein, das macht mir keinen Spaß, wahrlich nicht. Von mir aus können Sie lieben oder hassen, wen immer Sie wollen, das interessiert mich nicht die Bohne – solange es keinen Mord in Ihrem unmittelbaren Umfeld gibt, den ich aufzuklären habe.«

Margot Fleischhauer blickte ihn beinahe mitleidig an.

Dann wedelte sie mit ihren Händen in der Luft herum und flüsterte: »Ich spüre, wie sehr Sie unter Ihrem Beruf leiden. Immer diese Toten … das belastet Sie. Sie sind völlig verspannt und können nicht mehr schlafen. Das erkenne ich deutlich an Ihrer Aura, die …«

»Stopp!«, brüllte Tillikowski und ließ seine flache Hand auf den Tisch knallen. »Der Nächste, der etwas von meiner Aura oder von Engeln faselt, wandert in den Knast, verstanden? Ich ertrage kein einziges Wort mehr von diesem Schwachsinn, der mich lediglich vom Kern der Sache ablenken soll. Schluss damit! Sie, Frau Fleischhauer, haben in meinen Augen ein astreines Motiv: Eifersucht und Rache. Keine Ahnung, ob Sie wirklich jemanden aus Marlene Silbersteins Zimmer haben flüchten sehen oder ob es Ihnen mit dieser Behauptung darum geht, jemand anderen als sich selbst verdächtig aussehen zu lassen. Wer sagt mir denn, ob nicht Sie es waren, die das Opfer getötet hat? Und Holger van Aalen, den Sie gesehen haben wollen, hat die Leiche lediglich gefunden und ist im Schock Hals über Kopf geflohen?«

Margot Fleischhauer glotzte ihn entsetzt an. »Ich … ich soll Marlene getötet haben? Aber das ist vollkommen absurd! Ich habe sie geliebt! Ich könnte doch niemanden umbringen, den ich innig liebe!«

Müde winkte Tillikowski ab. »Was glauben Sie wohl, wie oft ich das schon gehört habe? Von Mördern, die kurz zuvor ihre Liebste oder ihren Liebsten abgemurkst haben? Das war gerade also nicht das allerbeste Argument, um sich zu entlasten.«

»Aber …«

»Kein Aber mehr. Ich bin es leid. Die Spurensicherung ist, während wir hier reden, bereits dabei, Ihr Hotelzimmer und Ihre Kleidung auf Blutspuren hin zu untersuchen.«

Margot Fleischhauer lehnte sich zurück und musterte ihn lauernd. »Und wenn ich die Klamotten weggeschmissen hab? Wat dann?«

»Auch nicht schlimm.« Arno zuckte mit den Achseln. »Der Mörder – oder die Mörderin – muss voller Blut gewesen sein. Falls Sie es waren, haben Sie sich gewaschen, richtig? Und diese Spuren werden meine Leute finden. Im Abfluss des Waschbeckens, im Abfluss der Dusche … Blut ist verdammt hartnäckig, wissen Sie?«

»Die werden nix bei mir finden.«

»Umso besser. Je mehr Leute ich ausschließen kann, desto schneller werde ich den Mord aufklären.«

»Wer ist denn sonz noch verdächtig? Außer meine Wenigkeit, meine ich?«

»Das darf ich Ihnen nicht sagen, Frau Fleischhauer. Hätten Sie denn irgendwelche Vorschläge für mich?«

»Ich hab Ihnen doch schon erzählt, dat ich Holger van Aalen gesehen hab. Wat brauchen Sie denn noch?«

Informationen über den Aufenthaltsort von Holger van Aalen, dachte Tillikowski bitter, dann wäre ich vielleicht schon ein Stückchen weiter.

»Frau Fleischhauer«, sagte er, »es reicht leider nicht, mit dem Finger auf jemanden zu zeigen. Es kann durchaus andere Gründe geben, warum Herr van Aalen – oder jemand in seinem Anzug – mitten in der Nacht durch den Hotelflur galoppiert ist.«

Ihre Brauen hoben sich. »Und welche Gründe wären dat, bitte?«

»Die junge Frau, zum Beispiel, die die Leiche gefunden hat, ist bestimmt auch in erhöhtem Tempo aus Marlene Silbersteins Zimmer gerannt gekommen. Und trotzdem ist sie nicht die Mörderin.«

»Ach ja? Woher wollen Sie dat wissen?«

»Ich weiß es. Das muss Ihnen reichen.«

»Und wenn sie auch 'ne verlassene Geliebte war, so wie ich? Oder 'ne Kollegin, der Marlene den Mann ausgespannt hat, nur so zum Spaß? Dat machte sie nämlich ausgesprochen gerne.«

In diese Richtung wollte Arno nicht einmal *denken*. Dass Stella keine von Marlene Silberstein verlassene Geliebte war, stand außer Zweifel. Aber all die anderen, die es potenziell noch gab und die vielleicht Gründe gehabt haben könnten … ein Alptraum.

Nein, er war sich sicher, dass der Mord nicht länger geplant, sondern eine relativ spontane Tat gewesen war.

Kapitel 23

Nichts an Ruby hatte sich verändert – bis auf ein kleines Detail ihrer ungewöhnlichen Haartracht: Der Irokese war nicht mehr leuchtend blau, sondern knallpink.

Noch immer könnte man sie von Weitem für einen Jungen im Teenageralter halten. Wie üblich trug sie Jeans mit Löchern, eine zerknautschte Lederjacke, das Tour-Shirt irgendeiner Punkband und natürlich ausgelatschte Springerstiefel. Niemand wäre auf die Idee gekommen, dass dahinter ein echtes Computergenie steckte.

»Hei, ihr beiden!«, rief Ruby munter und ließ sich auf einen Stuhl fallen. Sie legte ihre Umhängetasche auf den Tisch und blickte sich um. »Nett hier. Ganz genau wie in Italien. Na ja, *fast.* Könnte auch die Kulisse für ein Volkstheaterstück aus den Fünfzigern sein. So, wie der Deutsche sich Italien vorstellt, halt.«

Stella grinste, denn Ruby spielte damit auf die kitschige Bemalung der Mauer – italienische Landschaft mit Pinien – sowie die rot-weiß karierten Tischdecken und die Kerzen in bastumwickelten Weinflaschen an. Und die aus verborgenen Lautsprechern dudelnde, seichte Italopop-Musik, selbstverständlich.

»Oder wie Italiener *denken,* dass der Deutsche sich Italien vorstellt«, erwiderte Stella. »Aber tatsächlich habe ich noch nie über das Ambiente dieser Pizzeria nachgedacht. Okay, die Musik nervt wirklich. Aber die Pizza ist echt gut, das reicht.«

»Dann ist es ja schade, dass ich bereits gegessen habe.« Ruby musterte Stella mit einem Lächeln. »Und du klärst wieder einen Mord auf? Kannst es wohl nicht lassen, hm?«

»Na ja …« Stella zuckte mit den Schultern. »Es ist nicht gerade so, dass ich mich darum reiße. Aber ich habe wirklich gute Gründe, mich zu kümmern.«

»Geht mich auch nix an.« Ruby wandte sich dem Kellner zu, der an den Tisch gekommen war, und bestellte ein Mineralwasser.

Diese Reaktion war typisch für Ruby, wie Stella wusste: Die junge Frau stellte keine Fragen, wenn man sie um Recherchen bat.

»Wir sind sehr gespannt, was du uns über Marlene Silberstein zu erzählen hast«, sagte Ben.

Ruby nickte und zog einen kleinen Laptop aus der Tasche. Sie stellte die Tasche auf den Boden, klappte den Rechner auf und startete ihn. Dann sah sie zu Ben. »Vorweg: Besonders interessant fand ich, dass diese Dame, über die ich etwas herausfinden sollte, plötzlich tot war. Das hat meinen Ehrgeiz angespornt, muss ich zugeben. Denn eins muss ich der Lady lassen: Sie hat wirklich alles getan, um die Spuren in ihre Vergangenheit zu verwischen.«

»Welche Spuren meinst du?«, fragte Stella.

»Eigentlich alle.« Ruby lächelte flüchtig. »Wenn du im Internet nach Marlene Silberstein suchst, wirst du zugeballert mit Informationen. Es ist ein wahrer Tsunami banalster Belanglosigkeiten: Millionen Fotos, endlose Listen ihrer Erfolge als Astrologin, ihre Bücher, ihre Vorträge, ihre Parfüms, ihre Sternzeichen-Kettchen, was weiß ich noch alles. Ein reines Wunder, dass sie nicht auch noch ihre gebrauchten Schlüppis verscheuert hat.«

Die hat sie vermutlich verschenkt, dachte Stella, und brauchte ständig Nachschub …

»Bei der Fülle an Information fällt auf«, fuhr Ruby fort, »dass beinahe nichts über ihr Privatleben preisgegeben wird. Ihr Geburtshoroskop ist zwar bekannt und auch auf ihrer Website zu sehen, aber niemand kennt ihren Geburtsort. Angeblich ist es Rio de Janeiro, aber das ist aus bestimmten Gründen zweifelhaft. Und das angegebene Geburtsjahr ist mit Sicherheit auch falsch.«

»Bestimmte Gründe?«, fragte Ben erstaunt. »Welche wären das?«

Ruby nickte Stella zu. »Du weißt garantiert, was ich meine, denn in der Astro-Databank, die du sicherlich kennst, sind Silbersteins Daten mit DD markiert. Das ist die Abkürzung für ›Dirty Data‹, das heißt: Die Angaben zu Zeitpunkt und Ort ihrer Geburt sind nicht verlässlich. Auch auf ihren Accounts bei Facebook, Instagram und sonstigen sozialen Medien gibt es keinerlei aktuelle Privatfotos, lediglich beruflichen Krempel. Allerdings findest du eine Vielzahl von Fotos, die Fans von ihr gemacht haben. Bei Lesungen, Vorträgen und dergleichen. Miss Silbersteins immer gleiche Grinsegrimasse neben einem aufgeregten Fan. Auch nicht wirklich ergiebig. Wo sie lebt, wird ebenfalls verschwiegen. Es gibt zwar eine Kontaktadresse, aber die gehört zu einem Pressebüro. So weit, so normal für einen sogenannten …«, sie malte mit den Fingern Anführungszeichen in die Luft, »… *Promi*. Und nichts, was ihr nicht selbst hättet herausfinden können. Aber …«

Sie brach ab, weil der Kellner ihr das Mineralwasser servierte. Ungeduldig sah Stella zu, wie Ruby erst einmal ganz in Ruhe ein paar Schlucke trank.

»Aber *was?*«, fragte Ben.

»Eine Sache war *wirklich* auffällig«, redete Ruby weiter, »und zwar die Tatsache, dass rein gar nichts über ihre Kindheit oder Jugend im Netz steht. Die meisten Promis schreiben dazu zumindest ein paar Worte in ihrer Biografie, mal mehr, mal weniger detailliert. Dass viele ihr Alter nicht preisgeben wollen – geschenkt. Aber das *Leben* dieser Silberstein beginnt praktisch erst, als sie als Astrotante beim Frühstücksfernsehen in diesem Privatsender auftaucht. Vorher – nichts. Als wäre sie erst mit zwanzig Jahren auf die Welt gekommen. Dazu diese Widersprüche bei den Angaben zu ihrem Geburtshoroskop. Aber nun, sie hat leider einen winzigen Fehler gemacht – auf ihrer Website gibt es ein Kinderbild. Die süße, kleine

Marlene Silberstein, wie sie ganz stolz neben einem Modell des Sonnensystems posiert, das sie vermutlich in der Schule im Kunstunterricht gebastelt hat. Hier ist es.«

Sie drehte den Laptop so, dass Stella und Ben das Foto sehen konnten: Es war in Farbe, erstaunlich scharf und zeigte ein strahlendes blondes Mädchen von vielleicht zehn Jahren. Unter dem Bild stand: *Schon in meiner Kindheit zog mich das Mysterium unserer geheimnisvollen Planeten magisch an und erfüllte mein Herz mit unendlicher Neugier.*

»Schwülstiger geht es wohl nicht«, murmelte Ben. »Was für ein Schwachsinn.«

»Trifft aber genau das, was ihre Fans sich erhoffen«, erwiderte Stella, »da wird ein banales, zufälliges Bastelprojekt mal eben zu einer Mission hochgejubelt, die sie angeblich schon im Kindesalter gespürt hat. Das nenne ich einen cleveren Marketing-Trick. So kommt gar nicht erst der Verdacht auf, dass sie es für Geld macht. Nein, es ist natürlich eine Herzensangelegenheit und somit über jeden Zweifel erhaben. Aber wieso war das ein Fehler?«

Ruby hob den Finger und verkündete triumphierend: »Software zur Gesichtserkennung, meine Liebe. Damit arbeitet sogar schon Facebook. Aber ich verfüge natürlich über bedeutend ausgefuchstere Programme, versteht sich. Die kommen zum Beispiel auch damit klar, wenn die Person kosmetische Operationen machen lassen hat. Sagen wir so: Sie hatte mit fünfundzwanzig eine etwas andere Nase als mit zwanzig. Aber egal. Ich habe Kindergartenbilder, Schulfotos und noch viel mehr. Und ich weiß jetzt, wo sie geboren ist und wie sie wirklich hieß: Gudrun Jablonski.«

Stella lachte auf. »Klingt natürlich längst nicht so glamourös wie Marlene Silberstein.«

»Zumal bei jemandem, der in den Medien Karriere machen will.« Ben nickte und fuhr fort: »Bei dem Namen hätte ich mir vermutlich auch ein Pseudonym zugelegt. Einer Marlene Silberstein kauft man die strahlende Astrologin sofort ab; bei Gudrun Jablonski denke ich an eine vierschrötige Frau, die auf dem Wochenmarkt Kartoffeln verkauft.«

»Das lass die Gudrun Jablonskis dieser Welt mal besser nicht hören«, warf Stella grinsend ein, »und hier im Ruhrpott gibt es vermutlich einige davon. Aber du hast absolut recht: Es geht um Assoziationen. Um positive Fantasien, die ein Name auslöst.«

»Aber es kann noch einen guten Grund dafür geben, seinen alten Namen abzulegen«, sagte Ruby grinsend. »Wenn man seine unrühmliche Vergangenheit komplett hinter sich lassen will.«

Prompt horchte Stella auf. »Welche Leichen kann denn eine Zwanzigjährige schon großartig im Keller haben?«

»Mag sein, dass es für den Mord keine Bedeutung hat«, erwiderte Ruby, »aber ich bin auf einen kleinen Skandal gestoßen, in den die hübsche Ex-Gudrun zu Zeiten ihres Abiturs offenbar verwickelt war. Das stand natürlich nicht groß in der Zeitung, aber …« Sie zuckte mit den Schultern und lächelte strahlend.

»Du hast dich doch nicht etwa in den Schulcomputer gehackt?«, fragte Ben.

»Jetzt tu mal nicht so empört«, gab Ruby gelassen zurück. »Es ist ja nicht so, dass ich es gemacht habe, um das Schulkonto leerzuräumen. Oder denen einen Virus ins System zu pflanzen. Und keine Sorge: Ich war ganz vorsichtig und habe brav hinter mir aufgeräumt. Aber bis dahin war alles Pillepalle, und irgendeine kleine Herausforderung musste es ja noch für mich geben – wo bliebe denn sonst *mein* Spaß?«

Stella platzte beinahe vor Neugier. »Was hast du herausgefunden?«

»Also, es gibt Befragungsprotokolle, Beschlüsse und dergleichen mehr, die netterweise sämtlich gescannt und ordentlich archiviert wurden. Zwei Namen tauchen darin auf: Gudrun

Jablonski und Jochen Kowalczyk. Zu hundert Prozent blicke ich nicht durch, aber es geht um gestohlene Abitur-Aufgaben, so viel ist sicher. So, und jetzt kommt es: Gudrun sagte aus, dass dieser Jochen die Aufgaben geklaut und ihr gegen Sex angeboten hat. Jochen allerdings behauptete, sie hätte ihn mit Sex dafür bezahlt, dass er ihr die Aufgaben beschafft. Tatsache ist: Man hat ihr geglaubt, und ihm wurde das Einser-Abitur unterm Hintern weggezogen. Aus der Traum von der Karriere.«

»Aber wie ist die Sache denn aufgeflogen?«, fragte Stella verwundert.

»Sie hat ihn angeschissen«, erwiderte Ruby. »Der Grund dafür ist mir allerdings rätselhaft. Das geschah nämlich erst, *nachdem* beide das Abitur in der Tasche hatten. Warum also hat sie ihn verpetzt?«

»Bei allem, was ich mittlerweile über Marlene erfahren habe«, sagte Stella, »bin ich geneigt, dem Jungen zu glauben. Sie scheint ihr Leben lang ihren Körper eingesetzt zu haben, um zu bekommen, was sie will. Vielleicht hatte sie ihm ja als Lohn eine Beziehung versprochen und sich nicht daran gehalten? Daraufhin hat er gedroht, sie auffliegen zu lassen, weil er sich rächen wollte. Und dann ...« Sie überlegte und fuhr fort: »Genau, dann hat sie die Flucht nach vorn angetreten und *ihn* angeschwärzt. Sie hat vielleicht die bedrängte Jungfrau in Nöten gespielt und auch sonst alle Register gezogen.«

»Du meinst, sie hat sich leise schluchzend an die Brust eines Lehrers geworfen und ihm kaltschnäuzig die Hucke vollgelogen, während sie seinen Pimmel getätschelt hat?« Diese Vorstellung amüsierte Ruby sichtlich. »Was für ein kleines Luder!«

»Und was für ein großes Pech für Jochen ...«, murmelte Stella gedankenverloren. Irgendetwas geisterte ihr durch den Kopf, aber sie bekam es nicht zu fassen.

»Tolle Geschichte«, sagte Ben ironisch. »Und so ergreifend. Aber was nutzt uns dieses Wissen?«

Ruby schnaubte und sah ihn empört an. »Also, wenn so eine abgezockte Zicke *mein* Leben zertrampelt hätte, würde ich mich rächen wollen, aber ganz sicher. Ich habe auch so eine Art Jahrbuch dieser Abiturklasse gefunden, und jetzt ratet mal, was Jochen Kowalczyk werden wollte? Arzt. Klar, mit einem solchen Abitur … Aber das konnte er jetzt natürlich vergessen, nachdem es ihm mit Schimpf und Schande aberkannt wurde. Wer weiß, vielleicht hat er sich davon nie wieder richtig erholt. Vielleicht hat *er* diese Dame ja gekillt.«

»Gibt es in diesem Jahrbuch auch Fotos von der Klasse?«, fragte Stella.

»Hat der Papst einen lustigen Hut auf?«, fragte Ruby spöttisch zurück, zog den Laptop zu sich und klickte ein paarmal mit der Maus. »Hier … seht nur die fröhlichen Gesichter all dieser jungen, wunderbaren Menschen, die sich auf ihre Zukunft freuen. Noch …«

Stella erkannte Marlene/Gudrun sofort. Zwar war ihr Haar lang und blond, und ihre Nase sah etwas anders aus, aber das strahlende Lächeln war unverkennbar. Eines war auffallend: Alle blickten in die Kamera, bis auf einen jungen Mann. Er stand schräg hinter Marlene und hatte den Blick auf sie gerichtet.

»Der hier«, sagte Stella und tippte auf das Gesicht des jungen Mannes, »das ist nicht zufällig Jochen Kowalczyk?«

»Bingo. Die überaus clevere Kandidatin hat hundert Punkte.« Ruby nickte grinsend.

»Und die Schule ist in Wanne-Eickel?« Stella hatte die Bildunterschrift gelesen und konnte es kaum fassen. »Das ist ja nur ein paar Kilometer von hier entfernt! Marlene stammt also aus dieser Gegend … interessant.« Da war er wieder, dieser flüchtige Gedanke, aber plötzlich bekam sie ihn zu fassen. »Ben, wir brauchen das Foto von dem Mann aus der Warteschlange! Was, wenn es dieser Kowalczyk war, der Marlene gestern auf die Pelle gerückt ist?« Sie stöhnte und fügte hinzu: »War das wirklich erst *gestern*?«

Ben hantierte bereits mit seiner Kamera. Als er das besagte Bild gefunden hatte, hielt er es neben den Monitor.

Zu dritt starrten sie auf die beiden Fotos und verglichen die Gesichter.

»Wenn dieser verfluchte Schnäuzer bloß nicht wäre ...«, sagte Stella verärgert.

»Och, den kann ich wegmachen, das ist ganz leicht«, gab Ruby zurück. »Ben, steck bitte die Speicherkarte in den Laptop.«

Während der nächsten Minuten konzentrierte Ruby sich auf ein Bildbearbeitungsprogramm. Dann blickte sie hoch: »Bitte sehr. Der Schnäuzer ist weg. Was seine Oberlippe angeht, kann ich natürlich nur improvisieren ...«

Ja, der Mann könnte durchaus Jochen Kowalczyk sein, fand Stella, bei der sich erneut das starke Gefühl meldete, ihn schon mal gesehen zu haben.

Wirklich gesehen – und nicht nur auf Fotos.

Ruby hatte inzwischen die Software zur Gesichtserkennung aktiviert, und nach kurzer Zeit verkündete sie: »Er ist es.«

Es kann kein Zufall sein, dass dieser Mann auf der Messe auftaucht und Marlene vor Entsetzen fast vom Stuhl fällt, dachte Stella.

Sie musste Tillikowski informieren.

Kapitel 24

Stella hatte den Kommissar angerufen, und er hatte sie gebeten, ins Hotel zu kommen, da er nach wie vor dort beschäftigt sei und leider nicht wisse, wie lange noch.

Auf dem Weg dorthin machte sie kurz entschlossen einen Umweg, denn sie hatte plötzlich das Bedürfnis verspürt, in der Villa nach dem Rechten zu sehen.

Als sie die Auffahrt hochfuhr, sah sie Otto Korittke mit finsterem Gesichtsausdruck in der Haustür stehen. Stella ahnte, was das bedeutete, und als sie aus dem Auto stieg, kam er mit langen Schritten auf sie zu und baute sich schnaubend wie ein wilder Stier vor ihr auf.

»Sag mal – spinnt ihr beiden Weibsbilder jetzt völlig? Versteckt diesen Heiopei vor den Bullen – ich glaub, es hackt!«, blaffte er sie an, bevor sie zu Wort kam.

Auch das noch … am liebsten hätte sie gebrüllt und um sich getreten. Ein zu Recht aufgebrachter Otto bedeutete einen weiteren Kriegsschauplatz. Den brauchte sie jetzt wie ein Loch im Kopf.

Stella zwang sich zur Ruhe. »Ich stimme dir absolut zu, Otto, das ist eine komplett irrsinnige Aktion. Ich kann es nicht erwarten, den Kerl wieder loszuwerden. Ich könnte ihn dafür grün und blau schlagen, dass er ausgerechnet bei uns untergekrochen ist. Du … äh … du weißt, wo er sich versteckt hatte?«

»Allerdings!« Otto schnaubte und fuhr fort: »So 'ne Frechheit! Der kann froh sein, dat nicht ich es war, der ihn gefunden hat. Ich hätte den Lackaffen an Arsch und Kragen gepackt und zum Kommissar geschleift, da kannze mich aber für angucken! Meine zwei Mädchen da mit reinzuziehen, dat is ja wohl die Oberhärte! Und wie der sich aufführt! Wie Graf Koks der Zweite!«

Stella konnte sich gerade noch ein Lächeln verkneifen. *Meine zwei Mädchen ...* das rührte sie zutiefst. Gut zu wissen, dass ihre Großmutter jemanden mit einem so ausgeprägten Beschützerinstinkt an ihrer Seite hatte.

»Otto, ich verstehe deinen Ärger. Ich bin hier, um noch einmal mit ihm zu reden. Vielleicht schaffe ich es, dass er sich freiwillig stellt«, sagte sie.

»Dat kannze vergessen. Also, ich geh da nich noch mal rein, solange der Typ im Haus is. Da kann ich für nix garantiern. Ich bin in der Remise, wenn du mich brauchs.«

Er nickte ihr knapp zu und marschierte an ihr vorbei. Dann hörte Stella in ihrem Rücken das vertraute Knarren des Tores, hinter dem der Zirkuswagen ihrer Großmutter stand. Vermutlich würde er jetzt, um sich abzulenken, den Wagen auf Hochglanz polieren.

Stella stieß einen Seufzer aus und ging ins Haus. Bereits im Foyer wurde sie von ihrer Großmutter erwartet, die besorgt aussah.

»Otto ist sauer, nicht wahr?«, flüsterte Maria. »Ich habe euch vom Wintergarten aus gesehen.«

»Sauer ist gar kein Ausdruck. Er schäumt vor Wut. Wieso ist er überhaupt hier? Ist er unangemeldet aufgetaucht?«

Maria nickte. »Er stand plötzlich in der Wohnung, und Holger ist ausgeflippt. *Sind Sie von der Polizei?,* hat er gebrüllt. Otto hat sofort Lunte gerochen, so zerknittert, wie Holger aussieht. Ihm war klar, dass irgendetwas nicht stimmt, und dann hat er nur eins und eins zusammengezählt. Der Mord im Hotel, Holgers Zustand und seine Reaktion, dazu die Tatsache, dass er gestern Nacht unauffindbar war ...« Sie schüttelte den Kopf. »Ich war vollkommen überfordert. Irgendwie habe ich es geschafft, Otto aus dem Wintergarten zu bugsieren. Ich habe ihm erzählt, wo van Aalen sich versteckt hatte, und prompt wollte Otto ihm an die Wäsche.«

»Er will dich nur beschützen«, sagte Stella leise. »Das verstehe ich gut. Er denkt, dass wir gerade eine große Dummheit begehen.«

»Weiß ich doch. Mir wäre viel lieber, wenn Otto nicht aufgekreuzt wäre. Wir waren nicht verabredet oder so, aber du weißt ja, dass er manchmal spontan vorbeikommt. Was hätte ich machen sollen? Ihn bitten, mich heute auf keinen Fall zu besuchen? Das hätte ihn nur misstrauisch gemacht, denkst du nicht?«

Vermutlich hatte sie recht. Stella war ja schon vorher der Meinung gewesen, dass van Aalen zu viel von ihnen verlangte, aber mittlerweile überspannte er den Bogen endgültig.

»Wie geht es van Aalen inzwischen?«, fragte Stella.

Maria zuckte mit den Schultern. »Nun ja … wie soll ich sagen? Er findet allmählich zu alter Form zurück. Und er ist durchaus kreativ im Erfinden absurder Geschichten, die er Kommissar Arno erzählen könnte. Irgendwann einmal. Um ehrlich zu sein, fehlt nur noch eine Story über ein paar Kobolde mit Bankräubermasken, die ihn in einen tiefen Wald verschleppt haben, aus dem er nicht wieder herausgefunden hat.«

»Gute Güte. Ernsthaft? Dieser Spinner. Egal, ich knöpfe ihn mir jetzt vor.«

»Viel Glück!«, rief Maria hinter Stella her, aber das hörte sie nur mit halbem Ohr, denn sie war bereits in der Wohnung.

Als sie den Wintergarten betrat, kam van Aalen auf sie zustolziert, baute sich genau wie Otto vor ihr auf und stemmte die Hände in die Seiten. Das hatte Maria also damit gemeint, dass er zu alter Form zurückgekehrt war. Und Otto, dass er sich aufführte wie *Graf Koks der Zweite.* Der verstörte, ängstliche van Aalen schien verschwunden zu sein, denn hier plusterte sich gerade jemand gewaltig auf.

Der sie zudem – genau wie Otto – nicht zu Wort kommen ließ, denn er blökte sofort: »Das muss aufhören, dass irgendwelche Leute hier unangemeldet auftauchen! Ein reines Wunder, dass ich keinen Herzinfarkt erlitten habe! Wollen Sie vielleicht verantworten, dass mein Herz stehen bleibt? Wollen Sie das, Stella?«

Herausfordernd streckte er das Kinn vor. Seine Augen funkelten mit seinen Kristallknöpfen um die Wette, allerdings wirkten die Knöpfe bei Weitem nicht so wütend.

Diese Unverfrorenheit verschlug Stella für einen kurzen Moment die Sprache und ließ sie unwillkürlich einen Schritt zurückweichen. Rasch fasste sie sich wieder, straffte die Schultern und trat so nahe vor ihn, dass sich beinahe ihre Nasen berührten.

Dann sagte sie eisig: »Ich höre wohl schlecht, Herr van Aalen. Was glauben Sie eigentlich, wer Sie sind? Sie vergessen eines: Sie befinden sich hier in *meinem* Haus, und zwar gegen meinen Willen.«

»Ich dachte, das hier sei die Wohnung Ihrer Großmutter, meine liebe Stella«, erwiderte van Aalen süffisant.

Mühsam rang Stella um Fassung. »Wirklich, Herr van Aalen?«, sagte sie leise. »*Wirklich?* Sie sind ein verdammter Eindringling, der *ganz sicher* nicht darüber bestimmt, wer hier ein und aus geht. Außerdem bin ich Frau Albrecht für Sie, haben wir uns verstanden? Gnade Ihnen Gott oder wer auch immer, wenn Sie es gewagt haben sollten, meine Großmutter so anzupflaumen wie mich gerade.«

»Das hat er nicht«, erklang Marias Stimme hinter Stella. »Außerdem war er sehr erschrocken, als Otto plötzlich im Zimmer stand.«

»Also *haben* Sie meine Großmutter angepöbelt, Sie respektloser, undankbarer Drecksack«, zischte Stella. »Das ist unverzeihlich. Sie ist diejenige, die Ihnen vertraut und die Hand schützend über Sie hält. Sie haben ihre Loyalität nicht verdient, Sie aufgeblasener Mistkerl.«

»Wie reden Sie denn mit mir?«, blubberte van Aalen, der längst nicht mehr so arrogant wirkte wie noch kurz zuvor.

»Das … äh … ist beleidigend. Aber interessant, zu wissen, was Sie von mir halten, Stel… Frau Albrecht. Das haben Sie bisher immer gut verborgen.«

»Wollen Sie dieses Fass jetzt wirklich aufmachen?«, fragte Stella entgeistert. »Himmel, Sie sind noch viel egozentrischer, als ich bisher dachte. Wie kann man nur so vernagelt und selbstzentriert sein und gar nicht mitkriegen, was man allen anderen zumutet? Dass ich Sie als respektlos und undankbar bezeichne, habe ich nicht schon immer über Sie gedacht, Sie Dummkopf. Das denke ich aktuell über den Kerl, der sich *jetzt gerade* wie ein Drecksack benimmt, denn das tun Sie, mit Verlaub. Sie stellen Forderungen, obwohl Sie in Ihrer Situation ganz klein mit Hut sein sollten.« Sie trat einen Schritt zurück und drehte sich zu ihrer Großmutter um. »So, wie er sich gerade aufgeführt hat, hat er für mich das Fass zum Überlaufen gebracht. Ich muss jetzt los, Oma. Wenn van Aalen noch einmal die Klappe aufreißt, holst du Otto. Der wird ihn Mores lehren. Bis später.«

Sie verließ den Wintergarten und hörte noch, wie van Aalen ängstlich fragte: »Geht sie jetzt zur Polizei?«, und ihre Großmutter antwortete: »Unsinn. Das tut sie nicht.«

Wenn du dich da mal nicht täuschst, Oma, dachte Stella und zog die Haustür hinter sich ins Schloss.

Tillikowski ließ sie um einen Moment Geduld bitten, als Stella im Hotel eintraf und nach ihm fragte.

»Er findet mich hinten im Park am Brunnen«, sagte sie und ging hinaus. Sie setzte sich auf die Bank, auf der sie zwei Tage zuvor mit ihrer Großmutter Mittagspause gemacht hatte. Nachdenklich starrte sie auf das sprudelnde Wasser, das im Brunnen über diverse Ebenen abwärtsplätscherte.

Nach und nach beruhigte sie sich wieder – van Aalens Verhalten hatte sie maßlos aufgeregt. Kein Wunder, dass Otto derart aufgebracht gewesen war, wenn er ihn so erlebt hatte. Van

Aalen konnte sich glücklich schätzen, dass Ritter Otto ihm nicht an die Gurgel gegangen war. Das hätte gerade noch gefehlt, wenn die beiden sich geprügelt hätten. Obwohl diese Prügelei nicht sehr ausgewogen gewesen wäre. Stella wusste, dass van Aalen gegen Otto nicht die kleinste Chance gehabt hätte, auch wenn Otto satte zwanzig Jahre älter war.

Stella zog ihr Handy aus der Tasche und sah sich noch einmal an, was Ruby ihr noch gesandt hatte, bevor sie sich in der Pizzeria verabschiedet hatten. Sie konnte Tillikowski das Klassenfoto und das Bild von der Warteschlange an Marlene Silbersteins Stand zeigen beziehungsweise eine Ausschnittvergrößerung von Kowalczyks Gesicht – mit und ohne Schnauzbart.

Sie hatte Ruby darum gebeten, im Internet nach Informationen über Kowalczyk zu suchen und sie sofort anzurufen, wenn es ein Ergebnis gab. Er war nicht so, dass sie felsenfest von Kowalczyks Schuld an Marlenes Tod überzeugt war, aber er hatte *irgendetwas* mit der Sache zu tun. Dem musste sie auf den Grund gehen, sonst fand sie keine Ruhe. Ein Mann, mit dem Marlene diese unselige gemeinsame Geschichte hatte, kreuzte plötzlich auf der Messe auf, bedrohte sie – und keine vierundzwanzig Stunden später war sie tot.

»Ein bisschen zu viel Zufall für meinen Geschmack«, sagte sie halblaut.

»Selbstgespräche, Stella?«

Sie guckte ertappt hoch und blinzelte. Baumlang stand Kommissar Tillikowski vor ihr, gegen die Sonne nur als schwarze Gestalt zu erkennen. Er trat einen Schritt zur Seite, sodass ihr Gesicht beschattet wurde.

Dann setzte er sich neben sie und schüttelte mit einer Kopfbewegung das zu lang gewachsene Haar aus dem Gesicht. Er hielt zwei Becher in den Händen und reichte ihr einen davon.

»Hier. Ich dachte, vielleicht haben Sie Lust auf einen Milchkaffee. Soll übrigens auch gegen Selbstgespräche helfen, hab ich gehört.«

Er sah erschöpft und sehr genervt aus, trotzdem gelang ihm ein schiefes Lächeln, als er einige Päckchen Zucker und Holzstäbchen zum Umrühren aus der Jackentasche holte und zwischen sie auf die Bank legte.

»Wenn Sie keine Zeit für mich haben, muss ich ja mit mir selbst reden«, sagte Stella und lächelte zurück.

»Glauben Sie mir – mit Freuden würde ich Ihnen meine gesamte Zeit schenken. Diese Leute machen mich fertig. Ständig erfahre ich was über irgendwelche Engel oder über meine Aura, die hören einfach nicht damit auf. Am liebsten würde ich sie samt und sonders einbuchten und ein paar Tage schmoren lassen.«

»Wen denn zum Beispiel?«, fragte Stella.

»Margot Fleischhauer und Filibert Fröhlich. Die machen den Mund auf, und drei Lügen kommen raus. Todsicher. Erst, wenn ich sie der Lüge überführen kann, rücken sie mit der Wahrheit raus. Die tragen ihre Kriege in aller Öffentlichkeit aus und glauben, es kriegt keiner mit. Kann man wirklich so egozentrisch sein?«

»Kann man«, erwiderte Stella, die an van Aalen dachte. »Aber das war keine ernst gemeinte Frage, oder?«

»Nee.« Tillikowski schüttelte den Kopf. Er starrte auf den Brunnen, während er fortfuhr: »Das Schlimme ist, dass ich nach wie vor nicht den Hauch einer Ahnung habe, wer die Silberstein umgebracht hat. Der Fleischhauer traue ich es durchaus zu, Fröhlich auch. Beide sind emotional eng mit der Silberstein verbunden. Beide hatten Sex mit ihr und wurden mies von ihr behandelt. Das ist ein klassisches Motiv. Ich glaube Fröhlich kein Stück, dass er nicht eifersüchtig war. Diese Frau Silberstein ist offenbar mit Menschen umgegangen, als wären es Figuren auf einem Schachbrett. Hierhin schieben, dorthin schieben, benutzen und dann opfern. Zack.«

»Ich hätte ein weiteres Marlene-Opfer für Sie, das garantiert noch nicht auf Ihrer Liste steht. Und das auf der Messe war und ihr dort massiv auf die Pelle gerückt ist«, sagte Stella. »Sind Sie interessiert?«

Tillikowski wandte sich ihr zu und grinste. »Das war jetzt aber auch keine ernst gemeinte Frage, oder? Ich flehe Sie an, Stella: Erhellen Sie mein hoffnungsloses Dasein. Erzählen Sie mir eine Geschichte, die mein armes, gelähmtes Gehirn wieder in Gang bringt. Ich stecke nämlich fest.«

»Das werde ich«, erwiderte Stella, »versprochen.«

Sie berichtete ihm vom Abitur-Skandal und von Jochen Kowalczyks Auftritt an Marlene Silbersteins Signiertisch. Haargenau beschrieb sie ihm Marlenes schockierte Reaktion auf den Mann, der auf Stella einen entschlossenen und bedrohlichen Eindruck gemacht hatte.

Mit gerunzelter Stirn hatte der Kommissar zugehört und zuweilen nachdenklich genickt. Als Stella geendet hatte und ihn erwartungsvoll ansah, fragte er: »Und woher genau wissen Sie das alles?«

»Recherche«, erwiderte sie knapp.

»Hm. Recherche, verstehe. Innerhalb weniger Stunden wissen Sie, was in uralten Schulakten steht? Bemerkenswert. Daran war nicht zufällig eine gewisse junge Dame mit blauen Haaren beteiligt, die manchmal für Ben …«

»Das ist alles, was Sie an dieser Information interessiert, Arno? *Woher* ich das weiß?«, fiel sie ihm ins Wort. »Und nein, daran war keine junge Frau mit blauen Haaren beteiligt, das kann ich Ihnen sogar guten Gewissens schwören.«

Und es stimmt ja, da Ruby nun mal gerade knallpinke Haare hat, dachte sie, während irgendwo, ganz weit hinten, ihr schlechtes Gewissen rumorte.

»In Ordnung«, sagte Tillikowski, »stellen wir die Frage nach dem Woher vorerst zurück. Da gibt es also die kleine, stinkende Leiche in Marlene Silbersteins Keller. Peinlich, okay, aber doch nichts, was ernsthaft ihre Karriere gefährden könnte, wenn es auffliegt, oder?«

»Finden Sie?«, fragte Stella spitz. »Das war doch keine Bagatelle! Leider wurde damals ihr geglaubt und nicht ihm. Aber denken Sie an das, was Sie mittlerweile über Marlene wissen. Wem würden *Sie* glauben?«

»Diesem Kowalczyk, schätze ich. Sie war offenbar berechnend und skrupellos.«

»Wer weiß, was der Lehrer dafür von ihr bekommen hat, damit er ihr glaubt. Oder sich auch nur auf ihre Seite stellt. Und damit war der Junge geliefert. Ein Einser-Abitur für die Tonne. Vielleicht ein ruiniertes Leben. Schande. Er war der miese Typ, der angeblich von ihr Sex für die Abitur-Aufgaben verlangt hat. So einen Ruf wirst du so schnell nicht wieder los. Der Junge konnte sich nur noch verkriechen und in eine andere Stadt ziehen.«

»Und ausgerechnet dieser Typ taucht fünfundzwanzig Jahre später auf der Messe auf … höchstwahrscheinlich kein Zufall. Hm. Ich kann mir allerdings nur schwer vorstellen, dass er nachts ins Hotel und in ihr Zimmer geschlichen ist, um sie umzubringen. Aber was wollte er von ihr? Rache? Genugtuung? Geld für sein Schweigen?«

Stella nickte langsam. »Auf diese Fragen habe ich auch noch immer keine Antwort gefunden. Wie ging es mit den beiden nach dem Treffen am Büchertisch weiter? Haben sie sich danach noch einmal gesehen? Im Hotel? Woanders? Sie hat was in sein Buch geschrieben. Etwas, das er von ihr wollte, hatte ich den Eindruck. Was war es? Ihre Telefonnummer?« Ihr Handy klingelte. »Moment, ich warte auf einen Anruf.«

Sie nahm das Gespräch an, es war Ruby.

»Ich habe nichts herausgefunden«, sagte Ruby. »Niente, nada, nothing. Kein Foto im Internet, kein Profil in den sozialen Medien. Gut, man kann sich dort einen anderen Namen geben, und wenn du nie ein Foto von dir selbst postest, bist du dort praktisch unauffindbar. Im Telefonbuch gibt es Dutzende mit seinem Namen, aber wenn du abtauchen willst, stehst du sowieso nicht drin. Um herauszufinden, ob und wohin er umgezogen ist, müsste ich in den Rechner vom Einwohnermeldeamt ...«

»Bloß nicht«, sagte Stella rasch.

»Pff, wieso denn? Ich brauche nur noch ein bisschen mehr Zeit, dann finde ich heraus, wohin der Typ verschwunden ist. Du musst nur ein Wort sagen.«

Stella lachte leise. »Das ist ein tolles Angebot, aber es ist wirklich nicht nötig. Vielen Dank für deine Mühe, ich melde mich wieder. Ich muss auflegen, ich spreche gerade mit dem Kommissar.«

Sie beendete das Gespräch und hielt das Handy in der Hand.

»Ihr geheimnisvoller Informant, vermute ich mal?«, fragte Tillikowski.

»Möglich«, erwiderte Stella knapp. »Aber jetzt möchte ich Ihnen endlich die Fotos von Kowalczyk zeigen. Wissen Sie, ich werde das diffuse Gefühl nicht los, dass ich ihm im Hotel begegnet bin. Damit meine ich nicht die Situation auf der Messe, sondern bei einer anderen Gelegenheit, an einem anderen Tag. Vielleicht erkennen Sie ihn ja.«

Sie suchte nach den Fotos, aber die Sonne schien viel zu grell, als dass etwas zu erkennen gewesen wäre.

»Kommen Sie, wir gehen rein«, sagte er und zog sie an der Hand von der Bank hoch und hinter sich her.

Nach der Helligkeit draußen war es im Hotel geradezu finster. Er blickte aufs Display, wo das Foto von Kowalczyk mit Schnäuzer zu sehen war. »Sie haben recht, er kommt mir auch bekannt vor.«

»Warten Sie. Es gibt noch eine Version, auf der sein Schnäuzer wegretuschiert ist.«

Stella tippte ein anderes Foto an.

Kapitel 25

Tillikowski wusste sofort, wen er vor sich hatte. Zuerst konnte er es nicht glauben, aber es bestand kein Zweifel.

»Bei diesem Herrn handelt es sich um den Nachtportier dieses Hotels!«, sagte er.

»Sind Sie sicher?«, fragte Stella verblüfft.

»Natürlich bin ich sicher«, erwiderte Arno, der noch immer damit beschäftigt war, diese Wendung zu verdauen. »Ich habe mehrfach mit ihm gesprochen. Ich irre mich nicht. Er ist es. Hundertprozentig.«

»Deshalb kam er mir so vage bekannt vor«, sagte Stella nachdenklich. »Sie und ich saßen doch am frühen Morgen eine Zeit lang im Foyer, während er sich an der Rezeption aufhielt. Erinnern Sie sich? Ich habe ihm kaum mehr als einen flüchtigen Blick geschenkt, da ich zu dem Zeitpunkt wahrlich mit anderen Dingen beschäftigt war. Aber in irgendeiner Ecke meines Gedächtnisses war sein Gesicht gespeichert, ohne dass ich es abrufen konnte.«

»Macht nix, dafür haben Sie ja mich. Sein Vorname ist zwar tatsächlich Jochen, aber sein Nachname lautet nicht Kowalczyk, sondern Klein.«

»Vielleicht hat er geheiratet und den Namen seiner Frau angenommen. Oder denken Sie, dass er unter einem falschen Namen hier arbeitet?«

»Nee, das glaube ich nicht … hm …«

Arno hatte beinahe geistesabwesend geantwortet, so als redete er mit sich selbst. Seine Gedanken rasten.

In der Tat hatte Stella ihm gerade einen erstklassigen Verdächtigen präsentiert, den er bisher überhaupt nicht auf dem Schirm gehabt hatte. Dieser Jochen Klein hatte theoretisch die beste Möglichkeit …

»Er hatte jede Möglichkeit, den Mord zu begehen, oder?«, fragte Stella in diesem Moment, als hätte sie seine Gedanken gelesen. Dann fuhr sie fort: »Er wusste ziemlich genau, wer sich wo aufhielt. Er hatte Zugriff auf van Aalens Koffer. Vielleicht wusste er sogar von dem geplanten Schäferstündchen. Immerhin gab es Servicepersonal beim Dinner … könnte ja sein, dass über Marlenes Umtriebigkeit getratscht wurde. Und an seiner Rezeption müssen alle Gäste vorbei. Egal, ob sie in die Bar, ins Restaurant oder auf ihr Zimmer wollen. Er befindet sich praktisch am Dreh- und Angelpunkt aller Dinge, die im Hotel passieren.«

Damit hatte sie natürlich recht. Allerdings …

»Aber wäre er nicht ein viel zu hohes Risiko damit eingegangen, sich während seiner Schicht in Marlenes Zimmer zu schleichen und sie umzubringen?«, fragte Arno.

»Gehen Mörder nicht immer gewisse Risiken ein? Immerhin ist es offiziell verboten, Leute umzubringen.«

»Sie wissen, was ich meine. Er hätte jederzeit erwischt werden können. Sein Weg von der Rezeption bis zu ihrem Zimmer war nicht gerade ein Katzensprung.«

»Wäre es wirklich so auffällig gewesen? Ein Hotelangestellter in Uniform fährt gegen Mitternacht mit dem Aufzug nach oben. Na und? Vielleicht übernimmt er ja in den Nachtstunden so eine Art Not-Zimmerservice. Er hat uns beiden ja auch problemlos einen Cappuccino gemacht. Wie spät war es da? Zwei Uhr morgens? Ich wette, hinter seiner Rezeption ist eine kleine Kombüse. Er wird dort nicht gerade Cocktails mixen, aber ein Süppchen aus der Mikrowelle oder eine Flasche Mineralwasser kann er bestimmt aufs Zimmer bringen, wenn man ihn darum bittet.«

Arno nickte langsam, während er über das Gesagte nachdachte. Dann erwiderte er: »Das könnte sehr gut sein. Ich werde es herausfinden.«

Jemand vom Hotelpersonal kam an ihnen vorbei und warf ihnen einen neugierigen Blick zu.

Erst jetzt wurde Arno bewusst, dass sie zwar in einem leeren Gang standen, sich aber in relativ normaler Lautstärke unterhielten. Schon hinter der nächsten Ecke könnte theoretisch jemand stehen, der ihnen zuhörte. Das war nicht gut, das war gar nicht gut …

»Kommen Sie mit«, zischte Arno und griff erneut nach Stellas Hand.

Sie schien ihn sofort zu verstehen und folgte ihm durchs Foyer in den kleinen Seminarraum, den er für die Befragungen benutzte. Er schloss die Tür hinter ihnen und lehnte sich mit dem Rücken dagegen.

»Herrje«, sagte sie, »ich bin gerade so aufregt, dass ich überhaupt nicht mehr daran gedacht habe …« Sie schüttelte den Kopf.

»Dass wir alles durch die Gegend posaunen.« Arno nickte grimmig. »Ich auch nicht.«

Jetzt vervollständigen wir schon die Sätze des anderen, dachte er und warf Stella einen Blick zu. Sie stand am anderen Ende des Raums und starrte ihn aus großen Augen an. Ja, sie war aufgeregt, das war offensichtlich.

Arno setzte sich an den Tisch. »Lassen Sie uns nachdenken, Stella. Gehen wir mal davon aus, dass der Nachtportier der Mörder ist. Frage: Was ist wann passiert?«

»Okay.« Sie kam heran und nahm ihm gegenüber Platz. »Bis vorhin dachte ich noch, Kowalczyk hätte die Begegnung zwischen sich und Marlene bei der Messe länger geplant. Dass er irgendwo von ihrer Anwesenheit auf dieser Veranstaltung gelesen und sich vorgenommen hat, sie mit ihrer gemeinsamen Vergangenheit zu konfrontieren.«

Arno nahm den Faden auf. »Aber jetzt sieht die Sache vollkommen anders aus. Kowalczyk, der ehemalige Einser-Abiturient, arbeitet als Nachtportier. Und plötzlich, gänzlich unerwartet, tänzelt die Frau, die sein Leben zerstört hat, im Hotel vor seiner Nase herum und lässt sich wie eine Bienenkönigin umschwärmen. Sie ist offensichtlich sehr erfolgreich, trägt kostbaren Schmuck …«

» … und würdigt ihn natürlich keines Blickes!«, fuhr Stella mit erhobenem Zeigefinger fort. »Menschen wie sie nehmen Personal grundsätzlich nicht zur Kenntnis. Gut möglich, dass er bis dahin den Namen Marlene Silberstein überhaupt nicht mit ›seiner‹ Gudrun Jablonski in Verbindung gebracht hat. Gut möglich, dass er mal im Internet nach ihr gesucht hat, aber über Gudrun Jablonski ist nichts zu finden.« Sie lächelte und fügte hinzu: »Jedenfalls nicht für normale Computerbenutzer mit normalen Fähigkeiten. Womit ich nicht gesagt haben will … Sie wissen schon.«

Er lächelte zurück und winkte lässig ab. »Schon gut. Keine Nerds mit blauen Haaren weit und breit. Aber denken wir weiter: Auf einmal steht sie also vor ihm. Er erkennt sie sofort, und alles von damals kommt wieder hoch. Gerade ihr Erfolg erinnert ihn an seinen Misserfolg, provoziert ihn. Ist das ein Wink des Schicksals? Ist die Stunde seiner Rache endlich gekommen?«

Stella kicherte. »Nix für ungut, Arno, aber Sie klingen gerade wie ein schwülstiger Roman. Dennoch: Im Prinzip haben Sie recht. Allerdings glaube ich nicht, dass sein erster Gedanke war, sie umzubringen. Ich denke, er wollte sie erpressen. Und genau das hat er ihr gesagt, als er an ihrem Büchertisch aufgetaucht ist. Er hatte sich mit diesem absurden Schnäuzer getarnt …«

» … denn sie sollte nicht wissen, dass er als Nachtportier in ihrer unmittelbaren Nähe ist. Sie sollte denken, dass sie ihn nach dem Vorfall bei der Messe erst einmal losgeworden ist. Sie sollte denken, dass sie Zeit hat, zu verschwinden.«

Über den Tisch hinweg blickten sie sich an. Arno konnte sehen, dass Stella genauso intensiv nachdachte wie er.

Nach einem Moment des Schweigens sagte sie: »Tatsache ist: Er war nicht an der Rezeption, als *ich* zu ihrem Zimmer gegangen bin. Vergessen Sie das nicht. Und er hat Sie darüber belogen. Erst hat er Ihnen gegenüber behauptet, er habe seinen Posten nicht verlassen. Dann aber, als Sie von mir wussten, dass das nicht stimmte, hat er auf einmal eine Zigarettenpause gemacht.« Sie schlug sich vor die Stirn. »Und ich Idiotin habe mich noch darüber gegrämt, dass er meinetwegen seinen Job verlieren könnte! Wahrscheinlich stellt sich sogar noch heraus, dass er Nichtraucher ist.«

Arno grinste flüchtig. »Würde mich nicht wundern. Auch wenn es eine superdämliche Lüge wäre, die leicht zu widerlegen ist. Dennoch neigt ein Verdächtiger dazu, zu weiteren Lügen zu greifen, wenn man ihn bei einer ertappt hat. Ich kenne dieses Phänomen nur zu gut, und es erleichtert meine Arbeit nicht gerade. Fast immer muss ich mich erst einmal durch einen riesigen Haufen Lügen wühlen. Solange man allerdings diese Lügner nicht damit konfrontieren kann, dass man die Wahrheit längst kennt …« Arno zuckte mit den Schultern. »Zurück zum eigentlichen Thema: Was genau ist zwischen der Szene auf der Messe und dem Mord an ihr passiert?«

»Genau: Konzentration aufs Wesentliche.« Sie grinste und stand auf. »Wenn ich herumlaufe, kann ich besser denken. Also: Ich könnte mir vorstellen, dass sie vorgegeben hat, auf seine Forderungen eingehen zu wollen. *Lass uns uns nach der Veranstaltung woanders treffen und in Ruhe reden, Jochen, hier geht es gerade nicht …* so etwas in der Art. Bleibt die Frage: Was könnte ihn dazu veranlasst haben, sie umzubringen? Wenn er doch eigentlich Geld von ihr wollte? Vorausgesetzt, er ist der Täter, was wir nicht mit Bestimmtheit wissen.«

»Er könnte irgendwie herausgefunden haben, dass sie mitnichten vorhatte, ihn zu treffen«, erwiderte Arno.

»Vielleicht hatte sie einen frühen Flug gebucht, wohin auch immer, und ihm wurde klar, dass es zwischen Mitternacht und dem Abflug um sieben Uhr morgens kein Treffen mehr geben würde. Ihm wurde klar, dass sie ihn wieder mal verarscht und ihm falsche Versprechungen gemacht hatte. Aber woher wusste er davon?«

»Woher er davon wusste?«, rief Arno triumphierend, der einen Geistesblitz gehabt hatte. »Ganz einfach! Sie hat den Weckdienst der Rezeption gebucht! Und den Nachtportier gebeten, ihr ein Taxi für die frühen Morgenstunden zu bestellen. Ein Taxi nach Düsseldorf zum Flughafen. Sie hatte ja keine Ahnung, dass sie in Wirklichkeit mit Jochen Kowalczyk spricht. Vielleicht war genau das ihr Todesurteil.«

Arno sah Stella erwartungsvoll an. Würde sie ihm zustimmen? Gerade wollte sie etwas sagen, als ihr Handy klingelte. Nach einem Blick aufs Display murmelte sie: »Das muss ich annehmen.«

Dann sagte sie: »Hallo, Oma. Was gibt es?« Sie lauschte, während sich ihr Gesicht mehr und mehr umwölkte. »Okay. Jetzt reicht es mir.« … »Ja, genau, das werde ich tun. Beschäftige ihn irgendwie, okay? Bis später.« Sie beendete das Gespräch und steckte das Telefon weg. Ihre Miene war undurchdringlich.

Da sie schwieg, sagte er: »Ich erwarte den Portier gleich zur Befragung. Sein Dienstbeginn ist eigentlich um sieben, aber ich habe ihn gebeten, bereits um fünf zu kommen, damit wir noch einmal genau durchgehen können, wer wann in der letzten Nacht an seiner Rezeption vorbeigelaufen ist. Er rechnet bestimmt nicht damit, dass wir ihm auf der Spur sind. Aber zur Sicherheit werde ich zwei Leute in Zivil zu seiner Adresse schicken, die ihn unauffällig eskortieren. Krankgemeldet hat er sich jedenfalls nicht. Als ich mich vorhin mit ihm verabredet habe, klang er vollkommen gelassen. Auf jeden Fall wäre es auch für ihn als Täter viel unauffälliger, ganz normal zur Arbeit zu kommen, statt die Flucht zu ergreifen. Das wäre ja fast schon ein Schuldeingeständnis. «

»So wie die Flucht von van Aalen?«, fragte Stella.

»Allerdings. Sie müssen zugeben, dass er sich damit mehr

als verdächtig gemacht hat. Warum meldet er sich nicht? Wo versteckt er sich?«

»Er war es nicht«, sagte Stella.

»Mag sein. Trotzdem ist es nicht besonders klug von ihm, sich vor mir zu verstecken. Ich *muss* ihn befragen. Schon allein, um ihn als Täter ausschließen zu können.«

»Droht van Aalen eine hohe Strafe, weil er sich nicht bei Ihnen meldet?«

»Nein, ihm droht überhaupt keine Strafe«, sagte Arno. »Der Witz ist: Er ist nicht verpflichtet, einer *polizeilichen* Ladung zur Vernehmung Folge zu leisten. Selbst als Beschuldigter kann er sich dem verweigern. Und wir haben ihn ja noch nicht einmal offiziell geladen; wir versuchen lediglich, ihn zu erreichen. Dass er sich nicht bei uns meldet, ist seine verdammte Entscheidung. Erst, wenn ihn die Staatsanwaltschaft zu einer Vernehmung lädt, *muss* er erscheinen, sonst kommen die grünen Jungs und schleppen ihn aufs Präsidium. Allerdings muss er auch dann nichts zur Sache aussagen, wenn er nicht will.«

»Wirklich? Ist das sicher?«

So ganz allmählich wurde Arno misstrauisch. Warum stellte sie ihm so eigenartige Fragen? Auch schien sie seinem Blick auszuweichen – oder bildete er sich das nur ein?

Und urplötzlich wurde es ihm klar.

Gerade noch hatte er festgestellt, dass es ihm guttat, den Fall mit Stella zu diskutieren – auch wenn es ihm eigentlich strikt verboten war. Aber sie ergänzten sich hervorragend, und sie hatte ihm außerdem überaus wertvolle Informationen geliefert. Sie hatten praktisch gemeinsam den Nachtportier enttarnt, der einen hervorragenden Verdächtigen abgab.

Und jetzt?

Jetzt riss sie mit dem Hintern wieder ein, was sie gemeinsam so überaus mühsam an vorsichtiger Annäherung aufgebaut hatten. Es hätte ihn bekümmert, wenn er nicht so unglaublich wütend gewesen wäre.

»Sie wissen ganz genau, wo Holger van Aalen ist«, presste er heraus.

Er musste nicht einmal fragen – er *wusste,* dass es so war. Und er war unglaublich enttäuscht von ihr.

»Ja, das weiß ich«, erwiderte sie leise. »Er ist in unserer Villa. Er hatte sich in Omas Zirkuswagen versteckt. Dort habe ich ihn entdeckt, als der Wagen schon wieder zu Hause in der Remise stand. Er … er hat uns angefleht, ihn nicht zu verraten. Ich wollte erst nicht, aber Oma …« Sie brach ab, schüttelte den Kopf und fuhr fort: »Nein, das wäre nicht fair, alles auf sie zu schieben. Er hatte einfach Angst, dass er eines Mordes beschuldigt wird, den er nicht begangen hat. Er sagt, er habe ihre Leiche gefunden, das muss kurz vor mir gewesen sein, und dann wäre er in Panik getürmt. Immerhin hatte es zuvor in der Bar ja seinen Streit mit Fröhlich gegeben, und zumindest der wusste, wie unglaublich wütend van Aalen auf Marlene gewesen war. Deshalb …«

»Wollen Sie damit sagen, Holger van Aalen war in der Nähe, als ich heute bei Ihnen war?«, unterbrach er sie brüsk. »Wo war er, Stella? In der Orangerie? Hat er uns zugehört? Haben Sie ihm etwa die Möglichkeit gegeben, unser Gespräch zu *belauschen?*«

»Nein!« Mit weit aufgerissenen Augen schüttelte sie heftig den Kopf. »Natürlich nicht! Was denken Sie denn von mir?«

»Das wollen Sie nicht wissen«, knurrte er.

»Doch, das will ich. Aber Sie müssen es mir gar nicht sagen, Arno.« Sie atmete tief durch. »Ich habe Sie maßlos enttäuscht, das ist mir klar. Aber vielleicht können Sie mich auch ein bisschen verstehen. Ich wusste einfach nicht, was ich tun sollte. Ich hatte ja kaum Zeit, in Ruhe nachzudenken. Dass ich ihn entdeckt habe, ist gerade mal ein paar Stunden her. Seither bin ich ununterbrochen damit beschäftigt gewesen, eine Lösung zu finden.«

Arno hätte sie am liebsten gepackt und durchgeschüttelt, aber er zwang sich zur Ruhe. Innerlich zählte er erst bis zehn, dann fragte er: »Das Telefonat vorhin mit Ihrer Großmutter – dabei ging es um van Aalen, oder?«

»Das stimmt. Und vielleicht erinnern Sie sich, ich habe gesagt, dass es mir reicht. Im Klartext: Ich hatte beschlossen, Ihnen zu sagen, dass er sich bei uns aufhält. Er …«, sie lächelte flüchtig und fuhr fort: »Es ist beinahe absurd, aber er weigert sich, unser Haus zu verlassen. Wie ein bockiges Kind. Und er … nun ja … er zeigt gewisse Allüren, die ich nicht akzeptabel finde. Ich habe ihn bereits mehrfach aufgefordert, sich Ihnen zu stellen.«

»Dafür erwarten Sie hoffentlich kein Lob.«

»Nein, das tue ich nicht. Aber Oma weiß Bescheid, dass Ihre Leute kommen werden, um ihn einzukassieren.«

»Gnade Ihnen Gott, wenn Sie ihn vorwarnen«, sagte Arno, stand auf und verließ den Raum.

Natürlich würde sie sofort zur Villa rasen, das war ihm klar. Schon allein, um bei ihrer Oma zu sein, falls die Situation eskalierte. Das konnte er ihr nicht einmal verdenken.

Kapitel 26

Stella hatte erwartet, dass Tillikowski sie voller Zorn über ihre Dämlichkeit anbrüllen würde, damit hätte sie besser umgehen können.

Aber diese ungeheure Enttäuschung in seinen Augen, die Eiseskälte in seiner Stimme – das hatte ihr beinahe den Boden unter den Füßen weggezogen. Er war von Beginn dieses Falls an ihr gegenüber viel offener gewesen, als er gedurft hätte. Und wie hatte sie es ihm gedankt? Sie hatte ihn nach Strich und Faden belogen.

Niedergeschmettert hockte sie noch einige Minuten auf dem Stuhl, dann raffte sie sich endlich auf. Sie musste zurück zur Villa, und zwar so schnell wie möglich.

Auf dem Weg zu ihrem Auto rief sie Otto an und informierte ihn hastig darüber, dass die Polizei vielleicht schon unterwegs zu ihnen war.

»Endlich. Wat soll ich machen?«, fragte er.

»Geh ins Haus zu Oma. Und wenn van Aalen frech wird, knall ihm eine.«

»Mit dem allergrößten Vergnügen. Der hat für seine Unverschämtheiten mehr als einen Klatsch verdient.«

Obwohl Stella ihm insgeheim zustimmte, hoffte sie, dass es nicht dazu kommen würde.

»Nur im Notfall, hörst du?«, sagte sie. »Ich hoffe, die kommen nicht mit Blaulicht die Einfahrt hochgerauscht. Falls doch: Wenn van Aalen abhauen will, halte ihn auf, egal, wie. Ich bin auf dem Weg.«

Sie raste durch die Stadt, inständig hoffend, die Villa vor der Polizei zu erreichen. Immerhin musste Tillikowski zunächst einmal organisieren, dass seine Kollegen zur Villa fuhren. Er hatte anderes zu tun – er musste sich den Nachtportier zur Brust nehmen. Aber vorher musste er sich dringend darum kümmern, dass Kowalczyk ihm nicht durch die Lappen gehen konnte. Was würde wichtiger für ihn sein? Bestimmt Kowalczyk.

Als sie in die Einfahrt einbog, atmete sie erleichtert auf: keine Spur von einem Polizeiwagen oder überhaupt von einem fremden Auto. Konnte ja sein, dass sie zivil unterwegs waren, um van Aalen nicht frühzeitig aufzuscheuchen.

Sie parkte vor der Villa, blieb aber noch kurz hinter dem Steuer sitzen, um ein paar Atemübungen zu machen. Keinesfalls wollte sie aufgeregt wirken, wenn sie auf van Aalen traf.

Als sie sich ruhig genug fühlte, stieg sie aus und schlenderte zur Haustür.

Ihre Großmutter, Otto und van Aalen boten ein Bild vollkommener Harmonie, als Stella den Wintergarten betrat. In unerwarteter Eintracht saßen sie um den runden Tisch herum und ließen sich Kaffee und Kuchen schmecken. Zu gerne hätte sie ein Foto davon gemacht, aber das hätte wohl etwas seltsam gewirkt.

»Da bist du ja, Schatz«, zwitscherte Maria munter. »Setz dich doch zu uns. Ich habe spontan einen Apfelkuchen gebacken, er ist noch warm.«

»Köschtlisch«, nuschelte Otto mit vollem Mund und zwinkerte Stella zu. Er tippte auf seine Wange, und Stella ging zu ihm, um ihm einen Kuss zu geben.

»Weiß Oma Bescheid?«, flüsterte sie ihm dabei ins Ohr, und Otto nickte unmerklich.

Also war der Einzige am Tisch, den das Auftauchen der Polizei überraschen würde, Holger van Aalen – gut so. Es wäre nicht förderlich gewesen, wenn das Eintreffen der Kavallerie Maria kalt erwischte.

Zufrieden setzte Stella sich zu ihnen und ließ sich von ihrer

Großmutter ein fast beängstigend großes Stück Kuchen auf den Teller packen, auf das Maria zusätzlich einen Berg Sahne häufte, der in seiner Form verblüffend an die Zugspitze erinnerte.

»Jesses«, sagte Stella, »du meinst es aber gut mit mir. Ich weiß nicht, ob ich dieses Monstrum schaffe.«

Obwohl sie in der Pizzeria nur wenige Löffel von der Suppe gegessen hatte, war sie nicht hungrig; dazu war ihre Aufregung zu groß.

»Den Kuchen hast du dir redlich verdient. Es war ein aufregender Tag. Für uns alle«, erwiderte Maria lächelnd. »Stell dir vor, Holger hat mir beim Backen geholfen. Ich habe nicht gewusst, wie hervorragend er Äpfel schälen kann.«

Holger van Aalen dankte ihr für das ziemlich alberne Kompliment – schließlich war er keine fünf, sondern fünf*zig* Jahre alt – mit einem huldvollen Lächeln.

Das erheiterte Stella beinahe ebenso sehr wie die Vorstellung, dass er mit einer geblümten Rüschenschürze über dem zerknitterten Anzug in der Küche ihrer Großmutter stand und konzentriert Äpfel zerteilte. Aber offenbar hatte Maria damit einen großartigen Weg gefunden, um van Aalen nicht nur abzulenken, sondern auch gleichzeitig in Sicherheit zu wiegen.

Die Atmosphäre am Tisch war entspannt, beinahe schon familiär. Weder Maria noch Otto war anzumerken, dass sie etwas vor van Aalen verbargen.

Von ihrem Platz aus konnte Stella die Einfahrt sehen; sie würde also hoffentlich die Erste sein, die das Eintreffen der Polizei mitbekam. Im Optimalfall gab es ihr die Chance, van Aalen daran zu hindern, in Panik zu geraten.

Kurz überlegte sie, ob sie ihm jetzt schon reinen Wein einschenken sollte. Vielleicht reagierte er ja ganz vernünftig und ergab sich der Situation? Aber nein, er glaubte ja nach wie vor, der Hauptverdächtige zu sein, und sie hatte nicht vor, ihn in den aktuellen Stand der Dinge einzuweihen.

Die Vorstellung, dass er damit bei Tillikowski hausieren gehen würde, ließ sie erschauern. Zwischen ihr und dem Kommissar gab es schon genug Ärger.

Also entschied sie sich dagegen – van Aalen würde gleich eine ziemliche Überraschung erleben.

»Gibt es etwas Neues?«, fragte er sie plötzlich.

Herrje – das ist gruselig, dachte Stella überrumpelt, hat er meine Gedanken gelesen?

Andererseits war es kein Wunder, dass er sie danach fragte.

»Soweit ich weiß, ist Kommissar Tillikowski noch immer mit Befragungen beschäftigt«, erwiderte sie. »Aber ich habe ihn schon länger nicht mehr gesprochen. Es ist ja nun wirklich nicht so, dass er mich ständig über den Stand seiner Ermittlungen auf dem Laufenden hält. Das darf er auch gar nicht.«

»Ich dachte, Sie wären so vertraut miteinander. Also wissen Sie nicht, ob der Täter eventuell bereits gefasst ist?«, bohrte van Aalen weiter.

»Vertraut?«, gab Stella zurück. »Ich weiß nicht, wovon Sie sprechen. Wie kommen Sie darauf, Herr van Aalen? Selbst, wenn wir befreundet *wären* – was wir nicht sind, aber das nur nebenbei –, bliebe die Tatsache bestehen, dass er seinen Beruf nicht mit seinem Privatleben verquicken darf. Es ist ihm strikt verboten, mit jemandem außer seinen Kollegen über seine Ermittlungen zu sprechen. Dafür kann er schwer bestraft werden.«

Van Aalen wirkte abwesend; vermutlich hatte er überhaupt nicht zugehört. »Also wissen Sie nicht, ob es weitere Verdächtige gibt?«

Sie seufzte innerlich und schüttelte den Kopf. »Nee. Ich bin die Letzte, der er etwas verraten würde. Obwohl ich tatsächlich durchaus damit rechne, dass Tillikowski mir Bescheid sagt, wenn er den Täter oder die Täterin überführt hat. Ich will natürlich unbedingt wissen, wer es war. Immerhin kannte ich Marlene persönlich und habe zudem ihre Leiche gefunden. Gleichzeitig ist genau das einer der Gründe, warum er mir gegenüber absolutes Stillschweigen bewahren muss: Ich bin persönlich beteiligt an dem Fall. Jede Information, die der Kommissar mir gibt, könnte ich unabsichtlich an den Täter weitergeben und ihn damit vorwarnen. Sie wollen doch sicherlich nicht, dass der- oder diejenige mit dem Mord davonkommt.«

»Ich kann immer noch nicht fassen, dass sie tot ist«, sagte van Aalen mit leiser Stimme. »Marlene hat mir sehr viel bedeutet. Sie war meine Seelenverwandte. Wir hatten noch so viel zusammen vor. Ich weiß nicht, wie ich diesen Verlust jemals verkraften soll, denn mit ihrer saturnischen Sonne hat sie mein Dasein erleuchtet …«

Offenbar hat er bereits vollkommen vergessen, was Filibert Fröhlich ihm in der Bar über Marlenes Hinterlist gesteckt hat, dachte Stella.

Okay, vielleicht auch nur *angebliche* Hinterlist, aber van Aalen hatte es zu diesem Zeitpunkt ja geglaubt. Oder er wollte – *musste* – es verdrängen und rettete sich jetzt in die posthume Glorifizierung einer Beziehung, die vermutlich nur in seiner Fantasie existierte. Auch eine Möglichkeit, mit dem Schock umzugehen.

»Wissen Sie zufällig, wann Marlene abreisen wollte?«, fragte Stella.

»Natürlich wusste ich es«, erwiderte van Aalen. »Ursprünglich wollte sie bis Dienstag bleiben, wir hatten schließlich eine Menge zu besprechen. Aber am Sonntagabend sagte sie mir, dass sie gezwungen sei, schon am frühen Montagmorgen abzureisen, und umbuchen müsse. Das gefiel mir natürlich nicht, aber sie versprach mir, noch vor Ende der Woche zurückzukommen.«

Na klar, dachte Stella, so, wie ich sie mittlerweile kenne, hätte sie vermutlich jedem alles versprochen.

»Kennen Sie den Grund für die Umbuchung?«, fragte Stella weiter.

Van Aalen runzelte die Stirn und dachte nach. »Irgendwas

mit einem ihrer Häuser, glaube ich. Ich erinnere mich nicht wirklich. Ich hatte so viel um die Ohren am Sonntag … ich habe ihr kaum zugehört, als sie davon sprach. Für mich war nur wichtig, dass wir uns trotz der Verzögerung so bald wie möglich wiedersehen. Ich konnte ja nicht ahnen, dass …« Seine Stimme brach, dann räusperte er sich und fuhr fort: »Ich mache mir schreckliche Vorwürfe, wissen Sie? Ich hätte sie doch niemals ganz alleine auf ihr Zimmer gehen lassen, wenn ich geahnt hätte, dass sie meinen Schutz benötigt. Ich … Sie wissen ja, dass wir … dass ich noch für den späteren Abend mit ihr … hm … *verabredet* war. Sie hat mich erwartet, und stattdessen kam ihr Mörder. Diese Vorstellung quält mich.«

»Niemand konnte wissen, dass Marlenes Leben in Gefahr war«, erwiderte Stella. »Auch Sie nicht.«

»Aber sie könnte noch leben, wenn ich …« Van Aalen schlug die Hände vors Gesicht.

»Stella, jetzt hör bitte endlich damit auf, den armen Mann so auszuquetschen«, sagte Maria streng. »Hat das Schicksal ihn nicht schon genug gebeutelt? Was soll es denn bringen, ihn wieder und wieder an diese schrecklichen Stunden zu erinnern? Lass gut sein.« Sie lächelte und fügte hinzu: »Holger war übrigens von der Orangerie begeistert. Vielleicht möchtest du ihm mal deinen Arbeitsplatz zeigen? Das wird ihn etwas ablenken.«

Wie bitte? Sie sollte Holger van Aalen in ihre heiligen Hallen lassen? Das behagte ihr ganz und gar nicht. Aber sie verstand sofort, was ihre Großmutter damit bezweckte, denn es würde ihn tatsächlich ablenken: erstens von seinem Kummer und zweitens – was noch wesentlich wichtiger war – von der Auffahrt.

Also musste sie in den sauren Apfel beißen.

»Aber sicher«, sagte Stella deshalb und stand auf. »Sind Sie interessiert, Herr van Aalen?«

Er erhob sich und nickte. »Natürlich.«

Im Vorbeigehen wechselte Stella einen Blick mit Otto. Er würde verstehen und ihnen unauffällig folgen, dessen war sie sicher. Ihre Großmutter konnte derweil die Polizei in Empfang nehmen und nach hinten in den Garten führen. Perfekt.

»Ich bin froh, dass Sie nicht mehr wütend auf mich sind«, sagte van Aalen, der neben Stella ging.

Das glaubst auch nur du, dachte Stella grimmig, du hast ja keine Ahnung, wie sehr ich mich im Moment zusammenreiße; am liebsten würde ich dich vorne am Tor anketten und deinem Schicksal überlassen.

»Ich möchte es so formulieren: Ich denke, unser aller Nerven sind zum Zerreißen gespannt«, erwiderte sie. »Davon kann auch ich mich nicht freimachen. Ich bin vollkommen übermüdet und mittlerweile extrem genervt. Kommissar Tillikowski hat mich bereits heute Nacht befragt, und ich habe höchstens drei Stunden geschlafen, wenn überhaupt. Und als ich gerade dachte, ich kann endlich ein wenig Abstand von den Ereignissen nehmen, sind Sie aufgetaucht. Es dürfte Sie nicht gewundert haben, dass ich von Ihrer Anwesenheit nicht wirklich begeistert war und bin. Sie sind in einem Maße in mein Leben und meine Privatsphäre eingedrungen, das ich nur schwer erträglich finde.«

Sie spürte, dass er neben ihr zusammenzuckte. Hatte er *wirklich* gedacht, sie hätte ihm das unverschämte Verhalten ihr und ihrer Großmutter gegenüber inzwischen verziehen? Da kannte er sie aber schlecht.

Und es zeigte ihr erneut, wie schockierend unterentwickelt Holger van Aalens Fähigkeit war, sich in andere Menschen zu versetzen. Und das bei seinem Beruf.

»Bitte, Frau Albrecht«, sagte er pathetisch, »Sie müssen mir unbedingt glauben, dass ich mir schon den ganzen Tag lang den Kopf darüber zermartere, wie ich mein unmögliches Verhalten wiedergutmachen kann. Ich werde mir auf jeden Fall etwas einfallen lassen, das verspreche ich Ihnen. Etwas ganz Besonderes.«

Aber klar, dachte Stella gallig, bestimmt schwebt ihm ein Gutschein für eine astrologische Beratung bei ihm vor, das wäre doch der Brüller – und würde zu ihm passen.

Sie führte ihn an Marias Bereich vorbei zu ihrer Hälfte der Orangerie, öffnete die Tür und bat ihn mit einer Geste hinein.

Neugierig betrat er die Räumlichkeiten und sah sich ausgiebig um. »Aha. Hm. Sehr hübsch, wirklich. Hier empfangen Sie also Ihre Kunden? Aber das ist doch ein ganz reizendes Ambiente! Schlicht, aber durchaus geschmackvoll. Beinahe schon edel. Wirklich schön!«

»Sie klingen mir eine Spur zu verblüfft, Herr van Aalen«, gab Stella mit aller Beherrschung, zu der sie noch imstande war, zurück. »Das allerdings bringt mich zu einer Frage: Was hatten Sie sich vorgestellt? Dass meine Beratungen zwischen benutzten Kaffeetassen an einem von Essensresten verklebten Küchentisch stattfinden?« Sie sah, dass er sich bei ihren Worten wie ein Aal wand, und fuhr fort: »Ich sagte ja bereits, dass ich meine astrologische Arbeit als ein professionelles und seriöses Angebot verstehe – und dazu gehört für mich eine Umgebung, in der sich meinen Klienten wohlfühlen.«

»Ich … nein, natürlich. Ich konnte mir nur nicht vorstellen, dass man ein Gewächshaus so gemütlich und einladend gestalten kann. Wissen Sie, als Ihre geschätzte Großmutter mir von der Orangerie erzählte, ich meine, das ist doch eigentlich nichts anderes als ein großes Gewächshaus, oder? Aber jetzt sehe ich, dass gerade die großen Fensterfronten ein unbedingter Pluspunkt sind. Der Ausblick in den Garten … paradiesisch.«

Mit Genugtuung registrierte Stella, dass er schier um sein Leben plapperte und verzweifelt versuchte, sie wieder versöhnlich zu stimmen. Vermutlich fragte er sich, was um Himmels willen er Beleidigendes gesagt haben könnte, aber immerhin bemerkte er, *dass* er sie beleidigt hatte.

»Aber nicht nur der Blick in den Garten ist toll«, faselte van Aalen hastig weiter. Er drehte sich um und deutete zum Fenster, das zum Weg hinausging. »Auch hier können Sie wunderbar sehen, wer …«

Er brach ab und erstarrte, denn in diesem Moment liefen – in Begleitung von Maria – zwei Polizisten vorbei, die eindeutig auf dem Weg zu Stellas Büro waren.

Entsetzt fuhr er zu Stella herum und brüllte: »Sie haben mich an die Polizei verraten! Und ich habe Ihnen vertraut!«

Wie ein panisches Kaninchen stierte er um sich, auf der Suche nach einer Fluchtmöglichkeit.

»Bitte, Herr van Aalen«, sagte Stella beschwörend, »bleiben Sie ruhig und gehen Sie mit, ohne Theater zu machen. Ich verspreche Ihnen …«

Ganz eindeutig war er nicht daran interessiert, was sie ihm zu versprechen gedachte. Da er nicht zur Tür hinauskonnte, machte er einen großen Satz zur Seite und hievte eine ihrer großen Zimmerpflanzen hoch. Es war ein riesiger Ficus. Der schwere Topf aus Terrakotta schien ihm keine Mühe zu bereiten, denn er schleuderte ihn mit einer Leichtigkeit durch die Fensterfront in den Garten, als wäre er ein Frisbee aus Plastik.

Mit ohrenbetäubendem Klirren zerbarst das Glas und hinterließ ein beeindruckend großes Loch. Groß genug jedenfalls für van Aalen, um hinauszuspringen und nach rechts in Richtung Teich zu rennen. Nach ein paar Schritten stolperte er und stürzte in ein Blumenbeet. Mühsam rappelte er sich auf und taumelte weiter.

Was will er dort?, fragte Stella sich verdutzt, die mittlerweile aus der Tür getreten war. Sich unter den Seerosenblättern verstecken?

Pfeilschnell galoppierte von links Otto Korittke an ihr vorbei. Am Ufer des Teichs holte er van Aalen ein und warf sich von hinten auf ihn. Der Schwung beförderte beide in die Mitte des Teichs, was eine erstaunlich hohe Fontäne produzierte –

sogar Stella bekam einige Spritzer ab. Eine Sekunde lang regnete es Wasserpflanzen und Seerosenblüten, dann ertönte Prusten und empörtes Protestgeschrei, als Otto triumphierend den triefenden van Aalen ans Ufer hievte.

»Der untere der beiden Männer ist Holger van Aalen«, sagte Stella zu den beiden Polizisten, die das Geschehen fasziniert verfolgt hatten und nun zum Teich rannten.

Stella spürte eine Hand an ihrem Arm und drehte sich zu ihrer Großmutter um.

»Das war wie Kino«, schnaufte Maria, die offenbar einen Lachanfall zu unterdrücken versuchte.

»Er hat in Panik eine Pflanze durch mein Fenster geworfen«, erwiderte Stella grinsend, »das wird echt teuer.«

Die beiden Polizisten kamen zurück, van Aalen zwischen sich, der jeglichen Widerstand aufgegeben hatte und den Kopf hängen ließ. So, wie er tropfte, konnte Stella nur hoffen, dass die Beamten eine Plastikplane dabeihatten, um die Polster ihres Wagens zu schützen.

»Ich schicke Ihnen die Rechnung für mein Fenster«, rief Stella ihm hinterher, woraufhin er sich umdrehte und sie böse anfunkelte.

»Beinahe tut er mir leid«, sagte Maria, deren Mundwinkel noch immer zuckten.

»Muss er nicht«, erwiderte Stella. »So, wie es momentan aussieht, wird ihm gar nichts geschehen. Tillikowski ist viel wütender auf mich als auf van Aalen.«

Der klatschnasse Otto, übers ganze Gesicht grinsend, gesellte sich zu ihnen. »Dat hat richtich Spaß gemacht, den Fatzke innen Teich zu schmeißen. Jederzeit wieder.«

»Mein Ritter«, erwiderte Maria liebevoll und zupfte ihm eine Seerosenknospe aus dem Kragen.

Kapitel 27

Unruhig tigerte Kommissar Tillikowski durchs Hotelfoyer. Das Observierungsteam hatte ihm gerade mitgeteilt, dass der Nachtportier jeden Augenblick eintreffen würde und dass ein anderes Team nun Jochen Kleins Wohnung durchsuchte, wie Arno es zuvor angeordnet hatte.

Die beiden Kollegen hatten den Mann unauffällig bis zum Hotel eskortiert und den Kommissar angerufen, als Jochen Klein seinen Wagen abgestellt hatte. Zur Sicherheit behielten sie ihn nach wie vor im Auge, damit er nicht noch in letzter Minute türmte.

Immer wieder wanderten Tillikowskis Gedanken zu Stella. Dass ausgerechnet sie Holger van Aalen vor ihm versteckt hatte, machte ihm zu schaffen. So offen er ihr gegenüber gewesen war, so infam hatte sie ihn hintergangen, fand Arno. Auch wenn sie durch ihr Wühlen – oder besser: Wühlen*lassen* – in Marlene Silbersteins Vergangenheit praktisch die wahre Identität des Nachtportiers aufgedeckt hatte, war seine Wut auf sie noch längst nicht verraucht.

Zudem war er sicher, dass diese Ruby, die ja auch Ben Glaeser bei Recherchen ›unterstützte‹, ihre Finger im Spiel hatte. Aber wie hatte Stella gesagt? *Daran war keine junge Frau mit blauen Haaren beteiligt, das schwöre ich.* Ha – das bedeutete vermutlich lediglich, dass Ruby mittlerweile grüne Haare hatte. Arno konnte nur inständig hoffen, dass er niemals Auskunft darüber geben musste, woher er seine Informationen über den Abitur-Skandal hatte. Auf jeden Fall hatte Stella Einblick in interne Befragungen gehabt, sonst hätte sie ja nicht wissen können, was wer dazu ausgesagt hatte und wem geglaubt worden war. Und das innerhalb nur weniger Stunden! Da hatte sich jemand ins digitale Archiv der Schule gehackt, das war so klar wie Kloßbrühe.

Sein Handy klingelte, ein Kollege war dran.

»Arno, hör mal, Frau Fleischhauer und Herr Fröhlich machen Theater. Sie wollen wissen, wie lange du sie noch im Hotel festhalten willst.«

Auch das noch … »Noch ein wenig Geduld. Ich habe noch eine wichtige Befragung zu machen, und danach … ah, da kommt er schon. Ich melde mich wieder.«

Er beendete das Gespräch und streckte die Hand aus. »Guten Tag, Herr Klein. Vielen Dank, dass Sie gekommen sind.«

»Mach ich doch gerne!«, erwiderte der Nachtportier. »Wenn ich der Polizei helfen kann …«

Arno ging mit ihm in den Befragungsraum. Auf dem Tisch lag eine Mappe, in der sich große Abzüge der Fotos von Jochen Klein befanden, die Stella ihm gezeigt hatte. Sein Handy legte er daneben und aktivierte die Aufnahme-Funktion.

»So, Herr Klein«, sagte Arno, als sie sich gesetzt hatten, »das wird jetzt vielleicht etwas mühselig, aber mir bleibt leider nichts anderes übrig, als so eine Art Bewegungsprotokoll der vergangenen Nacht aufzustellen. Damit ich nicht alles mitschreiben muss, benutze ich mein Handy.« Er diktierte alle wesentlichen Eckdaten der Befragung – wie Datum, Uhrzeit und Namen der Beteiligten –, dann sah er den Nachtportier mit einem Lächeln an. »Keine Sorge, das ist Standard, das brauchen wir später, um das Gesprächsprotokoll zuordnen zu können. Sie sind der Einzige, der mir helfen kann, denn an Ihnen mussten die Leute ja vorbei, wenn sie auf ihre Zimmer gingen. Auf extrem exakte Uhrzeiten kann ich nicht hoffen, das ist mir klar. Aber mit einer Reihenfolge wäre mir durchaus schon gedient.« Er zwinkerte und fügte hinzu: »Natürlich müssen Sie nichts sagen, was Sie belastet, Herr Klein. Vorweg: Ihre Zigarettenpausen werde ich nicht an Ihre Vorgesetzten weitertratschen; die brauche ich nur für den Ablauf. Ich bitte Sie also, in dieser Frage ganz ehrlich zu sein.«

Mit einem Nicken hob Jochen Klein zustimmend den Daumen und beantwortete während der nächsten Viertelstunde geduldig alle Fragen. War Frau Fleischhauer vor oder nach Filibert Fröhlich auf ihr Zimmer gegangen? Deutlich vor ihm, aha. In welcher Verfassung war wer gewesen? War noch irgendwer auf dem Weg zu seiner Rezeption gekommen, um etwas aufs Zimmer zu bestellen? Einen Kaffee vielleicht? Oder etwas, um die geplünderte Minibar aufzufüllen? Hatte jemand während der Nacht – vor oder nach dem Mord – in der Rezeption angerufen und irgendeinen Auftrag erteilt? Ach, Frau Silberstein hat ein Taxi zum Flughafen Düsseldorf bestellt, für fünf Uhr morgens? Kurz vor Mitternacht war das? Aha.

»Da ist noch eine Frage, die Sie mir sicherlich beantworten können«, sagte Arno schließlich. »Herr van Aalen gab an, er habe einen Koffer in der Rezeption deponiert. Aber als ich heute danach fragte, gab Ihr Kollege an, dort sei kein Koffer mehr.«

»Natürlich nicht«, erwiderte Jochen Klein. »Den hat Herr van Aalen ja auch abgeholt.«

»Ach, tatsächlich? Davon haben Sie bisher überhaupt nichts erwähnt.«

Zum ersten Mal wirkte sein Gegenüber leicht verunsichert, fand Arno.

Jochen Klein räusperte sich und sagte: »Nicht? Ist mir gar nicht aufgefallen. Wir haben über so viele Leute gesprochen, da habe ich doch glatt den Überblick verloren. Wie war das noch gleich? Genau, jetzt fällt es mir ein: Er muss ihn geholt haben, während ich zu einer Zigarettenpause draußen war. Er wusste ja, wo der Koffer stand. Ich dachte noch, herrje, jetzt hat er mich bei einer Nachlässigkeit erwischt, hoffentlich gibt das keinen Ärger.«

Tillikowski nickte wie zur Bestätigung. »Das klingt plausibel. Und das Fehlen des Gepäckstücks ist Ihnen bei Ihrer Rückkehr sofort aufgefallen? Wieso?«

Jochen Klein wollte gerade antworten, als Arnos Handy

klingelte. Arno hob die Hand. »Einen kleinen Moment, bitte, das hier muss ich annehmen.« Er lauschte einen Moment lang, sagte: »Gut gemacht, vielen Dank«, dann legte er das Telefon wieder auf den Tisch.

Arno aktivierte erneut die Aufnahmefunktion. »Fortsetzung der Befragung von Jochen Klein. Also, Herr Klein, ich interessierte mich vor der Unterbrechung, für die ich mich noch einmal entschuldigen möchte, dafür, wieso Sie das Fehlen des Koffers sofort bemerkten.«

Der Nachtportier hatte sich wieder vollkommen unter Kontrolle und lehnte sich lässig auf dem Stuhl zurück. »Der private Bereich hinter der Rezeption ist nicht gerade großzügig bemessen. Tisch, Stuhl, ein Spind für meine persönlichen Dinge, eine kleine Pantry-Küche … der Koffer war ein echtes Hindernis. Nach meiner kurzen Pause habe ich mir dort die Hände gewaschen, und er war verschwunden. Ich bin wohl automatisch davon ausgegangen, dass Herr van Aalen ihn geholt hat. Allerdings weiß ich nicht, wer sonst noch Kenntnis davon hatte. Das müssen Sie bitte Herrn van Aalen fragen. Vielleicht hatte er ja jemanden beauftragt?«

Blödsinn, dachte Arno, dann wäre der verdammte Koffer ja irgendwo gefunden worden. Stella hatte gesagt, van Aalen sei überaus bestürzt gewesen, als er vom Verschwinden des Koffers erfahren hatte. Später würde er den Astrologen selbst noch einmal danach fragen. Im Moment hatte er allerdings das Gefühl, sein Gegenüber bei einer glasklaren Lüge ertappt zu haben.

»Sagen Sie, Herr Klein – waren Sie während des Wochenendes zu einem anderen Zeitpunkt im Hotel als während Ihrer Arbeitszeit? Haben Sie die Messe besucht?«

Klein hielt seinem Blick stand, während er antwortete: »Nein. Dieser Astro-Kram interessiert mich nicht. Außerdem sind diese Nachtschichten durchaus anstrengend. Ich bin ja nicht irgendwie in Bereitschaft und kann mich zwischendurch schlafen legen. Nein, von mir wird erwartet, dass ich während der gesamten Schicht wach, auf meinem Posten und jederzeit für unsere Gäste ansprechbar bin.«

»Sicherlich manchmal eine Herausforderung. Vor allem dann, wenn man sich tagsüber nicht genug ausruhen konnte«, sagte Arno.

Bedächtig zog er das Foto von Kleins unretuschiertem Gesicht in der Warteschlange an Marlene Silbersteins Signiertisch aus der Mappe und legte es vor sein Gegenüber.

Der Nachtportier erstarrte, dann holte er tief Luft. »Ich verstehe nicht, warum Sie mir dieses Foto zeigen. Wer soll das sein?«

Arno lächelte. »Wirklich, Herr Klein, *wirklich?* Nun gut. Versuchen wir es mit diesem hier.«

Er holte die Version ohne Schnäuzer hervor und legte sie kommentarlos daneben.

»Okay, okay, Sie haben mich erwischt«, sagte Klein nach kurzem Schweigen. »Ich war neugierig auf die Messe, aber ich wollte nicht, dass Kollegen mich erkennen und mich deswegen hänseln, weil ich mir von dieser Tussi ein Buch habe signieren lassen.«

»Verständlich. Die lieben Kollegen, nicht wahr? Wenn sie erst einmal etwas gefunden haben, womit sie einen aufziehen können … das nimmt und nimmt kein Ende. Aber noch eine Frage dazu: Sonst wollten Sie nichts weiter von Marlene Silberstein? Sie war es doch, die Sie mit *Tussi* meinten? Und Sie haben das Buch nicht zufällig dabei?«

Arnos Gegenüber schüttelte den Kopf, wich aber seinem Blick aus. »Natürlich nicht. Es ist bei mir zu Hause. Und selbstverständlich wollte ich nichts weiter von Frau Silberstein. Sie war Gast in unserem Haus. Ich kannte sie ja vorher nicht. Ich würde nicht im Traum darauf kommen, sie auf privater Ebene anzusprechen. Das ist dem Personal überdies strikt untersagt.«

»Klar«, erwiderte Arno. »Wo kämen wir denn hin, wenn

die Domestiken sich Stars wie Marlene Silberstein auf unziemliche Art und Weise nähern würden? Das sind schließlich zwei verschiedene Welten, nicht wahr? Wir hier unten – die da oben. Ich kenne das nur zu gut. Was glauben Sie wohl, wie viele Leute mich, den trotteligen Bullen, schon herablassend und respektlos behandelt haben? Ich kann ja nichts weiter als durch die Gegend latschen und dämliche Fragen stellen.« Er schwieg und wartete ab, bis Klein ihn ansah, dann fragte er: »Sie sind Marlene Silberstein also hier im Hotel zum ersten Mal in Ihrem Leben begegnet?«

»Das habe ich doch schon gesagt!«, blaffte Klein. »Warum reiten Sie eigentlich derart darauf herum?«

Allmählich brach Kleins Souveränität in sich zusammen, wie Arno zufrieden feststellte. Er zog das alte Klassenfoto vom Wanne-Eickeler Gymnasium aus der Mappe und schob es über den Tisch.

»Deswegen«, sagte er ruhig.

Fassungslos stierte Jochen Klein auf das Bild.

Arno tippte auf zwei Gesichter. »Das sind doch Sie, Herr Klein, nicht wahr? Allerdings lautete Ihr Nachname damals noch Kowalczyk. Und das hier, direkt vor Ihnen, das ist die junge Marlene Silberstein, die Sie bislang vermutlich nur als Gudrun Jablonski kannten.«

Klein/Kowalczyk verschränkte die Arme vor der Brust. »Und wenn es so wäre?«

»Dann *wären* Sie vermutlich zunächst nicht sonderlich begeistert gewesen, sie hier zu treffen, nehme ich an. Denn sie dürfte Sie an eine große Schmach in Ihrem Leben erinnert haben: den Verlust Ihres hervorragenden Abiturs und der Karriere, die Sie ursprünglich dank Ihrer exzellenten Noten angestrebt haben. Und diese Frau war schuld daran, nicht wahr? Herrje, Ihr ganzer Groll von damals muss schlagartig wieder hochgekocht sein. Wissen Sie, was ich denke? Ich denke, dass Sie es waren, der Marlene Silberstein umgebracht hat.«

Arnos Gegenüber blickte zur Seite. »Ich sag jetzt gar nichts mehr.«

»Das ist Ihr gutes Recht«, erwiderte Arno. »Aber ich will Ihnen noch etwas sagen: Während wir hier miteinander geredet haben, waren meine Leute in Ihrer Wohnung. Vorhin am Telefon haben sie mir mitgeteilt, was sie dort entdeckt haben. Zunächst Marlene Silbersteins Nachricht in ihrem Buch: *Wir treffen uns morgen, ich gebe dir so viel Geld, wie du haben willst, ruf mich morgen früh an,* dann folgte ihre Handynummer. Interessante Signatur, finde ich.«

Prompt vergaß der Nachtportier, dass er eigentlich nichts mehr hatte sagen wollen, und fauchte: »Warum hätte ich sie dann umbringen sollen? Das ist doch wohl ein erstklassiger Beleg dafür, dass ich es *nicht* war! Sie wollte mir so viel Geld geben, wie ich haben wollte! Ich schlachte doch nicht die Gans, die goldene Eier legt!«

»Guter Einwand, Herr Klein«, erwiderte Arno mit einem Nicken. »Allerdings war da dieser verhängnisvolle Anruf an Ihrer Rezeption, mit dem Ihre *Gans* ein Taxi zum Flughafen bestellt hat, nicht wahr? Für fünf Uhr am Morgen. Natürlich ahnte sie nicht, dass sie in diesem Moment mit Jochen Kowalczyk sprach. Allerdings wussten *Sie* in diesem Moment, dass sie mitnichten vorhatte, ihr schriftliches Versprechen zu halten. Sie wollte abhauen, anstatt sich mit Ihnen zu treffen. Also, *mich* hätte das stinksauer gemacht.«

Völlig erstarrt saß Klein/Kowalczyk auf seinem Stuhl. Sein Gesicht war beinahe grau, und seine Stirn glänzte feucht. Er schien kaum zu atmen.

Arno schwieg einen Moment lang, dann fuhr er fort: »Aber Ihnen ist natürlich klar, dass die paar Zeilen in dem Buch nicht alles sind, was wir gegen Sie in der Hand haben, das wäre tatsächlich ein wenig dürftig. Ihnen ist *sonnen*klar, dass wir auch den vermissten Koffer gefunden haben. Und was war in dem Koffer? Nicht nur van Aalens Anzüge, sondern auch Ihre blutbefleckte Uniform. Marlene Silbersteins Blut, wie ich nicht ganz grundlos vermute, aber das wird die entsprechende Untersuchung zeigen. In dem kleinen Spind, den Sie vorhin erwähnten, hatten Sie eine zweite Uniform für den Fall, dass Sie sich während der Schicht umziehen müssen, nicht wahr?«

Wie in Zeitlupe nickte Arnos Gegenüber. Dann sagte der Nachtportier mit beinahe tonloser Stimme: »Dieses Luder hat es sich selbst zuzuschreiben. Sie hat mich einmal betrogen, und sie hatte es wieder vor. Sie hat den Tod verdient.«

»Nicht Sie haben zu entscheiden, wer den Tod verdient hat und wer nicht, Herr Klein. Dennoch bin ich immer wieder erstaunt, wie viele Täter der Meinung sind, ihre Opfer hätten es sich selbst zuzuschreiben.« Arno beugte sich über den Tisch und schob die Fotos zusammen. Dann nahm er den kleinen Stapel und verstaute ihn wieder in der Mappe. »Unsere Gesetze sind allerdings völlig anderer Mei…«

In diesem Moment traf ihn etwas mitten ins Gesicht, das sich wie eine Abrissbirne anfühlte. Seine Nase verwandelte sich in einen Feuerball aus Schmerz, er hörte Knochen brechen und sah sein Blut spritzen. Er hatte nicht einmal eine Sekunde lang auf die Mappe gesehen …

Ehe Arno reagieren konnte, war Jochen Klein bereits an der Tür. Er riss sie auf und wollte hinausstürmen. Da er sich noch einmal zu Arno umwandte, prallte er mit voller Wucht gegen Margot Fleischhauer und Filibert Fröhlich, die sich dort eingefunden und vergeblich Einlass begehrt hatten – wie Arno später erfuhr, wollten sie dagegen protestieren, dass sie nach wie vor festgehalten wurden.

Der Zusammenprall war epochal. Auch die beiden uniformierten Kollegen, die Arno zur Sicherheit vor der Tür als Wache abgestellt hatte, waren darin verwickelt. Fünf Menschen taumelten, krallten sich auf der Suche nach Gleichgewicht aneinander fest, brüllten Unverständliches und landeten schließlich allesamt auf dem Fußboden.

Noch ehe das Durcheinander aus fuchtelnden Armen und strampelnden Beinen sich entwirrt hatte, stand Arno bereits in der Tür. Er hielt die Hand vor die Nase, durch seine Finger tropfte Blut auf den schicken Teppich, mit dem das Hotel ausgelegt war.

»Joched Kleid«, verkündete er durch seine verstopfte Nase, »Sie sidd verhaftet weged Verdachts des Mordes ad Marlede Silbersteid. Juggs, briggd ded Madd aufs Revier. Udd ruft bitte eided Krankedwaged.«

Noch während er sprach, wünschte er sich, er hätte Wörter gewählt, die weniger häufig den Buchstaben ›n‹ enthielten. Aber seine *Juggs* hatten ihn auch so verstanden. Und das war schließlich die Hauptsache.

Es stellte sich heraus, dass Filibert Fröhlich wohl doch nicht permanent unter den schützenden Fittichen seiner geflügelten himmlischen Begleiter geborgen war, denn genau in diesem Moment hatten die Engel kläglich versagt: Der Chef von Zodiac TV beklagte lauthals ein gebrochenes Handgelenk. Und Margot Fleischhauer hatte ein paar veritable Prellungen kassiert, die mindestens die Hälfte ihrer Körperoberfläche für einige Wochen in prächtigeren Farben schillern lassen würde, als jede Aura der Welt es je gekonnt hätte.

Epilog

Während Ruby den Tisch deckte, hobelte Stella Unmengen Parmesan. Die Tomatensauce blubberte friedlich in einem großen Topf auf dem Herd vor sich hin; die große Schüssel Mousse au Chocolat reifte im Kühlschrank gemächlich ihrer perfekten Konsistenz entgegen.

»Was denkst du: Wird der Kommissar mitkommen?«, fragte Ruby, die nun Löffel und Gabeln scheppern und klirren ließ, als sie diese aus der Besteckschublade holte.

Stella zuckte mit den Schultern. »Keine Ahnung. Ich habe ihm per Textnachricht eine Einladung geschickt und zusätzlich Ben gebeten, ihn zu bequatschen. Mal sehen. Stell sicherheitshalber sechs Teller hin.«

»Ist bereits geschehen«, erwiderte Ruby. »Ob er noch immer beleidigt ist?«

»Ich weiß es nicht.«

Nach der Verhaftung des Täters hatte Tillikowski ihr eine kurze Textnachricht geschickt: *K. hat gestanden.* Seither herrschte Funkstille; es waren allerdings auch erst wenige Tage vergangen. Die Verhaftung hatte am Montag stattgefunden, und heute war Samstag. Von Ben wusste sie, dass Arno bei einem kurzen Tumult während der Verhaftung zum guten Schluss noch eine gebrochene Nase kassiert hatte und nun aussah ›wie Jake Gittes in *Chinatown*‹, wie Ben es formuliert hatte.

Das konnte nicht so ganz stimmen, da Jack Nicholson ihres Wissens in dieser Rolle weder blond noch langhaarig noch rauschebärtig gewesen war, aber nun ja. Im Prinzip hatte sie verstanden, was Ben gemeint hatte: Tillikowskis Nase war dick verpflastert.

»Wir können ja die Blumen von diesem Astrologen auf den Tisch stellen«, sagte Ruby kichernd.

»Spitzenmäßige Idee«, gab Stella grinsend zurück. »Dezenter könnte man den Tisch nicht schmücken.«

Zwei Tage zuvor hatte ein Blumenbote zwei derart pompöse Gebinde geliefert – je eines für Stella und Maria –, dass er sie einzeln aus seinem Lieferfahrzeug hatte holen müssen. Die farbenprächtigen Sträuße waren größer als Wagenräder, höher als Leuchttürme und tonnenschwer. Auf einem stabilen Beistelltisch im großen Wintergarten sah Marias Exemplar tatsächlich recht dekorativ aus, während Stella in ihrer Dachwohnung arge Platzprobleme bekommen hatte. Also hatte sie den Strauß auseinandergebaut, auf drei Vasen verteilt und zwei davon in die Orangerie gebracht. Der Rest der Blumen – langstielige Gladiolen, Strelitzien und Sonnenblumen – füllte nun eine Bodenvase, die in ihrem kleinen Wohnzimmer in einer der Dachgauben stand – auf dem Esstisch hätte die Vase wie ein massives Monument gewirkt.

Den Blumengeschenken beigelegen hatten je ein Umschlag von van Aalen. Inhalt der Kuverts: eine auf Büttenpapier mit Tinte handgeschriebene Entschuldigung für sein Verhalten sowie ein Gutschein für ein dreitägiges Wellness- und Schönheitswochenende in einem Luxustempel in Düsseldorf.

»Hat der Kerl mich gerade hässlich genannt?«, war Marias spontane Bemerkung gewesen, als sie den Gutschein gelesen hatte.

Sie waren sich innerhalb weniger Minuten einig gewesen, die Gutscheine an Felicitas weiterzugeben, damit sie als Hauptpreise für deren nächste Tombola eingesetzt werden konnten. Die Handwerker-Rechnung fürs kaputte Fenster hatte van Aalen anstandslos sofort überwiesen und großzügig aufgerundet. Mit diesem Überschuss, dazu den Gutscheinen und dem vierstelligen Erlös aus Marias Einsatz bei der Messe – es waren knapp 5000 Euro zusammengekommen – hatten sie Stellas Mutter mit einer großzügigen Spende für deren wohltätige Arbeit überraschen können, die Felicitas verblüfft und gerührt entgegengenommen hatte. Eine Träne der Rührung hatte sie rasch weggeblinzelt.

Es klingelte, und Ruby sprintete los, um die Tür zu öffnen. Sie lauschte kurz in den Hausflur und vermeldete dann: »Zwei Männerstimmen, eine davon ist Bens.«

Also hatte er es geschafft, Arno zu überreden. Stella spürte plötzlich, dass sie aufgeregt war. Wie würde er auf Ruby reagieren? Würde er ihre Anwesenheit als zusätzliche Provokation empfinden, auf dem Absatz umdrehen und wieder gehen? Hoffentlich nicht.

»Na so was, der nette Herr Kommissar!«, hörte sie Ruby fröhlich rufen. »Schickes Pflaster.«

»Na so was, die nicht blauhaarige Frau!«, war seine Antwort, dann fügte er hinzu: »Tut mir leid, das können Sie nicht verstehen. Schickes Pink.«

Stella atmete erleichtert auf. Seine selbstironische Antwort auf Rubys Begrüßung deutete an, dass er gute Laune hatte. Als er die Küche betrat, hätte sie ihn beinahe nicht erkannt: Es war nicht allein das Pflaster, das ihn völlig anders aussehen ließ – er war auch beim Barbier gewesen. Sein Haar war kurz und akkurat geschnitten, sein Bart radikal gestutzt.

»Hallo, Arno«, sagte sie. »Ich freue mich, dass Sie mitgekommen sind.«

»Hallo, Stella. Ben hat nicht lockergelassen.« Mit einer Kopfbewegung deutete er in Richtung Wohnungstür, wo Ben und Ruby miteinander plapperten. »Keine Frau mit blauem Haar, hm? Ich dachte mir gleich, dass sie ihre Haare gefärbt hat. Allerdings hatte ich insgeheim auf grün getippt.«

»Gut, dass Sie mit niemandem darum gewettet haben«, erwiderte Stella grinsend. »Wie geht es Ihrer Nase?«

Er verzog das Gesicht, was ihm offenbar wehtat, denn er stöhnte leise. »Ich muss zugeben, ich war einen Moment lang unaufmerksam und habe seine Faust nicht kommen sehen, sonst hätte ich vielleicht noch ausweichen können. Leider hat mich der Schwinger ungebremst getroffen. Bämm. Ich habe buchstäblich Sterne gesehen, und diesen bildhaften Vergleich hatte ich bisher immer für ein Gerücht gehalten.«

»Sonne, Mord und Sterne«, murmelte Stella.

»Wie bitte?«, fragte er verdutzt.

»Die Sonne war das Motto der Veranstaltung, es geschah ein Mord, und Sie haben Sterne gesehen«, erwiderte sie. »Ging mir gerade so durch den Kopf.«

»Hm.« Er nickte und fuhr fort: »Was Ihnen den lieben Tag lang so alles durch den Kopf geht, wird mir wohl immer ein Rätsel bleiben.«

Ben, der mit Ruby gerade in die Küche kam, musste den letzten Satz gehört haben, denn er knuffte Arno gegen den Arm und rief: »Aber fändest du sie nicht schrecklich langweilig, wenn sie dir kein Rätsel mehr wäre?«

Arno lief rot an, und Stella sagte schnell: »Setzt euch, Männer. Ruby kann schon mal Getränke verteilen, während ich die Spaghetti mache.«

Auf dem Herd kochte bereits gesalzenes Wasser in einem großen Topf, und Stella warf die Nudeln hinein. Als es an der Tür klopfte, ging sie hinaus, um zu öffnen.

Als sie mit ihrer Großmutter und Hartmut in die Küche zurückkehrte, fragte Ben gerade: »Wem gehört eigentlich das Wohnmobil in der Auffahrt?«

»Das ist meins«, erwiderte Hartmut. »Ich dachte, ich besuche die beiden tollsten Mädels, die ich jemals kennengelernt habe, spontan für ein paar Tage.« Grinsend fügte er hinzu: »Oder so lange, bis sie mich rausschmeißen. Ihr wisst ja, wie es heißt: *Ein Gast im Haus ist wie Fisch – nach drei Tagen fängt er an zu stinken.* Gut, dass ich mein eigenes Haus dabeihabe. So umgehe ich die Gefahr, rausgeschmissen zu werden.« Er warf einen Blick auf den Tisch und murmelte: »Servietten fehlen. Ist schon erledigt …«

Er ging zu Stellas Küchenschrank, zog eine Schublade auf und entnahm ihr einen Stapel Servietten, die er verteilte, bevor er sich setzte.

Arnos Miene hatte sich verdüstert, und Ben musterte den Neuankömmling aus zusammengekniffenen Augen. »Sie kenne ich doch ... Sie waren am Sonntag auf der Messe, oder? Genau, Sie sind der Kerl in der Hare-Krishna-Kutte! Sie haben so einen komplizierten Namen. Moment: Teili... Talli...«

»Für die, die ihn noch nicht kennen: Das ist Hartmut«, soufflierte Stella. »Hartmut, die junge Dame mit der Weinflasche ist Ruby, eine sehr gute Freundin.«

Maria hatte sich auf die Eckbank neben den Kommissar gesetzt. »Sie armer Junge. Tut mir leid wegen Ihrer Nase. Ist es sehr schmerzhaft?«

Arno zuckte lässig mit den Schultern. »Geht so. Zuerst ja, aber mittlerweile ist es auszuhalten.«

Stella goss die Nudeln ab, stellte sie in einer Schüssel auf den Tisch und verteilte sie auf die Teller, dann schöpfte sie mit einer Kelle aus einer Suppenterrine die Sauce darüber.

»Guten Appetit, Herrschaften«, sagte sie dann und setzte sich. »Lasst es euch schmecken.«

Amüsiert bemerkte sie, dass Hartmut von Ruby recht angetan zu sein schien, denn er war in eine angeregte Unterhaltung mit ihr und Ben vertieft. Arnos Laune hingegen war seit der Ankunft des jungen Mannes merklich abgekühlt. Schweigend schaufelte er Spaghetti in sich hinein.

Das war auch Maria nicht entgangen. Sie wechselte einen besorgten Blick mit Stella und wandte sich dann an den Kommissar. »Sie sind so still, mein Junge. Sind Sie noch immer böse auf mich, weil ich Holger van Aalen vor Ihnen versteckt habe?«

»Auf jeden Fall wäre ich *noch* böser auf Sie, wenn sich herausgestellt hätte, dass van Aalen tatsächlich der Mörder ist«, gab er zurück. »Immerhin sah es für mich zunächst ganz danach aus.«

»Ach wo.« Maria schüttelte den Kopf. »Ich habe gleich gewusst, dass er es nicht getan hat.«

»Er hätte viel zu viel Angst davor, sich den Anzug dreckig zu machen«, warf Stella ein. »Blutflecken gehen wirklich schlecht raus.«

»Sehr komisch«, murmelte Arno und warf ihr einen beleidigten Blick zu.

»Ach, kommen Sie schon, Arno«, sagte Maria und lächelte ihn strahlend an. »Umso witziger war es dann ja auch, wie er aussah, nachdem er zusammen mit meinem Otto in den Gartenteich geflogen ist. Davon haben Sie doch bestimmt gehört?« Auf sein Nicken hin kicherte sie und fuhr fort: »Es war großartig! Otto warf sich auf ihn, und dann schleuderte es beide mit Schmackes in den Teich! Van Aalen war voller Blätter und Wasserlinsen – köstlich! Otto natürlich auch, aber der hat wahrlich schon Schlimmeres erlebt. Wenn Sie einmal in einer Grube voller Elefantenmist gelandet sind, macht ihnen kein Teich der Welt mehr etwas aus. Überhaupt frage ich mich, *wohin* van Aalen überhaupt flüchten wollte.«

»Unser Grundstück ist ziemlich groß«, erwiderte Stella, »die wilde Jagd hätte theoretisch schon eine Stunde dauern können. Aber was passiert jetzt mit van Aalen, Arno? Wird er bestraft?«

Der Kommissar schüttelte den Kopf. »Nein. Er war ja zu keinem Zeitpunkt ein *offiziell* Beschuldigter. Ich war ja noch dabei, Indizien zu sammeln, um mir überhaupt ein Bild machen zu können.«

Maria stupste ihn sanft an. »Ich wette, Sie sind der Held des Tages. Immerhin haben Sie keine vierundzwanzig Stunden gebraucht, um den Täter zu fassen. Und das nicht zuletzt dank der Informationen, die Stella Ihnen beschafft hat.«

Unwillkürlich blickte Tillikowski hinüber zu Ruby und knurrte dann in Stellas Richtung: »Schon – auch wenn ich *kei-*

nesfalls wissen will, auf welchen illegalen Wegen diese Informationen beschafft wurden. Tatsächlich haben mein Wissen und die Fotos den Mann aber letztlich derart überrascht … und dann gab es natürlich noch die Beweise, die wir in seiner Wohnung fanden. Unter anderem van Aalens Koffer.«

»Hat er wirklich geglaubt, er könnte van Aalen den Mord in die Schuhe schieben?«, fragte Stella.

»Weiß der Geier.« Arno zuckte mit den Schultern. »Ich versuche schon lange nicht mehr, die krausen Überlegungen von Tätern zu verstehen. Ich glaube, zunächst war der Koffer nur eine Möglichkeit, seine blutbefleckte Uniform aus dem Hotel zu schmuggeln. Über den Personalfunk hörte er dann von den Zwistigkeiten einiger Leute; vor allem von der Auseinandersetzung zwischen Fröhlich und van Aalen in der Bar. Vermutlich hoffte er, dass van Aalen in meinen Fokus geraten würde.«

»Aber dass er sich so sicher gefühlt hat, verblüfft mich doch sehr«, erwiderte Stella.

»Er wäre nicht der Erste, *Stella,* der mich für leicht beschränkt hält«, gab Arno zurück.

An der Art, wie er ihren Namen betonte, erkannte sie, dass zwischen ihnen bei Weitem nicht alles wieder gut war. Immer wieder ging sein Blick zu Hartmut. Dachte er etwa, sie und der junge Mann …?

Aber was sollte er auch sonst denken? Sie hatte ihm ja erzählt, wie gut sie sich beim Dinner mit Hartmut verstanden hatte. Und nun stand dessen Wohnmobil in der Einfahrt. Vermutlich schon länger.

Nicht nur das: Hartmut bewegte sich in ihrer Küche, als sei er dort zu Hause. Er hatte sie nicht gefragt, wo sie Servietten aufbewahrte, oder am Schrank erst mehrere Schubladen aufziehen müssen, um sie zu finden – nein: ein Versuch, ein Treffer.

Ja, sie hatten bereits einige Male zusammen gegessen, auch gefrühstückt, wenn sie ihn dazu eingeladen hatte – aber Tatsache war, dass er die bei Weitem meiste Zeit mit Maria verbrachte, die er unglaublich faszinierend fand. Stundenlang hockten sie zusammen im Zirkuswagen oder in Marias Bereich der Orangerie und diskutierten: über Tarotkarten, über die Arbeit mit der Glaskugel und über Hellsichtigkeit. Oder er fragte sie endlos und mit nicht nachlassender Begeisterung über ihr Leben auf dem Jahrmarkt aus; zu diesen Gelegenheiten war häufig auch Otto dabei und gab eine nicht enden wollende Flut von Anekdoten zum Besten.

Eigentlich hatten sie sich sogar recht selten gesehen, und von einer sich anbahnenden – oder gar bereits laufenden – Romanze konnte nicht die Rede sein.

Sie spürte das spontane Bedürfnis, ihn aufzuklären, wusste aber nicht, wie. Was sollte sie sagen? *Hören Sie, Arno, ich habe nichts mit Hartmut.* Vermutlich würde er sie mit hochgezogenen Brauen ansehen und erwidern: *Vielen Dank für die Information. Aber wieso denken Sie, dass mich interessiert, mit wem Sie etwas haben oder auch nicht?* Das wäre an Peinlichkeit nicht zu überbieten.

»Was ist mit dir, Schatz?«, drang Marias Stimme plötzlich zu ihr durch. »Du bist ganz rot im Gesicht.«

»Tatsächlich?«, erwiderte Stella verlegen. »Keine Ahnung, warum.« Sie sprang auf und sagte betont munter: »Haben alle aufgegessen? Dann gibt es jetzt Nachtisch.«

Ruby erhob sich ebenfalls. »Ich räume den Tisch ab. Kümmere du dich um den Schokoladentraum.«

Stella holte die Mousse aus dem Kühlschrank und verteilte sie auf kleine Schalen. Ruby stellte einen Stapel benutzte Teller auf der Spüle ab und flüsterte ihr zu: »Dieser Hartmut ist ja total süß!« Kichernd ging sie zurück zum Tisch, wo Stella sie mit den anderen scherzen hörte.

Als Stella sich mit zwei Portionen zum Tisch umdrehte, stand Arno bereits in der Tür und deutete auf die Nachspeise. »Für mich nicht, danke. Ich muss leider los.«

»Wirklich?« Stella übergab die Schüsseln an ihre Großmutter und Ben. »Ich bringe Sie zur Tür, Arno.«

Sie gingen hinaus und standen dann schweigend im dunklen Hausflur, bis sie das Licht anmachte.

Schließlich sagte Stella: »Zu schade, dass Sie schon gehen. Müssen Sie wirklich schon los?«

Er nickte, ohne sie anzusehen. »Meine Nase tut weh. Außerdem haben Sie noch genug Gesellschaft.«

»Sie verpassen etwas, wenn Sie meine Mousse au Chocolat nicht probieren.«

»Damit werde ich wohl leben müssen.«

»Kommen Sie wieder mit rein. Wir sind doch so eine nette Runde.«

Er schüttelte den Kopf. »Ich kann nicht. Sie werden gar nicht bemerken, dass ich nicht mehr am Tisch sitze.«

Oh doch, dachte sie, das werde ich sehr wohl.

»Ich würde so gern in Ruhe mit Ihnen reden, Arno. Kann ich Sie anrufen?«

»Klar«, erwiderte er mit einem Achselzucken, »meine Nummer haben Sie ja. Bis bald.«

»Bis bald«, murmelte sie.

Sie sah ihm nach, wie er die Treppe hinunterging, dann rief sie kurz entschlossen: »Arno!«

»Ja?« Er drehte sich um und blickte sie an.

»Ich habe nichts mit Hartmut«, sagte sie leise.

»Okay«, erwiderte Tillikowski und nickte. »Bis bald.«

Er drehte sich um und ging weiter, aber Stella war sich sicher, ihn lächeln gesehen zu haben. Immerhin.

»Was, du glaubst an Astrologie?«

Niemand kann behaupten, die Astrologie gälte als ernsthafte Wissenschaft – und doch werfen wir bei der morgendlichen Zeitungslektüre am Frühstückstisch zumindest einen kurzen Blick in unser Tageshoroskop. Wenn es positiv ist, freuen wir uns insgeheim, falls nicht, können wir uns damit trösten, dass die Astrologie ohnehin Mumpitz ist.

Zu allen Zeiten waren Sterndeuter hoch angesehen und wurden vor wichtigen Entscheidungen gehört. Bis in die heutige Zeit lassen sich selbst Staatslenker von Astrologen beraten – von vielen weiteren Personen des öffentlichen Interesses ganz zu schweigen. Während eine Wahrsagerin früher zu jedem Jahrmarkt gehörte, werden heute einschlägige Fernsehsender eingeschaltet, bei denen man sich per Anruf wahlweise beraten, segnen oder die Zukunft vorhersagen, aber auf jeden Fall um viel Geld erleichtern lassen kann, wenn man zusätzlich die dort angebotenen Glücks- und Heilsbringer, Sternzeichen-Schmuck und weiteren Tand bestellt.

Dennoch: Viele ausgebildete Astrologen – wie Stella – betreiben ein seröses Geschäft und verstehen sich als Lebensberater. Wer glaubt, Astrologie habe etwas damit zu tun, sich die Zukunft vorhersagen zu lassen, irrt. Oft zusätzlich psychologisch geschult, beraten Astrologen ihre Klienten in häufig existenziellen Lebenskrisen, ohne ihnen vorzugeben, wofür oder wogegen diese sich zu entscheiden haben. Vielmehr geht es darum, Lebensthemen zu erarbeiten und sich Fragen zu stellen: Wie bin ich in diese Situation geraten? Was kann ich in Zukunft tun, um Krisen nicht erst entstehen zu lassen? Was tut mir gut – was nicht?

Oder anders: „In der Erstberatung lernen Sie Ihr Geburtshoroskop als eine Landkarte der Seele kennen. Das Horoskop zeigt die wichtigen Lebensthemen und Ihre Potenziale ebenso wie Schwierigkeiten und Hindernisse auf dem Weg der Selbstentfaltung. Häufig geht es dabei um einen neuen Blick auf wiederkehrende Problemsituationen. Die astrologische Beratung hilft dabei, den tieferen Sinn von inneren Blockaden zu begreifen und durch eine schrittweise Bewusstwerdung den eigenen Persönlichkeitskern zu entdecken und zu stärken."
(Quelle: www.astrologos.de)

Tatsache ist: Die Astrologie existiert, die Klienten existieren, und es werden jährlich Abermillionen Euro umgesetzt.
Ja, auch von Scharlatanen und Betrügern, das stimmt.
Aber die gibt es in jeder Branche der Welt, oder etwa nicht?

Natürlich könnte ich die Bücher dieser Reihe nicht ohne fachliche Unterstützung schreiben. Diese finde ich bei meiner langjährigen Freundin Monika Heer, deren Beruf die Astrologie ist, und zwar schon seit Jahrzehnten. Sie sorgt dafür, dass ich keinen Blödsinn schreibe und dass alles authentisch ist und jeder Überprüfung standhalten wird. Danke, Monika!

Blättern Sie weiter, wenn Sie mehr über Monika Heer erfahren wollen!

Die Astrologin Monika Heer über sich:

Ich bin 1957 zu Frühlingsbeginn im Zeichen Fische geboren. 1978 habe ich während meines Studiums an der Ruhr-Universität Bochum die Astrologie entdeckt.

Von Beginn an faszinierte mich die Frage, wie man erklären kann, dass Astrologie funktioniert und woher der Gegensatz von Astrologie und Wissenschaft kommt.

Ich besuchte Philosophie-, Psychologie- und Soziologie-Seminare neben meinem Hauptstudium und lernte, zu verstehen, wie sich die Wissenschaft von der Antike bis zur Moderne entwickelt hat und wie dabei bestimmte Sphären des Seins ausgegrenzt wurden.

Gleichzeitig entdeckte ich die Bilder der Astrologie als kulturelles Erbe in der Kunst und Kultur. Die Astrologie als ein therapeutisches Instrument half mir, mich selbst und andere Menschen besser zu verstehen. 1981 begann ich, in ersten Astrologie-Kursen am Bochumer IAG mein Wissen und meine Begeisterung weiterzugeben.

1986 beendete ich mein Studium als M.A. für Geschichte und Germanistik.

Während meiner Magisterarbeit über Rudolf Steiner lernte ich die Anthroposophen-Szene in Bochum kennen und arbeitete nach dem Studium fünf Jahre in der Praxis der Ärztin und Astrologin Dr. Olga von Ungern-Sternberg. Hier baute ich mir eine astrologische Beratungspraxis auf und begann, die Astromedizin zu erforschen.

Die Neunzigerjahre habe ich in verschiedenen Museen des Ruhrgebiets Ausstellungen und Veranstaltungen zur Industriekultur organisiert. Ein spannendes Jahrzehnt, denn nun begann der Umbau der ehemaligen Industrieanlagen des Reviers. Sie wurden in Museen oder Veranstaltungsorte umgewandelt, mit den beeindruckenden Kulissen der alten Hochöfen und Zechenanlagen.

Ende des letzten Jahrtausends fiel die Entscheidung, mich als Astrologin selbstständig zu machen. Seit 2001 arbeite ich hauptberuflich als Astrologin in Bochum, mit einigen Gastauftritten in Hamburg, Berlin oder Köln.

In Seminaren und Ausbildungsgruppen ist es mir ein Anliegen, die astrologischen Bilder zeitgemäß, anschaulich und lebendig zu vermitteln. Mein Blick auf die Astrologie bezieht die Kunst und Philosophie von der Antike bis zur Moderne ein. Auch die Alltags- und Popkultur spielen eine wichtige Rolle. Das Leben ist bunt!

Thomas Künne/Monika Heer: Fabelhafte Astrologie
(ISBN 978-3899972313)
www.astrologos.de

Loretta Luchs

Scharfzüngig, blitzgescheit

Band 1
ISBN 978-3-7700-1489-7

Band 2
ISBN 978-3-7700-1491-0

Band 3
ISBN 978-3-7700-1513-9

Band 4
ISBN 978-3-7700-1514-6

Band 5
ISBN 978-3-7700-1525-2

Band 6
ISBN 978-3-7700-1526-9

... und überaus liebenswert!

Band 7
ISBN 978-3-7700-1559-7

Band 8
ISBN 978-3-7700-1560-3

Band 9
ISBN 978-3-7700-1561-0

Band 10
ISBN 978-3-7700-2019-5

Band 11
ISBN 978-3-7700-2123-9

Der neue Geniestreich der

Queen of
CRIMEDY

Ruhrpott-Krimödien mit

Stella Albrecht

Band 1 ISBN 978-3-7700-2017-1

Band 2 ISBN 978-3-7700-2018-8

Band 3 ISBN 978-3-7700-2126-0